QIDAI CHUANGZAO YIZHONG DUTE DE XIAOYUAN FENWEI

期待创造一种独特的校园氛围

——王占宝校园演讲录

王占宝 著

演讲

30年校长，躬耕教育田野，收获就是：

每一个孩子都重要，每一个孩子都应该被需要。

教育一个孩子，需要一个村庄。

每一个成人，都应该是孩子的校长。

江苏人民出版社

图书在版编目（CIP）数据

期待创造一种独特的校园氛围：王占宝校园演讲录 / 王占宝著. -- 南京：江苏人民出版社, 2022. 3

ISBN 978-7-214-26998-0

Ⅰ. ①期… Ⅱ. ①王… Ⅲ. ①演讲 - 中国 - 当代 - 选集 Ⅳ. ①I267

中国版本图书馆CIP数据核字（2022）第005960号

书　　名　期待创造一种独特的校园氛围——王占宝校园演讲录
著　　者　王占宝
责任编辑　张蕴如
责任监制　王　娟
出版发行　江苏人民出版社
地　　址　南京市湖南路1号A楼，邮编：210009
照　　排　江苏凤凰制版有限公司
印　　刷　南京新洲印刷有限公司
开　　本　718毫米×1000毫米　1/16
印　　张　22.75
字　　数　380千字
版　　次　2022年3月第1版
印　　次　2022年3月第1次印刷
标准书号　ISBN 978-7-214-26998-0
定　　价　98.00元

前记

传奇王占宝

在江苏、广东基础教育界，王占宝可以说是一位经常吸引公众眼球的传奇人物。

2001年6月，刚届不惑之年的他，接任办学历史悠久的南京师范大学附属中学第50任校长，少壮肩膺重担，省市一时热议。

2010年2月，王占宝奔赴改革开放前沿的广东深圳，担任作为“教育部高中课程改革基地”的深圳中学校长。如此“跳槽”的爆炸性消息一出，宁、深两地媒体新闻不断，就连香港报纸也在关注王占宝其人。

2012年9月，深圳科学高中由王占宝亲手设计和创立，并由他以深圳中学校长的身份兼任这所可谓“中国第一所科学高中”的校长。这在深圳，又成一时新闻热点。

2016年2月，因自身健康及回乡照料两位九旬长辈的缘故，王占宝宣布辞去深圳中学校长职务并提前退休，这让视校长为“宝哥”的深中师生及家长情何以堪。为此，他公开发表《麦田》一文，表达了对深中师生的诸多留恋与不舍，同时也表示：“今后如果情况许可，还会用合适的方式，研究探索基础教育的改进。”

2016年9月，民办性质的南京汉开书院在江北新区诞生，已是一头白发的占宝重新归来，在开学典礼上致辞。此后经年，淮安汉开书院、盐城汉开书院、深中汉开数理高中相继成立。他作为创院院长辛劳办学，南北奔波，步履匆匆。

在人们通常的认知中，学校校长是很难成为公众熟知的传奇人物的，被社会变化发展不断推向潮头的王占宝也许是一个例外。先后数十年的校长经历，占宝的办学业绩无须多言，自有他所建立的校园、他的教育理论专著、他所培养的众多优秀学子为证。在社会上的人们看来，他确实称得上是教育上的传奇人物，不过，这些传奇故事有其生成的必然，更多的是“时势造英雄”而已，真正的传奇还在于他在教育教学领域一直“挖山不止”的努力之中。其中一个小小的侧面，就是他坚持多年的校园演讲。

校长是学校的灵魂所在。一所好的学校，校长是不能在学生心目中缺位的。数十年来，王占宝一直坚持着他的校园演讲，并把演讲当作展示自身教育理念、开拓学生知识视野、助力师生思考成长的基本教育方式，当作自己的日常工作之一。开学典礼、升旗仪式、主题活动、各类庆典，他常常亲力亲为参加活动并对师生进行演讲，他的演讲形象几乎成了所在学校特有的标志，据此形成的演讲文稿就有400多篇。遍观当今的校长们，能几十年坚持不懈这样做的微乎其微。近年来不少校长精心打造毕业典礼上的演讲“网红”形象，与王校长一直坚持的校园演讲，完全不可同日而语。

王占宝多年来一直都是名校校长。毋庸讳言，当今家长与社会要求于名校的，更多的是分数和升学率，因而名校校长对于学生的演讲，往往也摆脱不了分数和升学率的困扰。有意思的是，王校长众多的演讲词中，居然没有一篇是重点谈分数的。他在演讲中一直强调，志向、品行、毅力、习惯的养成远比分数更重要。学生要通过各方面的修炼，努力成为健全的人，做“时代的领跑者”。通过一次次的演讲，他把自己的办学理念、管理思路、行动方略，“流淌”“渗透”甚至“灌输”给周围的人。在几千人的盛大仪式上他重点强调、清晰解读甚至大声疾呼，面对几十人的学生社团他也是旁征博引、谆谆告诫，思想与才华交融，激情与理性碰撞，配之以有趣的故事、幽默的调侃、高雅的情趣，形成了他校园演讲独特的魅力。

这样的校园演讲，必然会常存于学校师生的心中，必然会成为师生校园记忆中永久的传奇。

目录

CONTENT

开学之初

仪式感言

开学之初

渴望伟大：追问附中精神

——在南京师大附中2001年9月全体师生集会上的演讲

2001.9.10

伴随着附中百年华诞的钟声渐渐临近，每个附中人都在追问：百年沧桑，世纪风雨，究竟铸造出了怎样的附中精神？

我在有字的校史里咀嚼，我在无字的校史中追寻……

34位院士光彩夺人，构成了附中历史和附中精神中最耀眼的一页，但更多的精彩写在附中一代又一代师生的心间。我知道，克林顿访华时在北大演讲，那位第一个向克林顿精彩发问、博得一片掌声的小伙子，他，是附中人；我知道，黄健翔，被新浪网评选为最受欢迎的足球评论员，他，是附中人；我知道，首届全国青少年机器人大赛，强手如林，其中勇夺第一，代表中国参加国际机器人奥林匹克决赛的，是附中人。

我也知道，眼前的你们，都曾经历了艰辛，面临着重重的压力，通过激烈的竞争，体验自我的挑战，这才踏进附中的大门，成了附中人。

这，就是附中人，骨子里透着敢为人先、勇往直前、追求领跑、舍我其谁的精神。

弗洛伊德说过，作为一个社会的人，他做事的动机之一是“渴望伟大”。渴望伟大，是人心灵深处的一种潜意识。有了渴望伟大、敢于争先的冲动和激情，才有成为伟大的可能。

能在许多同龄人中脱颖而出的附中人，深深地领悟这一人生真谛：未必每个人都有优秀的人生，但，每个人都能拥有积极进取的人生。

回顾历史和传统，我们发现，附中人渴望的“伟大”，从来就不是以

"小我"的私利为前提的。他们总是以天下为己任，具有强烈的社会责任感。

20世纪20年代，校友杨超烈士是胡风的同学，是我国早期的革命战士，曾任中央特派员，牺牲时年仅24岁。他的绝命诗曾被选用在20世纪50—60年代的学生课本上，其诗曰："满天云雾满天愁，革命何须怕断头。留得子胥豪气在，三年归报楚王仇。"

20世纪30年代，校友顾作霖烈士是中共中央政治局委员，曾任中国工农红军总政治部代理主任，为了革命事业积劳成疾，英年早逝，牺牲时年仅27岁。

20世纪40年代，众多附中学子为了救国存亡，投笔从戎，从军抗日，高唱《义勇军进行曲》，浴血奋战，马革裹尸。

20世纪50年代，有几十名同学参加抗美援朝，为了祖国和人类的崇高利益，甘洒自己的青春和热血。

20世纪60年代，老校友沙孟海的女儿沙秣之，也是我们附中的学生，为了坚持真理，以死抗争，成为张志新式的烈士。

附中人追求的是：因为我的存在，而使他人更幸福；因为我们的努力，而使这个世界更美好。在他人的幸福与世界的美好中，附中人不断提升自己生命的质量。然而，现实并不会因为附中人渴望伟大而一帆风顺，困难总是在前进中产生，犹如钻山凿岩机，钻之越深，阻力越大。因此，领跑的人，常常遭遇最大的顶风。

袁隆平，获得国家首届科技进步奖的两位科学家之一。1978年，在杂交水稻研究方面已经取得决定性的成绩时，一家7口人挤在两间用木板从澡堂隔出的潮湿发霉的屋子里，不时还要承受"不安心教学，专想歪门邪道"的冷嘲热讽。他，曾经是一名附中人。

钱理群，被北大学生评为最受欢迎的十名教授之一，曾经在贵州"流放"18年，随身携带的是当时唯一能带的《鲁迅全集》，42岁两鬓斑白时才获得文学硕士学位。他，曾经是一名附中人。

附中，仿佛一座大熔炉，熔铸着一种精神，叫坚韧。战争时期，许多军人心里都有着自己最后的堡垒，他们可以一站一站地撤退，但是退到最后的堡垒时，就算后面仍有退路，也坚决地与那堡垒共存亡。《老人与海》中那个可敬的老人桑地亚哥说，一个人并不是生来要给打败的，你尽可把他消灭掉，可就是打不败他。是的，在许多附中人的心中，都有这么一处堡垒，永远维护着、固守着，绝不退让。

当然，附中人渴望伟大、追求领跑、意志坚韧的品格，更多地建立在宽厚的人格修养、丰厚的人文精神的基石上。这是附中精神的一笔财富。

有一个附中人，在某大学新生联欢会上，在一片流行歌声中，以酣畅淋漓的《滕王阁序》《长恨歌》的吟诵赢得满座皆惊；

有一个附中人，他那摆弄杂交水稻的农民一样粗糙的大手，能让小提琴飘出悠扬的音乐；

有一个附中人，看到一位老者昏倒在学校门口，毅然丢下自己的书包，把老者送到了医院；

有一个附中人，在走过一段思想的曲折以后，“掏出心来”写就了“力透纸背，情透纸背”的《随想录》。

附中开办之初，以“嚼得菜根，做得大事”为校训。在1937年秋天，当逃难的师生来到安徽屯溪，曾任周恩来总理秘书的常任侠老师看到高年级的男同学主动将上车逃生的机会让给女同学和小同学时，微笑着说：“我们离胜利不远了，因为我们有这么好的学生。”

20世纪40年代，在贵阳辟荒建校时，午餐300多人，只有一斤肉，可是每餐都吃不完。校门两旁的对联曰：“养天地正气，法古今完人。”

附中人就是这样，他们懂得修养和自尊，不论何时何地，他们身上都明显体现出高贵的精神、不俗的气质。

当然，附中人的“高贵”和“不俗”不是盛气凌人颐指气使，不是矫揉造作忸怩作态。恰恰相反，很多人能比较容易地将附中人与其他人群区分开来，就是因为附中人的朴实大气。附中人的精神是朴实的，追求真理，追求科学和民主，心无旁骛，宁静致远；附中的老师和同学的穿着、谈吐也是朴实的，人们说附中的老师像一个老师，附中的学生像一个学生；附中人的行为更是朴实的，勤奋刻苦，孜孜以求，咬定青山不放松，不事张扬，不求虚名。

附中人的生活是充实和高尚的，但这种充实和高尚并不是学校非常刻意地将其填满和抬高，而是在落实基本规范的基础上，留给个人比较大的发展空间，自我把握，自我完善，自我提升。

我从附中历史的阅读中抬起头，我在今日附中人身上寻找这种精神的绵延。

今日的附中人已经进入了新的千年、新的世纪。国家加入 WTO，我们要从“中国特色”走入“国际惯例”，培养的人才要到国际舞台上参与竞争，接受检验，我们面临着前所未有的机遇和挑战。附中精神在新的时代、新的环境下需要继承，同时，也需要提升。

基于此，学校提出南京师范大学附属中学学生的培养目标：以天下为己任，做领跑的人。附中人应该有这样的责任，应该有这样的气魄。为了实现这样的目标，我们学校就不能办成一般意义上的学校，而应该是中国融入国际大家庭的一所真正意义上的中国名牌、世界知名的学校。为了办出这样的学校，我们必须加快改革，加快发展，抢占制高点，争取主动权。

教育是面向未来的事业，必须要超越今天，才能赢得明天。现在在校的高中同学，5 年、6 年、7 年以后才大学毕业，初一的同学 10 年以后才大学毕业，那时的中国与世界将会是什么样的？现在怎样的人才能适应未来的时代？我们需要思考，需要设计，更需要行动。

附中精神是一部厚厚的巨著，每翻阅一遍，都增长了我对她的崇敬，也更增加了我对她的责任。作为附中第 50 任校长，我愿意和我们 2000 多名师生一起，在附中精神的沐浴下，续写出更加精彩的新篇章。

让我们自己奔跑

——在南京师大附中 2002—2003 学年第一学期开学典礼上的演讲

2002.9.1

在对附中百年历史的理性回顾中，校歌中的第一句“社会中坚，学校栽成众”，校训“嚼得菜根，做得大事”，让人回味不已；在对当今世界发展的清醒认识中，“全球化”“创造力”让人警醒不已。因此我们今日的附中人提出了“让每一个学生都获得创造性发展”的办学理念，提出了“以天下为己任，培养具有创造性人格的人（领跑的人）”的教育目标。

我们认为，这是历史赋予今日附中人的使命，是时代赋予今日附中人的责任。在新百年征程的起始日，要成为领跑者，必须要先学会走路，学会自主奔跑。扶上马，送一程，只是一时的帮助与习得，最终还是要靠自己努力奔跑。

可是，上学期结束时的家长会，有几件小事给我很大的震动。一个高三同学的父亲，某大学的教授，庄重地向老师承诺：“这个寒假，我一定寸步不离我的儿子，保证让他完成老师布置的作业。”一个高二同学的母亲，为了陪同儿子在学校附近租房学习，暂时辞去了工作。一个高一同学的家长，自学生进校以来，几乎每天都开着车子到学校来陪同吃饭。还有不少家长，一旦学校放假就想办法找家教，目的是能有人“看”住学生。当然，这些也许是个别情况，但同学们应当扪心自问：

当你满揣着憧憬和喜悦跨进附中时，是否对自己三年的时光做过认真的设计——我为什么来到这里？我在这里追求着什么？我应该做什么？怎样做？何时做？

你已经为实现人生的抱负做出了怎样的准备？你与刚进附中时相比有了怎样的进步？

你身边的同学有了怎样的变化？

当你刚进校的激动成为过去，而今自认为熟悉了一切、看清了一切，于是随波逐流、顺应惯性时，你是否想过这其中有多少人力资源的隐性浪费？

美国著名心理学家舒尔茨在《成长心理学》中谈道："对人来说，仅仅摆脱精神疾病成为'正常'人是不够的，还应当力求达到更高成长水平，实现人所有的潜能。否则，人就会有一种无名的烦恼和无意义感。"心理学家们认为，处于一般的心理健康水平的人，如果不向更高的水平发展，其生活是不可能富有、幸福和丰富多彩的，潜能也会得不到充分的开发，尝试不到高峰体验，得不到自我实现。联合国教科文组织编写的《学会生存——教育世界的今天和明天》一书中写着："未来的学校必须把教育的对象变成自己教育自己的主体。受教育的人必须成为教育他自己的人；别人的教育必须成为这个人自己的教育。"

一个人的成长首先要做到会"走路"，然后是会"奔跑"，在这样的基础上才谈得上"领跑"。附中的教育所追求的是给你一部历史，让你翻阅；给你一种文化，让你感受；给你一些时间，让你安排；给你一个舞台，让你表演；给你一些机会，让你创造；给你一个期待，让你自我成长。附中教师追求的是指导、促进学生自我自觉成长，不是抱着你走路，不是代替你思考，也不会用试题填满你的生活，要促使学生形成创造性人格，形成终身的可持续的发展能力。因此，学校把培养高质量自我成长的意识和能力作为实现"以天下为己任，具有创造性人格"的培养目标的起步工作，重点是制订计划、实施计划的意识和能力，把自己从教育的对象变成自己教育自己的主体。

我们在这里强调学生高质量自我成长的意识和能力，并不是要弱化教师的意义和作用。每个学生都有奋发向上的愿望。在学生自我成长的过程中，一个优秀的教师要善于抓住契机，激发学生向上的勇气，开发学生自我教育的潜力，培养学生自我负责的人生态度。具备高素质和高品位的教师，不是仅仅用知识育人，更重要的是用思想育人。这就意味着对教师的教育质量有了更高的要求。我们狠抓教师课堂教学质量，切实提高学校管理工作的质量，做到在优化传统中提高，在解决问题中提高，在改革创新中提高。我们将成立教师专业发展学校，为教师的自我成长创造良好的氛围；举行名教师教育思想研讨会，用榜样的力量激励教师的自我成长；实行教科研积分制，用机制的建设保证教师的自我成长；建设学科研究室，为教师的自我成长创设高质量的平台；实行校内督导制，对教育质量进行评估。总之，我们要通过提升教师的高质量自我成长的意识和能力，来培养学生高质量自我成长的意识和能力，真正创造出适合附中学生的教育模式。

学校的管理思想中有一条叫作“志存高远，脚踏实地”。学校新百年的第一个五年计划已经明确了发展方向和发展思路。现在需要的是全校师生主动担负起这一代附中人的责任，携起手来，脚踏实地，奋力向前。“登山者，攀登的不是高峰，而是他心中的理想。”我们应该“做好小事，注重细节”，只有这样，才能实现追求的理想。

在激烈的竞争中，在时代的召唤面前，我们责无旁贷，我们别无选择。让我们自主奔跑，去创造附中更加辉煌的未来。

怀着责任去创造

——在南京师大附中 2002—2003 学年第二学期开学典礼上的演讲

2003.2.16

听，新学期的钟声即将敲响……庄严的钟声把我们带进了又一个发愤求学、青春热血的学年。

这是一个激情燃烧的岁月，因为每一名同学选择附中和被附中选择的经历都充满了热切的追求和等待的焦虑，充满了积极的奋斗和胜利的欢欣。一旦被附中选择，便往往产生了优越感和自豪感，与外在的骄傲和自豪相联系的，是附中学生心理上潜在的社会精英意识。这种精英意识究竟来自哪里呢？是来自张贴在校园里的高校录取排行榜吗？是来自名列全省重点中学前茅的 28 名清华、北大、复旦、南大的保送生名单吗？也许是，因为每一次路过那里，我都看到人们徘徊在录取名单前，眼中流露出“大丈夫当如是也”的豪情。然而，这样的精英意识并不是附中人的本质追求。

前天，我接待了一对夫妇，他们是附中世家，从附中走出了将军，走出了清华学子，走出了成功的商界精英。然而，他们的女儿，一个在附中成绩并不优秀的女孩，在她生命中最美丽的年龄，不幸遭遇了一种致命的疾病。在不能见阳光、不能继续学业、经常要面临抢救的人生状态下，她选择了写作，用自己的文字给现实世界和网络世界的人们带来了生活的热情和希望。偶尔在身体许可的情况下，她也工作。每一个与她一起工作过的人都说，会不知不觉地被她的明朗和快乐感染着。而在她的文字第一次变成铅字发表时，在她手捧作家出版社为她隆重推出的书稿时，在她面对中央电视台的镜头时，她首先想到的是她的母校，这片生长着责任和精神的土地，这片鼓励发现和创造的土地。积极地履行生命的责任，认真地追求人生价值的最大化，在看似平常、不幸甚至令人绝望的人生旅程中不断创造新的奇迹，这一个附中人用她的另一种人生姿态诠释着附中人的精英意识。

责任，创造，这两个闪闪发光的词镌刻在附中校史馆的每一页，镌刻在许多附中人前进的每一个脚印中。责任是舵，她决定着人生的航向，左右着人生的意义；创造是桨，她驱动着人生不断向前，实现生命的价值。中国“杂交水稻之父”，那位为中国粮食增产作出巨大贡献的附中校友袁隆平，就是胸怀“一定要解决中国人吃饭问题”的责任。在2002年10月1日我校的百年校庆庆典上，附中人对这位似乎其貌不扬、土里土气的老人的热情追“星”，正体现出今日附中人对于“责任”和“创造”的深刻的认识和热切的追求。

怀着责任去创造，每一种普通都会唱响平凡而神圣的歌。蔡元培先生在《教育独立议》一文中告诉我们：“教育是帮助被教育的人，给他能发展自己的能力，完成他的人格，于人类文化上能尽一分子的责任。”正是基于这样的认识，在新学年，附中将“以天下为己任，具有创造性人格特征的人”的培养目标，书写在学校大门的入口处，也希望书写在每一个附中人的心中。这，是附中人应有的真正的精英意识。附中，不但关注你现在考上什么学校，更关注你20年后的发展。

置身在同学们中间，我们常常感受到新一代的附中人正用他们的行动演绎着责任的真谛。我们看到，克服蚊虫叮咬和想家的煎熬，第一次离开父母的初一小同学，取得了军训优异的成绩；我们看到，在炎热的暑假，初二的同学们登上紫金山，满怀热情，义务开展环保宣传；我们看到，在10公里拉练的路上，高一年级700多名师生没有丢下一件垃圾，5天的军训达到了职业军人10多天、民兵20多天的训练效果，在700多张晒黑的脸上，闪耀着征服困难的自信和勇气。他们用行动表达了对进入附中第一门课程的目标“理解并体现阳刚之气、英雄之美”的理解。一位父亲对军训中不慎受伤的儿子说：“附中军训是一生中浓重的一笔，还是克服困难、经受考验吧，这是一生中难得的机遇。”我们的家长也用他们的言行激励着学生感受责任，鼓起勇气。

当今社会，一个变迁和流动日益加速的时代，一个需要竞争与合作的时代，一个全民创新能力决定着其活力与综合国力的时代，责任的意识和创造的能力成为社会对人的迫切需要。也许有人觉得这过于神圣和高深，其实它们真切地渗透在我们生活中。20世纪初，一向引领中国文化风气之先的北京大学，隆重推出了“北京大学学生新世纪修身行动”。将“志在千里”的责任从“吃完饭带走自己的饭盒”做起，将对高深精尖的学术追求体现在上好每一节课的细节里。缺乏基础文明的责任是夸夸其谈，缺乏基本素养的创造是空中楼阁。所以，今天，当大家怀着踏进附中的庄严感开始新学年的生活的时候，我们对大家有如下希望。

从重视基础文明建设着手，培养每一个附中人的责任感。对于学生而言，那就是：校园中不再有随意抛弃的果皮纸屑，食堂里不再有任意插队的同学身影，球场上不再有难以入耳的不雅言语。对于老师而言，就是给予每一个问候的学生微笑的回礼，就是升旗仪式上大家以身垂范的良好秩序，就是校园中自行车推行的细节，就是认真对待每一节课、平等关爱每一个学生的职业良心。

从重视课堂教学质量着手，培养每一个附中人的创造力。附中的学生是优秀的，但这并非意味着陶醉于试卷上遥遥领先于别人的成绩。我们不惊讶今年高三沈上同学高考作文《天平与七弦琴》满分的轰动，我们叹服于他在老师引导下厚实的文学积累和深刻的人生思考；我们不惊讶一两个竞赛高分的取得，我们欣喜于高二陈鹏、包玉涵两名同学在中科大院士指导下写成的高质量的科学报告。这样的创造意识和创造激情并非一朝一夕的迸发，而是来自长期勤奋的积累，来自教师的智慧点燃。附中的教师是优秀的，但倘若恪守着过去的经验而不知研究今天的学生，那么，一张旧船票一定无法登上高速前进的新客船。所以，我们看到，许多老师奔走于中学和大学之间，不断地进行知识的更新和充电；我们看到，专家和学者走进我们的学校，几十年教龄的老教师再一次当起了学生。

附中百年沧桑的历史教我们懂得了责任，附中今日面临的挑战让我们懂得了脚踏实地，附中无限光明的未来呼唤我们努力去创造新的天地！态度决定高度，新学年附中人都要奔跑起来，去创造属于我们附中的新的辉煌。

不可轻视小节

——在南京师大附中 2003—2004 学年第二学期开学典礼上的演讲

2003.9.1

新学期开始了，我们又回到了这里。然而，回想寒假校园中的一些所见所闻，我开始用另一种眼光审视这片我自认为已经熟悉的校园。

寒假里，我陪同一位校友参观校园。那天，天很蓝，阳光也很灿烂，未名湖倒映着绿树红墙，一些不知名的鸟儿在草地上闲庭信步，刚从闹市区突围而来的校友情不自禁地赞叹：母校真美，虽是区区百亩面积，却自有其独特的自然生态环境，真是读书胜境。然而，当我们来到中心花园时，他的目光停在了草地上，那里，两条小路赫然地穿过柔软的草地，让人想到鲁迅先生所说的那句话："其实地上本没有路，走的人多了，也便成了路。"他欲言又止，他的神态告诉我，他看到了附中校园的另一种环境，那就是文化生态环境。

沿着校友的目光，我继续搜寻着附中校园里类似的镜头：前几天，部分同学来校上竞赛辅导课，能够参加竞赛辅导课的同学在某一方面肯定是有领先优势的，但是老师们反映，这些同学在校园里主动向老师问好的很少。

寒假之前，学校组织学生参加大学英语四级考试，在前往考场的车上，没有学生主动为带队和服务的老师让座。

平日的校园里，尽管负责后勤的职工们不停地清扫，但依然可以看到随意丢弃的果皮纸屑、启用不久的实验楼的墙面上赫然在目的球印和脚印，我们听到两名学生在比谁"翘课"（逃课）的次数更多……

也许会有人说，这等小事何需操心，附中人的眼睛应该向优秀处看，比如近期我们有托福考试取得 667 分高分的学生，我们已经有 5 名同学通过了清华大学保送和自主招生考试，我们刚从学校毕业的年轻教师和高一学生组队荣幸地闯入中央电视台希望英语挑战赛的月决赛。因此，在今天，描述这些并不赏心悦目的镜头，也许会让人感到很不合时宜。然而，我认为，正是在这样的日子，更应该思考来到附中的意义。

学校，不仅仅是提供一些教室供人读书，不仅仅是有一批教师传授知识，不仅仅是培养几个优秀的学生以供炫耀，更重要的是营造一种高质量成长的文化环境，让每一个同学养成一种终身受用的精神。西方学者斯宾格勒说："将一座城市和乡村区别开来的不是它的范围和尺度，而是它与生俱来的城市精神。"其实，将一所学校与其他地方和学校区别开来的也是一种气质，一种精神，一种氛围，一种文化。正如树木形成森林，森林形成气候，气候又影响着树木的成长一样，校园文化也是一种生态环境，它的浸染性不仅传递给我们每个人，也出自我们每一个人。良好的校园文化的生态就存在于你我之间，其气质如风行草上，行教化，成学问。

我们看到，英国人的绅士风度得益于牛津、剑桥大学的人文传统；柏林大学坚持"教学与研究相统一"的原则，对德国人崇尚科学、处事严谨的品质产生了深刻的影响；哈佛的校园文化是追求真理，"让柏拉图与你为友，让亚里士多德与你为友，但是，更重要的是，让真理与你为友"的校训在校园内随处可见，这种文化培养出了许多大师；柏林洪堡大学的校训是"哲学家们只是用不同的方式解释世界，而问题在于改变世界"；耶鲁大学的校训是"光明与真理"；加利福尼亚大学的校训是"让这里光芒闪耀"；巴黎理工学校的校训是拿破仑所提"为了祖国的科学和未来"；西南联大的校训是"刚毅坚卓"；北京大学的校训是"思想自由，兼容并包"；清华大学的校训是"自强不息，厚德载物"；台湾大学的校训是"敦品励学，爱国爱人"；香港大学的校训是"明德、格物"；厦门大学的校训是"自强不息，止于至善"……这些学校精神大都包含着做人与做学问两方面，写在他们教师与学子的灵魂和行为习惯上。

那么，什么才是我们附中真正的文化？附中应该有怎样的文化生态环境？

百年校庆时，我校第46届校友、曾任"台湾原子能委员会"资深工程师的许翼云先生为同学们开设了精彩的讲座。他的同班同学中共出了三位院士——精密机械学家丁衡高上将、医学家何凤生、发酵工程学家伦世仪，形成了令人瞩目的"人才群"。以天下为己任、团结奋发的精神，是附中传统的文化生态环境。

寒假中，新当选的中国工程院院士、1965 届校友徐玉如院士回母校看望老师。回忆起中学的学习状况，他说当时自己的成绩并不优秀，但他难忘附中紧张有序的晚自习，难忘附中一直秉有的严谨的学风，做人应该正直，做事应该认真，这些为他以后在哈军工的学习与科研打下了扎实的基础。正直的做人原则和严谨的治学态度，也是一种附中传统的文化生态环境。

附中的校训是“嚼得菜根，做得大事”；培养人才的目标是要做“领跑”的人，即“以天下为己任，具有创造性人格特征的人”。“嚼得菜根”不仅是一种生活态度，也是一种治学态度，更是一种做人的要求；“以天下为己任”是“具有创造性人格特征”的人的基础。回顾附中的历史，无数事实告诉我们，附中历经一百年风雨沧桑，能在中国的基础教育界声名独树，就是因为一代代这样的附中人造就了附中独特的文化生态环境，而这样的文化生态环境又滋养了一代代的附中人健康茁壮地成长。

放眼附中的今天，现实让我们思考，该如何继承百年的传统，用我们的努力，营造今日附中健康的文化生态环境?

2003 年寒假，我校承办了 AFS 项目学生出国选拔冬令营，来自北京、上海、广东、江西等地的 100 多名学子聚集我校，在为期两天的活动中，没有一人从草地上穿过。

在我校高一（9）班就读的一名瑞士学生，上学期被班级评为劳动积极分子和助人为乐标兵。当人们对他表示赞赏时，他说：“我被排在班级值日生表上，我就应该做好属于我的事情。”

是的，努力“做好属于我自己的事情”，本学期，我们将恢复学生包干区制度，从“一屋不扫，何以扫天下”的古训开始体验“以天下为己任”的分量；我们还将在校园内提供勤工俭学项目，培养同学们自主发展的意识和能力。

努力“做好属于我自己的事情”，我们将进一步完善食堂管理，从买饭不插队、选菜不拖时做起，增强大家“心中有他人”的意识；我们希望每一个同学从向老师问候致敬、上下楼梯侧身恭让、中午答疑时能考虑老师的就餐时间、做好每一次该做的作业做起，形成对知识的尊重、对文明的尊重、对老师的尊重。

努力“做好属于我自己的事情”，本学期学校将全面提高教育质量作为工作的重中之重。我们将开学第一周定为课堂教学质量调研周，将安排听课 74 节，从教师认真上好每一节课、学生认真听好每一节课开始，为“培养创造性人格特征”的人打下坚实的基础。

努力“做好属于我自己的事情”，我们的食堂将引进新的机制，图书馆、实验楼、信息中心向同学们进一步开放，为校园文化生态环境提供硬件的保证。

努力“做好属于我自己的事情”，就是我们对附中文化生态环境的建设，就是对附中精神的传承。

爱因斯坦说：“当一名学生毕业离开老师和学校时，把学校里所学的知识全部忘记，这时他剩下的东西就是学校和他的老师教学及教育的实在成果。”这“剩下的”是什么？就是溶化在血液里的、已经成为素质的东西，就是学校的文化生态环境所滋养的结果。

让我们更努力

——在南京师大附中 2004—2005 学年第一学期开学典礼上的演讲

2004.8.30

开学的钟声告诉我们，南京师范大学附属中学 2004—2005 学年第一学期开始了，附中人跨入了学校的 103 个年头。我们回家了，学校热烈地欢迎老师和同学们，特别要热烈地欢迎刚刚加入我们附中大家庭的新老师和高一的新同学。

在这个新起点面前，我想到了飞利浦公司的一句广告词："让我们做得更好。"这是飞利浦公司对社会的公开承诺，也表达了飞利浦人的坚定信念。在新学期的第一天，我原本想对大家说："让我们更优秀"，这也是我们承诺的公开表达，也是我们信念的洗练概括，因为"优秀"是附中精神的核心。但是当我随着高二、高三的同学走进会场，放眼高一 16 个班的新同学时，我改变了自己的想法，认为本学年学校提出"让我们更努力"，也许是更确切、更具有针对性的。

今天在这里的各位，可以说是从莘莘学子中脱颖而出的优秀者。是陶醉在往日的辉煌中自我满足呢，还是在新的起点上迈上新的征程呢？我相信，附中的学子能够作出应有的选择。

附中在 102 年的历史里硕果累累，人才辈出。严济慈、巴金、胡风、袁隆平、韦钰、彭佩云、汪道涵、钱理群等享誉世界的学者、科学家和政治家，人数位于全国普通高中前列的 35 名两院院士，以及数以万计的在各自岗位上为人类、为祖国作出了贡献的校友，他们把母校的名字远播海内外。前辈的附中人书写了附中辉煌的历史，今日的附中人应该续写出怎样的华章？

附中在上世纪初的校歌首句就是："社会中坚，学校栽成众"，在21世纪初附中明确提出学校的育人目标是培养"领跑的人"——以天下为己任，具有创造性人格特征的人。我们国家，人多才少，英才更少，亟需"一大批拔尖创新人才"，附中人应该有"天下兴亡，责无旁贷"的激情与能力。尽管我们起点并不完全一样，个性也有差异，但我们的追求是共同的：我们要更努力，我们要更优秀。

有人说，选择一所学校，就是选择一种教育，就是选择一种人生。选择附中，就是选择了"责任与创造"的人生。我们的责任——"以天下为己任"；我们的创造——"具有创造性人格特征"。附中想为每一个学生打下精神和学业的底子。精神的底子就是"责任"，像巴金校友为母校题词那样"掏出心来"；学业的底子就是"创造"，像袁隆平校友为母校题词那样"科学探秘永无休"。正因为责任和创造，附中人才拥有了醒目的形象；正因为责任和创造，附中人才拥有了高贵的精神；正因为责任和创造，附中人才拥有了美丽的青春！

我们知道，只有学会"走路"，才能学会"奔跑"，只有学会"奔跑"，才能学会"领跑"。"优秀"，想不来，等不来，她永远只青睐于那些坚持不懈、奋力拼搏的人。我个人认为，从整体上看，不少附中人可能不缺乏志气，也不缺乏才气，但有可能缺乏勤奋和踏实，因而有时会显得缺乏底气。新的学期，学校特别提出全体老师和同学要更加踏实和勤奋。

踏实和勤奋是影响理想实现的重要因素。有人问李嘉诚先生："您到底是怎么成功的？"他说，很简单，比别人努力两倍。还有人曾问当时的世界首富日本西武集团总裁堤义明先生："您是怎样成为世界首富的？"他说，很简单，比别人努力三倍。鲁迅先生说："哪里有什么天才？我只是把别人喝咖啡的时间都用在写作上。"爱因斯坦说："成功就是99%的汗水加上1%灵感。"影响我们理想实现的常常是"汗水"流得太少，我们的努力还远远不够。你选择了怎样的行为，也就选择了怎样的结果。联想到刚刚闭幕的雅典奥运会，为祖国赢得莫大荣誉的健儿们，在他们登上领奖台之前，无不流淌着艰辛的汗水。其中一个镜头给我留下了深深的印象：乒乓球男双冠军马琳在面对记者的麦克风时，良久，才吐出两句话，第一句是"太不容易了"，第二句还是"太不容易了"，话音未落，眼泪已潸然而下。这是胜利者的眼泪，这是汗水才能换来的泪水。

而创造，是责任的具体表现，是人生价值的最高境界。我们追求创造，我们就选择了挑战自我，选择了超越现实，选择了正视困难和挫折。实际上，一个人成就的大小往往取决于他所遇到的困难的程度。在人生的道路上，不要奢望平坦和顺利，更不要害怕困难和挫折，我们要牢记附中“嚼得菜根，做得大事”的校训，让我们在“暴风雨中高傲地飞翔”。

同学们，你们选择了附中，就有了成为“优秀”的可能，但是三年后离开附中时你能不能说出“附中三年，我没有遗憾”，就要看你三年中是不是让自己更努力。“咬定青山不放松，立根原在破岩中。”让我们在附中种下一棵理想之树，让我们走出一条成就自己的奋斗之路，让我们今天比昨天优秀，明天比今天更优秀。附中人应该为华夏民族，为人类作出自己应有的贡献。

老师们，同学们，新的学期，“让我们更努力”！

让梦想照亮未来

——在南京师大附中 2008—2009 学年第二学期开学典礼上的演讲

2009.2.16

新的学期又开始了。今天晨会上我想与老师和同学们分享几个附中人的故事。

第一个故事是关于 2009 届高三（3）班景伟豪同学的。根据平时和竞赛的成绩，他被学校推荐到浙江大学。但北大经济管理专业是他的梦想，到浙大心有不甘。北大许智宏校长来我校面试时，他毛遂自荐，和其他同学一起面试，面试时表现优异，北大给了他参加保送生考试的资格。在准备考试时，由于没有参加过化学竞赛，就向任课教师龚老师借来了化学竞赛的参考书，发奋努力，精心准备。最终，在北大组织的笔试和面试中成绩突出，获得了北大光华管理学院的入学资格。

第二个故事是关于 2006 级现高二（9）班骆翼云同学的。她高一时就树立了“做一个对人类有贡献的领袖”的梦想，高二时作为国际交流生到美国锻炼了一年，在那里，她成立了“中国社团”，并为汶川灾区募捐。经过一年的历练，回国后她决心报考美国 Babson 大学—— 一所以培养商业领袖、创业领袖为己任的，在美国排名第一的商学院，其校训是“领导力，创造力，乐观精神”。现在，骆翼云同学正在为她的梦想奋斗着，她在短信中对我说：“现在我们以附中为荣，希望 20 年后附中以我们为荣。”

第三个故事是关于 2006 级高三（2）班吴尚同学的。他对商业管理很感兴趣，想努力考取排名前 40 的大学学习商业管理专业，实现人生的梦想。他的梦想就是像无锡尚德太阳能电力有限公司的施正荣一样，创造拥有自主产权的高科技产品，并用现代商业模式推向世界。他一直为自己的梦想奋斗着：高一，“模拟公司”做得有声有色；高二，参加复旦大学模拟联合国商业挑战赛担任CEO，参加在上海举行的哈佛领袖峰会，暑假与学长联系参加密歇根大学学科活动；高三，等待大学录取通知的时候，到一家医院打工装配药物。

第四个故事是关于2007级高一（15）班朱皓康同学的。“做一个世界公民参与国际交流”是他最想做的。去年他参加国际交流生项目，到美国学习和生活一年。在美期间他被选拔为世界青年领袖峰会——美国总统教室项目成员。上周，在华盛顿，在40多个国家的280多位优秀青年中，他3次发表演讲，他的提案成为“总统教室”项目成立40多年来第二个被所有国家通过的提案。他在电话中说：“我很激动，感谢母校。”因为这次金融危机从美国发生，所以他想在美国学习和研究金融，将来要到国际货币基金组织工作，“附中人要为世界作贡献”。

第五个故事是关于英语教研组李红萱老师的。李老师2004—2005年度参加AFS国际文化交流项目，前往美国纽约州工作交流一年。这一年里，她用附中人的眼睛去观察美国的教育、社会、人生与自然，并透过美国去观察整个世界。跨文化的感受和研究，使李老师回国以后产生了继续深入研究并且与人共享的梦想。上一周我荣幸地收到了李老师的赠书《纽约的歌声》，李老师的著作出版了！

这五个故事中的同学和老师都有一个共同特点——他们在附中都有一个梦想，而且他们把生活与梦想紧紧相连！

梦想，是对未来的美好渴望，是对人生的期待，是对自己潜能的唤醒，是对自己人生价值的尊重，是对自己未来责任的明确。

梦想的力量是不可估量的。西方有这样一句格言：“如果你想造一艘船，先不要雇人去收集木头，也不要给他们分配任何任务，而是去激发他们对海洋的渴望。”有梦想，才有理想，才有思想，才有奋斗的行为。梦想，将人生平常的每一天变得崇高；梦想，将凡夫俗子变得伟大；梦想，将平常变成不平常，不可能变成可能。只要梦想还在，就还有希望，就一定有未来。所以，爱默生说："一个人如果在某一天内沉静地抱着伟大的目标工作着，这一天就是为纪念他而设的。"

社会学家研究发现，16岁时的梦想对人生影响最大。校友巴金先生说："青春是美丽的。"我的理解是：青春因为梦想，因为追梦而更加美丽。

附中，是附中人梦想开始的地方，实现梦想第一步的地方！

对附中老师来说，课堂是我们梦想开始的地方。"让学生喜欢我的课"，附中的课堂，不仅仅是"告诉"，更重要的是"研究"，通过提高学科思维能力来培养学生研究的意识和能力。希望每一个老师都能形成自己的教学风格，创造出事业的幸福和美丽。

对附中学生来说，学习是我们梦想开始的地方。真正明白自己人生的价值和意义，明白为什么学习，怎样学习，如何通过学习体验到人生的快乐和幸福。

对2009届师生来说，目前高三学生被国内外著名大学提前录取的有156人，获得自主招生的总人数有300多人，但是大多数高三学生还需要通过高考进入大学深造。相信你们会记得2006年的夏天，在附中种下的一棵理想树，希望在你们身上体现出"嚼得菜根，做得大事"的品质，期待着每一个同学的"附中梦"绽放出自己的美丽。

2009年，让我们带着梦想上路，让梦想串起我们的每一天，在附中实现自己梦想的第一步。

没有梦想的，应该做梦；梦想模糊的，应该明确；已经有梦想的，应该追梦……

我们不仅要有明确的梦想，而且要把它写下来，说出来，让它像太阳一样照亮我们生活的每一天。

2009年的春天，附中人，请你说出自己的梦想——升起你的太阳吧……

阿基米德说，给我一个支点，我能撬动地球。

附中人说，我有一个梦想，它将照亮我的人生。

我今天演讲的题目就是——"让梦想照亮未来"。

拥抱附中这片土地

——在南京师大附中 2009—2010 学年第二学期第一次晨会上的演讲

2010.2.22

新学期开学了，也许有人要说，我们又到学校接受“教育”了，甚至有人认为学生就是“被教育”者。那么，一个学校的“教育”究竟是什么？一个学生应该怎样对待学校的“教育”呢？

2009 年底，美国耶鲁大学校长理查德·莱文教授宣布：耶鲁 2002 届毕业生，来自中国大陆的张磊已经承诺，将向耶鲁大学管理学院捐赠 8888888 美元。这是到目前为止耶鲁大学管理学院毕业生最大的一笔个人捐款。张磊在记者采访问及动因时，深情地、反复地说：“耶鲁改变了我的一生！”

捐款或投资教育，是社会文明程度的一个反映，也是一所学校办学魅力和公信力的体现。在前天的全体教职工会议上，我也介绍了这件引起热议的事情并谈及我的感受。我想，学校和老师要更加努力，创造更有价值、更有温度、更有效能的教育，促进每一位学生充分发展。

但是，我们还可以从另外一个角度研究这个材料：一个学生如何对待学校的教育？是“被教育”，还是“享受教育”？张磊对耶鲁大学教育的感受，较之他人是否更加深刻一些？

我想起了上学期附中校园里我亲身感受到的几件事。

2009 年 9 月，我校承办了海峡两岸基础教育论坛，会议期间，来自台湾、香港的 40 多名校长、教育官员考察附中。在校史馆介绍我校校歌的展版面前，他们向担任解说的高二（2）班周梦迪、高二（5）班柏云同学提出了一个要求：“你们能给我们唱一唱你们的校歌吗？”两位同学欣然答应，面对来宾，背对展板，熟悉地、亲切地、自豪地将校歌完整地唱了一遍，并伴之以适度的动作和表情。几位来宾将全程摄录下来放到校园网上，向学校的老师和同学介绍让他们感动的这一幕。来宾离校以后，我特别向这两位同学致谢。她们说："本来就喜欢校歌，接受解说的任务以后，我们又把校歌熟悉了一下，并且再次研究了歌词的意蕴。"她们的主动"准备"，更让我欣喜。去年12月，我与几位老师应邀到台湾参加他们的课题研讨时，他们还向我们说起那次难忘的经历。

2009年10月，在庆祝新中国成立60周年的知识竞赛中，我校高二年级宋建含、陈艺乔、相桂冰、唐楠同学代表学校参加。比赛要求每个学校要有一个口号，这4位同学的口号是："附中附中，青年最勇！"他们的口号让评委和观众眼睛一亮、精神一振。他们的灵感就来自对校友和校歌的感受。

第23届全国高中生化学竞赛决赛一等奖金牌获得者，被北京大学保送录取的高三（2）班王汝一同学在赴杭州参加全国比赛前，与我有一次交流，在交流中，我明显感受到他从老师、袁隆平等校友中汲取的人生态度、勇气和淡定。

选择了一所学校，就选择了一种教育，也选择了一段人生，甚至会影响终身。这种教育中，老师、同学、校友、学校环境、学校传统都是教育的资源，也是成长的资源，但是这种资源，只有你主动使用才有意义。就好像太阳对人很重要，但是你如果不走出房间，不走向大自然，就不能充分享受太阳，就不能将自然普惠给每一个人的资源化作你个体生长的营养，甚至还可能成为在太阳下发育不良的人。

同学们，你现在就读的南京师大附中已有108年历史，我们的校训是："嚼得菜根，做得大事"；我们的校歌的第一句是："社会中坚，学校栽成众"；学生的特征是：责任·创造。这是何等的朴实，何等的大气！

你脚下的这片土地有近6万名学长曾风华正茂、意气风发地学习、生活，这片土地涌现出了巴金、袁隆平、邓中翰等为人类为国家作出巨大贡献的校友；52位两院院士、5位教育部副部长、2位全国人大常委会委员长、几十位将军，高山仰止！

刚刚毕业的2009届，考入国外大学的和国内保送提前录取的有231位，其中150位同学被巴黎政治学院、耶鲁大学等世界名校录取；国内高校中清华、北大有33位，南大有90位，东大有68位，上海交大20位。在226位同学因保送、提前录取没有参加高考的情况下，参加高考的同学总分在江苏省前十名的还有4位，前100名的还有14位。2009届创造了附中历史上新的高度。

2010届在高的起点上再出发，学科竞赛获江苏省一等奖的人数达到188人次，有41位同学获得保送资格，化学、生物、信息学有3位同学在向国家奥林匹克集训队发起冲刺，学校已经连续6年保持竞赛成绩江苏省第一名。在已经揭晓的保送和自主招生考试的学校中，清华北大32位，南大42位。昨天又传来捷报，第六届泛珠三角物理奥林匹克竞赛成绩已经揭晓，我校赵喆欣同学获得个人成绩第一名，李谷澍同学获得第二名，余翔宇同学获得第四名，黄经纬同学获得第十名，学校获得团体总分第一名！

同学们，他们是我们的校友，他们是我们的同学，他们就是我们的“资源”，这些也是附中的“教育”啊！

有位高一同学对我说，第一次来附中的时候，漫步校园，他被深深地震撼了！

这是一片英雄的土地，这是一片孕育英雄的土地，这更是一片期待英雄拥抱的土地！

中国古代有“成人分三等”之说：一等人，自成人；二等人，打骂成人；三等人，打骂都不成人。教育的最高境界，教是为了不需要教。

亲爱的同学们，

教育，主要是自己的事情；路，要靠自己去走。

你想前行，就得离开现在的地方。

春天到了，让我们迈出青春的脚步，拥抱附中这片土地吧！

深圳中学的教育使命

——在深圳中学 2010—2011 学年第一学期开学典礼上的演讲

2010.9.1

今年是深圳中学建校 63 周年，今天我们在这里举行 2010—2011 学年开学典礼。我想借此机会，和大家谈谈“深圳中学的教育使命”这个话题。

所谓使命，即重大责任。教育不承载使命，容易盲目；教育不担当责任，必然轻薄；使命模糊，理解有偏差；使命雷同，办学边缘化。真正的教育不仅应该追求效能，更重要的，应该具有丰富的灵魂，具有明确而坚定的价值追求。自觉承载使命与责任，深中的教育才会有高度，才会持续发展。学校的教育使命，起码需要回答三个基本问题：第一，培养什么样的人；第二，怎样培养人；第三，学校的办学特色与校园文化。

那么，什么是深圳中学的教育使命呢？

新的历史阶段，深圳中学确立了“敢为人先，学术见长”的办学理念，将“建设学术性高中，培养创新型人才”作为育人方向。通过教师“研究性地教”与学生“研究性地学”的基本策略，增强学生的学术素养，进而培养创新型人才，这些人才具有“学术素养、专业精神和审美情趣”等特质。深中的教化与育人特色体现于，在“研究”中培养人，耕耘一片“研究”的土壤，创造一种“研究”的气候，促进每一位学生充分发展——发现潜能，实现潜能，成为真正的自己。因为要走在前面，所以需要学术支撑；因为学术的优势，所以更加领先。因为自主，所以有活力；因为专业，所以有魅力。深中学子凭借自主与专业的优势实现自我、奉献社会。借此，深圳中学为学生未来成为创新型人才，甚至“大师”级人才奠定坚实基础，为破解中国创新型人才培养之难题给出深中之解。

“增强学术素养，培养创新人才”，这是深中培养创新型人才的路径，这也是深中的教育使命。

为什么要赋予学生“学术素养、专业精神与审美情趣”这些特质呢？

学术素养，是全世界几乎所有优秀高中和著名大学对其学生的基本要求。蔡元培先生就曾对学生反复强调：你们“应当有研究学问之兴趣，尤当养成学问家之人格”。普林斯顿大学的“本科教育战略计划委员会”对本科生提出的期待的前三点是：“1. 具有清楚地思维、谈吐、写作的能力；2. 具有以批评的方式系统地推理的能力；3. 具有形成概念和解决问题的能力。”这些都和学术素养高度相关。全世界摘取了最多学科奥赛金牌的高中——台湾建国高中，明确提出了学生要有挑战高难度学术课程的素养。

我们期待深中学子在观察和表达问题时，不痛不痒少讲，泛泛之论免谈，人云亦云勿云，哗众取宠莫搞。专业性的观察和表达，应该是建立在深入实践与充分理解之上的，而充分理解往往就发生在“具有某一领域知识的深度”之后。

很多认知心理学家的研究显示，获得科学与艺术上的创造性的杰出成就，并不需要用神秘的或者独特的机制去解释。简单的“知识基础加深入思考”就是创造的秘籍，这其实就是学术素养。学术素养，是学生的天性，只是需要努力与专注，才能形成。

对某些知识领域有兴趣、有热忱，并且具有较高的学术素养，对问题有专业性的观察、研究和表达，需要我们专注与纯粹。中国形容一个人成功之前的艰辛，常常用“十年磨一剑”这句话。提出多元智能理论的加德纳 1993 年在《创造性思维》这本书里，提出了“十年律”的成就模式，认为各个领域的工作者大多在跨度约十年的时间内，产生主要观点、突破或其他创造性产品。即便是莫扎特这样的音乐神童，其成就曲线也遵循了“十年律”。杰出人才一定是能够在某个领域里持之以恒努力的人。这种持之以恒的专业训练，积淀了学术素养，形成了专业精神。

那么，凭借什么力量，在某个领域“十年磨一剑”呢？我想就是在这个过程中感受了别人没有体验到的快乐，发现了一些别人没有发现的美，能够享受“磨剑”的过程，这就是审美。普林斯顿对本科生的期待中第 9 点是：“熟悉不同的思维方式（定量、历史、科学、道德、美学）。”美学首先应该被理解为发现生活、理解世界的一种思维方式，我们要在生活学习中积极运用这种思维方式。有些人回忆自己的高三生活，认为是黑色的，也有更多人发现了高三生活独特的美丽：纯粹之美，人性之美，奋斗之美，升华之美。那些用审美的心态度过高三的同学，一定是学业和个性品质双丰收的人，并且为未来练就了“发现”的眼睛。

中国教育没有培养出更多大师级人才，除了其他各种因素，我想教育不注重培养学生用审美的心态感受学习与生活也是一个重要原因。在中国当下的教育体制下，缺乏自觉的审美追求，在学习中感受较多的往往是恐惧与悲情。一个在学习中感受不到内心快乐的人，是走不远的。

回到我们的培养目标。深中致力于培养具有思想力、领导力、创新力的公民，何以有思想力、领导力、创新力？综观古今中外，无论是在自然科学还是社会科学领域，对世界和人类社会发展产生影响的人，莫不因为其具有在某一领域深厚的学术素养和成就，凭借专业力量作出了巨大的贡献。思想力、领导力、创新力绝非无根之木、无源之水，一定奠基于学术素养和专业精神。

瑞士著名教育家裴斯泰洛齐曾说过：“今天应做的事没有做，明天再早也是耽误了。”人才的培养是有最佳机遇期的，如同学习器乐、声乐、舞蹈等一样。增强学术素养，高中阶段当仁不让，责无旁贷！

我们走入了新学年，新学期。其实，时间既无开始，也无结束，所谓“新”，其实更多是我们的感受。提醒自己，新的阶段，应该超越自我，实现新的成长。

曾读过一本传记，我还记得作者最后的几句话：“别人还在沉睡，他已经醒来；别人醒来，他已经起身；别人起身，他已经行动，那是早春的行动。”

如果我们追求有价值的目标，如果我们有“早春的行动”，如果我们一开始就把事情做好，如果具备专业的优势，那么，未来则没有悬念。

提高学术素养，培养创新型人才——深圳中学的教育使命！让我们努力，让我们见证！

怎样成为一个具有丰富生命力的人

——在深圳中学2011—2012学年第二学期开学典礼上的演讲

2012.2.6

亲爱的老师、同学们：

新年好！今天是新学期第一天，现在是第一堂课，我向大家汇报对“怎样成为一个具有丰富生命力的人”这一问题的思考。

拜年的时候，我们最常听到的祝愿是“新年快乐，全家幸福”。那么，一个深中学子怎样才能创造出自己的快乐与幸福呢？

伏尔泰曾说过：“没有真正的需要，就不会有真正的快乐。”深中师生的“真正的需要”是什么呢？

在2012年第一天深中游园会的一个摊位上，我看到一位通过自主招生进入深中的学生，他活力洋溢的服饰，眉飞色舞、自信而专业的介绍，令我不禁双眼模糊——在半年前的自主招生中，我面试过他，当时的他，显得木讷而沉重，面试成绩一般，我很担心他能否适应深中的校园文化——深中的文化对个人潜能的激发竟有如此的力量，这让我深深感动和震撼！

一个人在成长着，并且是快乐、幸福地成长着，这也许就是深中教育的追求。

2011年9月1日，在学年开学典礼上，学校提出了“深圳中学学生特质12条”。通过引导学生养成这12条特质，深圳中学致力于培养具有丰富生命力的人：他们能自主发现和实现个人的潜能，成为他们最好的自己；而且他们无论身在何处，都能尊重自然，关爱他人，服务社会，造福世界，并且乐在其中。

在学校的顶层设计中，我希望，借由这个目标的提出，促进学校和老师对“什么是真正的人的发展”这一命题有更深入、更积极的思考，认识到教育的使命并不仅仅在于让一个人成为社会流行意义上的成功者，而是要努力创造出最佳的条件，使得每一个独特的个体在一种适合的教育模式中，得以发展自我的内在品质，充分实现潜能，最终使深中的教育力从山峰耸立发展为高原连绵，高原上群峰竞秀。

在个体层面，我希望的是，有更多的深中学生能借由这个表述，对自己的成长与发展、对生命的丰富性及可能性有清晰的认知：假如人生一定要用成功与否来定义，那每一个人获得成功的方式与途径也是不同的；假如成功的标准只有一个，那这个标准不是你超越了别人，而是你是否竭尽全力，成为此时此刻最好的那个你；不用和任何人比，就像台湾畅销书作家张德芬说过的那句话——“亲爱的，外面没有别人，只有你自己”。

我们不能区分大自然中每一片树叶的差异，我们也不能列出深中每个学生最理想的内在品质。学校提出的 12 条特质——知识丰富者、深度探究者、问题解决者、理性批判者、主动规划者、敢于负责者、专注笃行者、善于合作者、协调发展者、自觉审美者、胸怀天下者、积极创造者，与其被理解成对一个深中学生理想品质的静态描述，不如被当成深中在尊重传统、汲取国际优质教育精华的基础上，为每一个具有独特性的深中学生成为最好的自己而提供的选修之路：拥有不同潜能的学生，可以经由不同的道路，完成自我发现和自我实现的目标，成长为具有丰富生命力的人。

请让我们欣赏几个有关深中学子的案例。

高三（1）班何卓东同学，凭借论文《存在一个非 VAN DOUWEN 极大几乎不相交的集》，勇夺第四届丘成桐中学数学奖银奖——这也是大陆片区最高奖，他运用逻辑学、集合论、拓扑学的知识证明了一个新的集合的存在。这个奖项很有分量，奖金也很丰厚，可真正引人注意的是奖项背后，何卓东同学在日常学习、生活中表现出来的对科学的好奇心、在兴趣领域里的行动力与意志力。他是万物科考社社长，与伙伴们策划组织过多场物理、数学领域里的高端学术讲座，并结伴去中科大参观两大国家实验室（微尺度实验室和同步辐射实验室），还在教授指导下做实验，建立网站 www.

shenzhongssc.com，邀请在校学生、深中校友、教授、老师及家长加入，分享学术类文章，为参加 AMC 等竞赛做准备。

他通过积极主动的学习，将广泛的兴趣聚焦为志趣，是一个通过“深度探究”的方式发现自己、实现自己的学生典型。

真正有价值的自我发现和自我实现，常常来自于“深度探究”。

荣誉课程体系高二学生傅天任、宿家瑞、冯元宁、朱熠和谢熠，找到了“自己热爱的领域，并在其中表现出强烈的成就动机及浓厚的兴趣，能热诚、专注、竭力地完成任务；在遭遇挫折时，能为实现理想而挑战自我，表现出自律、坚韧、奉献及超越自我的能力”。他们在第 25 届全国高中学生化学竞赛暨冬令营中获得的金银牌，不过是“专注笃行”的结果。和他们一样，享受着热爱与专注的，还有在全国高中物理竞赛、生物竞赛、信息学奥林匹克联赛、全国高中数学联赛、广东省天文奥林匹克竞赛、广东省中学生羽毛球锦标赛、第 24 届国际青年物理学家竞赛、国际地图竞赛、哈萨克斯坦亚太地区国际天文奥林匹克竞赛等活动中一大批展露出深中学子之风采的同学。

2011 年 12 月 9 日，在深圳梧桐山上的沉香树遭盗砍被报道之后，深中 37 名高二、高一学生，在学生环保社团 TRAVEL 俱乐部的发起、组织下，前往梧桐山罗龙涧露营，在冬夜的寒风中守护沉香树。高一学生翁小玉，一位普通的深中女生，参加了这次护林行动。12 月 9 日这天满 16 岁，她选择了这种特别的方式度过自己的生日，将这一天当成了自己的成人礼。她说：“成人了就要负责任，就从保护沉香树做起吧。”梧桐山上的沉香树，单凭 30 多位高中生的力量去保护，实在是杯水车薪，是无法守护住的。但是，这种“螳臂当车”的行为背后，表现出的是强烈的社会责任意识，彰显了鲜明的公益价值导向，充分体现了深中学生“胸怀天下”“从我做起”的品性。

在深中，还有更多以群像的方式向我们展现着在自我发现与自我实现之旅上的精彩的集体。合唱团的大运之行，管乐团的“美丽星期天”公益演出，舞蹈团的新春专场演出，无不凝聚了团队师生的对艺术的热爱，对美的追求。学生媒体中心的 9 个学生媒体，《深中日报》《苇思》《涅槃周刊》《Nova Monthly》等刊物，以不同的定位和方式，以相同的专业态度与敬业精神，在校内校外传播着深中文化。清华北大推荐答辩会上，范广川、丁子轩等同学，为全校师生和社会人士上了一堂精彩大课，让我们对“知识丰富”“协调发展”有了最直接与切身的领会。而在体育文化节中，单元团队在体育嘉年华中展现出的创意与才华，让全体师生一次次感受到青春的力量是如何强大有力。每月在“面对面”活动中，与学校管理层讨论饭菜价格、宿舍、足球比赛、单元体系设置、社团建设等问题的那些学生，是值得尊重的另一群人，他们正在学习“理解和尊重已有的看法、意见或结论”，学习保持“对自我和他人的评判持开放的态度，能欣赏个人及他人的杰出表现”，他们正逐步“将维护自身权益的愿望，转化为追求更好目标的力量”。

在过去的一年里，各种类型的学生，正在通过不同的路径，努力激活着个人的潜能，努力展现着作为一个生命所具有的丰富的可能性与巨大的力量，他们的经历帮助我们思考和理解“如何成为具有丰富生命力的人”这个问题。

但是，也有一些同学，怀揣梦想与期待来到深中，但好像还是旁观者而不是积极参与者，他们的潜能被自己紧锁在身体当中，还没有转化成丰富的生命力。

一个人要前行，就必须离开现在站立的地方。在深中老师的眼中，每一个学生都是一个太阳，这个太阳的升起需要“他力”，更需要自身内在的驱动力。

我有四个建议，供你们参考。

第一，了解并认识自己。

生命的核心任务之一，就是认识和理解我们自己是谁。每一次的尝试、选择、热爱、厌恶、失败、成功……最大的意义，就是帮助我们认识和理解我们的优势及局限所在。

第二，厘定目标。

有人将天才与才能比作两种神射手，才能可以射中别人射不中的目标，天才可以射中别人无法看见的目标。而那些找不到目标的人，则成为一群随波逐流的平庸者。苹果公司的目标是“将他人想要，但是还没有说出来的产品做出来”。乔布斯一次次朝着“改变世界”这个目标发出飞箭，创造了苹果奇迹，成就了自己的天才人生。

第三，发展主动的情感。

我常说，教师要享受教育，学生要享受学习。“享受”这种积极的状态从何而来？那是主动的情感激发的。主动的情感同时能带来意志力，帮助我们在遭遇困境及挫折时，不抛弃，不放弃。2012年新年游园会的“拉丁舞事件”在学校内外引发热议。拉丁舞社参加学校年度大型艺术鉴赏课“凤凰花儿开”及游园会演出，就表现了学校对拉丁舞社发展的认可与肯定，表现了学校对各种艺术形式的包容与欣赏。学校对保护学生和学校的尊严和权益的态度非常明确，对某些媒体不负责任的报道，进行了积极的追责行动。

今天我想从学生的个人成长的角度，对这个事件做另一个角度的分析：今天的社会，精神文明程度相较于鲁迅时代，在某些领域并无太多进步，社会对拉丁舞以及类似的艺术形式还在了解和接受中，这就意味着，选择了在当今背景下参加这个社团的学生，在追求自己的兴趣、享受艺术的快乐的过程中，在进行这种艺术形式的推广、普及的过程中，需要具有面对费解、不解、误解、曲解的勇气和坦然。如此看，这次事件就也算得上是一门高级课程，在这门课中，我们学习到如何理解艺术、友谊、坚持、宽容、个人的选择、直面的勇气、淡然的智慧等等，这是我们了解人性、认识社会的真实机会。

被动的感情，常常体现出消极、畏惧、退避、排斥的特征，丰富生命力的大门不能主动打开，长此以往，一个人就会被自己封闭而丧失发展及展现丰富生命力的机会，甚至会逐步丧失这样的意识！

上述三点，还是从观念层面上谈的，但更重要的是需要通过我们的行动去体验和领悟，在过程中逐渐“自主发现和实现个人的潜能，成为最好的自己”，成为一个具有丰富生命力的人。

因此，要谈到第四点，确定具体任务。

一个新的任务，培养一种新的能力，发现一个新的可能。

由国际课程体系高二宋元明清，荣誉课程体系高一屈轩武、高二周运和尹江枫等四位同学组成的美国青年物理学家锦标赛深中代表队，在高青、钮志红、姜寿莉、吴泽宇、张杰艺、张艳君等老师的指导下，给自己确定了一个任务：第一次参赛，要展示出深中学子的探究实验的素养。大家知道，中国学生理论较强，实验能力较弱，他们参赛，可以说是“扬短避长”。但是他们知道下棋要找高手，弄斧要到班门，只有与强手同台比赛才能学到真东西，所以他们为了任务，为了荣誉，为了深中学生的美国印象，开始了快乐的奋斗。从 2011 年 9 月开始，队员们历时半年，查阅大量的资料，设计方案，绘制图纸，购买材料，制作仪器，花了大量的精力投入到科学的研究当中。其中 3 名高二的学生除了正常学习之外，还参加了 SAT 考试。周运同学为了不影响正常的学习，常常是在晚上 12 点之后才开始做实验，经常做到深夜的 2—3 点钟。在临去美国比赛的前一天，他突然想到了有更好的证明成像清晰度的方法，便一鼓作气工作到半夜 2 点，终于做出了他认为最满意的方案，清晨 5 点又起床赶飞机。昨天从美国传来喜报，深中代表队获得了第 5 名，三等奖。在这个任务中，同学们开拓了眼界，提高了能力，发现并实现了自己的潜能，同时也深深地迷恋上了科学。这个过程，也许会影响他们一生。

梵高说过：“你是麦子，一定要把你种到麦田里去，才能生根发芽，不要在人行道上枯死。”

任务，就是我们的“麦田”。

发展丰富生命力的行动过程中，许多同学有困惑，也有挫折，甚至失败。

在行动中，我们需要注意两点：**理性尝试，平衡生活**。这是硬币的两面，活得丰富，获得精彩，缺一不可。

先谈理性尝试这一面。

深中的新年游园会，经过几年的运作逐渐成熟，成为深中的一张名片。可是连续逛过几年深中游园会的人会有种感觉：摊位的同质性高，原创商品少。于是今年游园会的主办方学生活动中心，出台一系列政策，鼓励、催生了一批原创性店铺。在这些店铺中，一家名为“狼先生的店”吸引了很多游园者的眼球，让游园者打开了钱包。而“狼先生的店”背后的成长故事，其实也和他们的商品一样，值得珍藏。

这是一群爱打排球的“狼先生”，他们想请一个排球教练，提高排球技艺，可是没有钱。从这个实际的问题出发，他们决定去游园会开店赚钱。开店的第一个问题是卖什么。经过几番商讨，大家达成共识：要有竞争力，商品需独特，有原创性。

有同学说，在游园会摆摊很辛苦。也有同学说，摆摊赚了多少钱。假如我们只感受到了辛苦，或者只关注到赚钱或是赔本，就没有在游园会中获得充分的养分。辛苦、金钱之外，还有充实的感受与积极的情感体验。狼先生陈明潇说："非常充实，因为我们通过这次游园会卖出去的东西都是有自己的智慧和努力凝结在里面的。"

梳理"狼先生店"背后的故事，从申请的初衷到设计的过程，再到经营的操作，充满了尝试的意味，做的都是没有做过的事。一次做错，多做几次就做对了，要的就是股敢于尝试的勇气。同时，这种勇气又不是盲目的，而是伴随着理性的分析、独立的思考：这样的环境需要什么样的店铺？作为学生，局限何在？有什么资源可以利用？预期收获是什么？用什么方式保证这种预期实现？对预期之外的事情报以何种心态？……理性为尝试提供了一个现实边界，使我们不至于跌落至不能返回之境。学生个体在自我成长中需要发展这种理性，学校的教育策划也需要具有保持这种理性，这种理性的尝试也是专业精神的体现。

另一面是平衡生活。

平衡，需要我们合理认识学业和活动的关系。学业的重要性对高中生不言而喻，但它不应是学生的全部；活动很诱人，却一定不能越位成为主旋律。有什么方法帮助我们实现平衡的生活呢？运用"二八律"，将时间的 80% 用在学业上，20% 的时间用于活动，适度安排学业与活动，是一个好方法。

深中有些特别热衷于活动的学生，其实并不是不爱学习，而只是认为能力发展的任务完全由活动承担，是一件与学业无关的事情，将学业与能力发展二元对立，一想到自己未来进入社会，需要那么多的能力，就感觉必须抓紧时间搞活动，锻炼自己。课业的学习，真的与能力无关吗？其实不然。大部分解决社会问题的能力，确实需要在合适的群体环境中进行发展与磨炼。但是，类似数学、科学乃至人文领域的阅读与分析等等，大多数还需要人专注、独自完成。最近哈佛的研究生贝思尼·伯鲁姆主持了一项心理研究。该研究的结论是，人们在独当一面时形成的记忆要比和他人共事时形成的记忆牢靠得多。其引申意义是：独处有利于人格的完成。另有心理学研究表明：独处时间长的人，其社会敏感、社会技能反而更强。

这大概是因为独处使人对自己的时间有更多支配权，也有机会充分地发展自我，在与人互动时更能体会别人的心境和情绪。

回到高中生的课堂。系统的学科学习帮助我们发展逻辑思维能力，在学科的各个知识点之间构建联系的过程，就是宏观、全面认识问题的过程；如何安排各个学科之间的学习时间、学习顺序，本身就是一个组织与管理的过程；不懂就问，在锻炼沟通与人际能力；课堂上的每次发言，都在锻炼表达能力……只要我们不主观割裂学业与能力提升的关系，在学业的学习中认真做好每个步骤，就能渐渐感受到学业水平的提升与能力发展之间的同步关系。以前人们常说高分低能，但是已经有大量的实证研究证明，学业优秀与能力发展正相关，高分低能是极少数，高分高能是大多数。

一心致力活动、荒废了学业的学生，会给自己和深中都留下深深的遗憾。去年10月，学校征集深中的教育故事，邓海清老师告诉了我们这样一个“学生干部”的经历：高分进入深中，高一、高二热衷于各种社会活动，忽视了学业，到高三认识到学业的重要性，却无力回到正常的备考中。失衡的生活，带给人生的影响引人深思。

真正认识到学业对个人生活的意义，不仅仅在于分数和排名，而是发现自己和实现自己的一个重要途径，并在兴趣和意志中一同体会发现和实现的过程。学业不是丰富生命力的敌人，而是让生命力变得更丰富的资源库和主要路径。

平衡生活，从一份适合自己的时间规划开始。在全校集会上就高中生的时间管理做过主题演讲的高三学生杨粤琪，已经被宾夕法尼亚大学沃顿商学院提前录取。仔细研读她的一周时间安排，会发现其中包含了高中生平衡生活的各种要素。

学业学习：上课、每日作业的完成、备考SAT、背单词。这个版块占据了大部分时间，但不是全部。杨粤琪同学还有不少用于“乐活”的时间版块。如：

个人兴趣：读英文书，写英文日记，吃禾绿寿司。

自我实现：NOVA杂志的编辑与营销。

锻炼和营养：喝牛奶，吃水果，固定的慢跑、瑜伽、散步。

朋友的支持：朋友间的聚会，和朋友一起锻炼。

平衡的生活并不总是那么轻易就做到。杨粤祺的“乐活”生活也是从失衡开始的。她说："由于学业的压力……我也曾经认为，此时不搏，更待何时呢？然后强迫自己接下大量的工作，晚上挑灯夜战。然而，这种生活让我精疲力竭……直到有一天压力大到在被窝里默默流泪。"

改变失衡，就需要认识到平衡是动态的，要主动调整生活节奏，适当放慢生活，要学会接纳自己的低潮，用心、耐心积累，积极体验，坚持下去，等待高潮的到来。可以说，没有伴随着积极体验的坚持，就不可能在学业压力持续存在的情况下体会到学习的快乐，也就很难创造出苦乐相伴、压力化为动力的平衡生活。

有人将辛苦转化为幸福，有人将辛苦转化为痛苦；有人将辛苦当作登高的阶梯，有人将辛苦视为无底的深渊。

我在北京大学"中学校长实名推荐制"和清华大学"新百年领军计划"公开答辩会上的演讲中说："深圳中学努力为学生创造一种经历与努力、活力与实力相统一的，既精彩又充实的高中生活，华而又实的人生经历。"这是我从一个校长的视角对学校教育的设计。与此同时，我也意识到，人与人之间的相似性远大于差异性，但是恰恰是差异性使每个个体追求生命的价值变得更有意义。从此种角度看，教育永远都是针对个体的，也只能针对个体。教育，尤其是我们的自我教育，一定是向内的，弥漫着只有当事人自己才能体察到的细节。我希望每一个深中学生，都建立起符合个人情况的生活模式，拥有最适合自己的深中生活。发现自己，实现自己，超越自己，成为最好的自己，活出丰富的生命力，是我们能够给予自己的人生最大的肯定。

2012，深中人的发现之旅，实现之旅。

做最好的自己，从今天开始！

创造未来

——在深圳科学高中创校暨开学典礼上的演讲

2012.9.9

今天我们欢聚一堂，参加中国第一所科学高中——深圳科学高中开校暨开学典礼。我谨代表全校师生员工，诚挚地感谢并欢迎各位领导与来宾。

说到“科学高中”，可能让人有些陌生，但在国际上早已有之。20世纪以来，世界发达国家为了提高全民科学素养，培养科技精英人才，做了不懈的努力，在高中阶段创办科学高中就是一个重要举措。

在美国，建立于1938年的布朗士科学高中，培养了7名诺贝尔物理奖获得者；美国《新闻周刊》评选出的“2012‘全美最佳高中’”的第10名，是托马斯杰弗逊科学技术高中，而第1名也是一所科学高中，那就是盖顿数学与科学高中。

韩国积极发展“特目高”计划，“特目高”就是以特色、特性化目的举办的高中，其中的“科学高中”有18所。

值得一提的是日本的“超级科学高中计划（SSH）”，它于2002年启动，是由日本文部科学省指定的、重点实施科学技术及理科数学教育制度的高中，目前已有145所高中成为指定校。这类学校的办学宗旨是：为学生在数学、科学、技术、工程领域提供充满挑战的学习环境，鼓励和培养学生的创新精神，使之形成追求创新文化和保护人类共同利益的道德行为。这些学校的学生在“科学、技术、工程和数学”这4大领域有明显的优势，而且他们已经将兴趣上升为志趣，盖顿科学高中学生的T恤上写着“为科学奔波”就是一个例子。在2001年3月出台的科学技术计划中，日本提出，要在50年内拿30个诺贝尔奖。在实施该计划的10年中，已获得9项诺贝尔奖，获奖人数达18人。

中国的基础教育，重理论轻实践的模式还没有实质性的改变，发展学生特长也多以体育、艺术、外语为主，科学教育作为高中办学模式尚属空白。正因为如此，深圳市教育局秉承我们这个城市的“敢为人先”的精神，肩负使命，高瞻远瞩，外观世界高中教育发展历史与趋势，内应国家“普通高中多样化发展”与“创新人才培养模式”之呼唤，同意我们这所新办高中的办学模式为“科学高中”。

龙岗区委区政府从全市以及龙岗地区社会、经济发展大局出发，对深圳科学高中的建设非常重视、大力支持。他们在建设华为科技城中表现出来的战略远见、实践智慧，令人敬佩；他们在加强社会建设、重视民生方面的积极奉献、真抓实干，令人感动。

中国科学技术大学校长候建国院士派专人送来了祝贺信，我们的邻居华为技术有限公司、深中校友刘若鹏先生的光启研究院、负责筹建的深圳中学都派来了代表参加典礼。特别要感谢第一批选择这所学校的家长和同学们，这就是我们生长的土壤，这也是我们信心的来源。

谢谢你们!

作为中国第一所科学高中，深圳科学高中应该怎样办出自己的特色呢？我们提出的校训是“学会理解，创造未来”，我们着力于培养学生的“理解”特质。其“理”者，理想、理性、理会之谓也；其“解”者，解释、解决、解放之谓也，希望我们的学生能逐步成为具有这 6 项特质的，以科学、技术、工程和数学见长的创新型高中学生。人文教育在理工和数学见长的学生成长中具有不可替代的作用，而且文科人才也需要增强科学素养，所以我们在深圳科学高中荣誉体系里设置了高层次文科班，探索科学与人文教育相结合的有效内容与方式。

今天，我们站在这里，站在还是一个工地的校园里，怀抱着为中国培养一流科技人才打好基础的理想，建立了中国第一所科学高中。我们 10 位最初的设计者，85 位教职员工，612 名同学，是这所学校第一批建设者和见证者。“第一批”，是困难，但更是机遇，不是所有学生、老师和家长都能够有这个荣幸的。“第一批”，意味着会有更多的机会、更丰富的生活、更激越的人生经历。因此，“第一批”是一门课程，是一个难得的教育机会，要好好珍惜它。大家常说“未来不是我们要去的地方，而是需要我们去创造的地方”，老师、同学们，让我们一起“创造未来”吧。

今天站在这里，我们的起点并不高。坦率地说，这里原来只是一所普通的配套高中，但是，这不该成为同质化办学的理由，我们完全可以建立高远的目标——从中国第一所科学高中到真正的中国第一的科学高中。我们的录取分数线也不高，但这也不能成为平庸的借口，我们完全可以燃烧梦想，创造自己的精彩与美丽。如果一种教育，只能使学生优秀的还那么优秀，平常的还那么平常，那只能说是“维持式”的教育，不是“增值式”的教育，而“增值式”的教育才是实现学生充分发展的教育。我们的深圳科学高中就是要展现出独特的教育力——让优秀者更优秀，让平常者不平常！

今天站在这里，作为开创者，我们的名字将被镌刻在深圳科学高中的校史上，成为勇气与希望的代称，激励后来的每一代科高人——虽然我们只是一群普通人，但曾有过这个时代最前沿的目光与最勇敢的行动，而且开校后我们没有懈怠，一路前行，不断超越！

人生若此，夫复何求；学校若此，幸甚至哉！

种下一棵理想树

——在深圳科学高中2012—2013学年第二学期开学典礼上的演讲

2013.2.17

今天我们迎来了第二次开学典礼，这是一个特别的典礼，深圳科学高中第一批师生将共植一棵“母亲树”，12个班级各植一棵自选树，以此为“2012级理想林”，纪念科高创校一周年，激励科高师生志存高远、永续卓越。未来每一级的师生都将在校庆周种下自己的“理想树”，与学校一同见证成长，不断超越。

我们为什么要“种下一棵理想树”呢?

作为中国第一所科学高中，没有先例可循；作为一所新建学校，没有校史可读；作为第一批老师，没有榜样可学；作为第一批学生，没有学长可带。但是我们可以创造历史，可以创造榜样，可以欣赏成长，于是我们种树，而且种下许多果树，这样我们年轻的校园不但可以欣赏到硕果累累，更重要的是我们真正体验到科高是一个“春住园”——春风化雨，春暖花开，春华秋实!

因此，它不仅仅是一次校庆活动，更是“自我领导”课程的第一课。我们学校自主开发了一门新的课程——“自我领导”，课程目标是引导自我积极发展、充分发展、持续发展。

这里首先需要对“自我”有个界定。这个语境下的“自我”，是心理学意义上的。按照著名的心理学家安妮·克莱因所说，“自我”指的是一个自主的，拥有自我区别感的，具有自己的核心愿望、目的、设计和命运的个体。

“自我”是需要发现的。何谓“认识你自己”? 需要明确回答6个问题：我是谁？我在哪儿？我要到哪儿去？我为什么要去？我何时到达？我现在正在做什么？

领导，即率领并引导；领导力，即率领并引导他人实现共同目标的能力；“自我领导”，即率领并引导自己实现人生目标的过程。

美国加州大学领导力研究者库泽斯与波斯纳则说：“领导的一项最重要的活动，就是通过描绘一个令人激动的愿景，赋予生活和工作以意义和目的。”国际上的科学高中，无不将领导力作为学校培养目标的重中之重。

作为磁石学校的著名代表，始建于 1985 年的托马斯·杰斐逊科技高中在办学信念中提出：以合作学习、竞技运动和课外活动，培养学生的领导力和人际交往技能。

韩国科学英才学校提出“培养全面化，全球化的领导者”，教育目的是为激发学生的能力以及素质，培养科学领导能力、创新能力以及探究能力。

1948 年成立的“国际经济学商学学生联合会组织”（AIESEC）在全球范围内致力于将有潜力的年轻人培养成具有全球化视野的负责的领导者。它的价值理念之一便是：“以己为样，通过行动和成果激发领导能力”；“我们肩负发现与发展人类潜能的角色和责任”。

领导力也与责任心一起被美国列为“21 世纪技能”的最后一项，它的含义大致是：使用人际交往和解决问题的技能来影响和引导其他人朝着目标努力，利用他人之所长来实现一个共同的目标。

二战后日本少年在废墟上读书的情景让当时的西方有识之士深为感动，预言了当时战败的日本在未来的崛起。国家民族之兴盛在于青少年一代。1900 年，时年 27 岁的梁启超反思百日维新的失败，写下了“少年强则国强，少年独立则国独立，少年自由则国自由，少年进步则国进步”的《少年中国说》。领导力的培养关键阶段在于青少年时期。

我们创校时就向世界宣示了自己的办学使命：深圳科学高中致力于培养会理解、富创意、有教养、能负责、善领导的高中学生。他们能够勇敢地发现自我潜能，不断追求超越，努力实现自我价值，以此服务社会，进而为人类文明的进步贡献力量，并且乐在其中。“善领导”应该是科高学子的优势之一。“善领导”首先是对自己的领导，不善自我领导何谈领导他人！

今天，我们一起“种下一棵理想树”，形成了科高师生的“2012级理想林”。这些树木各具特色，或挺拔，或娇俏，或有松柏品格，或有梅兰暗香，正如我们这12个班，各具品质，不分伯仲，无论是哪一种生命，都带着它独特的品质，都能够创造出属于它独特的精彩。

今天，我们“种下一棵理想树”。理想，是指对事物的合理想象或希望。想者，天马行空，漫无边际；理者，理性，整理也。用理来约束想，方为合理的、可实现的想象与希望；用理来执行想，方能使理想的实现变得有步骤有规划；定期对自己的想法进行整理，才能去除冗杂，使思想更有条理和逻辑，从而使理想变得可执行。因此，可以这么说，理性的梦想就是理想，目标就是有截止日期的理想，生活的目标就是要过一种有目标的生活。

人生有限，合理的规划可以帮助我们将精力放在最重要的事情上。我希望从今天起，每一位科高人在自己的心里种下一棵理想树，规划自己高中的学业，未来的职业，人生的事业，“描绘一个令人激动的愿景，赋予生活和工作以意义和目的”，定期“浇水施肥”，定期“整理维护”，常常欣赏，常常守望——也许，这就是“自我领导”！

同学们，还记得你们在初入学校时填写的那张心愿卡吗？当时的你们满怀憧憬地写下了对高中三年的梦想和规划。如今高一已过一半，你们是否还在按照自己的规划步步向前呢？——你们在有效“领导”自己吗？

美国诗人惠特曼在一首诗里写道：“我把自己赠给泥土，然后再从自己喜爱的草叶中生长出来。”树木可以努力地朝天空生长，是因为它的根深深地扎在土地里。理想树带着你们对未来的美好希望，带着你们最青春飞扬的时光，永远地扎根在深圳科学高中，这个由你们亲手创造，和你们一样年轻、一样充满梦想的校园里。科高的学子们，无论你们走得多远，记得你是从哪里出发；无论你们去到世界哪一个地方，记得初心不忘；无论你从事何种工作，都能像树一样生长。你们永远是科高的孩子，你们的根在科学高中，你们的老师、你们的校园会永远为你们祝福。有了根，就永不会忘掉回家的路。十年后，二十年后，甚或耄耋之年，约同学少年，再游理山，理想树依然青翠，你们的青春和热情依然燃烧。

中国第一所科学高中是我们开创的，2012 级理想林是我们种植的，心中的理想树是我们栽下的——因为“学会理解，创造未来”是我们的校训——创造是我们的使命啊！

2013 年，我们将向社会奉献出科高课程标准、学科前沿报告、科学素养评估调查，向社会展示深圳科学高中的特色，向社会回报深圳科学高中的贡献。

追求更科学地成长

——在深圳科学高中 2013—2014 学年第一学期开学典礼上的演讲

2013.9.8

今天我们欢聚在深圳科学高中，举行 2013—2014 学年秋学期开学典礼。刚刚大家欣赏了家长的朗诵《我交给你们一个孩子》，感受到了家长对学校、社会的期盼；欣赏到了学生的诗朗诵《如果您能记得》，感受到了学生对家长、老师的期待；欣赏到了老师的演讲《让我们共同创造未来》，感受到了老师对学生、自己、家长的期待，这些期待构成了我们聚在一起的理由，我相信这些期待会让我们走得更远。

今天我演讲的主题是“追求更科学地成长”，表达对四个问题的理解：何为科学高中，何为科高人，何为科学地成长，何为更科学地成长。

一、何为科学高中?

在美国，纽约最著名的三所老牌重点高中之一，布朗士科学高中始建于 1938 年，其校友中有 7 位获得了诺贝尔奖；位于弗吉利亚州的托马斯杰弗逊科学技术高中于 2007 年、2008 年、2009 年被《美国新闻与世界报道》评为最佳美国公立高中；而 2012 年“全美最佳高中”第一名，盖顿数学与科学高中，也是一所科学高中。

在韩国，科学英才学校是韩国中央政府指定的韩国唯一科学英才学校。

在日本，2002 年启动了“超级科学高中计划”，这是由日本文部科学省指定的，重点实施科学技术及理科数学教育制度的高中，目前已有 145 所高中成为指定校。这些学校要为日本培养未来的诺贝尔奖获得者。在 2001 年 3 月出台的科学计划中，日本提出，要在 50 年内拿 30 个诺贝尔奖，而在实施该计划的前 10 年中，日本已获得 9 项诺贝尔奖。

在中国，2012 年 9 月 9 日，深圳科学高中——中国第一所科学高中诞生于深圳坂田。

综观世界，国际科学高中的办学宗旨是：为学生在数学、科学、技术、工程领域提供一个充满挑战的学习环境，鼓励和培养学生的创新精神，促进道德行为上形成创新文化和保护人类的共同利益的价值观。这些学校的学生在“科学、技术、工程和数学”这四大领域有明显的优势，而且他们已经将兴趣上升为志趣，盖顿科学高中学生的T恤上写着“为科学奔波”就是一个例子。

中国第一所科学高中——深圳科学高中，办学理念是：

校训：学会理解，创造未来。

学校使命：深圳科学高中致力于培养会理解、富创意、有教养、能负责、善领导的高中学生。他们能勇敢地发现自我潜能，不断追求超越，努力实现自我价值，以此服务社会，进而为人类文明的进步贡献力量，并且乐在其中。

学生特质：“理解”是学生特质的核心。“理”者，理想、理性、理会之谓也；“解”者，解释、解决、解放之谓也。科高学生是培养具有这6种特质的，以科学、技术、工程和数学见长的创新型人才。

二、何为“科高人”？

考上科高，不等于就是“科高人”。“科高人”是在遵循校训，不断自觉努力中成长起来的。

回顾科高一年的办学历程，老师和同学们的卓越表现让世人眼睛一亮：

2013年3月29日，发布《2012年学科前沿发展报告》。这是中国第一部由一所中学独立编著的2012年全球学科前沿发展报告。

2013年5月17日，发布《深圳市公众和中学生科学素养调查报告》。这是中国首次由一所高中独力设计并开展的面向全市公众和中学生的科学素养调查。

2013年5月24日，发布《深圳科学高中课程标准（一）》。这是中国第一个科高高中的课程标准。

建校开学仅一年，已获得11项国家发明专利。

这些成就是老师、专家、学生、家长共同参与的，是学校的特色课程。

深圳科学高中这样的试验，对国家创新人才培养模式的实验、把学校真正办出特色的尝试，意义非凡，影响深远。

回首望去，老师和同学们精彩的表现俯拾皆是，精彩纷呈。

生物学科余龙烟老师、王珏老师，高一（10）班邓逸轩、沈敬濡同学赴南京参加第四届国际DNA和基因组活动周，近距离领略了诺贝尔科学奖获得者的大师风采。他们的教养与专业赢得了大师和专家的欣赏，大师和专家们给同学和学校表达了他们的祝愿和希望。

陈扬琦同学组建的团队，以53天的行动最终制作完成了7分钟的视频，为我们呈现出科学高中历史上第一部宣传片。

生物组的老师和社团同学编撰了《深圳科学高中植物志》，这已经成为学校对外交流的礼物，也是今年中秋节学校寄给新老师的亲人的礼物之一。

在世界精英高中学生云集的“先锋中学生国际圆桌会议”全英文发言时，科高学子首次登场，其专业和自信令人刮目相看。在接待芬兰友好学校来访师生中体现出的热情和教养，令客人们难以相信这些学生来自于一所才建校几个月的学校。

在丰富多彩的社团活动、学科活动、社会活动中，在学校最近揭牌的工程技术专用教室、未来医学专用教室、春熙堂国学体验教室，我们欣赏到了学生创新的勇气和专业的精神，将兴趣变成志趣的发展过程。

我们还欣赏到：

高二（10）班一位同学的暑假自选作业是《制订一份暑假体育锻炼计划》，他的计划很简单：坚持每周至少5次锻炼，每次约半小时。主要项目有：引体向上25个，羽毛球或篮球20分钟，慢跑10分钟。为了使自己执行到位，他以日记的形式，记录了暑假47天的锻炼情况。虽然朴素，但令人感动与敬佩。在这里，我们欣赏到天天有进步、创造新高度、任务成就梦想的力量。

高二的一位同学，在她的《学生素质发展报告》里面这样说：上学期，在学校举办的活动中，作为参与者、演出者、工作人员，共0次，获奖0次，作为观众11次。这些数字说明自己在人群中很普通，显得平庸了一些，没有很好地去发挥自己的潜能，在未来希望自己能够发挥潜能，大胆、优秀地展示自己的长处，服务集体与他人。在这里，我们欣赏到反思、见贤思齐的力量，这就是自我成长的力量——不是来自外界的灌输，而是来自自己的思考与感悟——这，不就是教育的力量吗？不就是成长的力量吗？

……

这些，让我们感到“会理解、富创意、有教养、能负责、善领导”的科高学生形象，不是空洞的，而是具体的，不是抽象的，而是生动的。也许这就是选择科高所带给你的不同。

三、何为“科学”地成长?

我认为“科学”地成长，至少有如下特征：

1. 规划人生，种下一棵理想树，用任务成就梦想。

2. 要事优先，第一次就把事情做好。

3. 追求平衡的生活，使用“加式思维”。

4. 了解学科前沿，站在高处起飞。

5. 学会研究性学习，养成创造性地解决问题的习惯。

6. 参加一个社团，利用自己的专长为他人和社会提供专业的服务。

7. 和你所敬重的人保持接触，拒绝垃圾文化，珍惜时间。

8. 观察大自然，学习树的生长智慧。

9. 学会奖励自己，让进步成为自己的享受，乐在其中。

10. 用自己的进步和贡献诠释校训——“我就是科高”——“学会理解，创造未来”。

四、何为更“科学”地成长?

在这里，“科学”是一个形容词。“更科学”地成长，就是要更加自觉、更加充分、更加优质地践行校训——学会理解，创造未来!

要明确回答“科高七问”：

1. 我是谁?

2. 我在哪儿?

3. 我要到哪儿去?

4. 我为什么要去?

5. 我怎样去?

6. 我何时到达?

7. 我现在正在做什么?

“科高七问”，是科高人对人生的常识与真理的探求。要时刻追寻“科高七问”，培养出科高人的特质。衷心地希望老师们和同学们，在生活中践行校训，在科高提升成长的效能。

做有教养的奋斗者

——在深圳中学2015级新生入学典礼上的演讲

2015.8.28

亲爱的2015级新同学、尊敬的家长、新入职的老师们：

大家好！从今天起，我们有了一个共同的名字，叫作“深中人”。我代表学校，感谢你们，欢迎你们，祝福你们！

心理学上有“首因效应”，说“第一次”是非常重要、影响巨大的。在深中每一年的新生入学第一课上，校长也会选择最重要的问题来跟同学们交流。我不会选择你们已经知道的，或你们的体系负责人、导师、老师将来会跟你们交流的问题，而是根据深中文化发展的态势，推测新生可能会面临的一些问题，来选择一个话题。

高中阶段，同学们的学业很重要；未来，我们对大家的成功也非常期盼。但是，15岁到18岁这个阶段太重要了，远远超越了学业层面。如果把这一段青春仅仅用作大学的预备，把高中过成大学的“预备班”，那我们的浪费就太大了。因为在这一阶段，一个人会形成他对人生、对世界的基本认识，对“什么是正确”“什么是美”的判断。不只是简单的看法，而且是上升为“观念”——形成系统的、相对稳定的、带有哲学价值的想法——它会影响人的一生，当然也会影响你的学业。

我想首先从你们的“样子”说起。

这是你们入校后，我通过默默观察欣赏到的——你们军训的样子、高一学生的样子。就在前两天，我看到有一位同学坐在树下看书，我问他看的是什么书，这位同学站起来，用双手把书递给我，那是一本关于批判性思维的书——这位同学所看的书和他的姿态，让我非常欣慰。

我们也欣赏到高二学长的样子，学校独特的文化让我们欣赏到“学长”是什么样子。今天会场上，你们的脚步、你们的口号、你们的眼神，都可以让所有人想象着深中学子的样子——虽然才短短5天，但是一滴水可以见太阳。

对“样子”的重视也是我们的民间传统。有这样几句话：“从小看八十”，某种程度上，在一个孩子小时候就可以“看”到他八十岁时是什么样子；“吃有吃相，坐有坐相，站有站相”，做什么就要有什么“样子”；“相由心生，境由心造”，一个“相”让人感觉很好的人，往往是“知书识礼”的人、有教养的人、文明的人。

在南开中学校园门口，有一面古老的镜子，镜子上是创校校长张伯苓先生亲笔题写的几句话：“面必净，发必理，衣必整，纽必洁；头容正，肩容平，胸容宽，背容直。”这就是这所学校的文化，她培养出了深受国人尊敬的潇洒、智慧的周恩来总理，以及温家宝总理。

我们学校的餐厅叫“有品楼”，这个“有品”来自哪里呢？钱学森登船到美国留学之前，他的父亲留给他一张纸条，上面写着：“人，生当有品：如哲、如仁、如义、如智、如忠、如悌、如教！吾儿此次西行，非其夙志，当青春然而归，灿烂然而返！乃父告之。”一个人生来就应该有人格、有品质，要像一个圣哲、一个仁者、一个讲义气的人、有才智的人、忠诚的人、尊敬师长的人。他的父亲说，此行并非夙愿，所以应该怀抱着爱国的热情，学有所成，灿烂然而返，还保有与当年一样的青春激情。我们给餐厅取名“有品楼”，就是希望每个同学都“生当有品”。

我们的先人早就注意到这个问题，《论语》中说：“兴于诗，立于礼，成于乐。”《诗》《礼》《乐》都是儒家的必修课，而且“不学礼，无以立”。我们可以去看深受儒家文化影响的韩国、日本、新加坡人，不管是老人还是年轻人，他们身上大多有种独特的气质，这就是“样子”，这就是“有品”，这就是“礼”，这就是“教养”。

概括来说，教养就是内心的道德修养和它在外在行为中的表现，体现为“礼仪”“素质”“道德”。

我们说一个人“有教养”时，必然是与他相处时感觉舒服，谈吐得体、待人和蔼、谦逊有礼、守时守信、关怀他人、心胸宽阔……

教养，在西方文化中指什么呢？礼貌、规矩、态度、风度、生活方式、行为习惯等等。英国王太后曾说，“教养”实际上是英国皇室存在的一个象征。我们很多人不理解，英国、日本王室大婚，为什么举国上下都要去观看。实际上，他们已经从“王室”转化为一种“教养”的代表、“品质”的代表。

什么是教养？教养就是不用别人提醒，自己就能把“优秀”作为一种习惯。今天，2015 级的同学们，你们雄姿英发、进退有序、昂首挺胸，你们响亮的口号、热烈的掌声，是你们的“教养”；今天，学长团的学长们，你们无私的爱心、热情的奉献、倾力的帮助、果敢的担当，是你们的“教养”；未来，深中学子们，你们的志存高远、志在必得、大有作为，也是你们的“教养”。

但是实际上，时下社会的现实环境却对一个人提高“教养”不太有利。为什么？因为一些人奉行的价值观，不是“教养”，而是一种“丛林法则”。人们把“适者生存”引入社会中来，演变成一种“社会达尔文主义”。甚至有人说，想在竞争中胜利，必须有“狼性思维”，必须“野蛮生长”。长期的造反、革命、政治运动的经历，长期的物质匮乏，使我们的国民形成一种“狼性”的思维，在竞争中要“狠”要“黑”，所以“厚黑学”那么流行，所以“宫斗剧”那么火爆。但讽刺的是，这种“狠”往往被用在本来可以是“合作”关系的“竞争者”身上，但一看到入侵者——比如八国联军——我们表现出来的却是那样的懦弱与愚昧！

为什么？我们对“奋斗”与“教养”的联系缺乏认识。“奋斗”不是不择手段地追求成功，真正有正确目标的奋斗者，恰恰是最重“教养”的。

那么，教养究竟有什么样的价值？为什么它如此重要呢？

教养是对这个世界保持的一种尊重。

我想跟大家分享一段史料：在 1793 年 1 月 21 日巴黎的协和广场上，国王路易十六和王后被推上了断头台。其间，王后不小心踩到了刽子手的脚，她下意识地马上说：“对不起，先生，对不起。”而路易十六面对杀气腾腾的刽子手，留下了坦然而从容的遗言：“我清白死去。我原谅我的敌人，但愿我的血能平息上帝的怒火。”不管历史对他们作何评价，但在那一刻，他们内心的高贵、对他人的尊敬，让人肃然起敬。

教养说明你对这个世界有一种理解之后的同情。你同情这个世界，因为你理解。

让我们一起来看两幅图片：

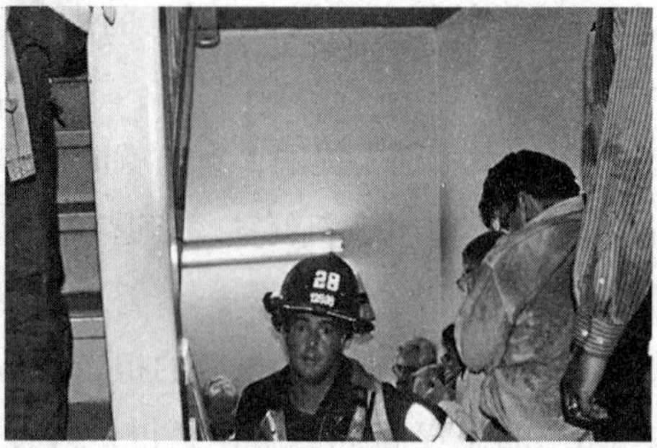

这是美国“9.11”事件中，大火在燃烧，楼层在倒下时，在狭窄的楼梯里的一张照片——消防员有序地往上走，楼上的人有序地向下走，没有出现拥挤和践踏的悲剧。

再看日本的福岛，在核泄漏、大地震中，日本的国民表现出来的秩序、谦让、素养，让全世界动容，也赢得了全世界的尊重。这幅照片是他们在余震当中有序撤离的画面。

“教养”的基础是，我们对这个世界有一种理解——这个世界有很多灾难，在灾难中，我们应该采取怎样的行为？我们的团队应该采取怎样的行为？有时候，我需要退让；有时候，我可能要牺牲；有时候，我可能要放弃唯一的求生机会……但是，对于这个世界，我理解，因而我同情。

教养是一种重要的能力。

一个个体，不管能力多强，在全球化的社会里，都一定要和他人合作，与其他团队合作，与其他国家的人合作。你可能和一群肤色不同、民族不同、文化不同、饮食不同，甚至连身上散发的气味都不同的人在一起工作，你怎么跟他们有效地沟通？只有教养，能保证你在公共环境里与人友好相处。卡内基曾经说过："一个人的成功，15% 取决于专业知识，85% 取决于非智力因素——人际沟通和自我修养。"

美国著名的教育家、心理学家霍华德·加德纳说："迈向未来有五种重要的思维能力，1. 条理性思维；2. 综合性思维；3. 创造性思维；4. 尊重的思维能力；5. 道德思维能力。"后面两个都和"教养"有关。

美国提出的"21 世纪技能"，列出 21 世纪必须掌握的能力，其中，在"领导力与责任心"这部分，提出了这样的要求："使用人际交往和解决问题的技能来影响和引导其他人朝着目标努力；利用他人之所长来实现一个共同的目标；展现诚信和道德的行为；行动富有责任心，铭记社会的总体利益。"在这里，"教养"也是重要的一环。

教养是一种贵族精神，让你形成一种由内而外的高贵与优雅。

同学们看过《泰坦尼克号》，当大船即将沉没时，船长先生一个人整理好行装，走进船长室，等待最后时刻的到来。设计师愧疚地说道："对不起，我没能为你造一艘足够坚固的船。"他们都不逃避，他们选择与这艘船待在一起。而甲板上的 8 位乐师，穿戴整齐开始演奏乐曲，他们的身影在黑夜的寒风中与苍凉的星空相互映衬，这个画面如此动人。他们让我们明白，在死亡面前可以如此从容不迫，尽责任，敢担当，有尊严，这是"贵族精神"的典型的写照。

教养可以让你看到更广阔的世界。

深圳中学是一所以民主、自由、个性和活力著称的学校，那这样的校园文化是不是不利于提高同学们的"教养"呢？不是的，"个性"与"教养"并不矛盾。个性不等于任性，宽松不代表纵容，有教养不等于做唯唯诺诺的老好人，也不是低眉顺眼的顺民，它与"个性"并不冲突。

在全球化时代里，每一个人都是世界公民。只有具有世界公民的教养，普世的价值观，才能在国际的环境下生存和发展，才能站得更高，走得更远。在这里，"个性"是一个人的优势，但如果"缺乏教养"，一定是他致命的短板。一个具有正能量的人、有教养的人，总会赢得更多的尊重和机会，看到更广阔的世界。

教养有这样的价值，那么，教养是怎样形成的？

第一，教养的形成是需要传承的。

西方有一句话："一夜之间可以造就一个百万富翁，但要培养一个贵族，却要三代人的努力。"我们的民间也有一句话："三代看吃，四代看穿，五代看文章。"这说明了一个家庭的教养、良好家风，是可以传承、需要传承的。我们看到一个有教养的孩子，就可以推想他的父母、他的老师是怎样的人。

在现实的家庭环境里，学生存在大量的提前学习、重复学习、过度学习，匪夷所思、难以理解、徒唤奈何。实际上相较于这些，更重要的应该是在家庭和社会生活中习得教养。

第二，教养的形成需要环境。

"教养"不仅仅是"教"出来的，更是"养"出来的。

西谚说："上帝不能来到每一个家庭，于是就派出了母亲。"对于孩子的教养，母亲有着独特的优势和更多的责任。教育家说："推动地球的手，是晃动摇篮的手！"母亲决定了世界。教育家们说："一个称职的父亲超过一百个校长。"还说："环境和选择决定人生。"我们的环境——家庭、学校、同伴环境都是非常重要的。

家长、家庭和假期；老师、同伴；社会、网络、阅读、活动——都是孩子形成教养的重要契机和环境。老师和家长，身教重于言教，这是传授教养最重要的方法和途径。

第三，教养的形成需要自觉。

同学们，你们刚刚进入高一，三年以后将进入大学，这段时间是你们钻研学业的最好时机，也是你们形成教养的最好时机，你们需要有这样一种自觉。

首先，要给自己一个定位。巴菲特的搭档查理·芒格曾有这样一句名言："要得到你想要的某件东西，最可靠的办法是让你自己配得上它。"你希望将来自己得到体面的工作、有品质的生活，你希望与高尚的人在一起，你希望得到更多的发展机会，那么请你准备好能让自己形成与之相配的教养和品质。提高教养，尊重规则是前提，行为有“礼”是关键，修养内心是根本——因为教养是由内而外的。

其次，我们要阅读经典。阅读就是在滋养我们的精神。林语堂先生说过：“应该把诗歌称作中国人的宗教。”读诗、读散文，对我们修身养性有独特的作用。古代诗人那些脍炙人口的诗篇，是他们用艺术的眼光看到的人生；描绘的那些美好的风景，是他们细腻的情感的表达。读一读经典，尤其是中国的古典诗词，有非常好的作用。“腹有诗书气自华”。

再次，要拒绝垃圾文化。垃圾文化从某种意义上说，和毒品是一样的。当你把时间、生命和青春消耗在垃圾文化、泡沫文化上时，就意味着垃圾和泡沫把你的青春占据了，把你的生命占据了，那是非常可惜而又可怕的。

还有，和你所敬重的人保持接触。害怕黑暗，最好的解决方法不是逃避，而是寻找阳光；害怕寒冷，最好的方法不是躲闪，而是燃起篝火。同样，拒绝垃圾文化、泡沫文化最好的方法是去接触那些优秀的、值得钦佩和敬重的人，他们会照亮你的人生。

最后，我想说一说，我对你们的期待。

深圳中学致力于培养具有丰富生命力的人：他们能自主发现和实现个人的潜能，成为他们最好的自己；而且他们无论身在何处，都能尊重自然，关爱他人，服务社会，造福世界，并且乐在其中。

实际上，这里已经明确指出了深中学生应该具有的教养，并且，深中人应该享受这种教养。

在这个示意图中我们可以看到，审美情趣是前提，审美情趣的丰富扩大就带来了学术精神和专业精神的提升。

深中 2008 届校友言缵弘先生有这样一段话：“我梦想中，中国未来真正的精英是这样一种人：他们博学多才，他们明白自己的社会责任、民族担当。他们有发自内心的谦虚和蔼，与村夫交谈不变谦恭之态。在浮躁的环境里，他们最先沉静。他们知足恒足，对人民怀着最纯洁的爱。他们废寝忘食，乐以忘忧，做出精英级的贡献和服务。在这种工作中，他们找到了人生的意义，幸福和美好。于是，这样的人就可以说：‘我是国家的公民，是世界的公民。’”这是对深中学生素养、深中学生特质的另一种解答。

期待 2015 级的同学，在承续深中优秀传统的基础上，把“教养”当作你们的优势。你们在哪里，哪里就充满了温暖和美丽。

与太阳一同升起

——在南京汉开书院 2017—2018 学年第一学期开学典礼上的演讲

2017.8.31

今天的“早上好”，名副其实，现在是早上 7 点。

同学们早早地起身，从容地做好开学的准备，路上没有堵车，两边的风景那么宁静；你们穿着汉开的校服，背着汉开的书包，在老师们期待的目光中，欢快地走进校园，在教室享用早点后，来到了会场。

汉开书院可能是新的学年中国的中小学里最早举行开学典礼的学校——在 8 月 31 日早晨 7 点，老师和同学们，与太阳一同升起，开启新的学年！

有人问我，南京汉开书院到底有何不同?

可以用两句话回答：“如果你是一滴水，汉开引领你终归大海作波涛”；“我是汉开人，请看我可能”。

如果是两个词，那就是：“梦想”“奋斗”。

汉开书院，她让人尊重的应该是师生养成的核心优势：梦想、奋斗！

大格局的梦想，专业的奋斗，是大有作为、深度体验人生者的核心特征。汉开书院在办学设计中，将其视为师生的核心优势。

怎样才能养成这样的优势呢?

我认为，起得早，乐享跑，就没有什么做不到。

中国的先民与先贤，都非常重视早起。“闻鸡起舞”“早起三光，晚起三慌”“一年之计在于春，一日之计在于晨”，我们耳熟能详。

南怀瑾先生曾说过：“能控制早晨的人，方可控制人生。”那些能控制早起时间的人，简直就是赢得了自己的人生。

台湾诗人余光中先生，是我崇仰的一位学者和诗人，我在任南京师大附中校长时曾恭请他给师生做讲演。他在《写给未来的你》起篇中写道：“孩子，我希望你自始至终都是一个理想主义者。你可以是农民，可以是工程师，可以是演员，可以是流浪汉，但你必须是个理想主义者。”

早起，应该是一个理想主义者的行为表现。

综合多方面的研究资料，我发现早起的人有三方面明显优势：
早起的人，更健康、更自信、更善良；
早起的人，头脑更清醒，看问题更有主见，行为更有良习；
早起的人，成绩更优秀，事业更有作为，人生更加精彩。

早起，这样美妙，如何才能做到？
叫醒你起身的不是闹钟，而是你心中的梦想。

所以，汉开书院的2016级长子长女们，入学不久，就给3年后的自己写了一封信——《致未来的自己》；在第一届校庆时，他们又给12年后的自己写了一封信——《相约2029》。每当走进书院大门，校树旁的“相约2029”“汉开首届，人生豪迈”等标语会提醒他们自己与未来的约定。一年来的成长与超越，说明了汉开长子长女是让老师与家长自豪的“早起”的人！

还记得美国前任总统奥巴马在大选的时候，曾被问道最大的优点是什么。答道：“我总是提前。”

是的，每天提前起床，提前健身，提前安排好繁忙的日程，提前到白宫，提前参加记者会议。奥巴马说道：“当你总是能够提前，这个世界没有什么是你做不到的。”

新中国的开国领袖毛泽东主席有词云："东方欲晓，莫道君行早。踏遍青山人未老，风景这边独好。"

我还想到了曾经读过的一篇名人传记的最后几句话："别人还在沉睡，他已醒来；别人醒来，他已起身；别人起身，他已行动，那是早春的行动……"

所以说，如果你想要变成一个优秀的人，想要更加美好的生活，想要更加精彩的人生，那就先从早起开始吧。因为这个世界一直都在奖励那些早起的人！

早起，晨跑，而且乐在其中，那又将是怎样的体验！

在古希腊，一块岩石写着这样的字句：

"如果你想强壮，跑步吧！

如果你想美丽，跑步吧！

如果你想聪明，跑步吧！"

几千年来，它激励了无数的人跑出了灿烂的人生。

日本著名作家村上春树跑遍了全世界，他在跑步中思考，在跑步中创作，他说："跑步成为我日常生活的一根支柱。只要跑步，我便感到快乐。在我诸多习惯里，跑步是最有益的一个。""在长跑中，如果说有什么必须战胜的对手，那就是过去的自己。"

汉开学子的形象特征里有这样两条：能长跑，不睡懒觉。

汉开的长子长女们在暑期长假中，也是一样的跑步；

HKA2017 童子军，一周的军训，已经让人震撼——英雄有大美，汉开竞风流。童子军结营以后第二天，小学部六（1）班高沫柠同学就开始早起跑步了。

亲爱的汉开学子们，我想再次对你们表达这样的期待：

起得早，乐享跑，就没有什么做不到！

今天早晨7点举行的开学典礼，人生的这次特别的开学，将会镌刻到我们记忆里，我们体验到了这一点——与太阳一同升起，我们可以做到！

汉开，把灯点亮，成为火炬，追赶黎明，与太阳一同升起……

新的学年，祝愿所有汉开人，迎着朝阳，向着未来，奔跑！

白发的感慨……

——在南京汉开书院 2017—2018 学年第二学期开学典礼上的讲话

2018.2.26

老师、同学们：

新年好！

昨晚，我们集体欣赏了《经典咏流传》中王俊凯演唱的《明日歌》，也回味了先贤明代钱福所作的《明日歌》："明日复明日，明日何其多。我生待明日，万事成蹉跎。世人若被明日累，春去秋来老将至……"在新年伊始，在"与太阳一同升起"的新学期开学礼上，诵读这些早已耳熟能详的话语，别有感慨。

类似的话语有好多，而且代代相传，成为经典：

比如《汉乐府·长歌行》咏叹道："百川东到海，何时复西归？少壮不努力，老大徒伤悲。"

再如唐代颜真卿的《劝学诗》写道："三更灯火五更鸡，正是男儿读书时。黑发不知勤学早，白首方悔读书迟。"

还有宋代岳飞在《满江红·写怀》的千古绝唱："三十功名尘与土，八千里路云和月。莫等闲、白了少年头，空悲切。"

如此看来，510 多年前，钱福先生的《明日歌》，实际上说的就是"今日"啊。不要今天拖明天，明天拖后天。要"今日事，今日毕"，绝不拖延。正如王俊凯《明日歌》唱到的："知行合一很重要，实现个小目标；比如说到就做到，那感觉会很好。"

就如同我以前与同学们分享的，如果院长要坐高铁到北京参加 16 点的会议，那么 10 点前必须从书院出发，11 点必须到达南京南站。没有每一个节点的到位，就没有结果的实现。没有每一个"今天"的到位，就没有"明天”的基础。

但是，我有个问题想请教诸君：“明日”，是人们期盼的时间，甚至成为希望的代名词，为何钱福先生说它“世人若被明日累”呢？

这里，我想与同学们分享一则我个人的感悟。

你们现在看到的是一个满头黑发的王院长，可是约一个月以后你看到的将是一个满头白发的王院长——当然，那还是我——王占宝院长。

实际上我的头发几乎全白了，可是以前理发师对我说，你的头发不应该现在就白啊，应该染黑一下。我也不想太显老态，于是就习惯于理发以后染发，以至于忘记了实际的年龄与体质，还像黑发时一样，做事时有拖拉，感觉来日方长。直到今年春节期间欣赏《经典咏流传》，听到王俊凯演唱《明日歌》时，我如同醍醐灌顶。刹那间，我明白了，我的头发全白了，没有多少“明日”可待了，不应该还幻想在黑发年纪了。

于是，我决定要恢复本来的发色，不再扮嫩。每天早晨洗漱时对着镜子照一照，提醒自己白发知多少……

虽有白发，也不能白过，不应该吃喝玩乐等老。头发白了，更要勤学早，更要做实事，更要把生命用在有价值的事情上。我出生于 1961 年，是属牛的。“老牛自知夕阳晚，无须扬鞭自奋蹄。”

只要是做真正有价值的事，再小也值得，再晚也是进步。没有目标，不去奋斗，即使年少青春，也无异于垂暮之时。

如果你要记得现在的我，那就要珍惜时间了，以后你看到的就是飞雪满头的院长了。但也不是可以随便看的，你要是一个“请看我今天实现可能”的汉开人，你要是一个“更好的 2018”的汉开人，你要是一个准备与院长展开真实讨论的汉开人，否则就是亵慢院长了啊！

以后白发的院长，你不能白看，因为白发的院长想让你明白：要勇敢面对真实的自己，莫辜负少年时，要只争朝夕。白发院长能做到的，你们岂能退后？白发院长做不到的，你们要说：“请看我汉开英雄少年！”

只要你真的愿意，现在小学阶段、初中阶段的你，将来想成为怎样的人，拥有怎样的人生，想实现怎样的可能，几乎都能做到，只要是你真的愿意，并且坚持“一定要做到最好”。

初二（8班）的付睿哲同学说要考上普林斯顿大学，还有准备做第一个到剑桥深造的汉开校友的同学。还有许多志存高远的汉开学子，只要你们真的愿意，并且坚持“一定要做到最好”，就没有悬念。

亲爱的同学们，你们入学的照片留存在校史馆里。后人问你，你们是南京汉开书院长子长女，你是汉开第二届学生，你是汉开第一批小学生……你一进校门，就会看到校树——槐树，就会看到你写给13年后的自己的一封信，你那时有着怎样的精彩经历？你实现了怎样的可能？你那时为自己、为班级、为汉开、以后为这个世界作出了怎样的贡献？……你，如何回答？

可以从新年开始，可以从“今天”起步。

“新”，还有“更好”的意思，新的一年，应该是我们每一个人汉开人可以更好的一年，否则我们还停留在2017年。

我曾与初二、初一年级的同学们讨论过，什么是“未来”，什么是“明天”。真正的“未来”，是有进步的目标、用奋斗实现成长的阶段，否则还是生活在“过去”；真正的“明天”，也是有进步的目标、用奋斗实现成长的阶段，否则还是生活在“今天”或“昨天”。

所以《致未来的自己》，是与有进步的目标、用奋斗实现成长的“自己”的对话。

我想用我花白的头发，让你们有所思考。

看到我花白的头发，请你们不要惊讶，请你们不要担心，但希望你们看到我，会更加珍惜今日，更加珍惜黑发年华；希望你们做有价值的事，把自己的一盏心灯点亮，让它成为火炬。

“我是汉开人，请看我可能”——那是一颗青春而勇敢的心；

“我是汉开人，请看精气神”——那是一个奋斗而朴实的身影。

就像《经典咏流传》里专家评价王俊凯时所说的：“你越阳光，你就更阳光；你更阳光，你就成了阳光。”

从“今天”做起。“我是汉开人，请看我每一个今天实现的可能！”

你好，第一届！

——在淮安汉开书院开校、开学典礼上的演讲

2019.9.1

尊敬的各位家长，亲爱的老师、同学们：

早上好！

今天是公元 2019 年 9 月 1 日，淮安汉开书院首批老师、同学在国旗与校旗下举行隆重而简约的开校礼与开学礼。此时，早晨 7 点，这也许是今天中国的学校中最早举行的开学礼。在晨曦中，350 多名学生与近百名教职工开启了淮安汉开的大门，人生的大门。

秋高气爽，长空寥廓，我们可以看到很远，仿佛可以看到世界之巅——珠穆朗玛峰 。

珠峰的形成已有 4000 万年以上的历史，你们知道第一个登顶珠峰的人是谁吗？是新西兰登山与探险家埃德蒙 · 希拉里。1953 年 5 月 29 日，他和同伴丹增 · 诺尔盖一起，从珠穆朗玛峰南侧攀登，第一次站在了世界之巅。这不仅鼓舞了登山与探险界，也鼓舞了全世界人民。

你们知道第一个登顶珠峰的中国人是谁吗？ 1960 年 5 月 25 日，在连续 20 多个小时没有氧气、食物也耗尽的情况下，王富洲带领队友将一面五星红旗插在了珠峰峰顶。这是中国人首次登顶珠峰，也是人类首次从珠峰的北坡到达峰顶。当时，这激励了无数在困难中的中国人，使他们发现了自己的勇气和可能。

你们知道第一个登顶珠峰的中国女性是谁吗？是潘多。她是藏族人，1975 年 5 月 27 日，她成为世界上第一个从珠峰北坡登顶的女性，而这激励

了世界上无数位女士与男士。

在这些“第一个”的影响下，中国与世界有多人成功登顶珠峰。2014年6月5日，一名出身于印度底层社会的13岁少女蒲尔娜成功登顶珠峰，成为全球登顶珠峰的最年轻女性。2018年5月15日10时23分，北京大学珠峰登山队成功登顶珠峰。

我们还可以将目光投向更遥远的太空。1969年7月21日，美国的“阿波罗11号”宇宙飞船载着三名宇航员成功登上月球。美国宇航员尼尔·阿姆斯特朗在这历史时刻道出了一句被后人奉为经典的话：“这是我一个人的一小步，但却是整个人类的一大步。”

其后共有12人登上月球。2004年，中国正式开展月球探测工程，并命名为“嫦娥工程”。

最新的“第一个”是：2019年7月17日，美国特斯拉旗下神经技术初创公司 Neuralink，发布了脑机接口系统，芯片直连大脑，无线连接 iPhone。

这些伟大勇士们的第一个、第一步，都给人类带来了新的一大步。他们好像火炬，照亮了人类前方的路。他们为人们打开了一扇扇窗户，让人们发现了新的世界；他们又如同一面面镜子，让人们发现了自己的勇气与可能，然后像他们一样用奋斗去实现。而人类的文明也是由无数个这样的第一个、第一步所成就的。

同学们，你们也刚刚经历了一个“第一个”——2019汉开书院童子军课程。6天的时间，你们看到了自己的成长，看到了自己的改变，还把这种“成长”带至家中，良习不放假，在家也汉开——让我们看到了你们未来的可能。

入读汉开，你们也有幸成为一名“第一个”——淮安汉开第一届学子。你们是今后所有学弟学妹们的学长，如同家庭中的长子长女，如同衣服上的第一粒纽扣，如同洪泽湖大堤上的第一棵树，如同童子军行军队伍中的旗手。你们成为起点，成为榜样，成为他人的力量……

多少年后，你们回到母校，走进校史馆，翻开校史，欣赏自己的校服、自己的经历、自己的作品，想到公元2019年8月，有一群少年选择了一所刚成立的学校，他们在这里发现了自己的可能，实现了自己的可能，他们从这里走向社会，走向世界，他们信步全球，贡献人类，那是何等的豪迈！

而学弟学妹和学子学孙们将会带着崇拜与自豪，向所有人叙述每位学长、前辈奋斗的精彩。

这一切，取决于你们当下的志存高远、脚踏实地和不懈努力。

鲁迅先生曾称赞："第一个吃螃蟹的人是很令人佩服的，不是勇士谁敢去吃它呢？"所以说，我们要感谢这"第一个"，多么荣幸啊，历史赐予了我们这样的机会、这样的舞台和这样的可能，成为特别有价值的一所学校的第一批师生。这是荣耀、是动力，更是责任！

我是汉开人，请看我可能！
问君"可能"先看谁，淮安汉开第一届！

你好，第一届！

“可能”的三个层次

——在南京汉开书院 2019—2020 学年第一学期开学典礼上的演讲

2019.9.2

老师、同学们：

早上好！

现在是公元 2019 年 9 月 2 日 7 点，南京汉开书院全体师生汇聚明辨大厅，与太阳一同升起，迎接汉开 2.0 时代，迎接新的学年。

此时，我不由得想起昨天下午与一位刚毕业的校友的对话。我们谈起未来，她对我说：“院长，三年后我与院长在美国大学再见——专业排名在前 30 名的大学。”略微停了一会儿，她扬起头：“我是汉开人，请看我可能！”接着摆摆手，“我去运风场跑几圈……”

望着校友远去的背影，我回味她的话，觉得“请看我可能”是有层次的，我想大概有三个层次。

第一个层次，是“请看我表达可能”。常人往往是临近考试、比赛或面对重大责任与压力时，才会生出一股英雄气，会喊出“请看我可能”。而那些真正志存高远的英雄，他们有远大的目标，他们会提前设计，他们会把自己的“可能”说出来、写下来作为平时的行动指南，而考试比赛、重大责任与压力，只是他们渴望的舞台而已。

在现代心理学中，你会遇见什么样的人，经历怎样的事，选择何种生活，得到怎样的结果，其实大部分早已被悄悄“决定”。这个被决定的部分，是你潜意识最深处的真正欲望，是你内心最原始的冲动，是你到底想成为一个什么样的人——生命力——的可能性。也就是说，你内心最深处对自己可能性的确认，决定了你是什么样的人。

每个人的“可能”不是从天上掉下来的，也不只是靠别人安排的，它需要自己去发现。汉开书院的汉开讲堂、阅读名人传记、“与你尊重的人保持接触”等等，就是这样的“营养”。

第二个层次，是“请看我力行可能”。越是超越自己、超越他人的“可能”，越是需要汉开人的关键行为——GRIT（坚毅），一定要做到最好，“虽千万人，吾往矣”。

样样落实，天天坚持。如果你把每一个任务都当作向上的台阶，每一天都是作品，你的未来就没有悬念。

美国前总统老布什选择以高空跳伞的方式庆祝自己的重要生日。75岁、80岁、85岁、90岁生日时，他都送给了自己“高空飞翔”的礼物，被传为佳话。他说过：“我能跳伞，说明我还有可能。”90岁生日那天清晨，他在网络上留言：“今儿缅因州的天气特别好，很适合跳伞。”

第三个层次，是“请看我实现可能”。只有实现的可能，才是你真正的“可能”。汉开书院有张“领导力课程”的海报——目标十环！

汉开书院校园内有两条纵向的路。东路是“都英路”，路名石上镌刻着这样的文字：“杜英树，2016级年级树。每一个汉开人，都可以成为精英。每一个都重要，每一个都被需要。”西路是“随山路”，路名石上镌刻着这样的文字：“水杉树，2017级年级树。何人不山峰，而可能的高度与实际的高度，其距离何其大也欤！我是汉开人，请看我可能！为‘可能’而奋斗的人是美丽的，为实现‘可能’而庆祝并分享的人是快乐的。”

老师、同学们，“与太阳一同升起”，不仅是开学礼，更重要的这是汉开人的思维方式与良习之一。新的学年，让我们扛起“可能”的大旗，出发！

当春乃发生

——在南京汉开书院 2019—2020 学年第二学期开学典礼上的演讲

2020.2.10

老师、同学、校友、家长们：

你们好！

今年的这个开学典礼非常的特殊，可能会让我们终生难忘。我担任校长将近 30 个学年了，在线上做开学发言还是第一次，所以特别的感慨。

当口罩成为非常贵重的礼物，当中国的春节期间街头最多的人群是环卫工人的时候，我们才感到这个看不清的病毒，居然会有这样大的威力。

“好雨知时节，当春乃发生。”新冠肺炎当然不是“好雨”，但是既已“发生”，我们也要开学。那么，汉开人应该“开”何“学”，期望“学”到什么呢?

对于这次新冠病毒疫情，我不想跟你们重复现成的研究结论，而是希望汉开的学子们，要学会自己观察，自己思考，自己去探究，然后形成一个应对这种疫情、解决这个问题的自己的设想和方案，写下来，而且在未来可以持续地推敲、完善这个方案。鹦鹉学舌、人云亦云比比皆是，但那只是背诵，只是原地踏步，只是重复昨天的故事。

“当春乃发生。”经历这个特别的春天，付出这么沉重的代价而又难以表达的春天，汉开人可不能虚度啊！

我们可以从几个角度来观察、思考这一次的新冠肺炎疫情。

第一，时间的角度。疫情是一面镜子，也是一本教材。如果说我们从 5 年、10 年、15 年甚至更远的时间来观察这次疫情，可以感受到怎样的人性温暖、怎样的专业应对、怎样的遗憾和教训呢？实际上，现在这些政治家、卫生专家、社会学家等方面的专业人士与家长等民众，很多人都经历过SARS，经历过一些流行的疫情，但是我们现在的应对和治理，是不是吸取了过去的教训？是不是比过去迎击SARS的时候更有准备、更加专业、更高效率呢？如果能从历史的角度来观察、反思、设计，当我们以后再遇到类似的问题的时候，就能有更好地应对，就不会白白地缴纳今天的这个“学费”。

第二，空间的角度。因为这是一种传染性的疾病，我们与家人、小区、社区、国家、世界产生了特殊的联结——关切而有距离。现在是一个地球村的时代，作为地球村的一个村民，我们不仅仅要学会从中国看世界，更重要的，要从世界来看中国、看我们的小区、看我们自己，是否是一个负责任的人、一个能解决问题的人、一个受人尊重的人、一个被真诚欢迎的人。你希望与何人为友？你希望朋友怎样看你？

第三，关系的角度。这次疫情又一次把人与其他生物、人与大自然的关系，真实地摆在了我们的面前。人类是伟大的，但是在病毒面前又显得这么的无助、这么的渺小。我们又一次发现，在人与其他生物、人与大自然的关系上，我们首先要尊重、敬畏，其次才是有所作为。就好像“刺猬法则”说的那样，在冬天，两只刺猬如果离得太远，就不能互相取暖；如果靠得太近，就会相互刺伤。因此，尊重、友好，是我们处理关系时应该恪守的，切莫自以为是。

第四，对个人影响的角度。我们知道，任何一次大的疫情，都会有一些人倒下，一些人随风，还有一些人勇敢而伟大地站立着去面对未来。这个刻骨铭心记入史册的春天，对每一个青少年会产生怎样的影响呢？我们是宅在家里把自己养成一个小胖子，玩成一个游戏迷，变成一个无所事事不知如何打发时光的百无聊赖的牢骚客呢，还是在这段时间里，让自己每天撰写观察日记，深度阅读，设计方案，思考社会与人生呢？汉开的学子们，这个春天的闪电刺亮了你，惊雷炸响了你，你切身感受到人类有许多问题与灾难需要我们去担当去解决，你知道自己将来要成为怎样的人，明白自己对国家与世界的重要性，所以，这个春天，你“发生”了！我们常说“世界有我更美好”，不是说这个世界上有了我这个姓名、这个肉身就更好了，而是说，因为我的努力、我的贡献、我的价值，而让这个世界变得更加美好——爱，是需要有能力的，能力是需要立志和奋斗的！

汉开的老师、同学、校友和家长们，我们知道，疫情终究会过去，春天也已经来到。“当春乃发生。”让我们记住汉开的校训——“明辨不惑，力行有品”！让我们学会观察，学会思考，学会探究，让这个春天成为自己人生播种的时节，让未来的世界因为汉开人而变得更加美好，让人类的历史因为中国人而变得更加骄傲!

现在，就是未来。“当春乃发生。”

谢谢你们，期待在汉开校园再见。

2021年的春天，播下一颗“让人兴奋的种子”

——在南京汉开书院2020—2021学年第二学期开学典礼上的演讲

2021.2.22

老师、同学们：

早上好！

今天，我们在春天里，在晨风中，在太阳喷薄欲出的时候，与太阳一同升起，举行汉开书院的开学典礼，开启我们新的学期。

在这样的场景下，我相信每一个汉开人都可能感受到不一样的思维，不一样的行为，汉开学子是有志于对世界文明和进步作贡献的人。春天是播种的季节，没有播种哪有收获？在这个春天，我们可以播下一颗“让自己激动、振奋的种子”。

在这里，我想要问同学们：是否还能想起2020年的春天，你们播下了怎样的种子、确定了一个怎样的目标吗？你还记得2019、2018年……的春天，你播下了什么样的种子吗？如果你很难记起来，说明在那个春天，你没有播下一颗让你兴奋的种子。

可能好多人已经好长时间没有被自己激动、为自己骄傲、没有体验到胜利的快乐了。这种快乐是自己创造的，是成长中的高峰体验，你为它骄傲，你为它庆祝，你从中欣赏到了自己的力量，感受到了成长的快乐，你成为自己人生中的英雄。从成长中体验到快乐与价值是一种能力，这种能力也是需要培养的。失败是成功之母，成功更是成功之母。

我想与大家分享一个心理学现象，叫“跨栏效应”。有一位医生叫阿费烈德，他在给美术学院的学生治病时，发现了一个奇怪现象：这里的师生，本应对光与色彩有特别的敏感，但实际上他们许多人的视力并不胜过常人，有的甚至还是色盲，但是他们许多人做出了很大的成就。

生活中还有许多这样的现象：盲人的听觉、触觉、嗅觉要比一般人灵敏；失去双臂的人的平衡感更强，双脚更灵巧等等。因为缺少某个方面，就要努力得到它们。这和体育里的跨栏是一样的。竖在你面前的栏杆越高，你跳得也越高。

阿费烈德将这种现象称为“跨栏定律”，即一个人的成就大小往往取决于他所遇到的困难的程度。身处绝境或没有退路时，人最容易产生强大的爆发力，最大限度地激发人的潜能，唤醒心中沉睡的巨人，取得非凡的成就。

我们会发现，“跳一跳摘起桃子”的人，确定“令人兴奋的目标”的人，他们的成就更大，他们的人生更精彩。跨栏定律告诉我们：挑战，让人的成长看得见！

在我们的汉开校园里面，经常能够感受到为了“令人兴奋的目标”而奋斗的人给我们带来的惊喜和快乐。学生方面的，宣传过多次，大家都比较了解，今天我想数一数上学期老师们令人兴奋的精彩表现。

张海平老师，评上南京市中学数学优秀青年教师，浦口区已经连续 19 年没有出过市级的数学优秀青年教师了。

赵彩虹老师，在江苏省物理教具创新大赛中荣获省一等奖。

孙晓明老师，在南京市普通高中通用技术教师优质课比赛中获得南京市一等奖。

龙有凯老师，在南京市中学体育青年教师教学基本功大赛中获得南京市一等奖。

双语部杨晶晶老师，获得剑桥国际教师职业发展 PDQ 项目卓越等级。

双语部谢淑平老师，带领数学组团队完成了 8 年级剑桥数学校本教材的编写，参加全球剑桥 Checkpoint 数学统考，满分 6 分，汉开双语部平均分 5.8。IG 数学 A 与 A+ 率全球约 40%，而汉开达 95.8%。

Lorena 与张国靖老师，负责西班牙语 DELE 等级考试，所有报考同学 100% 通过。

初一年级英语组邵明珠老师团队，带领同学们专业而又快乐地奋斗着。期末考试英语成绩超过励志、树人，浦口区英语前 10 名中，汉开学子占有

7 位。这样的成绩，其意义不光在于成绩本身，更是激发了学生们发自内心的自信与奋斗精神。

……

以上都是发生在我们身边的例子。同学们，老师们，当我们确立了一个“让自己兴奋的目标”，并且不懈地为之奋斗的时候，就培养了自己把事情做成、做到最好的习惯。坚持下去，每一个人都可以了不起，每一个人都能看到精彩的自己。

当我们实现这个“令人兴奋的目标”的时候，这段历史就成为一个加油站，成为心里的一面红旗，成为点燃的一支火炬，给我们温暖，给我们力量。

现在让同学们在操场上跑三圈肯定是可以的，但是让你们跑 5 圈，你们可能会觉得很难。

但是，只要你每天多跑 50 米，8 天以后，我们每个人都可以多跑一圈；只要你愿意做，三周不到的时间，我们就可以轻松跑下 5 圈。这就是令人兴奋的目标。这样的目标的实现，会让你对自己充满信心，你就不会畏惧，你会享受这样的超越。

好走的都是下坡路，费力的是上坡路。做好一件重要的事，未来就能面对一切事。

令人兴奋的目标起码有几个特征：第一，重要而具体。第二，以前没想到，没做到。第三，让人不舒服。第四，可以完成。

亲爱的老师们、同学们，现在太阳已经升起来了，在这里举行我们的开学典礼，希望 2021 年的春天，成为每一个汉开人重要的记忆。当你以后回忆 2021 年的时候，你会想到：我，从 2021 年开始的每一个春天，都会给自己定下“令人兴奋的目标”，它让我一直坚持下去，养成一种思维和行为习惯，让我不断地超越自我。这样的汉开人，会比一般的人起得早，会比一般的人有梦想，会比一般的人生活更精彩……

2021 年的春天，让我们从播下一个“让自己兴奋的目标”开始，感受成长的力量与快乐，做自己的英雄。

我是汉开人，请看我 2021 年春学期的可能！

成长课堂

让生命更美丽

——在南京师大附中晨会上的讲话

2003.12.1

一个才到附中三个月的学生，一个年轻的生命，突然从我们身边消逝，我们悲痛，我们惋惜，我们困惑，我们震惊！

过去的一周，全校沉浸在无比悲痛和深切关爱之中。

透过悲伤的泪眼，我感动于可爱可敬的同学和老师们所做的一切：

一束束饱含着爱意的鲜花，一篇篇写满真情的文字。

学校老师和高一（14）班的同学代表手捧鲜花来到去世同学的家中，到殡仪馆参加她的葬礼。

有一名同学听到这件事的第一反应是“我想回家去看看爸爸妈妈”。

在走廊上，同学对流泪的老师说：“老师，你要多保重啊！”

有些已经毕业的校友在晚上回来看母校，看母校的老师和学弟学妹；外地的校友发来了邮件：“附中，我们永远爱您！”

有两位老师深夜用心写就的《孩子，我想对您说》和《暗夜的哀思》的文章感人肺腑，同学们的心灵被深深地震撼了。

昨天晚上 9:50 高三值班的老师还在校园中与学生交流。一周来，我们感受到了老师同学的善良与崇高，感受到了学校的美丽和重要，感受到了生活的美好和难得。

但是如果对这件事的思考仅仅停留于此，我们又如何对得起生命的沉重？当我们惋惜她如此轻易地抛弃了自己的生命时，我们是否对生命的价值与意义有了更深刻的认识？当我们为她这样忍心抛下父母同学朋友而不解时，我们是否想到要珍惜身边的一切？当我们还困惑于她为什么对这个世界不再留恋时，我们是否对世界的美丽、人生的美丽有了新的感受？

至今绝大多数学校还没有正式开设“生命教育”这门课程。这件让人悲痛万分的事，促使我们尽快开设这门最重要的课程。今天我在国旗下上第一堂课，开第一讲。

让生命更美丽，就是要尊重生命，创造生命新的价值。

每一个人，既是自然的人，又是社会的人。生命既有自我价值又有社会价值，这如同人的两只手和两条腿一样重要。

从自然人的角度来说，生命是神奇和伟大的，我们应该尊重她，崇敬她。

从小就学过的那些关于所居住的星球的历史使我们懂得：在浩瀚无垠的宇宙中，目前发现只有地球上才有高级生命的存在。我们的身体发肤，是由无数星辰日月草木山川的精华汇聚而成的，是亿万粒菽粟亿万滴甘露濡养出的万物之灵。地球从刚刚形成到出现最早的原始生命经历了大约十几亿年的时间，从原始生命到300万年前诞生人类祖先又经历了大约二十几亿年的漫长历程。从非生物世界的无机物到今天这样鸟语花香的生命世界，大自然对生命有机体的选择和淘汰是无情的，人类的每一步进化更是充满了艰辛。如果再回溯我们诞生的过程，两组生命基因的嵌合，更是充满了人所不能把握的偶然性。我们每一个个体，都是机遇的产物。那两组制造我们生命的基因组合，如果换个组合，换个时辰，都将不是此刻的我们和如此的我们。

所以，从理性的、科学的视角看，每个人的生命不只是我们自己的，更是大自然的鬼斧神工。端坐于概率垒就的金字塔的顶端，我们无论如何也没有权力擅自将它毁灭。所以，崇敬生命，就是热爱生活，热爱自然，热爱科学。

从社会人的角度来看，生命应该是被无比珍惜的，应该是不断创造出新的价值的。

每一个人都是一个完完全全的社会人。对父母而言，我们永远是不可重复的孤本，无论他们有多少儿女，我们都是独特的一个。假如我们不存在了，他们就空留一份慈爱，在风中蛛丝般飘荡。对朋友而言，我们就如同沙漠中的古陶，摔碎一件就少一件，再也找不到一模一样的成品。对老师而言，我们是他们平凡而崇高的事业结晶、美丽的精神支柱和毕生的骄傲。倘若我们无缘由地消失了，就如同销毁了他们生命的一部分。

记得在上一届高三（6）班胡健同学加入中国共产党的发展大会上，党员老师们发言后，当时还没有加入党组织的高三（3）班的单楠同学激动地说："今天，我深深地感动于我的老师们，我们从来都不知道，原来，老师的眼睛就像摄像机，将我们一点一滴的成功，都先经过放大镜，进入他们的瞳孔，然后摄入他们心底。"

让生命更美丽，重要的是不断创造生命的新的价值。其实，人的生存就是一个走向死亡的过程。无论你有多么美好的愿望，多么奇异的幻想，无论人类怎样通过神话，甚至现代的克隆技术去追求不死，生命终究有一个限度。当我们思索这个向着死亡的存在时，每一个活着的人便会感到与生俱来的焦灼和恐惧。不论你是年轻还是年老，每活一天，就是向死亡逼近一天。我们要面对这个现实，思考如何让我们的存在变得更有价值，更有意义。所以人不仅要活着，而且活着的每一天都要尽心尽责，都要活得有意义。"活着"和"有意义的活着"是两个不同水平的生命观。

作为一个社会人，他不只是做一个消耗能源的生物，他更要追求为社会、为他人做出有意义的事。在这种追求的行为中肯定会遇到压力和挫折，目标愈大，可能压力和挫折也愈大。但是一个充满智慧和爱心的社会人，他不会将自己变成清教徒和苦行僧，他和他周围的人在追求的过程和结果中享受着创造价值的快乐，他的生命因此放射出美丽的光芒。正因为无数个人这样的创造，才使社会不断向前发展。

所以马克思说，社会的进步是人类对美的追求的结晶。

我们有时需要向生活妥协，但本质上我们还是要提升生命的高度。一味地妥协会减弱我们生命的力量，在压力面前才能真正显示出生命的光辉。

乔丹说过："我会接受失败，但我不会接受放弃。"

我们的校友——被病魔缠身然而"为大家活着的"巴金，只有两根手指和大脑能运动却对宇宙起源后10~43秒以来的宇宙演化图景作了清晰阐释的霍金，"我有一个梦想"的马丁·路得·金，"假如给我三天光明"的海伦·凯勒，以及诠释"人的一生应当这样度过"的保尔·柯察金等等，都是"不接受放弃"的英雄。

所以，珍惜生命，并不是将生命包裹起来，而是让生命不断创造出新的价值。

上学年的附中，那个“非典”期间为身处“抗非”一线的母亲深深焦虑的高三（9）班的同学，得到了全体老师、全班同学和社会的关爱；那个在高三突逢父亲病故的高三（8）的同学，在全体师生的热情相助下，以难以想象的毅力，化悲痛为力量，考入理想的大学。他们在人生的特殊时期面对巨大的压力时，放射出生命的美丽的光彩。

一位老师告诉我，为了了解让部分学生不能自拔的虚拟世界，他甚至一次又一次地观看了学生们津津乐道的科幻影片《黑客帝国》。看过的人都明白，原来，这部风靡全球的科幻大片，极尽现代摄影技术之精华，尽显虚拟世界之奥妙缤纷，通过种种奇妙无比的画面与情节，最终向人们昭示的是这样一个道理：人类起源于爱。人类创造的技术带给人类巨大利益，与此同时，引导人类走向毁灭的也是无休止的欲望支配下发展的技术，而最终拯救人类的法宝只有一样——“爱”。

“爱”，对生命是如此的重要。

一个人，既是自然的人，又是社会的人。“爱”与“创造”，也就是爱生命，爱自己，爱他人，爱生活，不断创造生命新的价值，使生命变得更加美丽。

每个人都处在三个世界中，即现实世界、精神世界、虚拟世界。怎样在三个世界中取得平衡？世界不会因为你而改变，仍然按照它的规律运转，我们应该尊重规律，先理清心情，再理清事情。

当前我们国家进入了转型时期，在改革中积累的大量的矛盾呈现在我们面前，许多传统的道德法则正面临着多元价值观的冲击和挑战，许多制度和机制与我们的理想要求差之甚远。面对急剧变化的形势我们缺乏准备，我们这一代人面临的困惑与矛盾可能超越了中国任何一个历史时期，社会巨大的惯性有时使我们难以做自己想做的，我们苦闷，我们焦灼，我们批判，我们愤怒，我们怀旧，我们憧憬。但我们的责任不是远离，不是随俗，更不是排斥，而是去探索，去改变，我们应该让世界、让中国因为我们的存在而更加美好。

一位法国的青年对他的中国同学说：“你们国家有那么多的机会，有那么多的事情要做，我要到中国去，在那里，我会成为一个有用的人。”附中人，更应该用爱与创造为我们古老民族的振兴做出应有的努力。

人像一把伞，收起来的时候是自然人的状态，撑起来的时候是社会人的状态。是伞，只有撑开了才有真正的意义。伞有大小，颜色各异，在需要的时候，都应该尽力撑开，撑到最大，撑得长久。

一位哲人说，有人活着是为了吃饭，而他吃饭是为了活着。活着是为了创造，在创造中享受生命的神奇与美丽。同学们在成长中有烦恼，有压力，但这也是对生命美丽的体验啊，这就是成长的快乐。我们要将压力转化为动力，将动力转化为活力，让生命绽放出青春的美丽。

泰戈尔在《飞鸟集》里写道："我们在热爱世界时便生活在这世界上。"

星期一，洒满阳光的早晨，晨练的老人，上学的孩子，吆喝的菜农，摊点上的香味，熙攘的人群，流淌的车河……

校园里，轻快的音乐洒满每一个角落，阳光穿过枝叶摩挲在晨读的同学身上，艺术中心大楼正在静静地打着桩基，老师们肩背电脑向教室走去，一个拄着双拐的同学正在走向升旗广场……

生活就是这样平常而可爱。

我们要拥抱阳光，我们要歌唱生活，这不是对死者的忘却，而是我们领悟了生命的意义，我们珍惜生命的神圣，我们要让生命放出美丽的光芒，这也许是对她的最好的纪念。

让我们尊重美丽的生命，并且不断创造生命的美丽吧。

让踏实勤奋成为一种习惯

——在南京师大附中“五一”长假后晨会上的讲话

2005.5.8

老师们、同学们：

早上好！

本学期我们不断收获着同学们成长的喜悦，常常被同学们的进步所感动。不论是在中国首届模拟联合国大会上的卓尔不凡、体育节上的精彩纷呈、艺术中心落成仪式上展览和演出的令人神往，还是高三老师和同学的杰出表现，都让附中人感到光荣和自豪。让所有的同学都能得到适宜的发展，让优秀的同学更加优秀，是学校的责任，也是学校教育能力的体现。

前些天2005届高三的一位女同学与我交流对人生意义的理解。她说：“希望这个世界因为我的存在而更美好一些，与我有关的人因为我的存在而更幸福一些。为此，我每天都很努力，也很充实。”在高考最紧张的时刻，这样的境界，这样的行为，让我深深敬佩。

2003届胡健同学，毕业前加入了中国共产党。在支部大会上他说，三年来他努力多养成一些优秀品德。在附中他担任学生会主席，以为同学服务而快乐，以踏实勤奋为习惯。当年他考取南大法律系，理想是参与中国法律法规的制定，为推进中国民主法制建设作出自己的努力。他假期学习德语，是为了更好地学习德国古典哲学，他认为这对他学好法律很有用。

上个月，清华大学在我校召开面向江苏省招生的新闻发布会，他们的招办主任告诉我，我校2001届高三（2）班杨楷林同学，是从清华万名学子中评选出来的5个特等奖获得者之一。班主任曾素樵老师认为杨楷林同学显著的特点是：自主、坚持、责任。有一件事给曾老师留下了特别深的印象：高二时学校运动会即将开始，可是没有人愿意报长跑（男生1500m）。

作为副班长，他毫不犹豫地报名了。为了准备比赛，他每天下午到操场跑半个小时，整整一个月，终于在比赛中取得了第四名的好成绩。此后，他每天坚持，既锻炼了身体，也磨炼了意志。他以踏实认真的态度去对待每一门课和每一个实验，从大一开始，每学年的成绩都名列全年级第一。不仅如此，他还积极用自己的实际行动去带动周围的同学，在班级内部营造出好学向上的氛围，带动大家共同进步。

附中优秀的学生共同的特征是：志存高远，目标具体，独立自主，方法科学，朴实大气，坚韧不拔。但是他们的一个习惯常常被现在有些附中人所忽略，那就是“踏实勤奋”。

前些天，学校举行“院士墙”的揭幕仪式，我校的校友中已有42位院士，还有一批人文方面的卓越人才。校园中的五尊塑像是高原上的高峰，不仅是附中的骄傲，也是我们中华民族的骄傲。一个没有英才出现的民族是平庸的民族。我们建设“院士墙”，就是为了在附中校园播下一些种子。

我曾向参加这次活动的1945届校友王业宁院士请教，问她是怎样度过中学时代的。王院士说：“我学习很勤奋，初中就是以高分考进附中的，对学习感兴趣，也很用功，喜欢打球，还是学校舞蹈队的成员。”

前些年中央电视台邀请吴文俊、袁隆平等著名学者专家做了一个访谈节目，主持人问他们：“中学时代学习是不是很用功，成绩是不是优秀？”这些大师们的回答几乎是一样的：非常刻苦用功，喜爱的学科成绩非常优秀，成绩经常名列前茅。主持人向他们表示了深深的敬意，感谢他们讲了大实话，没有误导现在的孩子们。

我们的校训是：嚼得菜根，做得大事。“嚼得菜根”是“做得大事”的前提。近些年，时常看到老师在欣赏大家进步的同时，也为一些发展不理想的同学深深叹息，听到最多的话是：“要是他（她）踏实勤奋些就好了”。

我们遗憾地看到，春天的树木也有落叶：

在毕业以后，有同学在网上说：“回首附中三年，‘嚼得菜根’做得很不够，高一高二耽误的时间太多。”

高三的同学对高一高二的同学说：“好好努力啊，到高三就来不及啦！”

高三咨询时，一名当年考上附中的同学说：“老师，我可能没有学校读了，我可能考不上本二。”

有同学在网上说：“老师，将我当反面教材吧，给学弟学妹们说说教训。”

有同学说：“如果高三同学看高一入学阶段写给毕业时的自己的信，有些人的心情会很复杂的，因为本来可以做得比现在更好！”

让我们看一些镜头吧：

有些同学考试以后不知道怎样打发时光，试想一下，如果不用考试，他们会怎样度过中学时光？

有些同学很不尊重课堂，课堂效率低下，但不以为然。

有些同学高中三年中将成长窄化为学科学习，将学科学习窄化为做题目，缺乏阅读经典的计划和行为，或者将阅读窄化为看小报和手掌书。

有些同学认为认真学习的人显得愚笨，显得世俗，违背了附中精神。他们将勤奋刻苦视为“应试教育”“县中模式”，并以此为借口，回避自己应该付出的努力，刻意显示自己超凡脱俗。

有些同学初中阶段在升学压力下并未形成自觉成长的良好习惯，高中阶段又对附中精神产生了误解，加之社会环境中不健康的诱惑多多，所以显得有些心浮气躁，整天飘飘然，不能静下心来，忘记了自己使命之所在，忘记了正确的行为选择。

……

这些同学的共同表现是：浮躁有余，踏实不够；轻松有余，勤奋不够。

请让我们回到问题的原点。入学成绩较好、自我感觉更好的同学有一个倾向性的问题，那就是轻视勤奋！实际上综观古今中外，人与人的差距主要是勤奋的差距！

你以前为什么那么充实，学业为什么那么优秀？是因为你目标具体，努力进取。

教育是有规律的，天道酬勤，一分耕耘一分收获。附中人并不是智商比其他人高，而是目标更高远，行动更踏实，方法更科学。你如果放弃了努力，自然会今不如昔，“泯然众矣”，这也是符合学习规律的。

有些同学误以为培养能力就是轻松，甚至放松，实际上真正有追求、有爱好的人，对于他的理想是非常专注和用心的。

附中的宽松，是尊重你自己的选择。如果你没有正确的选择，那就失去了宽松的意义。

没有正确引导和制度保证的宽松，没有具体计划和良好习惯的宽松，就有可能走向“放松”甚至“放任”，结果一放而难以收拾，造成终生之憾。所以我们应该进行生涯规划，对自己的学业、职业、事业进行具体设计，所以我们需要培养自主成长的意识和能力。

国家的课程计划体现了国家素质教育的意志和要求。认真高效地学习了国家的课程，就是达到了国家素质教育的基本要求。附中的课程有更高的素质要求。认真高效地学习了附中的课程，就是达到了附中的素质教育要求。

中学教育有其自身的规律和要求，中学教育不宜也不能大学化。

没有过程的优秀，就不可能有真正的结果的优秀。

真正宝贵的东西常常是在失去以后才发现的。

我今天所说的这一些，并不是要矮化学校，而是为了正视我们教育中的不足，更是为了所有同学的高质量的成长。每一个学生，对于学校来说是 1/2300，而对于学生自己和家庭来说则是 100%。

附中的教育是以培养“领跑的人”为己任的，“领跑的人”是“菜根精神”与“大树目标”完美结合的人。

嚼得菜根，是一种认识，认识到自己的责任，认识成就学业、成就事业的规律。

嚼得菜根，是一种精神，体现在实现目标过程中的踏实勤奋、坚韧不拔。

古希腊哲学家亚里士多德在公元前 350 年便宣称：“优秀不是一种行为，而是一种习惯。”后人精炼成一句话：“优秀是一种习惯。”

珍贵的东西总是慢慢成长起来的。踏实勤奋是一种品德，也是一种修养；踏实勤奋是另一种能力，比一般能力更重要的能力；如果形成了踏实勤奋的习惯，那么整个世界将要为你的目标让路。

人的教育是有最佳机遇期的，高中阶段对于培养自己勤奋踏实的品德和习惯至关重要。不要到秋天才想起去做春天的事。

陶行知先生提出每天要“四问”：“今天我的身体进步了没有？今天

我的道德进步了没有？今天我的学问进步了没有？今天我的工作进步了没有？”这有助于我们培养良好的习惯。

老子曰：“信言不美，美言不信。”有些道理是很朴素的：
天下没有免费的午餐；
空的布口袋是站立不起来的；
成功的道路是由目标铺设出来的；
黑发不知勤学早，白首方悔读书迟；
你选择了怎样的行为，你也就选择了怎样得结果。

百年校庆时，老校友丁衡高院士为母校的题词是“行胜于言”。在正确具体的目标指引下，行动，踏实勤奋的行动，是他们殷切期盼的。

愿附中同学的人生因勤奋踏实而更加精彩。

像鲁迅那样

——在南京师大附中鲁迅纪念馆揭幕仪式上的讲话

2006.4.27

南京是鲁迅先生伟大人生的起点，鲁迅先生是从南京走向世界的。

1898年，17岁的鲁迅先生怀着“走异路，逃异地，去寻求别样的人们”的想法，从故乡来到南京。同年5月下旬，鲁迅先生考取无需学费的洋学堂——江南水师学堂，为管轮班试习生。10月中旬，鲁迅先生离开“乌烟瘴气”的水师学堂，考入江南陆师学堂附设矿路学堂。1902年1月，鲁迅先生以一等第三名的优异成绩在矿路学堂毕业。3月24日，鲁迅先生等五名同学以官费生资格，随矿路学堂总办俞明震离宁经沪赴日本留学。1912年2月下旬，鲁迅先生应临时政府教育总长蔡元培的邀请，从绍兴到南京任教育部部员，5月随临时政府迁往北京。

因此，在南京建立鲁迅纪念馆，对于纪念、宣传、学习、研究鲁迅先生，有着很大的意义。没有哪一位作家能像鲁迅先生一样有那么多作品入选中小学教材，大概也没有哪一位思想家能像鲁迅先生一样对中国的青少年有着那么深远的影响，因此在中学设立鲁迅纪念馆有着很强的针对性。

2001年，中国鲁迅研究学会副会长、北京鲁迅纪念馆副馆长陈漱渝先生，江苏省社会科学院院长宋林飞先生，中国社会科学院副院长汝信先生，联名在全国政协九届四次会议上递交提案，提议在南京建立鲁迅纪念馆。

南京师大附中的一隅，是江南陆师学堂旧址。早在1978年，我校就创建了南京师大附中鲁迅纪念室。在大家的积极努力之下，有关部门最终决定在我校即江南陆师学堂旧址建立南京鲁迅纪念馆。

该馆是在省市有关部门和领导的支持下，在绍兴、上海、北京鲁迅纪念馆的大力帮助下，在许多鲁迅研究专家的指导下，在20世纪的南京师大附中鲁迅纪念室的基础上，在南京师大附中校友会的陈广阳老师、许祖云老师和徐昭武老师以及学校后勤部门的共同努力下不断完善建成的。这对我省、我市，特别是南京师大附中更好地学习和弘扬鲁迅精神，有着积极的促进作用和深远的意义。

南京师大附中与鲁迅先生有着不解之缘，历史的机缘把一所百年名校与一位伟人紧紧联系在了一起。

南京师大附中 20 世纪 20 年代的教师杨铨（杨杏佛），应廖世承校长之邀来校实验道尔顿制。1933 年鲁迅加入由宋庆龄、蔡元培发起的中国民权保障同盟，并任上海分会执行委员，从而与杨铨相识。同年 6 月 18 日上午，时任中国民权保障同盟总干事的杨铨携子外出，遭国民党特务暗杀，据悉鲁迅也被列入暗杀名单。20 日鲁迅冒雨为杨铨送殓，门前想到可能发生危险，他将随身携带的钥匙留在家里，准备一去不复返。平安回来后悲愤心情难以平静，遂写下了《悼杨铨》诗。

南京师大附中校友巴金、胡风更与鲁迅有密切的关系，他们都曾为鲁迅的葬礼操劳，并为鲁迅先生扶灵。

南京师大附中在 1967—1977 年曾易名为南京鲁迅中学，现在南京师大附中创办的国际学校校名是南京树人国际学校。

南京师大附中对鲁迅先生在南京的研究起步较早。1976 年，陈广阳、徐昭武、唐长春等语文组的老师到实地考察；1981 年，徐昭武、许祖云、俞润生老师主编的《鲁迅生平资料汇编（第一辑）——鲁迅在南京》由天津人民出版社出版。

南京师大附中校园里有鲁迅的塑像，建有鲁迅园。

为传承鲁迅精神，南京师大附中 2004 年曾邀请校友、北京大学博士生导师钱理群教授回母校，向高中学生开讲了 40 天的鲁迅作品专题，深受附中学生的欢迎。此外，还编写了《中学生鲁迅读本》，现已成为江苏省高中选修课教材。

今年，为纪念鲁迅诞辰 125 周年、逝世 70 周年，南京鲁迅纪念馆、南京师大附中与《中学生阅读》杂志社联合向全国中学生发起了“我读鲁迅”的征文活动，为发扬鲁迅精神、弘扬民族新文化做出了我们附中人的努力。

现在又在校园里建立了南京鲁迅纪念馆，这是国内鲁迅纪念馆中唯一设置在中学的纪念馆。

相对于其他几个地方的鲁迅纪念馆来说，南京鲁迅纪念馆是一个小馆，但是我们期望它成为一个特别的纪念馆。

我们建立鲁迅纪念馆，不是仅仅追求一个空间的存在，而是一种精神的表征，一种观念的表达，一个视角的选择，一种长效机制的建立。

中学的老师和学生应该怎样看待鲁迅先生？我们认为，不以革命而“神化”，也不以生活而“淡化”，应以真实而“人化”；我们想了解那个时代真实的鲁迅，鲁迅那个年龄真实的人生；我们想了解鲁迅作为文学家的思想家和作为思想家的文学家的个性魅力；我们认为当代鲁迅研究应当呈现出“作为中国新文化整体进程中的鲁迅”，只有把作为“历史中间物”的鲁迅放入整个中国新文化进程中来考察，才能还历史以真实，还伟人以本来面目，还现代人以真正的精神自由空间；我们认为应该透过真实的生活来研究鲁迅，而不是仅仅利用“研究成果”来研究。

咀嚼生活，方能得其真味。

在南京鲁迅纪念馆中，我们可以看到那个时代、那个年龄的鲁迅先生生活中的许多故事。

作为学生的鲁迅：

鲁迅生活俭朴，冬天只以夹裤御寒，不得已吃辣椒取暖。

鲁迅在矿路学堂喜欢骑马，敢于跑马到旗人驻防的明故宫一带。有一次他从马上摔了下来，碰断了一颗门牙。他常说：“落马一次，即增一次进步。”

鲁迅勤奋刻苦、锐意求学，因而学业优异，名列前茅。鲁迅是矿路学堂同学中唯一用四块银牌换得一块金牌的人，但是他将金质奖章卖了买书。

1902 年 1 月，鲁迅以优异成绩在矿路学堂毕业。据江南陆师学堂章程规定：一等学生方禀请总督发给《执照》，二、三等学生只发给《考单》。鲁迅以一等第三名的优异成绩毕业于矿路学堂，才荣获《执照》。《执照》中开列的矿学等 7 门功课的成绩都在 85 分以上。

作为老师的鲁迅：

1910 年，鲁迅曾率绍兴府中学堂师生参观南洋劝业会，带领 200 多名师生从绍兴出发，乘船到南京的南洋劝业会进行社会实践活动。

作为儿子的鲁迅：

1914 年鲁迅为母亲祝寿，花了 60 块银圆在金陵刻经处镌刻了《百喻经》。

……

列夫·托尔斯泰曾说，人不是因美丽才可爱，而是因可爱才美丽。透过这些生活叙事，我们明白了，鲁迅先生对于我们，不是因伟大才可敬，而是因可敬才伟大。

因此，南京师大附中对鲁迅先生的研究也应当是别具特色的。

我们的研究主体是：中学教师和中学生。我们将组建研究鲁迅的学生社团，将对鲁迅的研究作为研究性学习的一个重要课题。

我们研究的内容是：鲁迅的人生选择与践行；中学教科书中鲁迅作品在当下环境下的教与学。

我们研究的向度是：一个“平常的人”怎样成长为一个“伟大的人”；一个“伟大的人”怎样享受自己“平常”的生活。

我们研究的方式是：自主性，探究式。不是高山仰止的先入为主，而是自己通过对生活故事的研究，“运用脑髓，放出眼光，自己来拿”。

总之，我们将努力将南京鲁迅纪念馆建设成为中学课本中的鲁迅作品的研究中心，鲁迅人生选择的研究中心。

孔子曰：“岁寒，然后知松柏之后凋也。”

拜伦曾说：“真理不是权威的女儿，而是时间的女儿。”

我们南京师大附中致力于培养学生成为以天下为己任、具有创造性人格特征的人，我们希望附中学子形成两个明显的特点——责任·创造。

我们相信，对鲁迅先生这样的研究，无论是现在还是将来，无论是对学生还是对老师，无论是对学校还是对社会，都是大有裨益的。

追求卓越，附中人应有的选择

——与南京师大附中学生谈生涯规划课程（一）

2006.9.1

今天是新学期开学的第一天。

有一个喜讯想与大家分享：前天我接待了英国剑桥大学中国遴选委员会的代表，得知我们有一个学生不久前已被剑桥大学录取。大家可能会猜测这是高三某班的一个“超人”，实际上，他是我们附中江宁分校高二年级的王天晓同学。他从南京四中初中毕业，当年以 572 分被江宁分校录取（附中本部当年录取分数线 593 分）。他进入高中以后就对自己的发展作了具体设计，高二上学期参加了剑桥大学在中国的招生选拔考试，在众多优秀考生中，经过两次笔试、两次面试，最后成为剑桥大学 2006 年在中国录取的 5 名学生之一。按惯例，剑桥大学要求中学考生参加完国内高考后再予录取，在得知王天晓居然是一个高二学生、年龄还不满 17 周岁后，剑桥大学有关组织专门召开会议研究，计算机科学院长亲自回信，确认不需要高考成绩，直接破格录取，并同意他将原报考的经济学专业改为计算机专业（计算机科学院在剑桥大学有“金牌学院”之誉），同时承诺即便今年 8 月不能到校学习，也将为他保留学籍。王天晓将成为剑桥大学年龄最小的学生之一。

王天晓同学的发展，让我再次想到学校的办学理念。我校的办学理念是：“高质量地实施素质教育，促进每一个学生卓越发展。”

“卓越”，字面上的解释是“非常优秀，超出一般”。卓越发展，简单地说，是指个人潜能得到充分发挥，没有浪费自己，做出了最好的自己，拿到了自己的冠军。通过自己的卓越发展，为他人幸福、为社会发展、为人类文明作出贡献。

追求卓越，从生命发展的历程看，是人的最有价值的生命活动形式，它推动着人从现有的生命水平向着更高的生命水平不断发展，不断超越。

追求卓越，既是人对自身现有生命水平的超越，又是对世界现实水平的超越。文明和进步，正是人类追求卓越的结果。

追求卓越，体现了生命的真正意义，显示了人类的可能性，是人类精神的集中体现，是人性中最灿烂的部分。

追求卓越，是“以天下为己任”的附中人的社会使命所决定的。

但以下一些信息让我们附中人的心情实在难以平静。

中国 2004 年 GDP 总量世界排名上升一位，名列第 6。根据世界银行公布的统计数据，2004 年中国人均 GDP 为 1100 美元（含台湾省），世界排名第 109 位，人均 GDP 仍然只有全球平均水平的 1/5。是卢森堡的 1/40，美国的 1/34，日本的 1/31，韩国的 1/11，毛里求斯的 1/4。

我国需要政府给予最低保障补贴的生活困难人口，城乡加起来，大约是 1.2 亿，而世界上总人口达到 1.2 亿的国家包括中国才有 9 个，排名第 9 位的日本全国只有 1.26 亿人口。

研究表明，中国每创造 1 美元价值所消耗的能源，是美国的 4.3 倍、德国和法国的 7.7 倍、日本的 11.5 倍。消耗得越多，污染也就越严重。

我国科学研究的质量还不高，2000 年我国在《科学引文索引》上发表的论文只有 30% 被引用。每篇论文的平均被引用次数排名，不如韩国的 3.39 和印度的 2.80 以及俄罗斯的 2.60。印度的 2.80 是排在 119 位，所以我国肯定排在 120 位以后。

我国高层次人才十分短缺，能跻身国际前沿、参与国际竞争的科学家更是凤毛麟角。在 158 个国际一级科学组织及其包含的 1566 个主要二级组织中，我国参与领导层的科学家仅占总数的 2.26%，其中在一级科学组织中担任主席的仅 1 名，在二级组织担任主席的仅占 1%。

2006 年 1 月 9 日，在第四次全国科技大会上，国家主席胡锦涛宣告了未来 15 年中国的“科技强国之梦”——2020 年，中国要建成创新型国家，到那时科技进步对经济增长的贡献率要从 39% 提高到 60%。如今主要发达国家的科技贡献率已经高达 80%，60% 是发达国家 20 世纪 60—70 年代的水平。我国对外技术依存度高达 50%，而美国、日本仅为 5% 左右。

据 2006 年 1 月 25 日《经济参考报》报道，在中国的发明专利申请中，来自国外的申请占 82%，且技术含量较高；来自国内的专利申请占 18%，且技术含量较低。有关人士表示，“82：18”凸显了目前中国自主知识产权所面临的困境。

一个国家通常建国20年就能获得诺贝尔奖，可是新中国成立都50多年了，连获奖的苗头都看不到。一个人口占世界1/4、大量消耗着地球的资源、历史上曾经为人类贡献出四大发明的国家，应该为人类今天的发展作出自己应有的贡献！

2005年10月英国《金融时报》公布了咨询公司麦肯锡的一份报告，称中国大学生中只有10%的毕业生拥有在跨国公司工作的技能，而印度学生在为跨国公司工作所需的技能上明显胜中国学生一筹。中国和印度多年来的“龙象之争”，有可能会输在这个方面。

在2005年7月，美国总统奖获奖的12位高中生应邀到中国访问，这些年轻的美国人给中国的老师和记者们带来了极大的震撼和感动。

……

肯尼迪在就职演讲中说过：“别问你们的国家能为你们干些什么，问问你们能为你们的国家干些什么吧。”

一种教育没有让自己的孩子关注国家和民众，不关注学生的充分发展、卓越发展，那是很肤浅的，也是没有生命力的。我们的教育的第一位功能是满足人自身的发展需要，帮助学生获得生命最好的成长。我们的教育应该让每一个学生都得到适宜的发展，使优秀者更优秀，平凡者不平凡。

为了实现生命的全部价值，为了体验人生崇高而又恒久的幸福，附中人应该追求卓越；为了国家的富强，为了人民的幸福，为了人类的进步，附中人更应该追求卓越。

同学们，我们每个人都有极大的潜能。正如心理学家所指出的，一般人的潜能只开发了2%~8%左右。像爱因斯坦那样伟大的科学家，也只开发了12%左右。我们还有90%的潜能处于沉睡状态。

美国著名心理学专家舒尔茨在《成长心理学》中谈道：“对人来说，仅仅摆脱精神疾病成为‘正常’人是不够的，还应当力求达到更高成长水平，实现人所具有的潜能。否则，人就会有一种‘无名’烦恼和无意义感。”科学家们通过研究，发现最长远最持久的快乐，来自人的自我价值的体现。

其实，一流的人才与平凡的人，在一般问题上的表现可能差不多，但是在一流问题上的表现则会有天壤之别。

卓越当从超越开始。爱默生说过：“一个人如果在某一天内沉静地抱着伟大的目标工作着，这一天就是为纪念他而设的。”行动的本质就是突破平凡达到非凡。

找准自己的“最近发展区”，努力发挥自己的优势，我们的天地才会变得豁然开朗，快乐才会弥漫于人生的旅途。

做最好的自己，是人性中的另一种光辉。大树有它的平庸，小草有它的卓越。我们每一个人都可能比现在更卓越，比昨天的我更卓越。

人的成长是有最佳机遇期的。人生每一个年龄段都有独特的风景。中学在人的卓越发展过程中是最关键的时期。在小学，年纪太小，言之过早；到了大学，已基本定型，显得太迟。张爱玲说：“出名要早啊！来得太晚的话，快乐也不那么痛快。”请记住：青年，是追求卓越的黄金期。

一个成功的追梦人说过：“梦想是鸡蛋，如不及时孵化，就会腐败发臭。”

胡适说过：“生命本没有什么意义，你要能给它什么意义，它就有什么意义。”

雨果说过：“脚不能达到的地方，眼睛可以达到；眼睛不能达到的地方，精神可以飞到。”

鲁迅说过：“上人生的旅途吧。前途很远，也很暗。然而不要怕。不怕的人的面前才有路。”

我们习惯于把发现自己的渺小之处作为一种谦逊的美德。其实，善于寻找自己的伟大之处，也是弥足珍贵的人生态度。

如果没有卓越的目标，就会无所事事，就会让琐碎、平庸乃至堕落占据你的生活。而通过自己的卓越发展，就能为他人幸福、为社会发展、为人类文明作出自己的卓越贡献。简单地说：发挥作用，不要浪费自己，做最好的自己。

思想有多远，我们就能走多远。

预测未来的最好的办法，就是把它创造出来。

留住时间的方式，唯有把它变为珍贵的事物。

让我们对那些通过对卓越的追求造福人类的人们脱帽致敬，他们是举着火把跑在前面的人。

追求卓越，其实不难

——与南京师大附中学生谈生涯规划课程（二）

2006.11.8

非常高兴与你们探讨“卓越”的话题。我们学校的办学理念是：“高质量地实施素质教育，促进每一个学生卓越发展。”追求卓越，是“以天下为己任”的附中人的社会使命所决定的。

但是，我们常常被“卓越”吓住了。

有时我们会害怕自己的卓越。在许多人的印象中，人似乎都是追求成功的，但事实并非如此，许多人畏惧成功甚至躲避成功。

著名心理学家马斯洛以“约拿情结”来概括这一现象。约拿是《圣经》中的一个人物，上帝要约拿到尼尼微城去替自己传话。这本是一项神圣的使命和崇高的荣誉，也是约拿平素所向往的。但等到机会降临时，他却不是欣然前往，而是感到一种畏惧，觉得自己不行，想躲避即将到来的成功，想推却突然降临的荣誉。结果，约拿在几番权衡之后，最终选择了逃避，因而受到了上帝的惩罚。马斯洛研究后认为，大多数的人都没有真正理解人性所能够达到的高度，人们不仅惧怕自己身上最坏的东西，也惧怕自己身上最好的东西，不仅压制自己危险的、可怕的、可憎的冲动，也常常压制美好而崇高的冲动。

有时是我们不了解自己的卓越。有些人认为卓越是少数学业优秀学生的专利，甚至认为卓越仅仅是分数、名校、显贵、财富。

新加坡旅游业的发展对我们“普通人”的卓越发展有很大的启发。1972年，新加坡旅游局给总理李光耀打了一份报告：新加坡不像埃及有金字塔，不像中国有长城，不像日本有富士山，不像夏威夷有十几米高的海浪。除了一年四季直射的阳光外，什么名胜古迹都没有。要发展旅游事业，实在是巧妇难为无米之炊。

李光耀看过报告后，批了这么一行字："你还想让上帝给我们多少东西？阳光，有阳光就够了！"后来，新加坡利用那一年四季直射的阳光，大量种植奇花异草、名树修竹，在很短的时间里，就发展成为世界上著名的"花园城市"。连续多年，旅游收入列亚洲第二位。

美国哈佛大学教授霍华德·加得纳突破了传统智力理论，提出了"多元智能理论"，认为人类有 8 种基本智能。因此我们不要将自己的特点当成缺点，要找到自己的"最近发展区"，发现自己的智能类型，在有水的地方挖井。爱因斯坦拒绝了要他当以色列总统的邀请，我想他是了解自己的"最近发展区"和智能类型的。

有时我们会将追求卓越神秘化。在面对别人成功的时候，我们常常会将他们成功的过程神秘化，有意识地拉开与自己的距离，找寻他们成功的理由、自己落伍的借口。有时候我们会将追求卓越的过程痛苦化，甚或认为那是苦行僧的生活。实际上，追求自己的卓越发展，是让人感兴趣、有意思的事。

1965 年，一名韩国学生到剑桥大学主修心理学专业。在喝下午茶的时候，他常到学校的咖啡厅或茶座听一些成功人士聊天。这些成功人士包括诺贝尔奖获得者、某些领域的学术权威和一些创造了经济神话的人，他们幽默风趣，把自己的成功看得非常自然和顺理成章。时间长了，这名韩国学生发现，在国内时，他被一些成功人士"欺骗"了，那些人为了让正在创业的人知难而退，普遍把自己的创业艰辛夸大了，也就是说，他们在用自己的成功经历吓唬那些没有取得成功的人。作为心理学专业的学生，他认为很有必要对韩国成功人士的心态加以研究。1970 年，他把《成功并不像你想象的那么难》作为毕业论文，提交给现代心理学的创始人威尔·布雷登教授。布雷登教授读后，大为惊喜，他认为这是个新发现，这种现象虽然在东方甚至世界各个地方普遍存在，但此前还没有一个人大胆地把它提出来并加以研究。惊喜之余，布雷登教授写信给他的剑桥校友——当时韩国总统朴正熙："我不敢说这部著作对你有多大的帮助，但我敢肯定它比你的任何一个政令都能产生震动。"

后来这本书果然鼓舞了许多韩国人，也伴随着韩国经济的起飞与发展。

因为这本书从一个新的角度告诉人们，成功与“劳其筋骨，饿其体肤”“三更灯火五更鸡”“头悬梁，锥刺股”没有必然的联系。只要你对某一事业感兴趣，长久地坚持下去，就会成功，因为世界赋予你的时间和智慧足够你圆满做完一件事。后来，这名青年也获得了成功，他成了韩国泛业汽车公司的总裁。

如果在追求成功的道路上，我们也能一靠兴趣，二靠每天坚持，那么成功一定会到来的。只要一个人还在朴实而饶有兴致地生活着，他终究会发现，成功的产生，是水到渠成的。所以，人生的价值和意义就存在于普遍的日常生活中，而无须在日常生活之外另去寻觅人生的理想。这种人生观，我国哲学家冯友兰先生称之为“极高明而道中庸”。

教育，开发生命的事业。我坚信每个人都是优秀的，每个人都有存在的价值，只是大家各有所长而已。

素质教育的最高境界是实现人的充分发展。

人的充分发展，就是人在“最近发展区”自我实现达到了最大化。以其为使命的教育，就是追求让优秀者更优秀，让平常者不平常——促进每一个学生卓越发展。

最后，我想说：

可以平凡，不能平庸。

如果有什么事情值得去做，就把它做好。

若要前行，就得离开你现在停留的地方。

我的人生我负责

——与南京师大附中学生谈生涯规划课程（三）

2007.1.4

“生涯规划”课程是我们附中多样化课程中的非常重要、非常有意义的一门课程。你们到附中已经几个月了，我想，此时跟大家一起谈“生涯规划”这门课程是非常有意义的。

先让我做一个关于人生时间的统计。

80 岁的生命，29220 天，除掉睡眠，人的一辈子其实只有 1 万多天。人与人之间的不同在于：你是真的生活了 1 万多天，还是仅仅生活了 1 天，却重复了 1 万多次？

高中的 1/6 即将过去了，不可重复。

我们可能会专注于一个假期的安排、一次消费的计划、一个活动的设计，但往往会疏忽于人生的规划，抓小放大，以至于宝贵的时光被隐性浪费，人生没有实现从一般到优秀，从优秀到卓越。

哈佛大学有一个非常著名的关于目标对人生影响的调查。对象是一群智力、学历、环境等条件差不多的年轻人，结果发现：

27% 的人没有目标，60% 的人目标模糊，10% 的人有清晰但比较短期的目标，3% 的人有清晰且长期的目标。

25 年的跟踪研究表明：

那些占 3% 者，25 年来几乎都不曾更改过自己的人生目标，并朝着同一个方向努力，几乎都成了社会各界的顶尖成功人士，他们中不乏白手创业者、行业领袖、社会精英。

那些占 10% 有清晰短期目标者，大都生活在社会的中上层。他们的那些短期目标不断被达成，生活状态稳步上升，成为各行各业不可或缺的专业人士，如医生、律师、工程师、高级主管等等。

占 27% 的那些 25 年来都没有目标的人群，他们几乎都生活在社会的最底层，常常失业，靠社会救济，并且常常都在抱怨他人，抱怨社会。

我们会思考数据背后的东西，因为距离某种意义上的成功，我们真的很近，但又很远。

现在，高校自主招生注重对学生的思想品德表现、学习研究潜力、社会组织能力、特色专长进行全方位考察和综合评价，这种开放而多元的评价为高考注入了新的价值，高考由“选拔”向“选择”功能转变。未来多元的录取指标体系正在建立，即高中学业水平考试、综合评价、高校单独命题考试成绩、面试、学校推荐等多元录取指标体系将逐步取代现有的单一体制。

我们生存的时代，不能不让我们常常陷入对一个问题的思考——信息时代的“我”该怎样生存？ 2006 年的美国《时代》周刊年度人物，是一个大写的“YOU”，即数据正在急剧增长的社会群体——网民。

《时代》周刊认为，个人正在成为“新数字时代民主社会”的公民，2006 的年度人物将是互联网上内容的所有使用者和创造者。

据统计，中国约有 1.5 亿网民，70% 是青少年，上网的需求 70% 是聊天与游戏，而美国学生上网的需求 60% 是学习与研究。当我们不明确自己前进的方向和具体的目标的时候，往往会沉溺在信息的海洋里。

哲学家诺瓦利斯说过：“哲学就是怀着一种乡愁的冲动到处去寻找家园。”生涯规划就是怀着人生的使命去设计人生的道路。

作为社会人，我们有多项责任，但是我们根本的责任，就是对自己的人生负责。周国平先生认为：“对自己的人生的责任心是其余一切责任心的根源。一个人唯有对自己的人生负责，建立了真正属于自己的人生目标和生活信念，他才可能由之出发，自觉地选择和承担起对他人和社会的责任。”

因此我认为：方向比距离更重要。

我非常欣赏连战的一句话：“只有走对路，才有出路。”在这个命题之下我有几点与你们分享。

人生当求“高”——

初唐虞世南在《蝉》诗中云：“居高声自远，非是藉秋风。”

荀子说：“吾尝跂而望矣，不如登高之博见也。登高而招，臂非加长也，而见者远；顺风而呼，声非加疾也，而闻者彰。”

《飞得更高》这首歌唱道：“我要的一种生命更灿烂，我要的一片天空更蔚蓝，我知道我要的那种幸福，就在那片更高的天空，我要飞得更高飞得更高……”

中国哲学云：“取法乎上，仅得其中。”

西方之马太效应为：越高越高，越低越低——自我可以增值，自我亦可贬值。

青春当求“美”——

生命的每一阶段都有最美丽的景色。而我尤为喜欢附中校友巴金先生的一句话：“青春是美丽的。”青春是梦想，青春是奋斗，青春是实现价值！

以天下为己任——

2006年12月31日《中国青年报》上有一篇文章谈到中日经济的差异，一位日本经济学家认为：“说差距100年有些夸张，差距50年有些保守，应该差距在80年左右吧。”日本企业向中国出口技术时，保证日本技术至少领先20年。日本已经有14位诺贝尔获奖者，而且有长远的培养计划。有人这样说：美国人掌握标准，站在最高端；日本人掌握技术，站在中间；中国人有的是力气，只好在底端干苦力。

阿伦特认为人有三种基本活动：劳动——生活、工作——职业、行为——事业。附中永远鼓励学生追求卓越的生命：优秀者更加优秀，平常者不平常。只有志存高远，普通的生命才会因为责任、使命变得伟大而美丽。

同时要记住：立志当赶早。

google创始人布林、佩吉的立志不是在斯坦福和密西根大学，而是在蒙台梭利小学。世界上有多少踌躇满志的人？有人从25岁立志，有人从20

岁，有人从 16 岁，有人从 13 岁，有人从 10 岁……您从何时设计人生？

人的成长是有最佳时间的，高一决定高中三年，高中三年影响人的一生。

别人还在沉睡，他已经醒来；别人醒来，他已经起身；别人起身，他已经行动——那是早春的行动。

在初春，种下一棵理想树。不要等到秋天再去做春天的事情。

当然，确定目标还是有一些方法的。

成功的路是由正确的目标铺设出来的。从生物人（年龄）、社会人（生活环境）、附中人（学校文化）、“我”（个体的价值判断和行为选择）四个维度开发自己；确定人生方向的三条基本原则——我想做，我能做，我该做；把现在和将来对你来说重要的目标列举出来，不要被习惯蒙蔽了眼睛，也不要追随新奇和潮流；保持记录优先考虑的事情和目标的习惯，并把它放在你可以看到的地方；记住“艾森豪威尔法则”——要事第一；记住“宇宙法则”也就是“二八定律”，20% 决定 80%；不要将特点当成缺点，要将特点转化成优点，形成自己的增长点。

目标要具体。把梦想分成许多个阶段来实现。目标越低越好，容易实现，培养起更大的兴趣和热情。因为成功更是成功之母，可以让你享受每一阶段的快乐。

世界著名撑竿跳高名将布勃卡有个绰号叫“一厘米王”，因为在一些重大的国际比赛中，他几乎每次都能刷新自己保持的纪录，将成绩提高一厘米。当他成功跃过 6. 25 米时，不无感慨地说：“如果我当初就把训练的目标定在 6. 25 米，没准儿会被这个目标吓倒。”在现实中，多数人在实现梦想的路上之所以会半途而废，原因有时竟是在于梦想太大，让自己感觉太遥远。如果我们把卓越的梦想分解成许多个“一厘米”，也许我们会少许多懊悔，增加许多成功的体验，不断提高我们的自信。

英国威斯敏斯特教堂旁边一块墓碑上有这样一段碑文：

当我年轻的时候，我的想象力从没有受到过限制，我梦想改变这个世界。

当我成熟以后，我发现我不能够改变这个世界，我将目光缩短了些，决定只改变我的国家。

当进入暮年以后，我发现不能够改变我们的国家，我的最后愿望仅仅是改变一下我的家庭。但是，这也不可能。

当我躺在床上，行将就木时，我突然意识到：如果一开始我仅仅去改变我自己，然后作为一个榜样，我可能改变我的家庭；在家人的帮助和鼓励下，我可能为国家做一些事情。

然后谁知道呢？我甚至可能改变这个世界。

目标要专注。生命是我们手里的 3 万支蜡烛——每一支都应该点亮，点亮后做有意义的事。在有限的时间里，我们要实现卓越发展就应该聚精会神，将生命的每一阶段、每一个行为都与人生目标联系起来。如果每天坚持阅读 15 分钟，一年就可以阅读 20 本左右的书。培根说过："许多不可能的事情，只需要时间和坚持。"

做好每一天、每一个细节——让优秀成为习惯。亚里士多德曾经说过："我们每一个人都是由自己一再重复的行为所铸造的。因为优秀不是一种行为，而是一种习惯。"一两个优秀的行为可能是孤立的、偶然的、缺乏后继性的，而优秀的行为习惯才是优秀行为层出不穷的保证，它甚至有可能使一系列指向明确的平凡行为产生不平凡的整体效应。从某种意义上说，世界上不存在优秀的行为，习惯优秀才是真正的优秀。

将人生目标逐渐缩小。高中目标——阶段目标——每月目标，这样学习生活会更加紧凑，生涯规划会更加具体。有一个适合的梦想，然后把它转化到平凡的生活中去，天天向梦想靠近，天天享受自己的进步。在这个过程中你既有常人的享受，更有自己梦想一步一步实现的快乐，他人也分享着你的贡献，你慢慢就会造就一个卓越的自己。

美国钢铁大王安德鲁·卡耐基就是一个能充分发挥自己潜能的楷模。"做全厂最出色的工人""做全美最杰出的邮递员"等等，他的一生总是根据自己所处的环境和地位塑造最佳的自己。他的座右铭是："做一个最好的自己。"卓越就体现在每一天、每一个细节里，优秀是一种习惯。

目标要注重平衡性。一个人的生活主要有几个方面构成：精神、财政、教育、娱乐等。要创造适合自己的人生模式。人生的形式有自我成长、工作、人际交往、健康保养、公益活动，还有乐趣，给相应的事情和活动合理地分配时间就成为生活的艺术。怎样运用时间，跟自己想要的生活模式有关系，要善于使用自己的时间，不是让自己变得很忙。

接下来，我向大家展示南京师大附中生涯规划设计目标的程序：

一、设计人生——写下自己的人生宪法

1. 当站在巨人的肩膀上的时候，我们看到的一切都是巨人的眼界，列出古今中外你心目中最成功的四个人物；

写下他们成功的表现；

追溯他们奋斗的历程，分析影响他们成功的因素；

写出你对成功的定义。

2. 写下自己的兴趣爱好、自己的条件、自己的追求。

3. 写下社会、时代、家庭对自己的要求。

4. 写下自己的人生计划。

5. 将自己的计划与家长、老师、同学讨论。

6. "我的人生宪法"（我的人生使命）：

我的人生使命：

我对家庭的承诺：

我对学校的承诺：

我对社会的承诺：

我对自己的承诺：

我想成为一个什么样的人：

我希望为这个世界留下什么：

给我力量的话：

承诺人（签名）

年　月　日

二、管理人生——我的行动选择

马克思曾经指出："一个人的发展取决于和他直接或间接进行交往的其他一切人的发展。"因为你选择了怎样的行为，你也就选择了怎样的结果。那么，在南京师大附中实现目标的行动选择是什么呢？

1. 五种提升精神境界的方法

（1）静思半小时；

（2）制订阅读计划；

（3）拒绝垃圾文化；

（4）观察大自然；

（5）和你所敬重的人保持接触。

2. 自觉跟着目标走，学生的成长之问

（1）你最想做的事是什么？

（2）你为什么要去做呢？

（3）你现在正在做什么？

（4）你为什么这样做呢？

3. 让优秀成为一种习惯

（1）让优秀成为一种习惯，进入你的潜意识；

（2）像您所期望的人一样去思考、生活、行动；

（3）围绕目标，坚持做好每一件小事。

4. 创造并享受生活的幸福

我们是为了得到幸福而奋斗，还是应当幸福地奋斗？

5. 不做无意义的事

春天也有落叶。不犯低级的错误，不要让青春的代价变为终身的代价；考虑代价，计算成本；人生匆匆，做有意义的事。

追寻简单生活。

6. 不做违背规律的事

了解自己的“最近发展区”；把握最佳时机；创造出自己卓越发展的环境——上下同欲者胜；不要在春天做秋天的事。

7. 智慧地对待逆境

人生的体验，磨炼自己的机会。逆境来临时您像什么：煮沸后的萝卜、鸡蛋、咖啡？

面对逆境，会说：上帝特别爱我，就会多给我机会；会说：天将降大任于斯人也……

大石挡路，有人视为向上的阶梯，有人视为无底的深渊。

大风将至，有人砌围墙，有人造风车。

8. 竭尽全力

每个人都有极大的潜能。正如心理学家所指出的，一般人的潜能只开发了2%—8%左右，像爱因斯坦那样伟大的科学家，也只开发了12%左右。一个人如果开发了50%的潜能，就可以背诵400本教科书，可以学完十几所大学的课程，还可以掌握20来种不同国家的语言。这就是说，我们还有 90% 的潜能处于沉睡状态。要想创造奇迹，仅仅做到尽力而为还不够，必须竭尽全力才行。

9. 正确理解附中精神

我们的校歌唱道：“社会中坚，学校栽成众”；我们的校训：“嚼得菜根，做得大事。”

“掏出心来”“行胜于言”“质量立校，质量立人”是附中人的精神实质。

相信天下没有免费的午餐；争论的目的是进步而不是胜利；建设是更高层次的批判。

10. 正确理解优质教育

科学文化素质是培养其他素质的重要载体，一般来说，与其他素质成正相关；学风，是班风、校风的重要体现；教师的教学质量，是实施素质教育的态度与能力的体现。

优质教育是全世界的追求。2000 年 4 月的达喀尔论坛把全面提高教育质量作为教育发展的目标之一。2003 年 10 月，联合国教科文组织第 32 届大会的教育部长圆桌会议的主题是“有质量的教育”。2004 年 9 月，联合国教科文组织第 47 届国际教育大会的主题是“面向所有青年的优质教育”。1983 年，美国国家教育优异委员会提供的报告是《国家处在危险之中》。2002 年，通过《不让一个孩子掉队法案》——“在这片被称作美利坚的伟大土地上，不让一个孩子掉队。”G.W. 布什总统说：“有人认为让处于弱势地位的儿童达到既定的严格标准是不公平的。而我认为，对他们降低要求则恰恰是对他们的一种歧视——对他们的这种低期望是一种无形的偏见。”

教育质量是教育赖以生存和可持续发展的重要动力，全面提高教育质量，发展优质教育，乃是当今世界基础教育领域的普遍追求。

附中对教育的追求是让每一个学生充分发展。

设计人生，管理人生，创造人生——我的人生我负责，应该成为大家生涯规划的全部意义之所在。

从春风到学风

——在南京师大附中2007年第一次晨会上的演讲

2007.2.26

老师同学们：

新年好！

今天，2006—2007学年第二学期正式开学了。在新学期的第一次晨会上，我发言的题目是：从春风到学风。

南京师大附中是在收获的喜悦中走进2007年春天的。

过去的一年，我校2007届学生在数学、物理、化学、生物、信息学、科技创新等学科竞赛中成绩优异：有92人次获江苏省一等奖，35人次获得清华、北大、复旦、南大等国内著名高校的保送资格。获一等奖的总人数连续第三年位列江苏省第一名。

截至目前，我校2007届学生中，已有近300名同学被学校推荐参加北大、清华、南大等国内知名高校的自主招生选拔；有48名同学被国内外著名高校保送录取或提前录取，有20名同学分别获得清华大学和北京大学保送和自主招生资格；有22名同学被美国、法国、澳大利亚、加拿大、新加坡等著名大学提前录取。

在这些精彩的片断之外，我们同样能欣赏到附中学子的卓越发展：

在“我读鲁迅”全国高中生大型读书征文比赛、“木中杯”第六届江苏省高中生作文大赛、“四维·新干线”杯中国·南京中小学学生英语口语电视大赛以及复旦大学“博雅杯”人文知识竞赛中，我校同学都取得了非常辉煌的成绩。

在与美国等国家友好学校联合进行的系统动力学研究、全球温室效应的研究性学习中，附中学子的自主、合作、探究能力在国际平台上得到了体现；在ISC（国际学校联盟）的全球峰会上，附中学子在国际环境下交流、对话的能力同样令人瞩目。

在上学期结束期间举行的“感动附中”颁奖典礼、学生社团巡礼、OM（头脑奥林匹克比赛）首次参加全国大赛的准备、篮球比赛、2007迎新音乐会、“从大学看附中”毕业生座谈会……精彩纷呈，令人目不暇接。

真正的教育首先体现于价值引领。一学期以来，我们更是欣赏到同学们精神的成长：

在上学期文明班级和特色班级的评选活动中，同学们的感人事迹和丰硕成果着实让老师们感动！我们看到了高一（6）班同学们关注环境、建议使用电子贺卡的倡议书，我们看到了IB国际高中文凭课程实验班的国际食品节以及他们向红十字会的捐款，我们看到了高二（11）班为西部捐献的一口“母亲水窖”……

在“追求卓越奖”“追求超越奖”“独具魅力奖”等奖项的评选过程中，我们感受到了同学们的努力和进步。正如高二（5）班朱远哲同学所说：“回首一学期，觉得收获最大的还是精神的成长，附中是一个需要并值得去朝圣的地方，投身于各种活动，感受到的是文化，收获到的是能力。”

……

所有这些，作为校长的我十分欣慰，也十分感动！

但是，上学期期末家长会期间，一位家长来访时的谈话引起了我深深的忧虑。这位家长很苦恼地对我说，孩子是考进附中的，但现在的成绩却很不理想，对学习自以为是的态度更让人担心。然而孩子却很“骄傲”地说，我们附中并不看重什么分数，南师附中是搞素质教育的！

这位家长非常诚恳地对我说：我们的确非常欢迎素质教育，可是，学业成绩不是素质吗？在中国社会转型期的今天，在高考还是决定孩子能否进一步深造的最重要的检验的今天，如果孩子失去了原本更好的继续深造的机会，甚至连继续深造的机会都没有了，他靠什么去“领跑”啊？这样的“素质教育”我们可不敢接受！

这使我想起几年前在高三同学考前咨询会上一位同学焦虑而惶恐的面容，他对我说：“校长，我是考进附中的，但是我现在可能考不上大学了！”

这引发了我最近几年来一直思考的问题：什么是真正的素质教育？什么是真正的追求教育理想？什么是真正的附中精神？什么是真正的卓越发

展？附中学子怎样才能真正担负起“以天下为己任”的使命？难道说“素质教育”就必须轻视学业、重视智能就是“应试教育”？难道说“追求教育理想”就是我想做什么就做什么、就是只要个性化不要社会化？难道说“附中精神”就是放松放任、就是自以为是的批判指责？难道说“卓越发展”就是与“分数”的截然对立，就是只捧出几个“盆景”和“花环”？

不，不是这样的！我们不能从一个极端走向另一个极端，不能以情绪化的宣泄代替理性的思考。我们应该回到教育的规律，回到教育的系统，回到教育的原点上来！

人的素质包括了思想品德素质、科学文化素质、身体心理素质、劳动审美素质等方面，其中科学文化素质是学生素质的重要方面，而且是培养其他素质的重要载体与渠道。学校的素质教育主要体现在课程里：国家的课程计划体现了国家的素质教育的意志和要求，有效地学习了国家的课程，就是达到了国家的素质教育要求；有效地学习了学校的课程，就是达到了学校的素质教育要求。学校的素质教育，应该落实到课程、课堂、每一个教育活动当中去，应当成为教育的常态，应该体现在教师、学生、学校的发展质量上。

只有“素质教育”的口号，没有实施的行为，那是虚伪的素质教育；只有“素质教育”的“行为”，没有教学的高质量，那是肤浅的素质教育；没有高质量的素质教育，是违背规律的教育，是不负责任的教育，当然是没有生命力的。事实已经广泛地证明了这一点：学业质量不高，既增加了家长和学生的负担，又影响了学生素质的全面发展，进而影响到学生的终身发展。

而且，素质教育具有时代性、阶段性的特点。中国处于社会主义初级阶段，处于社会的转型时期，此时的素质教育具有特定的时代特点；高中阶段、升学预备型学校的素质教育，具有自身的相对独立的要求，必须充分重视学生的科学文化素质。鲁迅先生曾说过：“失去了现在，也就失去了未来。”一个人的教育是有最佳机遇期的。让一所学校、一个家庭、一个学生去承担一个国家的教育体制的弊端所带来的后果，实在是不应该的。因此，我们的教育既要着眼于学生的未来，更要重视他们的现在。

马克思曾明确指出：“人们每次都不是在他们关于人的理想所决定和

允许的范围之内，而是在现有的生产力所决定和所允许的范围内取得自由的。”

对科学文化素质的评估在中学阶段主要体现在学业水平上。应该说，现在的高考已经从知识本位向能力本位、素质本位转移。高考成绩还是能够体现能力和素质的。从整体上看，“高分高能”是正常的，“高分低能”只是极少数。在坚持全面发展基础上的教学质量，是一所学校为人民服务的态度、能力和效果的体现。一所名校实施“素质教育”而学生却考不进该上的学校，是难以令人信服的，这样的教育理想就成了教育的“画饼”，不但使学生现在“挨饿”，而且会造成终生的“营养不良”。一座遭遇“高考之痛”的城市，与其说是因为实施了“素质教育”，倒不如说是没有实施真正的素质教育。

对中国的广大人民群众和他们的子女来说，在全面发展的基础上，希望考出好成绩，考上他应该能考上的学校，将来拥有一个满意的职业，追求事业的成就和人生的幸福，这个愿望是朴素的，也是值得尊重的。

附中的校训是：嚼得菜根，做得大事。附中校歌的第一句是：社会中坚，学校栽成众。这是附中精神的内核。在附中这块热土上读过书的优秀学子有着共同的特质：以天下为己任，忧国忧民；学业优异，思想深刻，贡献巨大，影响深远。在我看来，正因为他们明白了自己的责任，所以才有学业的优异；正因为学业优异，他们才有了深刻思考的基础；正因为行动的坚韧和贡献的巨大，他们才会有深远的影响。

鲁迅先生课桌上的“早”字、他的“我是把别人喝咖啡的时间都用在写作上”的话语，我们耳熟能详。因为在南京读书时的成绩是甲等前三名，所以发给他的毕业证书是“执照”（在学校的鲁迅纪念馆里可以看到），其他人则是“考单”。巴金先生一生著述等身，他来到南京后，复习半年时间才考上我们学校，毕业时因为学业优异，被保送法国留学（后因病未能成行）。被称为“世界杂交水稻之父”的袁隆平先生，用卓越的学业成绩和巨大的贡献诠释了他为母校的题词：“科学探秘永无休”。他说：“我要么在田间，要么在去田间的路上。”他是一个行胜于言的田野研究的杰出代表。

杨楷林（2001 届校友，清华大学特等奖学金获得者）、刘更城（2006 届校友、在 2006 年高考中以 700 分的成绩获江苏省第一名，现就读清华大学）、沙龙（2007 届毕业生，被美国 Dartmouth College（常青藤盟校）提前录取）……他们的足迹深深地印在附中的校园里。在我们身边，那些追求卓越的同学，用他们的行动告诉我们：怎样才能“以天下为己任”，怎样才能“做得大事”。

美国总统奖获奖的学生们，他们在中国的表现让我们知道了国际英才是怎样成长的。（详见《中国教育报》2006年8月25日第6版，《看世界》2006年第1期。）

托马斯·弗里德曼的《世界是平的》是目前在全世界畅销的一本书。他告诉我们，在网络时代，地球变平了，距离变短了，交流变得更快捷了，经济一体化，传统的空间概念被彻底改变了，人们要做出而且必须做出调整才能适应这样的环境。我们“以天下为己任”是应当放眼整个地球村的，我们的素质发展也应当是能经受国际检验的。

真理总是朴素而具体的，我们“掏出心来”，就会承认：质量立校、质量立人！

因此，我们不能违背教育的规律而去追求所谓理想的教育；不能脱离现实的环境去幻想我们的学业与生活；更不能把教育理想作为逃避现实责任的借口和挡箭牌；不能以培养素质为借口，而忽视勤奋踏实的努力；不能以对现实教育缺陷的批判来否定中国基础教育的传统精华；不能总是以极端的思维和“革命”的方式来处理复杂的文化问题；不能热衷于“讨论”而忽视真正的意义和进步！

如果以“反教育”思维来设计“理想”的教育，可能会步履艰难，适得其反；如果以个人的“理想”去要求别人，这种教育“理想”就会变成一种绝对命令，进而形成教育暴力，当然伴随着它的就是牺牲品的产生；如果不能保持教育理想与现实的张力，我们就可能会失之偏颇，走入极端。

“一将功成万骨枯。”君子一跬步，皆关民命。我们每一位掌握着话语权的人，应该换位思考：如果学生是我的孩子，是我的弟妹，我们是不是应该从教育的规律出发，为学生的现实和未来考虑，创造出促进他们卓越发展的教育？不但让学生现在“兴奋”，而且在毕业离校时能够由衷发出“附中三年，我没有遗憾”的心声？不但让一部分学生“兴奋”，而且努力使“全体”“每一个”学生学有所成？鹰，既应有清醒的大脑，更应有强劲的翅膀，才能在苍穹中翱翔，才能搏击风浪，才能飞到它想去的地方。

想法不等于思想，思想不等于思路，思路不等于行动，行动不等于质量。我们不但要正确诊断出当前中国中学教育的“病情”，而且要开得出“药方”，在现实的环境下还能抓得着“药”。

在当下的中国，“素质教育”已经不是某种具体的教育思想和教育模式，而是演化成了永远走在前面的“最理想”。现在，是否应该实现从天上到人间、从理想到现实、从争论到行动、从浅表到深刻、从零散到系统、从张贴的标签到发展的质量的转型？实现这样的转型的前提就是我们必须回到教育的规律、教育的系统、教育的原点上来。这样，我们就能以现实的理想主义态度来履行中学的使命，求解中国基础教育的难题。理想，“地球人都知道”，关键是行动，有意义、有价值的行动。

作为中学，我们应该思考的是：如何将素质教育的理念转化为实施素质教育的行为，落实在每一位学生的卓越发展上。附中人应该有志气和能力，向社会展示：实施素质教育，在附中不仅仅是理想，更是我们有效的行为和高质量的发展。

附中的素质教育、办学特色主要是通过目标定位、课程设置、课堂教学、学校文化、校园生活、办学质量来实现的。

附中以天下为己任，培养未来社会的领跑者，致力于构建为“拔尖创新人才”打基础的育人模式。学校明确提出自己的办学理念：高质量地实施素质教育，促进每一位学生卓越发展——使学生养成在未来全球化社会成功的素质，让优秀者更优秀，让平常者不平常。我们的教育所追求的就是：给你一部历史，让你翻阅；给你一种文化，让你感受；给你一些时间，让你安排；给你一个舞台，让你表演；给你一些机会，让你创造；给你一个期待，让你自我成长。在附中老师的眼中，每一个学生都是一个太阳，这个太阳的升起需要“他力”，更需要自身内在的驱动力。为此，学校提出通过“两个优化”促进学生的卓越发展：优化学校教育的领导方式，优化学校质量的提高方式。学校改革课程结构，初步形成了课程超市、课程群、个别化课程三级课程体系，提出了主动学习（高一）、深度学习（高二）、超越学习（高三）三类学习方法，实施了“高期望、高峰体验、高质量、高品位”的教育策略，初步形成了“全球化时代中国的卓越中学”的学校教育体系。

学校每学期正常开设的校本选修课程有50门左右（总计开发200门），

学生社团 66 个，学校每学年开发 10 多个活动课程：高一军训、31 公里步行者活动、高二社会实践、寒暑假团委公益活动、研究性学习、体育节、合唱节、迎新音乐会、国际科技文化节、“12.13，我们永远不能忘记”等等。学校还增加开设了中华武术、英语口语、心理健康、礼仪、交际、生涯规划等必修课程。同时国际教育课程进一步拓展，2006 年，附中师生有 110 人次出国交流，接待国外友好学校来访师生 390 人次，并且还开设了国际高中文凭课程。

学校还制定和完善了促进学校高质量实施素质教育的评价体系和激励体系。

我们要求学生通过生涯规划课程设计自己的人生，志存高远，追求在全球化时代的卓越发展。但是，要实现这样的目标，不仅仅是需要有理想，有思想，更重要的是要有“嚼得菜根”的精神、脚踏实地的行动。只有这样，我们才能把理想变成现实。

我们反对将学生的成长仅仅窄化为知识的学习、甚至将知识的学习仅仅窄化为应付考试的教育，那种将校园当成军营、成长为了考试、刻苦变成痛苦、享受转化为忍受的教育，是附中所坚决摒弃的。但是，物极必反，过犹不及，我们不能矫枉过正。我们必须尊重教育的规律，必须明确高中教育的任务，必须承担起自己应有的责任。

我们对于学业水平的重视，不是出于对现实的一种无奈，而是基于对教育规律的认识、对中学教育功能的认识、对自己的责任的认识。这里所说的学业水平，不仅仅是学习成绩，还包括学习习惯、学习能力、学习策略、学习方法等等。

我们认为素质教育的最高境界是人的卓越发展（充分发展）——在“最近发展区”获得最优的发展。从整体上看，在知识经济时代，“最近发展区”的形成是需要科学文化素质做基础的，在“最近发展区”的最优化发展也是需要专注、勤奋和科学来实现的。

发现自己、发展自己，最优化地发展自己，首先是我们自己的责任。我们应当客观地评估自己的发展现状——相对于我们的基础来说，这种发展是合格的、是优秀的还是卓越的？

作为校长，我很坦率地说，附中学子中还有一部分人对学业发展不够重视，他们的潜能还在沉睡，他们没有主动追求高峰体验。以2006年高考为例，我校达到南京大学录取分数线的有125人（含保送、提前录取），但是，南大线下5分内还有23人，10分内还有56人，15分内还有79人，20分以内还有107人。有些同学高中三年时间里如果学业上再努力一些，就会有更满意的结果。然而现实太让人痛心了！扪心自问：难道我们再努力一些、再科学一些，就不是素质教育了？就影响能力培养了？就缺乏教育理想了？就削弱独立批判精神了？！

美国前总统肯尼迪在《就职演说》中的一句发问至今还振聋发聩："别问你们的国家能为你们干些什么，问问你们能为你们的国家干些什么吧。"

瑞士著名教育家裴斯泰洛齐曾说过："今天应做的事没有做，明天再早也是耽误了。"

与其诅咒黑暗，不如点亮蜡烛；与其期待他人，不如身体力行。

高一年级的同学们，附中半年，你是否已经掌握了主动学习的策略，具备了学习的自觉性、积极性以及良好的学习习惯？你是否已经基本达到一个合格的附中人的要求？

高二年级的同学们，你是否已经掌握了深度学习的策略？你是否已经"奔跑"？新课程下的第一次亮相——江苏省高中学业水平考试，你能否展现出最好的自己？

高三年级的同学们，你是否已经掌握了超越学习的策略？面对即将到来的高考——老高考的最后一届，你有没有做好充分的准备？你能否坦然地说"附中三年，我没有遗憾"？你是否已经为"领跑"做好了准备？

作为校长，我在2005届毕业典礼致辞中曾表达了这样的期待："希望你们在三个时间段能集体回到母校：毕业20年时回附中，让母校欣赏你们的发展；毕业40年时回附中，让母校欣赏你们的贡献；毕业60年时回附中，让母校欣赏你们的健康。"这也是对所有附中学子的诚挚祝愿。

老师们、同学们，古人云：一日之计在于晨，一年之计在于春，一生之计在于勤。春天是耕耘的季节，是希望的季节，但是春天也有落叶。我希望全体师生员工将春风里的理想转化成学风建设中的具体行动，进一步提高我们的学业质量。

祝愿全体附中人，2007年，我们飞得更高！

因为我们懂得……

——在南京师大附中向四川汶川地震灾区捐款仪式上的演讲

2008.5.14

老师、同学们：

大家好！

今天，南京风和日丽，我们南京师大附中全体师生集会，向在四川汶川地震灾害中遇难的同胞默哀，为伤痛者、还埋在废墟中的人们祈祷，向灾区人民捐款。

一位诗人曾说过："每个人都是一座大陆的一片，是大地的一部分。任何人的死亡都是对我的缩小。"

任何一个地区发生灾难，受难的都不只是那里的人们，而是我们——全人类的灾难。

灾难给人民带来了不幸，灾难也在叩问着人性，人性的光芒应该撕开灾难的阴霾，将温暖送给灾区的同胞们。

灾难也在考验着人民的意志，我们应该团结起来。血浓于水，再大的灾难在团结起来的人民面前也是渺小的。

灾难也在呼唤着人们的理性。人们对宇宙、对大自然的认识还是很初步的，所以西方有一句话："人类一思考，上帝就发笑。"地质构造复杂，地壳活动更加复杂。最近我们学校在教学楼和国际交流中心分别张贴了4个不同视角的地图，在西方通用的以大西洋为中心的地图中，我们会明显发现大陆板块漂移学说的一些依据。对于这次地震原因我们要相信科学，要立志探索，主观臆测、情绪化的解读是我们应该避免的。

灾难还在催生着我们新的认知。我认为地震是地球自身运动的一个表现，是与人类博弈的一种表现，也是与人类交流的一种方式。只不过我们囿于认知水平，还难以读懂它传递的信息。将来这样的灾难——甚至更复杂、破坏性更大的灾难还会伴随着我们，我们应该不断学习知识，创造知识，探求未知，学会与灾难共舞。仅仅有热情还是不够的。如果袁隆平校友只有普济众生的愿望没有杂交水稻的贡献，那么许多人还处在饥饿之中。据报载，有一颗小行星将可能撞击地球，美国科学家将登上小行星，使其改变方向，避免地球极大灾难的发生。附中人应该“嚼得菜根，做得大事”，让世界因为我们而更加美好。

灾难还提升着我们的境界。阅读了西方常用的地图之后，我们知道了中国在世界中的位置，知道了为何叫“远东地区”。全球化时代需要明确“我们的视角，我们的世界”。最近我们的近邻缅甸发生了强热带风暴，预计有 10 万人丧生。这，也是我们的灾难，我们的不幸。

张爱玲曾说过：“因为懂得，所以慈悲。”今天我们的行动，是我们“懂得”的表现；但是真正的“懂得”，还在今后。

注重学科思维，提升学科智能

——在南京师大附中 2008—2009 学年第一学期晨会上的讲话

2008.11.17

老师们、同学们：

早上好！

期中考试以后老师、同学、家长都在进行教与学质量的总结和分析，关注分数的比较多，但是我认为更应该关注的是大家的学科思维能力和学习能力的发展水平。同学们已经从初中到高中，从高一到高二，从高二到高三，但是每一个学科的思维能力和学习能力是否也在递进？

知识的增加不等于智力和能力的提高，就好像人的年龄的增长不完全等同于人的品德、智慧、体质的增长一样。

学习不是仅仅为了掌握一个个知识点，人类已经创造的知识和信息爆炸形成大量的新知识，一个人一生都难以穷尽一个学科。学习的本质不在于把自己变成一本百科全书、一个两脚书橱，而是理解思想，学会思维，解决问题，创造新知。

美国教育心理学家布卢姆认为知识有四个维度：一是事实性知识，二是概念性知识，三是程序性知识，四是反省认知性知识。也就是“是什么”“为什么”“如何做”的知识；我们常常关注一、二两个维度，可能忽视了三、四两个维度。

布卢姆还把教与学评估目标掌握水平分为六个层级，一是记忆，二是理解，三是运用，四是分析，五是评价，六是创造。我们常常停留在前面的三个层级，甚至在最低的一个层级——“记忆”上。

每一门学科的内容由表及里可以分为学科知识点、学科思维方法、学科思想三个层次。

一门学科的一个个具体的知识如同一片片树叶，学科的思维方式如同树枝，学科的思想如同树根和主干。我们可能是从树叶开始认识一棵树，但是不能仅仅限于收集树叶，应该通过树根、树干、树枝将一片片树叶连接起来，并且自由地生长。理解学科思想、提高学科思维能力也更有利于知识的高效学习。

我们可能只是在大门口徘徊，还没有登堂入室；我们可能还在海边拎着鞋子赤脚远眺，并没有进入大海的深处。我们的学习可能是浅层次的和局部的，缺乏深刻性和整体性，我们不仅需要增加知识，更需要提高智能。

怎样从增加知识到提高智能呢？

任何一门学科都有自己的规律，我们应该尊重学科的规律，以这个学科需要的方式学习。如果以为记忆就是文科的主要学习方式、以为计算和运用公式就是理科的主要学习方式，那么就是忽视了这些学科的规律，只能像盲人摸象一样停留在局部和表面。我们可能学习了不少知识，但是很难说理解了这门学科的本质、基本思想和思维方法。

学科思想是对某一学科的本质的认识，它在认识活动中被反复运用，带有普遍的指导意义，是建立学科和运用学科解决问题的指导思想——整体上把握学科结构的途径，也就是“整体学习法”。

学科思维是在学科提出问题、解决问题的过程中所采用的各种方式、手段、途径等等。

人类思维形式通常分为抽象（逻辑）思维、形象（直感）思维、灵感（顿悟）思维。常用的学科思维方法从不同的角度划分，有发散思维和收敛思维、纵向思维和横向思维、常规思维和创造思维、线性思维和非线性思维、对称思维和非对称思维、静态思维和动态思维、战略思维和细节思维等等。良好的思维品质包含思维的广阔性、深刻性、灵活性、批判性、敏捷性、独创性等等。

各个学科都含有以上思维的共性，但又有各自的学科的思维特点。

比如数学，它的本质是大自然的语言，是一种思维方式和表达方式。

在高中阶段它的基本核心思想是集合思想、对应思想和化归思想。它的基本思维方法有一般的逻辑推理、证明方法，以及化归、递推、等价转换、推广与限定等常用的一般数学思维方法，还有着其特有的一些基本的数学思维方法，比如集合的思维方法，映射和函数的思维方法，数形结合的思维方法，最优化的思维方法，分类讨论的思维方法，极限的思维方法等等。其思维的主要特性是概括性、问题性、相似性。高中数学思维能力培养主要包括以下四个方面：第一，会观察、实验、比较、猜想、分析、综合、抽象和概括；第二，会用归纳、演绎和类比进行推理；第三，会合乎逻辑地、准确地阐述自己的思想和观点；第四，能运用数学概念、思想和方法，辨明数学关系，形成良好的思维品质。在平时的数学学习中我们常常着眼于解题，而忘记了解题的目的，忽视了解题背后的更高级别思维的学习。

比如历史学科的学习，如果我们学习历史只是用记忆的方法，那么至多只能说了解了书本上的历史知识，就很难培养历史探究的能力，就很难理解这样一句话：“任何历史都是当代史”。20世纪30年代美国经济危机的处理、罗斯福新政、炉边谈话等，如果只知道时间和事件本身的浅层作用，这样的学习中就没有真正的“研究”意义。

再比如语文学科的学习，受到大中华文化圈巨大影响的新加坡的曾经的高考作文题有：1. 科学提倡怀疑精神，宗教信仰镇压怀疑精神，你对此认可多少？ 2. 中国的崛起是近年来对世界的最大的威胁，请评论。3. 哲学只是提问而并不回答，为什么学习它？ 4. 全球变暖会如何影响今后的政治？ 5. 阅读幻想小说只是对现实的一种逃避，除此没任何其他意义，你同意吗？ 6. 外国人对你的国家带来的问题比他们带来的利益多？这样的题目，我们习惯的思维方式和表达方式可能很难适应。最近有一部分中国语文专家已经对当下的语文教学过于偏好哲理泛化、感性经验、诗化表达而严重忽视对学生理性思维的诱导和规训表示了深度担忧。语文学习应该注意人文性和工具性的平衡，语文能力的培养不可轻视——这也是语文教学的立足点和增长点。

高中生与初中生不一样，必须培养理性思维能力。胡适当年强调，初中生着重演讲，高中生则应该在辩论中提高智慧。

对于我们教师而言，“教是为了不教”。教师的教学不是仅仅为了“告诉”学生一个一个知识点，不是为了把西装上的3个纽扣变成30个或更多，既没必要也不美丽，而且还浪费了师生的生命。而应该重视培养学生自主学习、终身学习的能力，也就是要让学生“学会学习”。

最近学校向老师们赠送了《让学生进入思维的世界》《思维教学——培养聪明的学习者》《有效教学方法》《创造力教与学》等书，这表达了学校的期待。

对于我们学生而言，自主学习、终身学习是学习的本质追求；“学会学习”就是理解学科思想、运用学科思维，提高智能。

人们常常用“某某同学有某某学科头脑”“某某同学是学习某某学科的料子”来赞誉一个同学在某一学科的素养——他就是理解学科思想、运用学科思维、欣赏到学科美丽的人；相反“学习不入门”“学习浮光掠影”的就是浅度学习——忽视学科思想与学科思维的人。

我们并不怕吃苦，但是要苦得有道理、有价值。不仅要重视知识点的学习，更要关注学科思想的理解和学科思维能力的提高。

恩格斯在《自然辩证法》的导言中，把思维誉为“地球上最美丽的花朵”。

希望每一位老师和学生都能了解学科的本质和基本思想，训练学科的思维能力，从而提高学科智能，提升人生的智慧。我们的每堂课、每次作业、每次练习都不应该是重复的机械操练，而应该是富有创造性的思维活动、领略学科思想魅力的意义之旅。

希望附中学子离开母校的时候，每个学科带走的都是一颗树，而不是一袋树叶。

我们永远不能忘记

——在南京师大附中南京大屠杀67周年祭日主题教育晨会上的讲话

2004.12.13

1937年12月13日，是南京人、中国人、世界人民永远不能忘却的日子！67年前的这一天，日本侵略军占领中国南京。日军使用集体枪杀、活埋、刀劈、火烧等惨绝人寰的方法，进行了长达40多天的血腥屠杀。当时驻南京希特勒法西斯德国代表在向其政府的报告中写道："他们（日军）是兽类的集团。屠杀、劫掠、纵火、奸杀……甚至以杀人竞赛的方式对南京城血洗。他们是一架正在开动的兽性机器。"据战后国际法庭认定，日军侵入南京后，一个半月内发生2万起以上强奸事件。据统计，在南京被集体屠杀的达19万人以上，被零散屠杀的超过15万人，总计30万人以上。繁华的六朝古都，成了血腥的人间地狱，断墙残壁，尸骸遍野，血流成河，惨不忍睹！这，已成了中华民族的永久的痛苦的记忆，我们永远不能忘记！

我们永远不能忘记，是因为记忆会渐渐遗忘。又一个南京大屠杀幸存者——李秀英逝去了。在今天有些国人的心中，67年前那段惨痛的历史真实而又遥远，人性在兽性的践踏下苦苦呻吟，也仿佛在和平的歌舞声中依稀起来。在又一个12月13日到来之际，曾有记者在北京某快餐店调查对南京大屠杀的认知度，调查对象为15名年龄在15至30岁之间的年轻人，表示不知道"南京大屠杀纪念日是哪一天"的有13人，对南京大屠杀纪念活动表示"关注"或"偶尔会关注"的仅有4人，其余11人表示"不关注"。当记者问这11人不关心的理由时，其中7人认为"与我没有关系，我只关注身边的事。"一名27岁的男子对记者说："我家全是北方人，没有人在南方。"记者问："你知道有多少同胞在南京大屠杀中遇难？"15人中有6人回答出了正确答案"30万"，表示"不知道"或"记不清"的有 5 人，其余 4 人给出了错误的答案。有一名高中生说：“不是 300 万就是 3000 万，历史考试时考到过。”读到这里，我无言以对。因为我想到，即使在南京，又有多少人知道江东门的寂寞、拉贝故居的冷落？

我们永远不能忘记，是因为南京大屠杀不仅是中国人的耻辱，也是 20 世纪人类的耻辱。二战期间世界三大惨案发生地，波兰奥斯威辛集中营、日本广岛原子弹爆炸场所和平公园、中国南京大屠杀纪念馆，都是人类尊严被践踏的灾难的记忆，都是人性被兽性蹂躏的痛苦的见证，都是人类共同的文化遗产。

然而，波兰的奥斯威辛集中营 1969 年就被列为世界文化遗产；1996 年，另一地点广岛纪念馆又被列入世界文化遗产。可是，世界上又有多少人知道“南京大屠杀”纪念馆？人们是如此轻易地忘却着自己的伤痛，所以我们每一个人有责任不断地申述历史；人们是如此轻易地漠视着别人的耻辱，所以我们每一个人有责任将历史告诉世界，告诉未来。这是我们面对祖先和死难的烈士无可推卸的承上启下的历史使命，也是我们为人类子孙后代的繁衍生息所能留下的最有价值的精神财富。这绝非是在刻意传播仇恨的种子，而是在体味和牢记人类悲剧的根源，小心翼翼地守护人性中善良的盼望。

我们永远不能忘记，是因为日本政府从来没有向中国人民和世界人民正式认错道歉，日本的政要们还参拜着供奉着战犯的靖国神社，日本的历史教科书公然篡改历史，日本的右翼势力居然说南京大屠杀是中国人捏造的谎言，日本一改再改《和平宪法》，谋求政治和军事的扩张！

忘记历史，就意味着背叛。1986 年诺贝尔和平奖得主、美国犹太裔作家伊利·威塞尔警告人们：“忘记屠杀，就是第二次屠杀。”

他们没有认错，我们怎么能忘记！他们在赞美，我们怎么能忘记！他们在篡改，我们怎么能忘记！他们在扩张，我们又怎么能忘记！

所以，我们拒绝遗忘！ 12 月 13 日，我们永远都不能忘记!12 月 13 日的警钟应该长鸣在我们每一个中国人的心中。

我们永远不能忘记，是为了进一步提高我们的国力。

我们祈求和平，期待尊严和正义，但是当今世界民族的尊严还是需要实力来支撑，世界的和平还是需要实力来维护。强大自己，是维护民族尊严、维护世界和平的前提。

当今世界现状还是如此：没有平等的地位，就没有平等的交流，也就没有真正的平等。在“全球化”的时代，民族意识会被边缘化，但现实的情况是全球化背景下，国家民族的利益还是第一位的；利益并未全球化，“地球村”的“村民”并不平等。

正确理解和对待今天的日本对我们民族的现在和未来是很重要的。这是一个通过明治维新迅速从贫穷落后中崛起、二战后在一片废墟上又迅速发展起来的世界强国。今天我们看到的是一个有着先进的国家管理、成熟的社会机制、很强的民族精神、深谋远虑的国际竞争战略与策略的日本；看到的是一个人口只有中国的十分之一、土地是中国的二十五分之一、国民生产总值却是中国的四倍的日本；一个经济实力仅次于美国的日本；看到的是成为中国最大贸易伙伴之一、与中国经济有紧密联系的日本，同时又是一个与中国有很多政治冲突和分歧的日本；看到的是正在谋求政治和军事扩张的日本；看到的是已经有12位诺贝尔奖获得者，并且计划要在未来50年中为国家培养出50个诺贝尔奖获得者的日本。我们要牢牢记住它给我们造成的伤害，时时警惕它对我们的野心，但同时应该客观分析并学习日本民族的优点和长处，为我所用，提高国力。这才是我们正确看待日本的眼光和心态。

通过改革开放，我们的国家实力得到了很大的提高，但是与发达国家相比，差距还是较大的，特别是至关重要的科技创新能力。2002年，在《全球竞争力报告》中，我国的创新能力仅排第43位；2003年国际专利申请数量的排名中，美国以39250件国际专利申请数量位居第一，日本以16774件位居第二，德国以13979件位居第三，而中国申请国际专利的数量仅为1205件。我国对外技术依赖度高达50%，而美国、日本仅为5%。我国科研质量不高，从1993年到2003年，美国每篇论文被引用次数为12.2，我国只有2.8。我国发明专利少，仅占世界总量的1.8%。发明专利数，以每万人每年计算，美国有1760件，日本有1740件，德国有1500多件，即使印度也有440多件，而中国只有10件。中国不仅在数量上远远落后，质量也比较差，与日常生活相关的较多，重大的发明则比较少。教育部曾经做过一个中小学生创造力的调查，仅有4.9%的人具备初步的创造性人格。

我们永远不能忘记，是为了建构现代的民族思维，不要让历史的悲剧重演。

我们不是为了记住仇恨，更不是为了报仇雪恨。

强大以后就显示出霸权、狂傲、狭隘、残忍，这是日本在侵华中显示出的可恨、可怜的一面，也是人的兽性的一面。也许有人认为过去我们被侵略和欺压是因为我们的弱小、敌人的强大，于是也许有人勾画出我们强国的那一天，日本对我们俯首帖耳，甚至还想象如果日本再敢狂妄，可以痛快地教训它一顿，以泄郁积已久的心头之恨！按照这样的推论，强大是为了横行，强大是为了报仇，如果这样的推论是正确的话，那就刚好为日本过去的行为和现在的行为找到了合理的解释，历史的悲剧就会重演。我认为这是丛林法则在人类社会中的运用，是社会达尔文主义的思维和心态，这不是一个健康、成熟、现代的民族思维和心态。站在这种思维立场上的强大，在现代世界并不能给自己的国家和人民带来安定与和平！我们的民族将蜕变成一个充满仇恨的民族，一个狭隘偏激的民族。真正的民族主义应该根植于平等尊重的理念，否则，世界就只能是一个强者的世界，就不会有世界多民族的共存，人类也就失去了存在的意义。

所以我们爱国，渴望国家强大，不是要复仇解恨，不是要欺压弱国，不是要做耀武扬威的世界霸主，而应该是一个健康的、成熟的强大，一个能保护自己的人民和主权并能维护世界和平的强大！

所以我们现代的民族思维应有这样的内容：平等互敬和“己所不欲，勿施于人”的理念；对其他民族文化的尊重和欣赏；坚持国格、人格尊严的前提下，具有自省意识和能力。

我们要正视世界的历史、现实和未来，以理性的心态和宽广的胸怀学习世界各民族的优秀品质和世界文明的精华。正视世界就要包括正视日本，学习世界当然也应该包括学习日本。我们应该将日本军国主义分子、极右势力与日本爱好和平的人民区别开来，应该将他们的丑恶与他们的文明区别开来。甲午战争以后，孙中山、蔡元培、秋瑾、陈独秀、李大钊、董必武、周恩来等无数仁人志士东渡日本寻求救国救民的真理，体现的正是这样一种能正视自己民族、正视世界的宽广的胸怀。

南京师大附中的102年的历史中，为民族和人类培养了一大批杰出的人才，责任和创造是附中学生显著的特征，附中人应该对中国对世界做出较大的贡献，振兴中华，责无旁贷！

我们开展“南京大屠杀祭日”的主题教育活动，作为校本课程，就是要附中的师生不忘历史，明确责任，有所作为，创造价值，服务人类。当南京大屠杀67周年的祭奠的警报即将拉响时，要举起的不是复仇女神的剑，而是我们的右拳，发出和平的宣言。同时要提醒自己，通过我们的创造，提高国家竞争力，捍卫国家的尊严，维护世界的和平。

12·13，我们永远不能忘记；警示的钟声，永远鸣响在我们心头！

我们为什么向北大推荐匡超同学

——在南京师大附中 2009 年 11 月 30 日晨会上的讲话

2009.11.30

老师们、同学们：

早上好！

今年北京大学首次实施“中学校长实名推荐制”，我校推荐了高三（1）班匡超同学，他是全国推荐的第一人，引起了关注和热议。许多人关心这样的问题：匡超同学足够优秀，考北大没有悬念，为什么不把这个名额让给其他“适合”的同学？为什么不给那些偏才和怪才呢？

附中推荐匡超，体现出三个“尊重”。

第一，尊重标准。我们要尊重北大的标准：综合素质优秀或学科特长突出的高中毕业生，北大没有刻意提出推荐“偏才”“怪才”。我们还要尊重《南京师大附中推荐 2010 届学生保送、提前招生、自主招生条例》，这不是“扶贫”也不是“助学”，而是按照标准推荐优秀学生。匡超同学学业成绩优异，而且有强烈的使命感、责任感，有改造社会的强烈愿望，有卓越的领袖气质和现代政治家的潜质——这些是更为重要的、难得的“特长”（也许这是他学业成绩优异的本因）。北大是中国人心中的圣地，我们期待她为中国社会的变革、为人类文明的进步大有作为。匡超同学是符合北大的传统和气质的。

第二，尊重学生的权利。附中的推荐不是为了多一个学生上北大，而是充分尊重学生的权利。附中的学子是一个优秀的团队，匡超同学是其中的一员。以 2009 届高三同学为例，被国内外大学保送、提前录取的学生有 231 名，其中包括被耶鲁大学、巴黎政治学院等国外学校录取的 150 名；在

231名同学未参加高考的情况下，江苏省2009年高考前10名中我校就有4名同学，前100名中有14名同学。最终，被清华、北大保送、录取共33名，南大90名。2010届也是一样，有一部分同学在国际范围内选择适合自己的学校和专业。在推荐匡超同学之前，我们学校已经有5位同学被清华、北大提前录取；已推荐40位同学参加清华、北大的保送、自主招生考试；1位同学被上海交大提前录取。因为匡超同学报名申请了“北大中学校长实名推荐”项目，在报名的同学中他的综合排名又是第一，他的“特长”又是适合北大传统的，因此，我们就要尊重他的权利。

第三，尊重教育的规律。中学是基础教育，应该重视学生的全面发展。在这样的基础上，鼓励学生根据兴趣和志向发展个性。古今中外，灿若星辰的大师们绝大多数也是在比较全面发展的基础上在某些方面形成了明显优势，所谓的“偏才”“怪才”只是极少数——而且他们在深度发展的时候，很可能也是在不断完善着自己的素质结构，否则是行而不远的。所以我们要宽容“偏才”“怪才”，并且创造机会让他们脱颖而出。但是这些人往往是可遇而不可求的，我们不能刻意为之，就像中药治病时用的偏方一样。清代龚自珍曾写过一篇文章《病梅馆记》，现在读来还让人唏嘘有感。

在全面发展的基础上，学业成绩优异或有明显的学科优势，这可能是大学选拔人才的“普世标准”。

高三同学正在选择保送和自主招生，你可以选择理想的学校，但是你要有实力让大学选择。高一高二的同学，你们的实力达到了怎样的程度？

我们有些同学准备到国外上学。国外优秀的学校入学需要优异的成绩和能力，毕业需要拿到一定的学分达到一定的标准。而对于非常一般的学校，你要考虑留学的目的，是否适合自己发展的需求。

铅笔的原则有一条是这样的：不管穿上什么样的外衣，你都要清楚一点，你最重要的部分总是在里面。

我们向往理想的教育，但是那种推卸责任、逃避勤奋、混个轻松的地方绝没有真正理想的教育。

1987届的邓中翰校友，最近当选为中国目前最年轻的院士。邓中翰、袁隆平、巴金……附中学子不仅有家国天下的情怀，更是以专业的力量和贡献赢得世人的尊重。

附中是一块英雄的土地，学长为我们做出了榜样。各位选择附中就是选择了梦想、奋斗、贡献，如果远离了这些，那还是附中的学生吗？！

重视学业成绩，是我们服务社会、报效国家的基础。

我们对弱势群体最有价值的尊重，就是通过专业的力量为他们创造环境和机会。

为社会做贡献的方式有多种，但一个国家总要有一些人站在世界科学与人文领域的最前沿，与其他国家的精英对话，代表13亿中国人，为他们披荆斩棘，为他们遮风挡雨，“先天下之忧而忧，后天下之乐而乐”。附中学子领跑天下，责无旁贷!

冷战结束以后，影响国家综合实力的更加是人才的质量。一流的国家出口文化和标准，二流的国家出口技术和设备，三流的国家出口劳动力和产品。一个人何尝不是如此呢？中国龙不能仅仅满足于做一个高级的打工者!

重视学业成绩，是我们争取人生幸福与自由的需要。

重视学业成绩就是珍惜生命、珍惜青春。为什么青春如此美丽？就是因为青春代表梦想，如果没有梦想，就等于没有青春；如果回忆多于梦想，就是衰老来临了。

重视学业成绩就是追求生活的快乐与幸福。社会心理学家认为，一个人真正的、长久的快乐，就是为有意义的目标而奋斗。

重视学业成绩就是培养自己高尚的品行。一个人主动担当社会责任，以他的专业的力量服务公众，为弱势者提供机会和发展的环境，而不是与之争夺职位，与之瓜分福利——善莫大焉!

重视学业成绩就是抓住主要矛盾和矛盾的主要方面。第一流的人做第一流的事。抓住大事，学业成绩当然是学生的大事。

重视学业成绩就是衡量一个学生是否愿意往前走的试金石。人生中有许多时候许多事情难以把握，但是，在南京师大附中，只要你愿意——你有100%的选择权——通过科学认真的学习，提高学业成绩，实现人生梦想。

重视学业成绩才会有高层次的民主和自由。民主和自由，不是人生的最终目的，它只是生存的环境和内心的平衡状态。在充分民主与自由的国家里，人们还是需要通过学业选择专业，通过专业创造贡献和价值。在文化素养不高（或结构有缺陷）的人身上，民主和自由的理解常常表现为偏狭和极端、愤世嫉俗而又目空一切、道德冲动而又逻辑混乱、自我中心而又绑架民意。

自诺贝尔奖设立以来，犹太人共拿走了20%的化学奖、25%的物理奖、27%的生理与医学奖、41%的经济学奖。他们还拿走了12%的诺贝尔文学奖、1/3的普利策奖、1/3以上的奥斯卡奖。他们以世界千分之二的人口，在几乎所有的科学领域，拥有了1/5到1/3的顶级学者。

犹太人用他们的辉煌，证明了一个民族对人类文明的贡献与价值，它告诉我们：学习，不仅仅是生活的需要，更是生活意义的体验和责任的担当。

今天的学业决定明天的事业；
只有用功，才能成功；
嚼得菜根，做得大事。

且听风吟

——致《凤凰花开·深圳中学学生诗歌选》的作者和读者们

2010.5.31

江南细雨，大漠斜阳。中国这个诗的国度，已驰骋了万里的征程，浸润了千年的风霜。盛唐的诗、两宋的词，时间的长廊里挺立着那么多巨匠；中国诗歌的历史上，有太多让我们讶异、惊艳、回味无穷的诗句。我们低吟浅唱，我们放声狂歌，每个中华儿女都曾诗意地生活。

可时到今日，也许在我们眼里的不再是杏花如云、杨柳如烟，我们只能看到高耸的大厦、汽车的长龙、满城的灯火，澄澈的天空和点点星光几乎是一种难以想象的奢侈。纵使我们游览扬州城，很可能也不会再去俯首桥边的红药，对我们来说，历史的沧桑、家国的变故都是如此遥不可及。我们不禁要问，生活是精致了还是变得粗糙了？

也许，粗糙了的是我们的心。网络、短信、高速城铁、飞机，我们可以即时交流，我们可以即刻见面，可却少了那份惦念，少了那份等待，少了那份百转千回。当日子风驰电掣地扑过来，当各种信息蘑菇云般轰在我们面前，我们应接不暇，我们似乎再也坐不下、沉不住，杨柳的青烟不会在我们的心里点出一丝涟漪，我们漠视了生活中那么多美好或哀伤，这实在让人唏嘘。是啊，浮世如绘，要保持一种柔软、一种热情、一颗赤子之心，不是一件容易的事情。

正因如此，你们所做更显可贵。这本薄薄的诗集让我感受到了久违的诗意。这些诗篇，也许只是同学们的练笔之作，也许文字还透着青涩，但它们却深深打动了我。它们单纯、灵动、率真，有着花季岁月特有的质感。在这些纯净的语言背后，是你们心灵世界的情感与力量，有涌动的思绪、瞬间的火花、温暖的记忆、朦胧的忧伤……诗中既有你们对历史的关注与思索，也有你们对自己生活的书写和描摹。重要的是，这字字句句都体现着你们细致入微的观察，体现出你们对生活的爱和热情，那么敏锐，那么真诚。我想，这就是诗歌可以带给我们的享受吧，它让我们在面对他人的时候也审视自我，它让我们在纷繁的世俗中还能保有一份纯真。这份诗情，这份诗意，在这逐渐干涸的诗坛上是如此的珍贵，在日渐粗糙了的成人世界中是如此的令人汗颜，让人感慨！

真希望你们能将这种吟唱的热情燃烧下去，让如此美好的情愫绽放开来；真希望你们能一直用诗人的眼睛和心灵去面对世界，面对生活和自我；真希望你们能用如此美妙的语言来思索和表达。

在不久的将来，我们还会看到你们的新作。期待你们用自己的方式表达你们个性的生活，我知道你们透明的诗心将会给校园带来永恒的清新。且行，且听，好风长吟。

哲学——人类的故乡与远方

——与《苇思》的读者们聊聊哲学

2021.3.22

感性的积聚令人丰富，理性的升华使人睿智。我校哲学社团的社刊《苇思》在这硕果累累的美好季节又与大家见面了。在文学中，所有肤浅的哗众取宠只有被时间淘洗的命运，天长日久打动我们的，仍然是一种名叫“深刻”的东西。《苇思》正如它的名字一样，命运像芦苇一样脆弱，却向往哲学般的思考，简洁深刻，打动灵魂。

世上最深奥难懂的是：科学和哲学。世世代代，人类在科学和哲学两个领域前赴后继，殚精竭虑，就是为了拓宽思想的疆域。而今天我们之所以能够拥有足以自豪的精神财富，正得益于人类思索本能的不断发展。然而，正如罗素所理解的：“哲学讲述的是我们不知道的事情，当我们沉迷在科学崇拜中，以为科学可以控制一切的时候，哲学像一盏导航的明灯，驱散了愚昧的浓雾，让我们保留一份对自然的敬畏心。”哲学让人思考；思考，使人不盲从、不极端。

德国存在主义哲学家雅斯贝尔斯有一个著名的命题“轴心时代”。在轴心时代里，各种文明都出现了伟大的精神导师——古希腊的苏格拉底、柏拉图，以色列的犹太教先知们，印度的释迦牟尼，中国的孔子、老子……在那个时代，古希腊、以色列、中国和印度的古代文化都发生了“终极关怀的觉醒”。这几个地方的人们开始用理智的方法、道德的方式来面对这个世界，他们提出的思想原则塑造了不同的文化传统，也一直影响着人类的生活。“轴心时代所产生的文化一直延续到今天，每当人类社会面临危机或新的飞跃的时候，我们总是回过头去，看看轴心时代的先哲们是怎么说的。”联合国大会6月21日通过决议，任命潘基文连任联合国秘书长，潘基文发表就职演说，他援引中国古代哲学家老子“天之道，利而不害；

圣人之道，为而不争”的名言，强调应将这种不朽的智慧应用到今天的工作中，在百家争鸣的思想中，找到行动上的统一性。由此可见，中国的哲学思想将持久影响世界。

“行端直则思虑熟，思虑熟则得事理。”丰富的社会思想是思想家对所处的社会环境深思熟虑的结果，对解决社会问题、张扬社会理性具有重要意义。在中华民族的历史长河中，先秦儒学博大精深，它是孔、孟、荀等先秦儒家学派的政治思想家们从政治的高度对几千年中国古代社会丰富政治经验的概括和总结、反思与批判，“它反映了2500多年前的中国思想家们对人类生存与发展道路的大胆探索、对社会安定与和谐秩序的有益诉求，以及对人类美好而幸福生活的无限憧憬和向往。”它的传统价值理念和坚强信仰体系，把伟大的中华民族凝聚成一个坚强整体，并使之在世界民族之林中屹立几千年，作为中国政治思想史中的一个重要组成部分、中国传统文化中的一份不可或缺的重要遗产，具有普遍而恒久的魅力。1988年初，全世界的75位诺贝尔奖获得者曾在法国巴黎召开会议，会上发表宣言，宣言中说道：“如果人类要在二十一世纪生存下去，必须回到两千五百年前，去汲取孔子的智慧。”

与中国古典哲学所关注的不同，西方哲学最关心的问题是“何谓真”，以及“如何为真”。这种世界观的延续最终促成了科学精神的诞生，才有了后来的伽利略、牛顿、哥白尼等人惊世骇俗的发现。文艺复兴运动的兴起和发展，使人们发现近代科学和世俗伦理比上帝更具解释人类生活和宇宙之谜的智慧和力量，人们也更愿意从理性、科学和世俗价值中寻找对人类终极关怀的寄托。

当代国际最有影响力的德国已故哲学大师汉斯·格奥尔格·伽达默尔曾经说过这样一句十分精辟的话：“一个没有形而上学的民族，就像一座没有祭坛的神庙。”对于一个国家或者民族的现实和未来而言，如果没有“形而上学”，那恐怕将是无法想象的，其信仰必将因此而出现危机。尽管古今中外哲学家们的哲学观五花八门，但却形成了一种共识：哲学是文化的核心，它的功用在于为人的生活提供终极意义的支撑，是一种植根于现实生活的终极关怀，哲学洞察人生真谛，关注人的生活世界。在现代社会，哲学的这种基本功能更加凸显。工业革命以来科技理性的恶性膨胀、市场经济的负面影响等等，造成了社会物质欲求与精神追求的分裂，使整个人类文明向物欲倾斜。社会因素的复杂多变，使得人们“意义失落”“信仰迷茫”，生活在社会大变动时期的人们，更加需要哲学提供生活意义的支撑，哲学对于人安身立本、探究生活意义和价值至为重要。因此，《苇思》这样一本刊物是被现实所需要，是符合时代精神的，在校园里沉静处淡淡地飘着它独有的墨香。

每一期《苇思》的刊出都凝聚了众多师生的无数心血和汗水，在这里向付出辛勤劳动的《苇思》编辑成员表示衷心的感谢！同时祝愿每一期《苇思》都是一场思想的盛宴，期期精彩！

先贤说，任何哲学都是时代精神的精华。

哲学，人类的故乡，也是人类的远方。

哲学，应该成为深中学子的必修课，否则，是行而不远的。

在 2011 年 11 月 14 日深圳中学举行的向北大、清华推荐学生的公开答辩会上，我曾向一位文科同学提出这样一个问题：“在中国政治文明化的进程中，你认为古今中外哪些重要哲学思想对我们是极有帮助的？”

希望诸君喜爱哲学，喜爱《苇思》。

培养优秀特质，创造人生价值

——在深圳科学高中全体师生集会上的演讲

2012.10.15

老师、同学们：

早上好！

在世界教育史上，有两个奇迹、两个榜样、两个经典案例，一个是中国的西南联大，一个是美国的西点军校。

第一所学校——西南联大。

1937年抗日战争发生，北京大学、清华大学、南开大学先迁至湖南长沙，组成长沙临时大学，同年10月25日开学。1938年4月又西迁昆明，改称国立西南联合大学。

西南联大存在的时间不满9年，就读学生不过8000，而且条件简陋，生活艰苦，却培养出了一大批人才，其中包括2位诺贝尔奖获得者——杨振宁、李政道，2位党和国家领导人，3位国家最高科技奖获得者——黄昆、刘东生、叶笃正，8位“两弹一星”功勋奖章获得者——赵九章、杨嘉墀、郭永怀、陈芳允、屠守锷、朱光亚、邓稼先、王希季，171位中国科学院和中国工程院院士（教师79人，学生92人）。在科学、教育、新闻、出版、工程技术、文学艺术等各个领域都有不少西南联大校友成为业务和政治骨干。在台湾和海外，有重大成就的联大校友，也不乏其人。

第二所学校——西点军校。

西点军校又名美国陆军军官学校（united states military academy），是一座世界上久负盛名的军校。在西点的历史课堂上，教官十分自豪地告诉自己的学生："我们所教授的很多历史内容，都是由我们所教的人创造的。"西点不仅培养了大批战功显赫的将军，还培育出包括 2 位美利坚总统（格兰特和艾森豪威尔）在内的众多政界要人。2005 年美国商务统计年鉴中有这样一组数字：二战后，在世界 500 强企业里，西点培养出来的董事长有 1000 多名，副董事长有 2000 多名，总经理、董事级别的高级管理人才超过 5000 名。以此计算，西点军校堪称美国——也是世界最优秀的"商学院"。除此之外，从这里还走出了很多美国科学家、企业家、教育家和政治家。

70 多年前诞生的西南联大是一个奇迹，因为他是中国高等教育史上至今未能逾越的高峰。而这样的一座高峰却屹立在中国现代史上最困难的时期，战乱、轰炸和饥饿伴随着这所大学短暂的一生。为什么在艰苦简陋的条件下，西南联大能作出如此突出的贡献？

林语堂到西南联大演讲，热泪横流，感慨万千："西南联大物质生活不得了，精神生活了不得！"

这两所学校给我们展示的不仅仅是一部学校发展史、辉煌史，同时为我们提供了教育和人生最重要的智慧，在对它们的了解和研究中，我们应该思考，什么是优秀的特质，如何提升自己的品质。

一千个读者，就有一千个哈姆雷特。仁者见仁，智者见智。我的心得主要有几个方面。

第一，做正确的人。

在西点军校，许多学员都知道这样一则故事：一位牧师正在准备第二天布道的讲稿，他的小儿子吵闹不休，向他要零花钱。于是他翻到一幅色彩鲜艳的大图画——世界地图，并撕下这一页，再把它撕成碎片，丢在地上，对儿子说："小约翰，如果你能拼拢这些碎片，我就给你 2 角 5 分钱。"牧师以为这件事会使约翰花去上午的大部分时间，没想到不到 10 分钟，儿子就来敲他的房门了。牧师惊愕地问为何做得这么快，小约翰说："这很容易。在图画的背面有一个人的照片，把这个人的照片拼到一起，然后翻过来就行了。”牧师赞许地给了儿子零花钱，说道：“你替我准备好了明天的讲演——只要你人是正确的，你的世界就是正确的。”

西南联大的教师和学生冒着生命危险、克服重重困难穿过封锁线，选择来到自己向往的学校。

当时师生转移到了长沙后成立了一个临时大学，学生多次发生争论：我们现在还应该上学吗？我们应该去打仗，作为一个有血性的男儿，跟我们同龄的人都在当兵。当时钱穆教授认为：战争总要过去的，我们这个民族在战后还要建设，要复兴，我们为什么挨打？我们要强盛，所以我们的读书不能中断，我们培育人才不能中断。他的话很快就说服了大部分的人，确定了西南联大读书的性质，为国读书，为救国而读书，要和前方的将士用一样的心情来读书。

这样的责任意识在校歌的勉词中也可感受到：

西山苍苍，滇水茫茫。

这已不是渤海太行，这已不是衡岳潇湘。

同学们，莫忘记失掉的家乡！莫辜负伟大的时代！莫耽误宝贵的辰光！

赶紧学习，赶紧准备，抗战，建国，都要我们担当，都要我们担当！

同学们，要利用宝贵的时光，要创造伟大的时代，要恢复失掉的家乡！

国家的命运正是学校的命运。只有每一个学生都将个人与社会，国家联系起来，认识到个人对于集体的责任与使命，才能真正激发个体的崇高感与荣辱意识，发挥出每个人的独特价值。

西点始终注重以“责任、荣誉、国家”为校训的核心价值观教育灌输全校军人，以塑造军人思想品行人格，这是西点军校的一个显著特色。在校徽图案的左侧呈飘扬状的礼带上印着西点校训：责任、荣誉、国家。走进西点军校，宣扬价值观的文化标志物比比皆是。

麦克阿瑟 1962 年在西点军校授勋仪式上的演讲中有这么一段话：责任—荣誉—国家。这三个神圣的名词庄严地提醒你应该成为怎样的人，可能成为怎样的人，一定要成为怎样的人。它们将使你精神振奋，在你似乎丧失勇气时鼓起勇气，似乎没有理由相信时重建信念，几乎绝望时产生希望。

在西点军校，最为引人注目的西点荣誉法则是：“不说谎，不偷盗，不欺骗，也不容忍同学中任何人有此种行为。”学员入学时必须宣誓遵守学员荣誉准则，还必须使自己的行为符合军人品德标准，其中包括负责、自信、无私、勇敢、诚实、公平、自律、忠心和热心尽职。

曾经有一个女兵违反规定去午睡，被发现后遭到重罚警告，但处罚并非因为她违反了规定，而是因为她睡了 30 分钟，却说只睡了 15 分钟。

对于西点来讲，没有知识的人是愚蠢的，没有勇气的人是可悲的，没有体魄的人是可怜的，没有品德的人则是危险的。道德品行是人成功事业的重要因素与基础条件，所以西点军校认为，不能让一个道德败坏的人去掌握军队，更不能将保障国家安全的军事力量交给一个在价值观上与自己相左的人。

方向比距离更重要，选择正确的人生方向，选择正确的人生价值实现的方式，才能成为正确的人。

第二，做力行的人。

子曰：“好学近乎知，力行近乎仁，知耻近乎勇。”

西南联大的校训是：“刚毅坚卓”。

西点军校有四个重要信条：决不推卸责任，荣誉即吾命，忠诚胜于能，只有第一。

西点军校的要求是：一年级必须学会服从，二、三、四年级必须学会领导。他们特别强调纪律的遵守，除非命令本身有问题，否则必须执行，没有任何借口。在西点，士兵在回答命令的时候，只能有 4 种答案：“是，长官。”“不，长官。”“不知道，长官。”“没有借口，长官。”表面看上去似乎很无情，很压抑。而正是这样严格的纪律要求塑造了西点军校的学生众多优秀的人格品质。

美国总统艾森豪威尔说过：“任何语言都是苍白的，你唯一需要的就是执行力，一个行动胜过一打计划”。的确，只有在行动中，才会让人感觉到生命的价值，才可以使人变得智慧、勇敢、坚毅和高尚起来。光说不做，什么都无法改变；抱怨着去做，只会更加难过；只做不说才是提升自我的首选。因为，服从本身也是对自我的尊重和肯定。

用自身的积极行动去证明你是一个不可或缺的人。要知道，任何一个双手插在口袋里的人都爬不上成功的梯子。

认真胜于能!

第三，做学术的人。

西南联大成就卓著，来自于学术风气。

西南联大教授贺麟在《抗战建国与学术建国》中指出：“学术文化是培植精神自由的基础。一个精神自由的民族，军事政治方面必不会久居人下，而学术文化居二、三等国地位，政治军备却为一等强国的国家，有如无源之水，无本之木。”他认为：“中国百年来之受异族侵凌，国势不振，根本原因还是由于学术文化不如人。而中国所以复兴建国的展望，亦因中华民族是有文化敏感、学术熏陶的民族，以数千年深厚的文化基础，与外来文化接触反可引起新生机，逐渐繁荣滋长。”

梅贻琦曾说：“我们做教师做学生的，最好最切实的救国方法，就是致力学术，造就有用人才，将来为国家服务。”

西南联大主张任何建国运动，最后必然是学术的运动，离开学术而言建国，则国家无异于建筑在沙上；一个政府尊重学术，是饮水思源、培植根本。因为一个民族的复兴，说到底是民族学术文化的复兴；一个国家的建国，本质上必是一个创进的学术文化的建国。学术不忘抗战，才不是死气沉沉的学术，而是担负民族使命的学术。

西南联大的师生具有作为一个真正知识分子求知的穿透力。可以穿越战争、穿越国界、穿越生死。即使我不能拿枪，不能打仗，不能像农民一样种粮食，为了这个民族，我可以求知、求知、再求知，服务于我的祖国。

这就是知识分子的伟大之处，为证明自己的民族的愿望而抱有的伟大穿透力。面对空袭、饥饿等困境，西南联大的求知情结就是带着这种穿透力，去排除各种困扰。只有具备这种精神的人，才会从事真真正正的学术。

杨振宁说：“回想西南联大的学风，会特别感慨、特别感动，因为他们提供我学习成长的机会，西南联大是最好的大学，我在那里受到了最好的教育。”

西南联大坚持“办学校，特别是办大学，应有两种目的：一是研究学术，二是造就人才。”造就人才，也只能以研究学术为手段去培养。大学教育的目的只能有这两个，尤其不能使大学教育带上功利的色彩。

“大学者，研究高深学问者也。”中国现代大学制度的倡导者蔡元培先生在不同场合讲过大学：“诸君须知大学，并不是贩卖毕业证的机关，也不是灌输固定知识的机关，而是研究学理的机关”“不可把大学视为养成资格之所。”

第四，做合作的人。

蒋梦麟曾说过：“在动乱时期主持一个大学本来就是头痛的事，在战时主持大学校务自然更难，尤其是要三个个性不同、历史各异的大学共同生活，而且三校各有思想不同的教授们，各人有各人的意见。”西南联大人虽拥有当时全中国最自由的思想，可是“人人怀有牺牲个人，坚持合作的思想”，一切困难最后也就能迎刃而解。

在西点军校，不论你走到哪里，随意问一个大一学生入学以来最大的收获是什么，你得到的回答都是惊人的一致：领导力的提升。

领导力就是引导组织完成组织目标的能力。西点军校在践行学校的使命时，不是高喊空洞口号，而是把提升领导力的理念巧妙地与教学、体能和军事训练以及每个人的日常行为举止结合起来，使领导力的提升变成每个人的日常需要。

21 世纪是充满竞争的世纪，敢于冒险，善于合作，是 21 世纪对人才规格的基本要求。个人是独立的，但世界是大家的。人生在世，与人沟通和合作是必然的。善于合作，是指在需要互相配合的事情上能够与别人协调一致，做好自己的那个部分。

老师们，同学们，西南联大和西点军校，我认为是世界上最具优秀品质的学校，是教育的宝藏，也是每一个学生的宝藏，这应该成为深圳科学高中研究、学习的榜样。

如何培养特质？这两所大学，对我们学校、老师与学生个人来说，是一门重要的课程，值得终生学习。我们都可以在对两所大学的探寻中寻找到自己需要的东西，而且每一次的探寻都能带给我们新的更深刻的启示。在探寻的过程中，它让我们深刻地感受到了什么是优秀的特质，如何提高个人的品质。

人的个性，我认为体现在他在学习和实践中，形成了自己的特质，创造出了自己的价值和贡献。希望大家能够不断地去发现自己、检视自己，进而推动我们的人生向更高远的方向发展。

最近有两件事对我们影响较大。

第一件事。韩国的朴载相（英文名PSY，人称鸟叔）的神曲《江南style》的点击率已突破4亿，不仅打破了没有韩国歌曲打入主流美国市场的先例，还在澳大利亚、加拿大、丹麦等多个国家排行榜上拿下第一。据说，这首用韩文唱的说唱歌曲已被纳入吉尼斯世界纪录，美国总统选举宣传时也跳起了“骑大马”。鸟叔自己将这一切归结为“运气”，而创新工场CEO李开复却把它归功于社交网络的胜利。潘基文说《江南style》可以促进世界和平，韩国大学教授说这首歌可以治疗精神疾病。

但是，它的价值也许更在于反映了一个全球性的难题，被高速经济增长掩盖的一系列社会问题开始发酵。鸟叔敏锐地捕捉到了这种不同阶层之间“羡慕嫉妒恨”的复杂感情，正像他接受采访时说的那样：“这种心理没有国界，难道不是吗？”

第二件事。当地时间10月11日，瑞典皇家科学院诺贝尔奖评审委员会宣布中国作家莫言获得2012年诺贝尔文学奖，诺贝尔委员会给其的颁奖词为：莫言“将魔幻现实主义与民间故事、历史与当代社会融合在一起”。

瑞典文学院当天在一份新闻公报中说：“从历史和社会的视角，莫言用现实和梦幻的融合在作品中创造了一个令人联想的感观世界。”评委会表示，莫言将现实和幻想、历史和社会角度结合在一起，他创作中的世界令人联想起福克纳和马尔克斯作品的融合，同时又在中国传统文学和口头文学中找到一个出发点。法新社称，莫言将他青春的经验和在家乡的经历放在了作品中。

这两个人，以其个人特质及其创造的贡献，给世界带来了价值分享和快乐体验。而我前面所说的两所学校，则以其卓越的特质为中国和世界培养了一大批优秀人才，而且创造了经典的教育智慧，令人高山仰止。

老师、同学们，当你在九月初秋走进深圳科学高中，当你成为这所如朝阳初生的新学校第一批老师和学子，当你每日在尚未完工的校园中学习与生活，你是否想过你和这所学校是种怎样的关系？我们将要创造出怎样的未来？科高由你们每一个人组成，你就是深圳科学高中。你努力，科高便是上进的；你热情，科高便是活力的；你自由，科高便是自由的。希望每位老师和同学都与深圳科学高中共同成长进步，形成自己优秀的特质，将来能创造出自己独特的价值与贡献。

谢谢大家！

眼前的深中与理想的深中

——在深圳中学主题集会“让美丽多一点”上的书面发言

2012.10.29

亲爱的老师、同学们：

早上好！

今天是2012年10月29日。时间过得很快，转眼这学期一半即将过去。今天，我们在这里集会，算是一个小小的总结。说到总结，也同时是一次反省。在纷繁复杂的生活洪流的蜿蜒中，假如不能阶段性对自己走过的道路进行回顾与反刍，我们便会在工作与学习的海量琐碎细节中迷失自我。反省是个提醒，是继承我们上一阶段的优点，改正其不足；是清空我们内心的负面能量；是校正我们的既定目标，调整我们的前进方向。人的一生，恰如一条船，航行在茫茫的大海上，只有时时瞻前顾后，仰观天上的星辰，俯察经纬度与罗盘，我们才能顺利地到达鲜花四季盛开的彼岸。

我到深圳中学做校长的两年半以来，迎来了三批深中学子，也送走了三批深中学子。我对这所学校，有了很深的感情。到了下个月，就是建校65周年了。这的确是一所有着光荣、优良传统的了不起的中学。自建校以来，它就逐渐形成了自由、宽容、灵动的教风与学风，这也是它为何能在60多年的漫长岁月里不断成长、日新月异的根本原因。我想，每一位深中人，都有义务也有责任，将这所学校传承给我们的宝贵精神财富，发扬光大。

但是，两年多的校长工作，让我一面不断感动于深中人创造的成绩与惊喜，另一面，亦觉得在我们的生活与学习中，并非没有可以改进的空间。例如，不久以前，深中一位老教师就曾写信给我，说及深中学子若要“出色非凡”，还得“修炼细节”。修炼什么样的细节呢？下课时走廊、楼梯的拥塞；就餐时满座的食物残渣；放学后教室里空无一人，然而灯开着、电扇吹着、空调响着；校园里迎面碰到老师，漠然走过……诸如此类的现象，老实说，在今天的深中，普遍地存在着。

也许有人说，上述的事情算不得大节，只算是礼仪上缺失。但是我感到实际上“小节”不小，甚至还有点让人担心。放眼中外名校的中学生，明显感觉到他们表现出教养与活力、规则与自由、专业与广博的完美结合，他们是真正的全面发展的学生。

还有一些方面，亦暴露了深中学子一些深层次的问题。谨据我个人的观察，供同学们思考。

首先，我们来到学校，最根本的目的，乃是为了养成纯真正直的人格，求知识与学问，强健体魄，开启智慧之门。深中社团很多，活动很丰富，这是非常好的。但活动本身不是我们的全部目的，在活动中学习、有所得才是我们的主要目的。一部分同学却把活动当成了高中生活的全部，乐不思蜀，应付学业，甚至荒废学业，这恐怕需要引起注意，以前有些学长这方面教训深刻。学会选择，对自己的选择负责，这是对深中学子的基本要求。

其次，很多同学对知识学问本身，抱着太过功利的态度。学校所开设的各种科目，语文、数学、外语、历史、地理、物理、化学、政治、生物、音乐、美术、体育、综合实践等等，它们之间是什么关系呢？是一种平等的关系。各种知识各门学问，并无三六九等高低贵贱之分，有的同学用高考作为标准，将它们分了类：高考要考的，就重视；高考不考的，就轻视。重视的，认真学；轻视的，课也不听，笔记也不做，甚至在语文课上做数学练习，在美术课上背英文单词。重视数理化，轻视文科；或者重视文化课，轻视艺术体育课；重视必修课，轻视选修课。这种态度，是非常错误的！

人的一生很短暂，也很漫长，而高考只是人生中的一个小小阶段。你们今日重视数理化外语那些，是为了考试；可终究有一天，你们要从学校毕业，走向工作岗位，参加人生的“考试”。对人生的大考来说，这些今天被轻视忽视的东西，是未来——其实在当下，本来就是很重要的，只是由于我们的短视，所以“书到用时方恨少”的叹息一直余音袅袅。

作为一位长者与过来人，我想表达的是，你们不要只为考试而学习，不要因考试的需要而忽略其他知识。要保护好自己的兴趣，观察自己的天赋，顺势发展你自己。宁愿有点为学问而学问的“书呆子气”，也不要变成那种精明的“知识市侩”。甚至在我看来，“书呆子气”才是一所学校的元气所在。古之成大事者，必有一份纯真的“呆气”。所谓“性痴则其志凝，故书痴者文必工，艺痴者技必良。”如果缺了这份呆气，就不会有智慧的“灵气”，即便有，亦是小聪明小狡黠，终究不能成事。故而，千万不要对知识学问抱急功近利的态度，这亦不是深中人应有的品格。乔布斯回忆道，当初苹果电脑之所以能一炮走红，它的设计灵感，即源于他大学时代偶然选修的一门“英文书法”课。谁料“无心插柳柳成荫”，这门当时看来如此不重要的知识，却在未来给予了他非常重大的帮助。

再次，我注意到一些同学在学习过程中，总是浮躁难耐，安静不下来。一旦遇到有深度的问题，便极不耐烦，不能走进知识与学问的高深处去，只在一些浅显的细节层面纠缠。近些年，学校已经观察到有些同学考进中外著名大学以后，学习有些吃力，后劲不足，这当然与高考的内容与方式有关，也跟我们高中阶段学术素养贫乏有关。也就是说，我们提出问题、分析问题、解决问题、创造性地解决问题的意识和能力，独立自主的学习、思考、研究的习惯与能力，与著名大学的要求还有距离，我们还没有做好准备。特别是作为希望到著名大学深造的高中生，你需要超越高考的要求与羁绊，需要超越功利的诱惑与算计，需要有全球比较的大视野与真学问。

所以，在高中阶段，你需要灵魂站在山巅来规划高度与路径，你需要对流行与世俗保持警惕，你需要将兴趣升华为志趣，你需要深度的学习，你需要在学习、思考与研究中培养自己的独立、自主、自由等品质。这也许是我们的高中教育与世界一流高中教育本质上的差距。

当然，要填补这个差距的，不仅仅是我们的学生。

第四，“自由”与“民主”是许多深中学子的口头禅。可是，有几位同学真正下功夫去钻研一下，这个所谓的“自由”与“民主”到底是什么呢？能不能从学理上说明它们呢？能不能对相关的学说做一番了解呢？因为“学术素养”不足，一些同学仅仅出于自我感觉，便不分青红皂白，甚至根据一些捕风捉影的信息，将学校的正常管理和“自由”“民主”对立起来。所谓“自由”，是指制度规范下的自由，所谓“民主”，亦是指制度规范下的民主。如果没有制度与规范，“自由”便成了混乱无序失控，反倒是“不自由”；而脱离了制度规范的“民主”，不承担相应的权利与义务，亦会变成“坏民主”，变成多数人对少数人的暴政。在制度规范中，校方与学生需要明晰双方的权利与义务的边界，对共同地带建立对话的机制。健康的校园民主才能培养真正的公民，才能使学校民主的传统可持续发展。由于我们国家的历史与现实，我们需要对深中校园民主小心呵护、精心培养，但是我们又需要警惕审问式的“对话”、批斗式的“民主”、自我化的“自由”、妖魔化的“批评”。

我希望深中学子，都能养成理性的习惯，不盲从不偏信，不陷溺于口舌之争，凡事必求其真，必知其然而求其所以然。

第五，如深中这样的学校，北大清华哈佛耶鲁已经不稀奇了，重点率本科率对我们更不是太大的问题，这样的学校该往哪里去？建设学术性高中，便是一种探索。但一谈到“学术素养”“专业精神”，一些同学便以为是要搞“应试教育”，把这两者奇怪地对立起来。何谓“学术素养”？何谓“专业精神”？指的是要以出自热爱与本心、非功利化的态度来钻研知识学问，并达到预备进入该领域、专业进行深度学习而应掌握的入门程度。这就自然要求教师是“研究性的教”，学生是“研究性的学”。有人会问，这对深中人是否要求太高了？高考又怎么办？我看不高。深中学子，首先具备了相当的智商与情商。其次，深中有一群有抱负有素养的教师，能够胜任。再次，在这个变“为考试而学习”为“为学问而学习”的过程中，教师与学生才有可能找到真实的自我，将自我的能力与潜能最大化。一个具备了较高“学术素养”的人，高考难道对他还能成为问题？他们自然会比单纯的“为考试而学习”的人，学得更深入，懂得更彻底，考得更高分。为了追求自己的梦想、兴趣而学习的人，具备更强的动力。进入大学，他们明白自己要什么，从而走得更远更平稳，出了社会，他们将更是出乎其类而拔乎其萃。

第六，近两周学校举行了“让美丽多一点”的系列活动。活动完了，是否对大家平日的生活、学习习惯有所触动呢？如果说礼仪是一个人外在的风貌，那么，我们所谓的“审美情趣”，就是指一个人外在美与内在美的统一。我理想中的深中学子，不惟知识丰富，思想独立，朝气蓬勃，而且文质彬彬，优雅蕴藉，是中国式的“君子”与西洋式的“绅士”（“淑女”）的合二为一。“五四”一代学人身上，就流露出此种人格，所谓“腹有诗书气自华”。无论长衫布鞋，还是西装革履，穿到他们身上，无不大气堂堂，举手投足间，皆有一份光明俊伟之气象。1962 年，胡适先生逝世，蒋介石曾送一副挽联，辞曰：“新文化中旧道德的楷模，旧伦理中新思想的师表。”我希望深中学子，集中西文化精粹于一身，有西洋文明的刚毅进取、自由独立，又有中国文明的大中至正，民胞物与。

以上是我所观察到的存在于深中的一些问题与思考。提出这些问题，并不是要批评谁。作为校长，我只是希望深中人能够不断超越自我，止于至善。那么，我理想中的深中是什么样子呢？

我想象深中是一座高雅的学府，深中教师是一批对学问与教育研究有素的学者，深中的学子是一群朝气蓬勃、热爱自由、真理与美的年轻人。学府内环境优美，学术气氛浓烈，师生教学相长，携手并肩，共同传承中西文明精粹，坚守人类创造的美好价值。

这样的学校以前有过吗？有。

民国时候，天津有南开中学，作家老舍、诗人何其芳、历史学家范文澜、哲学家熊十力等是学校的教师，毕业生则有周恩来、曹禺、梅贻琦、查良铮、温家宝、许国璋、齐邦媛等等；浙江上虞白马湖畔有春晖中学，教师有夏丏尊、朱自清、朱光潜、丰子恺，毕业生则有全国人大副委员长胡愈之、著名电影导演谢晋、著名作家黄源等等；江苏苏州有苏州中学，教师有罗振玉、王国维、钱穆、吕思勉、吕叔湘，毕业生有叶圣陶、顾颉刚、钱伟长、陆文夫等等；南京有南京师大附中，教师有柳诒徵、罗家伦、雷海宗、凌纯声、舒新城、常任侠、唐圭璋、沙孟海，毕业生有严济慈、巴金、胡风、彭珮云、汪道涵、袁隆平、黄健翔、邓中翰等等。

这样的学校今后还会有吗？当然。

打造这样的学校，正是全体深中人应该一起参与的一项创造性工程。

我想象有一天，云高日暖，风烟俱净，凤凰树下，弦歌悠扬，“岁月静好，现世安稳，事物条理，一一清嘉，连理论与逻辑亦如月入歌扇，花承节鼓。”

梦想，在路上才能飞扬

——《梦想·飞翔——深中 90 后高中生的故事》读后

2013.7.15

在去年深圳中学 65 周年校庆的庆典上，学校为师生、校友和社会献上了一份特别的生日礼物——向社会发布了《深中教育故事》。透过《深中教育故事》，我们看到了一个个有棱有角，才华横溢、生动鲜活的深中人的奋斗轨迹，看到了一代代在深中劳作的人们，在他们背后的光荣与美好、人格与精神。

而当我拿到《梦想·飞翔——深中 90 后高中生的故事》这本由深中学生自己编写的书稿时，感到了一种震撼与欣喜。这种震撼来自学生们的创意与力行，而欣喜来自学生们的主动与成长。

一所学校最重要的主体就是教师和学生。如果说透过《深中教育故事》我们寻觅到了教师们的生活轨迹，那么《梦想·飞翔——深中 90 后高中生的故事》则为我们真实地描绘了深圳中学乃至深圳高中生的生活状态。这两本书异曲同工，珠联璧合。

拿到此书，我带着一种欣喜、向往、期待的心情开始了阅读，我想深入地了解这群 90 后的高中生究竟怀揣着怎样的梦想，有着怎样的希冀，有着怎样丰富的内心，又有着怎样的心路历程。

书中的被访者，有的是社团的领袖，具有不凡的远见卓识和大胆创新的精神；有的是学术中的精英，具有超强的自主与自制能力；有的是普通中的一员，具有深刻的自省与自信意识。他们在学长团的付出中，收获了感动与幸福；他们在走出咖啡屋经营困境的过程中，学会了坚强与创新；他们在创办学生公司的经历中，体会了创意与激情；他们在对音乐爱好的追寻中，收获了自信与执着；他们在创办媒体杂志的过程中，彰显了责任与担当；他们在面临人生失意时，学会了勇敢与乐观……

也许在常人眼里，谈到“学霸”“大神”“领袖”之类的词汇时，总会和名校录取、成绩优异、获奖无数等各种光环联系起来。而当我们阅读完此书时，会发现众人眼中的优秀者，亦有常人的喜怒哀乐，酸甜苦辣。他们其实也是平凡人群中的一员，但每个人又都是独特的存在。

在阅读中，我还发现了另外一群人，这就是本书的编写者。从他们的文辞中，可以感受到不拘一格的精彩。他们有的豪放大气，有的温婉含蓄，有的朴实纯粹，有的善解人意，有的乐观自信。他们在书写别人的过程中，也在书写着自己的思想与故事。

本书的编写团队为我们展开了一幅梦想与使命之旅的画卷。从最初开始想写一本关于高中生的书的讨论开始，一步步地把想法变为了具体的任务。他们在全校范围内招募了一支有梦想、有才华的写作团队，针对文稿的具体内容和形式展开了调查，对采访对象进行了仔细的权衡，对文稿进行了反复的推敲。最终，他们辛苦的付出成就了今天这本优秀的作品，他们通过切实的行动将梦想变为了现实。

不管是被访者，还是编写者，在他们身上都闪耀着这样的特点：梦想、聪颖、谦逊、率真、纯粹、认真、执着、责任、勇气等等。相信通过他们的故事，能够搭建同龄人之间相互倾听和沟通的桥梁，能够让家长、社会更加深刻地去了解和关注当代的青少年们。

这些学生身上所体现出来的优秀品质与深圳中学的学生特质、学校的校园文化是相契合的。

深圳中学致力于培养具有丰富生命力的人：他们能自主发现和实现个人的潜能，成为最好的自己；他们无论身在何处，都能尊重自然，关爱他人，服务社会，造福世界，并且乐在其中。他们具有学术素养、专业精神和审美情趣。

深圳中学教化与育人的特色体现于：在“研究”中培养人，耕耘一片“研究”的土壤，创造一种“研究”的气候，促进每一位学生充分发展。发现潜能、实现潜能，成为他自己。深圳中学致力于为学生创造一种经历与努力、活力与实力相统一的，既精彩又充实的高中生活，华而又实的人生经历！

这是一群有梦的少年，他们怀揣梦想、追寻梦想、践行梦想。他们相信“有梦想的人是最美的。”少年应该有梦，梦想是一种信仰、是一种生活态度，是一种责任。有人把梦想变成了现实，有人把现实变成了梦想。关键是，你的梦想是什么？你为你的梦想做了什么？

这些学生就是我期待中的高中学生，他们的生活就是我期待中的高中生活。每个人的天赋、秉性、经历不同，每个人都可以选择不同的成长路径，可以选择多样的生活方式，我们只是提供一个自由发展的环境，我期待着更多优秀的学生的涌现。

让我们一起将梦想随身携带吧，因为梦想只有在路上才能飞扬！

人是一种“向死而生”的存在

——清明时节说“清明”

2014.4.3

又是一年清明到，清明时节说“清明”。

我们的节日不同于西方，没有浓重的宗教色彩，而是我们的先祖用他们温暖的人性光辉，向我们传递的生活经验与人生智慧。比如月亮圆了缺了，比如该播种了该收割了，会下雨了会下雪了，这一天最冷那一天最热，都有非常可爱和生活化的一面。

清明也是如此，这个从周代一直延续到现在的节日已经有两千多年的历史。清明是冬至之后的第108天，又叫“踏青节”，因为这一天正值仲春，万物“清”而且“明”，好山好水，值得我们去欣赏和流连。

清明又有扫墓的习俗，这一天，男女老幼一家大小提携而出，来到他们先人的墓地，洒扫拜祭，这种习俗悄悄给清明节抹上了一缕悲伤的意味。白居易就这样描述过他的一个清明——“冥冥重泉哭不闻，萧萧暮雨人归去”，可谓悲且伤矣。

的确，看到垒垒丘墓环绕、陌陌纸钱纷飞，往往会有一种“死生之感”。但是，以我们先祖的智慧，他们设立这样一个节日难道仅仅是为了让我们悲哀痛哭吗？显然不完全是，他们也许有更深刻的寓意。

墓地只是一个土丘，墓碑只是一块石头，这也许是先祖希望在我们踏青的时候，为我们提供的一个场所——一个对话的场所，让我们能在这里与先祖对话，与自己对话，与未来对话。在对话中领悟这些土丘、这些石头背后的精神，这也许才是真正需要我们去洒扫、去拜祭的。

站在墓前，自然会感怀先祖的奋斗，感怀他们创立家业时的艰难困苦与勇敢坚强，感怀他们在颠沛流离饥寒交迫的年代对老人的孝敬和对孩子的慈爱，感怀他们朴实而睿智的话语……

站在墓前，你仿佛又看到梦中常常浮现的身影，耳边又回荡起曾经那么熟悉的声音："你们过得还好吗？"……

多少年多少年过后，又是清明时节，当后人站在我们的墓前，他们会感怀我们什么呢，我们会将什么留给我们的孩子、留给我们孩子的孩子呢？

站在墓前，我们面对的不仅仅是这一块石头、这一抔泥土，而是先人的精神和对我们的期待。

人是一种"向死而生"的存在，正因为生命长度的有限，我们才要"活"出宽度。珍惜生命，努力奋斗，创造精彩，传递后人。

"人生自古谁无死，留取丹心照汗青！"

清明时节，不妨带上你的孩子去扫墓，告诉他们先祖的奋斗与坚持，告诉他们家族在艰辛中的成长与壮大，告诉他们"家风"的传递与发扬。当然更重要的是一种期待，对自己、对孩子的期待，对待生命、对待人生应该有一种怎样的态度。

清明，是先祖留给我们的一双眼睛，让我们"清"晰生命的价值，让我们"明"白人生的责任；

清明，是先祖留给我们的一颗种子，让我们播种希望，让我们收获幸福；

清明，是先祖留给我们的一个期待，让我们珍惜时光，让我们创造精彩。

清明节，让我们更"清"、更"明"……

怎样培养“追求真理”的思维方式

——与深圳中学的学子聊聊思维方式

2015.10.23

德国教育家雅斯贝尔斯在论及大学的意义时曾说，他心目中理想的大学图景是“追求真理与精神交往的自由家园”。但是反观当今的中国，很多大学生沉浸于电子游戏、煲剧，或炒股、实习、找工作，“选修课必逃、必修课选逃”，消解了高尚，崇尚着自嘲，很多人精神不仅不丰富，甚至很贫乏。

著名教育家杜威认为：“学校为学生所能做或需要做的一切，就是培养他们的思维能力。”传统的教育常见的问题是，过于注重知识的传授——甚至把传授知识当作教育的目的，而忽视了对思维能力的培养，学生们对陈旧的知识反复操练，而教师则想方设法训练学生的答题技巧。

很多研究显示，历代高考状元在进入社会后，在科研、商业、社会等各领域都没有做出与“状元”身份相匹配的成绩。虽说一次考试不能代表一切，但这么多优秀的人才沦于平庸，的确让人扼腕痛惜。

究其原因，很大程度上在于“思维”培养的缺失。

对于一个人来说，不管是在学校学知识、做活动，还是在社会上做事情、干事业，最重要的目标之一就是培养自己“追求真理”的思维方式——它让你在做事时收获更多，做得更好。“追求真理”不是科学家的专利，每个人都有必要养成“追求真理”的思维方式，进而使之成为一种生活方式。

思维能力，不仅决定了每个个体能否建构起自己的认知体系，更从长远上决定了整个国家未来的思想文化建设。

掌握足够多的知识、拥有足够宽广的视野——这是追求真理的前提。

美国提出的“21世纪技能”中最重要的一项“学习与创新技能”中，包含了三个内容——批判性思维与问题解决能力、交流与合作能力、创造性和创新能力。

批判性思维是不轻信、不盲从、不迷信，它是思维的思维，是高级阶段的思维。

传统社会迷信权威，普通人不敢轻易发声，这对社会的发展是很不利的，所以近年来我们一直鼓励大胆怀疑、大胆求异。但同时，我们也要警惕另一种现象，那就是不恰当的“批判性思维”带来的过于轻易的否定和质疑。实际上，盲目反对只是“批判性思维”掩盖下的无知，真正的批判性思维绝非什么都不信，什么都怀疑。

现在网上有一批“键盘侠”式的愤青，他们愤世嫉俗、批判一切，但是这种批评大多是无意义的。一个“现代”人，一个追求真理的人，他的思维方式不应该只是批评和抱怨，而应该以解决问题为导向。

真正的批判性思维是能够准确地认知，并能努力找到解决的方法，所以它的前提是掌握足够多的知识，这些知识能支撑一个人做出正确的判断。有人认为“独立思考的前提是你读过上百本经典”，只有知识面足够宽，视野足够广，才能支撑起你的观点，如果没有，那所谓的“独立思考”“批判精神”可能只是个人偏执的陋见罢了。

知识体系的建立是服务于思维活动的。杜威曾说过：“尽管一切思维的结果都归结为知识，但知识的价值最终还是服从它在思维中的应用。”为什么思维比知识更重要？因为知识是死的，而思维是活的，“知识渊博”不应该是炫耀的资本，而应该是进一步探究的基础；不应该是学习的目的，而应该是研究的手段。

深度学习、研究性学习，这是追求真理的过程。

学习的过程不仅仅是获取知识，更是学习如何思考、如何思维，进而养成自主学习和解决问题的能力。

传统教育希望培养“全面发展”的学生，认为一个人的缺点会像木桶中的短板一样阻碍他的发展。但是，相较于全面发展带来的全面平庸，在未来，整个社会需要的不仅仅是“优秀”的人，更是“卓越”的人。这种“卓越”意味着你要成为一个独特的个体，你的个性气质、独特魅力、拥有一技之长，使你形成了自己的核心竞争力，让自己在人群中脱颖而出，无可替代。

深度学习和研究性学习实际上就是这样一个成为“独特”的过程。

在深度学习中，你可以像学科专家那样思考，像物理学家一样去发现宇宙的规律，像数学家一样去研究和展现世界的优美，像文学家、诗人一样去表达内心的悸动，像历史学家一样去研究自然和人类社会的发展和演进……

在研究性学习中，你可以在质疑和批判的过程中，调动头脑，整合知识，发现问题；然后，通过对各种媒介与技术的运用，进行信息的获取和整合；通过与他人的沟通和合作，达到效能最大化；通过复杂的思维和推理，进行综合的思考和研究。

深度学习是学习的程度，研究性学习是学习的方法，将二者完美地结合起来，你就能感受到学习的深度、乐趣和美丽。

多看、多听、多思考，多和其他人平等地讨论，少追求标准答案，在交叉学科中综合思考。站得高，自然能在别人只看到一片混乱的地方看出规律。多花时间去思考严肃的事情，让你的世界更广阔，不要沉浸在琐事和不能引导你提升的事情上。

普林斯顿大学对他们的本科毕业生提出了这样 12 项期待：

1. 具有清楚地思维、谈吐、写作的能力；

2. 具有以批评的方式系统地推理的能力；

3. 具有形成概念和解决问题的能力；

4. 具有独立思考的能力；

5. 具有敢于创新及独立工作的能力；

6. 具有与他人合作的能力；

7. 具有判断什么意谓着彻底理解某种东西的能力；

8. 具有辨识重要的东西与琐碎的东西、持久的东西与短暂的东西的能力；

9. 熟悉不同的思维方式（定量、历史、科学、道德、美学）；

10. 具有某一领域知识的深度；

11. 具有观察不同学科、文化、理念相关之处的能力；

12. 具有一生求学不止的能力。

这是一个训练思维能力的过程，是对于“追求真理”的一系列具体要求和路径——首先要有深入探索研究的能力，然后要有表达的能力，把你的所得所想清晰完整有条理地表达出来。

面对一个现象，质疑，迷惑，推测，合作，调查，假设，验证，这就是“追求真理”的过程，这也就是一个学习与创新的过程。

学习的过程如此，社团、活动、交友、工作等方方面面，莫不如此。

面对新知识，你是被动接受还是主动发现？面对任务，你是消极应付还是积极主动？自主学习，你是浅层的对知识的背诵还是深度探究？你学习的根本目标是概念、知识还是思想、思维？你能否把浅层的兴趣发展为深层的志趣，进而成为一生的志向？

面对分歧，你是从众还是自主？面对选择，你是功利投机还是热情专注？面对挑战，你是无可奈何还是乐在其中？同样是做活动，你是作为一个参与者接受组织的安排，还是主动去参与组织、策划进而增长自己的能力？做一件事，你是在大量地重复无意义的劳动，还是在科学的思维引导之下一点点提升自己？

起初似乎没有差别，但是几年、十几年、几十年后，你的人生境界会大不相同。

养成“追求真理”的思维方式，你就能成为一个具有“专业精神”的人，你在做每一件事时都能够表现出一种专业素养。

执着的热情、奉献的勇气和谦卑的态度——这是追求真理的保障。

在追求真理的路上，你会遇到种种困难和挫折，无数次想要放弃，可能是在连续的实验中觉得很疲惫，可能是在持续的思考后仍一无所获。但是，如果不经历这些困难，你就不可能知道自己到底能达到怎样的高度；不经历这些困惑，你就不可能体会深度学习带来的快乐；不经历这些焦虑，你就不可能享受到属于自己的高峰体验。在遭遇瓶颈的时候，只有不放弃，磨炼自己的意志，给自己足够的勇气，在黑暗中不屈不挠，热情，执着，才能见到真理的曙光，那是世界上最美的风景。

这是深中毕业生、2014 年 IYPT（国际青年物理学家锦标赛）金牌获得者梁燕同学的感受："那一段时间，吃饭时、走路时乃至睡梦中，脑海里无时无刻不运行着小球在鞍面上的鬼魅身影。隐藏在方程背后的究竟是怎样一种性质？或者说，这个现象的物理本质是什么？疑惑是一种甜美的折磨。仿佛有人在焦渴的旅人面前放了一瓶水，却用玻璃把它隔开。你知道答案在那里，就在那里，但是又难以触碰。你吞咽着，用嘶哑的嗓音询问更多的问题。喉咙干燥肿胀仿佛要渗出血来，但是心中充满快意。"

与金牌相比，我更欣赏她对科学真理和宇宙规律的热爱，读她的文章让人有想流泪的冲动。她年轻的身体里充满的是活力、激情和生命力，这就是追求真理带来的高峰体验，它的价值远远超过了一切奖牌，它的快乐也足以补偿在过程中的一切坎坷和疲惫。

追求真理之路从不平坦，总是充满了鲜血和牺牲，在科学史、政治史上，这样的例子举不胜举，不管是火刑柱上的布鲁诺、"砍头不要紧，只要主义真"的夏明翰，还是"我自横刀向天笑，去留肝胆两昆仑"的谭嗣同，他们为了心中的真理不惜放弃生命，这是对真理最崇高的敬意和生命中最伟大的尊严。在鲜血的浸染之下，历史就这样一步步地向前走去，这些都是为真理所付出的代价。

那么，"真理"到底是什么呢？

真理是一个时代对于自然现象或社会规律的相对正确的一种认识，真理并不是客观存在的一个永远不变的东西，它是一种认知，解释世界的存在。

所以，在每一个时代，真理的内涵不尽相同。在远古时代，"天圆地方"就是真理；在中世纪，对"星期五"和数字"13"的警惕就是真理；而今，"德先生"和"赛先生"就是我们认为的真理。人类用科学的力量，一点点改变对世界的认知，经典力学、相对论、量子力学、弦理论……我们发现了一个又一个规律，探测到远点再远点的宇宙，这个过程中，我们的观念和思维也在一点点进步。

但是，我们真的看清了这个世界和宇宙的真理了吗？

绝对真理也许永远可望而不可即，某种意义上，我们与绝对真实的世界之间永远会隔着一层面纱。所以，能对当下所谓的“真理”、对别有用心者口中的“真理”保持理智的警醒，这才是“追求真理”的生活方式，它也许更科学，更接近真理的本来面貌

真理就像海上的灯塔，黑夜中远方的一盏明灯，它在很高很远的地方，它要求人们不断地长高，不断地拓展视野，来寻找、追随和触碰它，它是引人前进的光芒。

也因此，人们在真理面前才愈加谦卑，因为在整个宇宙的真理面前，人显得如此渺小，因为人永远没有十足的把握说自己掌握了绝对的真理，只能一点点去探索这个世界。

苏格拉底最伟大的一点不是他什么都知道，而是他直到70岁还觉得自己一无所知。

追求真理是为了认识世界，更是为了改变世界。

无论是比喻成大海上的灯塔还是黑暗中的路灯，真理的作用不只是让人们找到它在哪，更是让人们通过它去到要去的地方，那个地方就是未来的世界。

马克思说：“以往的哲学家们只是在用不同的方式解释世界，而真正的问题在于改变世界。”用“追求真理”的态度去认识世界，改变世界，让未来世界更美好。

未来不是我们要去的地方，而是需要我们创造的地方。

期待，欣赏……

坚毅的品质，让你大有作为

——在深圳中学2016年新年晨会上的演讲

2016.1.11

老师们、同学们：

大家好！

刚才我们共同欣赏了夏商周校友的演讲。夏商周校友在学校时就是风云人物，“理工男＋文艺青年”总是会碰撞出别样的魅力。也因此，很多同学对于他的演讲有着特别的期待。可能有些同学在刚刚的演讲中没有特别过瘾，因为似乎我们没有听到早已期待的、惊世骇俗的、令人炫目的、醍醐灌顶的、“冲浪”的故事，相反，我们听到的似乎都是一些耳熟能详的东西。

事实上，真理，往往是最直接、最简单的常识，但却具有普世的价值。一个人在热潮之后的静静叙述，在我看来，比热潮之上的呐喊，更为可贵。

从夏商周校友的成长故事中，我读出了他独特的品质。实际上，不只是他，像马化腾、刘若鹏等一大批我们熟悉的、卓有成效的校友们，他们虽没有赶上学校教育改革的浪潮，但他们在传统教育模式下，也照样比其他人更为出色。

同时我们还发现，自古以来，从东到西，那些大有作为的人，他们都有类似的品质。什么品质呢？这也是我今天演讲的重点。

我想跟大家分享一个美国高中生的故事。

美国曾在青少年中做过一个调查：“什么人是你心目中的英雄？”18岁的高中生约翰·汤姆森得到了大多数人的认可。

24 年前的今天，他独自在父亲的农场里干活。在操作机器时，他不慎在冰上滑倒了，衣袖绊在机器里，两只手臂被机器切断。他忍着剧痛跑了 400 米，来到一座房子里，用牙齿打开门栓，爬到了电话机旁边，用嘴咬住一支铅笔，一下一下地拨通了表兄的电话，他表兄马上通知了附近有关部门。

其间还有这样一个细节：他把断臂伸在浴盆里，为了不让血白白流走。当救护人员赶到，他被抬上担架。临行前，他冷静地告诉医生："不要忘了把我的手带上。"断肢再植手术出院后，他已能微微抬起手臂，并回到学校上课了。他的全家、他的朋友，全国人都为他感到自豪。

在当下的美国社会，为什么约翰·汤姆森能够成为一代代人心目中的英雄？心理学、社会学家认为，他的行为中体现了独立、勇敢、坚毅、不懈地与自然界抗争，这些品质一直是美国人珍视的，一直存在于美国精神之中。

美国人把这种精神用一个词语来概括——Grit！

翻译成中文可以叫作"坚毅"，但其含义远比毅力、勤勉、坚强都要丰富得多。Grit 是对长期目标的持续激情及持久耐力，是不忘初衷、专注投入、坚持不懈，是一种包涵了自我激励、自我约束和自我调整的性格特征。

我们再把目光放远一点，看一下世界上两所著名的学校——西点军校、西南联大，我把它们称作"两西"——所培养的学子的特质。

近 20 年里，全球 500 强企业中，有一所学校贡献了 1000 多位董事长、2000 多位副董事长、5000 多位总经理和执行董事。是哪一所商学院吗？不是，是美国的西点军校，它比世界上任何一所商学院贡献的商界领袖都要多。当然它也贡献了 3 个美国总统、5 个五星上将、3700 多个将军。

我们再看抗战时期的西南联大，这是一所在抗战时期由国立北京大学、国立清华大学、私立南开大学在中国的西南边陲组建的联合大学。只在 8 年抗战时间，但它贡献了两位诺贝尔奖获得者、8 位"两弹一星"功勋奖获得者、4 位中国国家最高科技奖获得者、3 位党和国家领导人、166 位工程院和科学院院士，大概可以成为世界大学之最吧。

这两所学校共同的特征是什么，是注重培养学生一种品质——坚毅。

从2005年开始，美国著名的心理学家Angela Duckworth一直致力于研究性格对成功的作用。她对数以千计的高中生进行了调研，并跟随西点军校、全国拼字比赛冠军、国内一流大学等进行观察和分析。

她发现：无论在何种情况下，比起智力、学习成绩或者长相，"坚毅"是最为可靠的、预示成功的指标，也是常人容易缺乏的指标。

当我们研究校友、同学的成长故事时，你会发现那些大有作为、幸福成长的人，大多有着与众不同的特质，这种特质就是——"坚毅"。

Angela Duckworth在2013年TED演讲时，把Grit的概念向全球做了解释："向着长期的目标，坚持自己的激情，即便历经失败，依然能够坚持不懈地努力下去，这种品质就叫作坚毅。"

正向心理学（Positive Psychology）则提出了七项指标，认为它们是预示孩子未来成功的"七大秘密武器"：

Grit 坚毅

zest 激情

self-control 自制力

optimism 乐观态度

gratitude 感恩精神

social intelligence 社交智力

curiosity 好奇心

在这里，"坚毅"是摆在第一位的。我们所说的情商也只不过是社交智力的一部分。

亲爱的同学们，我们怎样塑造坚毅的性格？

1. 不要回避挑战

2. 不要在感觉糟糕的时刻结束

3. 适时必需的推动，要有及时推进自己的机制和制度

4. 拥抱无聊和沮丧

5. 分享父母及他人的失败经历

我想小结一下我的发言：

如果你见一个同学“能很投入地一直做一件事很久”，那么他（她）就具有“Grit”的品质，他（她）很可能大有作为。

选择了一个目标，也就选择了一种生活方式与体验幸福的方式。如果你选择了常人和庸人的生活方式，而你又选择了与众不同的目标，那么你会生活在焦虑与痛苦之中。

请让我们共同勉励：

一个新的任务，培养一种新的能力，创造一段人生风景。

你选择了怎样的行为，你也就选择了怎样的结果。

如果你选择了坚毅，那么结果自然不言而喻。

汉开首届，人生豪迈

——在南京汉开书院2019届毕业典礼上的演讲

2019.6.18

2019届全体毕业生，各位家长、来宾、老师、同学们：

早上好！

现在是北京时间上午7点多，说“早上好”是恰如其时。南京汉开书院每学期的开学典礼都在早上，“与太阳一同升起”，今天初中部首届学子的毕业典礼也是如此。“不睡懒觉”，是书院学生形象特征之一，因为我们知道，每天叫醒你起床的不是闹钟，而是你的梦想与规划。而且，每当早晨，他人还在酣睡，你沐浴着晨曦，呼吸着清新的空气，迎着晨风舒展你的身体，思考一天的安排，会有独特的享受。

那么，今天在你们告别母校的这个早晨，在汉开的最后一课，院长要与你们分享什么呢？

三年前，在入学的时候，许多人就担心你们中考会怎样，最近几天，我们更感受到人们的关注。但是从入学开始，我们就提出了“汉开之问”：“13年之后，你们研究生毕业，那时的中国与世界，怎样的人可谓人才，怎样的人生可谓幸福？”老师们把你们从初一引向未来，从浦口引向世界，从“致未来的自己”到“相约2029”，书院对你们的期待，是“汉开首届，人生豪迈”，而不只是“中考豪迈”，母校着眼的不仅仅是15岁的中考，而是25，35，45……着眼的是你的人生的精彩与幸福，为人生奠基，期待你们具有“豪迈”的特质。

（一）

怎样才是“豪迈”？三年来院长没有做过解释，但是相信你们能感受到：

唱校歌时你感受到了，“一道激流豪迈，万顷碧波慷慨”；

童子军体验到了汉开的精气神，“眼睛更亮，声音更响，腰杆更直，胆子更大，两臂更有力，双脚更坚定！一——二——三——四——，一二三——四！”；

最早的开学典礼，“与太阳一同升起”；

“无运动，不汉开”；

“良习不放假，在家也汉开”；

每一个任务都是台阶，每一天都是作品；

外出活动、比赛时，“我是汉开人，请看我可能”；

汉开春语，“世界有我更美好”；

运动会，“英雄有大美，汉开竞风流”；

校庆时，“跑起来，我就是一股风……”

暴风雪中，人们在有空调与暖炉的房间里取暖的时候，你们赤足在雪地里奔跑，创造了汉开一个新的运动项目——“汉开雪铁足”；

考试与比赛期间，“每临大事有静气，胸中自有百万兵”“我难人难，我不畏难；我易人易，我不大意”；

即使在第二次模拟考试之后，你们仍然气定神闲，“每天进步 0.5，每天止损 0.5，我的人生我做主”；

中考体育加试，“英雄亮剑，让你服气”；

中考口语听力考试，“口语评估，长袖善舞”；

正式中考，“实力与微笑，汉开做到！”；

毕业典礼之后，你们还有“2019 汉开首届书市”“汉开首届校友会”“汉开首届校友学长团”“汉开首届毕业作品收藏”等活动；

……

这些都是三年来汉开给你们提供的“营养”。

三年来，你们学习、体验到了豪迈；离开母校，未来，相信你们会带着这些“营养”创造出新的“豪迈”！

（二）

那么，如何才能创造“豪迈”的人生？对于即将跨入高中学段的你们，我有一个建议供你们参考，那就是：明确你的定位。

我们上学，最重要的也是首要的一件事是什么？不是分数，也不是升学，而是认识到，你未来会成为一个什么样的人——这就是定位。

你要成为怎样的人，最好的自己是怎样的？汉开人的使命是“世界有我更美好。”那么，怎样的“我”才能让世界更美好呢？

我与你们曾经交流过，对于一个进入初中的学生来说，你想成为有所作为的人一般都可能做到，只是目标要具体，计划要科学，坚持奋斗，并且乐在其中。

步行与奔跑，哪个会更快到达？朝着正确的方向迈步，比漫无目的地狂奔，能更快抵达终点；船行大海，如果方向不明，那么任何风都不会是顺风。

明确的定位如同暗夜里的灯塔，人生是一段发现自我的旅程，认识到自己未来会成为一个什么样的人，就像是远方的一座灯塔，不但持续照亮前方的航程，而且让你不会偏离目标。

（三）

有同学说，我还小，我还看不懂自己，看不懂世界，定位有点难。

分享一则故事：

有一段时间，寺庙里的弟子感到活得很痛苦，甚是烦恼。师父把弟子带到一片空旷地带，问：“你抬头看看，看到了什么？”

“天空。”弟子答。

“天空够大吧？”师父说：“但我可以用一只手掌遮住整个天空。”

弟子无法相信。只见师父用一只手掌盖住了弟子的双眼，问：“你现在看见天空了吗？”

我们看不清自己，看不清世界，是因为双眼被挡住了。

我们阅读经典，赏析名人传记，我们接触所敬重的人，我们行走世界，我们学习各科知识是为了熟悉不同的思维方式（定量、历史、科学、道德、美学等），使我们有力量去推开遮盖我们眼睛的“手掌”，去了解这丰富精彩的世界，去发现潜在的自我。

（四）

发现自己，发现自己什么呢？

世界上没有一个人是完人，但每个人都有自己的天赋和优势。

首先是发现自己的天赋，所谓天赋，就是自然赋予、生来就具备的。天赋是一种重复性的思维、感觉和行为。

天赋有几个明显的特点：

1. “渴望”做某件事，比如参加竞赛、主持一场大型晚会；

2. “学习”非常愉快，甚至无师自通；

3. “满足感”，以自己的工作为乐。

还有一种“天赋”是后天自觉培养起来的，因为起步比较早，养成了良习，并且乐在其中，对人生产生了积极、持续的影响，我们也可以称之为“后天赋”，比如汉开人的“能长跑”“不睡懒觉”、计划管理、“请看我可能”等等。

其次，是发现自己的优点并且将优点培养成优势。

天赋，是大有作为的“最近发展区”，是优势产生的重要基础。

优势是什么呢？有一个简单的公式：优势 = 天赋 + 奋斗。

优势产生实力，优势也产生独特的魅力，优势是“豪迈”的重要基础。

汉开校歌第一段有“壮哉，汉开”，第二段有“善哉，汉开”。“壮”是“善”的基础，只有“一道激流豪迈”，才有“万顷碧波慷慨”。有能力，有实力，才能更好服务社会，贡献人类，世界有我更美好。

（五）

为何要特别强调培养自己的优势呢？

分享一则资料：最近波士顿动力又放出一波新视频，其机器人的进步，再度让全世界为之震惊！

服务员、接线员、快递员、围棋手、翻译、医生、证券师、写作、作曲、弹奏……人类只能眼睁睁看着一个个工种被机器人占领，等待人类的，或将是一场史无前例的失业大潮！

据预测，美国注册在案 720 个职业，将有 47% 被人工智能取代，那些以低端技术、体力工作为主的国家，比例可能超 70%！

如果我们只是刷题与死记硬背，如果不注意培养自己的优势，那么就会成为工厂里流水线上一个相同的产品。

未来的你，是否会被机器人轻易取代？！

（六）

但是人们往往忘记了培养自己的优势。

再分享一则寓言故事：白龙马随唐僧西天取经归来，名动天下，被誉为“天下第一名马”，众驴马羡慕不已。很多想要成功的驴马纷纷来找白龙马，询问为什么自己这样努力却一无所获。白龙马说：“其实我去取经时大家也没闲着，甚至比我还忙还累，我走一步，你也走一步，只不过我目标明确，十万八千里我走了个来回，而你们在磨坊里原地踏步而已。”

这是一个可以轻易复制的时代，因而人多才少，有优势的人才更少。

这是一个眼花缭乱、诱惑多多的时代，有些人无所事事，但整天也没闲着。

这是一个追求让自己拥有更多、但是可能没有让自己变得更有优势的时代，因为人生的“房间”里空间是有限的，你堆放了太多一般的东西，就没有多少空间安放你的优势了。

（七）

所以，豪迈的人生，首先来自于明确的定位。

明确的定位，需要发现你的天赋，培养你的优势，明确你的人生目标。

巴菲特的搭档查理·芒格曾说过：“要得到你想要的某件东西，最可靠的办法是让你自己配得上它。”

华为总裁任正非先生说中美经贸之争根本问题在于教育水平，他特意引用了一段话：“一个国家的强盛，是在小学教师的讲台上完成的。”

对于一个人的优势来说，我认为是在初中和高中阶段完成的。

一个从初中或者高中阶段就开始发现天赋、培养优势、明确定位的人，与一个到大学甚至研究生毕业选择就业时才寻找自己的优势的人相比，不仅是时间上十几年的差距，更重要的是实现人生价值“加速度”的差距。

（八）

何谓“母校”？像母亲一样的学校。母亲，她孕育了你，遗传给了你父母的基因。那么汉开作为母校，传给长子长女的基因是什么呢？无疑，那就是——豪迈！

我是汉开人，请看我实现可能——发现天赋，培养优势，让自己因明确的定位而豪迈，让世界因你的优势而更美好。

你们是高山上的一滴水，不要被蒸发，不要被流失，不要被污染，千岩万壑，百折不挠，终归大海，化作惊天的波涛！

今天，我们将离别；未来，你们将信步全球。但是无论走到哪里，你们，每一个人，汉开的长子长女，都是汉开的大使，你们把汉开带向世界，你们是学弟学妹的一面旗帜，你们人在哪里，哪里就有汉开的旗帜飘扬，哪里就有老师与学弟学妹的目光……

汉开首届，人生豪迈，母校祝福你们！

生长，成美……

——在南京汉开书院“种下一棵理想树”主题课程上的讲话

2021.3.12

同学们、老师们：

下午好！

今天是3月12日植树节，我们在春天的校园里，种下了年级树、班级树，也在自己的心中种下了一棵理想树。

你们知道世界上最高的树是什么树吗？是澳洲的杏仁桉。它们生长在澳大利亚的草原上，是一种高耸入云的巨树。一般都高达100米以上，最高的达156米，相当于50层楼的高度。

你们知道世界上直径最大的树是什么树吗？在美国加利福尼亚州的红杉国家公园里面，有一种树叫雪曼将军树，它的直径可以达到11.1米。

你们知道目前为止生长时间最长的树是什么树吗？是瑞典的欧洲云杉，它已经有9500岁了，并且还在继续生长。

在我们的汉开校园里有三棵很特别的树的标本，你们知道是哪三棵吗？

一棵在明辨大厅，是一张用巨树做成的桌子。你们可以去数一数它的年轮，从年轮里面，我们大概知道它曾有多长的生命。

第二棵树，叫胡杨木，在我们的鱼池边。它长得疙里疙瘩的，这棵树至少三千岁以上，因为胡杨木生而不死一千年，死而不倒一千年，倒而不朽一千年。为什么疙里疙瘩的呢，因为它一生都在顽强地同恶劣的自然环境抗争，在沙漠当中为了生存，每一个细胞都要尽最大的努力，去吸收水分。

第三棵树，是树化玉，在我们的明辨大厅里。这棵树生长在一亿五千年到三亿年之间，它原来是普通的树木，后来经过上亿年的时间，成了化石，所以叫树化玉。树化玉的形成需要极其苛刻的地质环境条件，古生物化石形成的概率仅为百万分之一，能形成树化玉的概率更低。

我想告诉大家的是，不管什么树，不管长在哪里的树，它都有两个特点。

第一个特点，生长。无论阳光、雨水、风雪、雷电，还是严寒酷暑……它都在努力地生长。无论长在荒野里、沙漠里、岩石之上，还是南京的古城墙上……它们都有一个姿态——生长。

第二，成美。它们都在追求成美，将自己最美的姿态展现出来，释放出来，成己之美；同时，它们把自己最美的树干、最美的叶子、最美的果实、最美的自身奉献给这个世界，成人之美。

所以，在汉开选择种下一棵理想树，就是选择不管在哪里，不管在怎样的环境下，我们都要像树一样，生长，成美！

今天，我们其实在两个地方种了树，一棵种在校园里，一棵种在我们的心田里，长在岁月，刻在记忆里。刚才一年级三班的小同学说的一句话，让我很感动，他说，如果我是一棵树，我要长成一棵大树。

每年的春天，汉开师生家长选树、写树语、种树、浇水。

希望我们常常看看校园里的树，欣赏它们的生长，陪伴它们的成长，欣赏它们的美丽，与它们一起长大；同时，你不要忘了种在自己心田的树，你心中的理想树，也要不断地生长，让它成美。

汉开人，像大树一样成长……

做一棵汉开的竹子

——在南京汉开书院小学部 2021 届毕业典礼上的视频演讲实录

2021.6.28

2021 届小学部全体毕业生，家长、来宾、老师、同学们：

你们好！

因为疫情，我只能在深圳参加 2021 届的毕业典礼，用视频的方式向你们表示祝贺。

向各位家长和老师表示诚挚的感谢，感谢你们在孩子的成长过程中所做出的努力与贡献。

南京汉开书院这一届的小学毕业生们，有的是从财八路校区走来，有的加入汉开才一到两年的时间，但你们都在汉开校园里种下了一棵理想树，与她一样，一天一天在长大，越来越高，越来越有劲儿，越来越美丽。

就像很多人都知道的那句话：我是汉开人，请看我可能。你们当中的每一个人都是对这句话最好的解释。

说到成长，我想起了一种同学们都熟悉的植物——竹子。竹子是一种能长得很高大的植物，它破土而出之后，生长的速度非常快。竹子有一个特点，它的身子是由一段一段的“节”组成的，一般植物只有顶端才有生长组织，而竹子的每一节都有生长组织，这些生长组织同时不断地产生新细胞，所以竹子会长得很高。假如一棵竹子有 30 节，那么它的生长速度就是其他植物的 30 倍。所以，竹子可能是世界上生长最快的植物了。

如果我们每一个人都像一棵竹子，在自己成长的每一“节”里都有自己的生长组织，能同时不断地产生新细胞，同时地生长，那么，我们的儿童、少年、青年、中年直至老年时代会长成怎样啊！

同学们，今天我们小学正式毕业，希望每一位同学回头看看，这六年以来，我们生长得怎么样，我们在哪些地方长成了“竹节”（优点、长处）呢？

书院一直希望汉开小学部的同学们：喜欢学习，养成良习，发现美好，建立自信。回首过去，我们在学习上形成了哪些“竹节”？我们在良习上养成了哪些“竹节”？我们在发现美好方面长成了哪些“竹节”？我们在建立自信方面建立起了哪些“竹节”？

孩子们、老师和家长们，让我们把这些“竹节”写下来吧，这就是小学六年送给自己最好的礼物。“成长看得见”，这六年来，自己的儿童时代，在哪些方面长成了“竹节”；再往前看，初中三年，在自己的少年时代，成长的第二段“竹节”的时候，希望自己在身体健康、心胸开朗、良习礼貌、学习进步、与人交往、热爱自然、尊重动物等方面还想长出怎样的“竹节”？

如果我们在小学、初中、高中、大学、研究生阶段……都像竹节一样一节一节地生长起来，并且让这一节节持续地、共同地生长发力，那么，我们的人生一定会像汉开的这句话一样——实力与微笑，汉开的风貌！

汉开就是这样，在耕种的季节里，种下好种子，用注目期待化作破土的雨露，用陪伴呵护化作适宜生长的温度，用引导唤醒作为星辰阳光，用帮助辅导作为风雨中的支撑，用喝彩加油作为奔跑中的鼓劲，用抹泪抚肩告诉你老师也曾一样，用大笑与歌声与你一起欢畅。

老师更想说，我们想在汉开初中部，欣赏你们的“竹节”，欣赏你们新的可能。

汉开2021届小学部同学们，祝福你们，咱们南京汉开书院初中部再见！

仪式感言

在南京市第十三中学新千年新世纪新年第一次升旗仪式上的讲话

2000.1.3

老师们、同学们：

新年好！

从南极巴勒尼群岛上出现地球2000年第一抹晨光时，我们的地球便进入了新的千年。在中国2000年第一缕阳光陆上投射到浙江省温岭市石塘镇时，我们中华儿女、炎黄子孙便意味着进入了新千年新世纪的第一天。今天我们全体师生员工在这举行新千年新世纪的第一次升国旗仪式，意味着我们南京市第十三中学全体师生在新的千年、新的世纪开始迈出了新的一步。在此，我祝愿全体师生员工幸福、进步，祝愿我们的学校腾飞、辉煌。

在1999年12月31日的最后一秒钟，我们一步就跨越了一千年，走进新千年，从此我们在记录时间时再也不是以“1”打头，而是以“2”开头，弹指一挥间，千年、百年就这样稍纵即逝了。

对新的世纪何时开始有些争论。有人说是从2000年1月1日开始，也有人说是从2001年1月1日开始，但是世界各国人民不约而同地将2000年1月1日作为新千年、新世纪的开始，进行庆祝。我们国家1999年12月31日在新落成的中华世纪坛，首都各界集会举行了迎接新世纪、新千年的仪式，江泽民主席亲自按下了新世纪的圣火的按钮，标志着我国与世界人民一样进入了新的世纪、新的千年。其实何时是真正的21世纪的开始并不重要，重要的是表现出全世界人民对新生活的期盼，对改革的向往，对新的目标的憧憬，对加快发展的渴望，对自我完善的追求。

我们在多年前就说到“跨世纪”这个概念，期盼着新世纪新千年的到来。世纪更替，千年之交，当我们真正跨入新的时代时，当我们以及我们的后人在纪年时要以“2”打头写上一千年的时候，当我们作为这一切的见证人和开创人时，感到无比兴奋，无比自豪。但冷静一想，仅仅如此显然还是不够的，因为世纪交替，千年更迭这是自然的发展，我们只是运气好而亲身跨越百年和千年。古人云：“人过留名，雁去留声。”江泽民主席在首都各界迎接新世纪和新千年庆祝活动上的讲话中说：“在新世纪里，中华民族在完成祖国统一和建立富强民主文明的社会主义现代化国家的基础上实现伟大的复兴！”完全有理由相信，古老的中华民族一定会在新世纪里傲然屹立于世界民族之林。我们每一个人也都要思考：在新世纪里做些什么？应该在新千年之始为后人留下些什么？在新时代里应该怎样生活才有生命的真正意义？只有想到这些，并且真正付诸行动，才使我们对新世纪新千年的盼望具有实质的意义。

目标具有激励、导向、鞭策的作用，一个人的发展要有目标，学校的发展更要有目标。我们南京市第十三中学是南京市解放后党和人民政府兴办的第一所完全中学，1960 年就被江苏省委确立为重点办好的学校之一，1996 年通过了江苏省重点中学的评估验收。学校包括退休同志在内的全体师生员工在新的世纪新的千年，在第一次升国旗的仪式上要发表一个世纪宣言，这个宣言表达了我们在本世纪里要将南京市第十三中学创建成国内一流、国际具有一定影响的名牌学校的强烈愿望。学校全体师生要在横幅上签名，这条横幅将作为历史的见证赠藏在新建的校史陈列馆里，并且要将今天的场面录像，制成光盘，作为历史的记录，留给后人，代代相传。学校还将在校园里建一座世纪雕塑，作为学校的主题塑像，这座塑像要传导出我们争创一流学校的宏图大志，上面刻上公元 2000 年元月 3 日全校师生发出宣言的盛况和树立雕塑之因。

一流学校，其办学思想、教育理念、师资队伍、办学水平、条件设备、教育成绩等都应该是一流的。我们明确地喊出这样的口号，树立起这样的目标，就是要自加压力，从我做起，并且激励后人，代代传承，奋斗不止。在场的每一个学生，每一个教师和员工，都要记住“十三中是我家，我们大家都爱她”，通过提高自己来发展学校，通过发展学校进一步促进自己，让我们每一个人都在校史上留下闪闪发光的名字。学校将从本学年开始，撰写学年校史册，记下每一个学生和教职员工的学习和工作成绩，存入校史馆。在本世纪结束学校总结百年历史时，我们可能都不在学校或者到马克思那里汇报工作了，但校史会清楚地记载着本世纪本千年初，在十三中工作和学习的人，在世纪之交，在千年之始，在竞争和挑战激烈的时代里，在学校发展的关键时期，我们这一代人对未来是怎样的憧憬，对后来者抱有多大的期望，对自己提出了多么高的要求，自我增加了多大的压力，要做出多么艰辛的努力来实现第一步目标。

要达到国内一流、国际具有一定影响的目标，这是一个长期艰苦而又有非凡意义的奋斗过程。今天来参加升旗仪式的有离退休教师代表，他们为十三中的发展立下了汗马功劳，打下了良好的基础。我们务必记住："庸者丧失机遇，强者抓住机遇，智者创造机遇"，让我们团结奋斗，科学奋斗，艰苦奋斗，逐步将十三中创办成国家级示范高中、江苏省一流学校、中国一流学校、国际具有一定影响的学校。

我们坚信："十三中的今天比昨天好，她的明天将会比今天更好！"

谢谢！

世纪宣言

同学们，老师们：

历史已翻开新的一页，新的千年，新的世纪，我们——十三中人将谱写出新的篇章。

南京市第十三中学是解放后党和政府创办的第一所完全中学，1996 年恢复为江苏省重点中学以来，全校师生员工再接再厉，加快发展，现在又以崭新的姿态昂首迈入 2000 年，迎接国家级示范高中的验收。

世纪之交，千年更替，我们将成为这一历史时刻的见证人。回眸历史，展望未来，纵观世界，任重而道远。为此，全校师生员工庄严地立下誓言："让我们团结拼搏，不懈奋斗，努力把十三中建成国内一流、国际具有一定影响的名牌学校！"

希望全校师生员工胸怀远大目标，从我做起，从现在做起，通过提高自己来发展学校，做出我们这一代人应有的努力。愿后来者高擎十三中人拼搏进取的精神火炬，代代相传！

我们的理想一定能实现！

2000 年 1 月 3 日

全体师生员工谨志

感动与思考

——在南京师大附中百年校庆总结晨会上的讲话

2002.10.13

老师们，同学们：

早上好！

随着熟悉的百年校庆倒计时牌从我们视线中消失，南京师范大学附属中学建校一百周年的庆祝活动画上了一个句号。百年大庆，世纪一遇，百岁聚首，人生难逢。有人说，在人生路途上，如果你失去感动，你就失去了一半的人生；如果你再失去思考，你就失去了整个人生。在经历校庆的一系列历史事件过程中，的确有许多的感动在我们心中升腾，有许多的思考在我们脑海中回旋，有许多的变化在我们身上悄然发生。

我的第一重感动来自于我们的附中，来自于附中的校友们。附中犹如一个巨大的磁场，将天南地北的校友们凝聚到一起，共庆百年盛典。从满头银发、步履蹒跚的老学长，到刚刚毕业的2002届新校友；从慈祥可敬的院士将军，到正在下岗待业的普通校友；从一个家庭的几代同庆，到兄弟姐妹八九人汇聚附中，2002年10月1日，一万多人流连在附中校园，附中的号召力之巨大令每一个置身其间的人惊叹不已。而一旦回到附中，所有的人都拥有了同样的年龄，那就是与母校紧紧相连的青春时光。当年逾八旬的韩国校友金信将军与同班同学一起高唱抗战时期的歌曲时，没有一个不为之动容。附中老校友巴金曾为母校题词：青春是美丽的。只有经历过校庆，经历过与校友面对面的交流，你才能真切体会这句话的隽永含义。

我的第二重感动来自于广大的教职员工，是你们的辛勤工作，无私奉献，保证了校庆工作高效、和谐、有序进行。一年4万平方米的基建工程和校园景观建设，校庆期间10个主要活动场所的布置，150位住在学生宿舍的老校友的寝具的租借和3天的饮食起居，近300车次的车辆调配，500人左右的票务服务，庆典会场2500个座位横平竖直的排放，4000人次伙食的供应，礼品组6000份礼品的装袋和分发，10月1日一万多人的安全保卫，这一组数据所反映的看起来是总务后勤工作，其实，涉及面之广，强度之大，对象之多，是其他人难以想象的。

校庆接待组面对的一万多人的接待工作同样是一个浩大的工程，而校友来宾的多样复杂则要求这个浩大的工程又必须做得细致耐心。这里有初次到中国来的韩国友人，有阔别母校多年、不远万里从美国赶来的校友，有的是八、九十岁的高龄，有的眼睛失明、腿脚不便，有的深夜抵达，有的凌晨出发，有住学生宿舍的老校友为了重温学生时代生活，爬到上床而突然摔下的突发事件，有住宾馆的校友深夜旧病复发的紧急情况，这一切都被接待组每一位老师以满腔的热忱、严谨的态度圆满地解决。其中黄小红、谢鹏、余大蓉、祁龙云等年轻教师的热情，方定一老师的细致，王栋生老师带病坚持工作的精神，都让人深深地为之感动。

当大家徜徉在校史馆内，惊叹于百年校史的博大精深时，你是否想到许祖云、陈广阳、王桂凤、徐昭武等几位退休的老教师们为了收集整理校史资料，顶着炎炎烈日在外奔波，他们常常会为得到一个新的校史资料而连夜出发，激动不已。当附中校庆的盛况频频展现在电视、报纸上时，也许人们不知道这些常常是孙小红、周斌、韩晖等老师忙碌到深夜的成果。文艺会演的每一个精彩的节目中都渗透了严畅、古娅莉、杨崇保、孟秋菊、李晓辉等指导教师的汗水。学生礼宾社团训练的短时间、高质量，则得益于富有经验的杨筱琴老师的精心指导。专家讲座的井然有序是由于教务处老师们事先多次反复研究，周密安排。我的语言真的很难在这里穷尽每一位教职工的敬业奉献，在此，请允许我代表学校向全体教职员工们说一声：你们辛苦了，谢谢你们！

我的第三重感动来自于我们的学生。庆典结束以来，许多的老师、校友和领导通过各种方式告诉我：你一定要找机会夸夸你们的学生，他们真的太让人感动了。一位校友、国家教委体卫艺司的官员多次被我们学生的文艺表演感动得流下眼泪，因为他觉得这里面始终回荡着一种象征附中精神的浩然正气。同学们牺牲了许多课余时间，主动请来省歌舞剧院的老师指导排练节目。参加团体武术操的同学磨坏了南京能买到的最好的腊棒，经过刻苦的训练，最后就连丹麦籍学生袁田同学的台上表演也毫不逊色。树人学校的小同学有的身高还不足 1.3 米，但自己搬动椅子，穿过校园，经过天桥，整整齐齐摆放到指定位置。负责礼仪接待的同学在阳光下一站就是四五个小时，有的同学脚上的皮都磨破了，但是自始至终热情礼貌周到地欢迎着每一位校友来宾。当看到林兴常老人行动不便时，高二（5）班的赵晨林同学毫不犹豫地背起老人走向庆典会场。最让人感动的事情发生在国歌磁带发生故障的时候，全场同学自发地高唱国歌，那气势，让我情不自禁地想：谁是附中最可爱的人？我们的学生，充满责任感和荣誉感的学生，就是附中最可爱的人。

在喜迎百年华诞的时候，我们也一直在冷静地思考。在高中课程改革与发展论坛上，来自教育部的领导、教育专家、来自国内外的中学校长、附中历届校友的代表们回顾附中教育改革的历程，共同探讨学校在教育改革中的作用。江苏省教育厅副厅长周稽裘评价说，附中的百年校庆不仅仅是一个热热闹闹的典礼，更加注重怎样使校庆活动具有更丰富的内涵，怎样使校庆活动成为促进附中进一步发展的动力。学校是教师和学生这两种生命体共同成长的地方，学校的使命是培养人和传播文化，人的发展应该是学校教育的根本。百年校庆活动就是一个难得的发展人、培养人的教育契机。在活动中的许多细节，既让我们感动，更让我们深思。为了采访袁隆平先生，我们的同学深夜守候在飞机场；树人学校初二（6）班黄研昕、倪冰同学用数码相机和文字记录了盛大的场面，还赶到南京饭店采访了严济慈先生的儿子——著名研究员严又光先生；袁隆平先生的讲座结束时，初二（5）班周全、卜文力、卢义等三位同学冲出人墙，很聪明地打车追随到宾馆，采访并合影留念。由此，我们感到：迥异于社会上同龄人的随波逐流，这样的追星正体现出我们的学生敢为人先的气度，高尚的精神追求。

我深深地震撼于在庆典上同学们雄壮高亢的国歌声，我想在那一时刻，每一个人都更真切地体验到“附中”这个词在自己心中的分量。但此刻我们更要冷静地思考：“是否只有当一个人、一个集体、一个民族到了最危险的时候，每个人才被迫发出最后的吼声？”如果升旗仪式的每一次歌唱、校园生活的每一个细节、人生路程的每一个阶段，都能有这样的荣誉感，这样的责任意识，我们是不是能够做得更好？当同学们艰难地搬着椅子一趟趟地穿行于熙熙攘攘的人流中，而主动让路的是老校友而不是年轻的校友时，我们是否感到年轻的一代附中人追求个性张扬的同时，老一辈附中人身上许多宝贵品质还值得我们继承和发扬？施蕴渝院士不顾旅途的疲劳，一直坚持站着开讲座，洪亮的声音、饱满的情绪感染了每一个听讲者，与此同时，有同学竟然连搬一张椅子的事都要逃避，我们不禁担心："嚼得菜根，做得大事"的校训以后是不是只能陈列在校史馆的墙上？一位高二的同学在随笔中这样写道："今天附中第一百年的成就是前面九十九年的积累，附中现在的学生已经不是前一个一百年的学生，附中下一个一百年还会像这个一百年一样辉煌吗？"这个问题，显然现在谁都无法回答，但我认为，在场的每一个人都有责任去思考答案。

2002年10月1日，一位同学在成长记录中写下这样的话："经历了百年校庆，我觉得我已不是我了。"因为太多的感动让人回味，太多的思考让人成熟，太多的信念在我们心中生长。就让我们一起告别昨日的辉煌，去开拓明天的希望，因为，明天比昨天更长久！

用脚去丈量

——在南京师大附中高一年级“步行者活动”出发仪式上的讲话

2007.11.17

在结束了紧张的期中考试后，今天，我们2007级全体师生又将共同完成另一门课程——步行者行动。这是附中高一年级学生的又一门特殊的必修课，它有着特殊的学习目标：感受历史，明确责任，磨炼意志，创造有意义的生活；特殊的上课地点：南京，我们生活的城市；特殊的上课形式：步行，用我们的心灵体悟，用我们的脚步回答。如果说军训这门学校的必修课程是体验“阳刚之气，英雄之美”，那么“步行者行动”则是为了探究“英雄之美”的产生与表现。

在今天的这节课上，我们将翻开由古老的城墙、蜿蜒的秦淮河、巍巍的雨花台写成的特殊的教科书，在历史与现实的穿行中，去认识我们生活的这个城市，去感受我们脚下的这片土地，去明确一名附中人、一个炎黄子孙、一个地球村的世界公民肩负的历史责任。当中国诗人艾青写下“为什么我的眼里常含泪水，因为我对这土地爱得深沉”的诗句，当俄罗斯诗人阿赫玛托娃写下《祖国土》的诗篇，当美国诗人惠特曼写下《船长啊，我的船长》的篇章，我们知道，对于自己脚下土地的热爱，是人类共同的美好情感。

在今天的这节课上，我们还将展开一场特殊的课堂对话，与那些生命永远定格在30岁、20岁乃至十几岁的年轻的人们探讨生命的意义、存在的价值。“我为什么而活着”，这是一个年级期中考试的作文题，有的同学在作文的开头写下：面对这个问题，我一下子感到茫然。是的，当我们沐浴着和平的阳光，享受着自由的空气的时候，当我们在为一次考试的得失而沮丧、为一些微不足道的个人恩怨而患得患失的时候，与那些长眠在雨花台的年轻的生命们作一次无声的交流，我们也许会懂得，是对理想的追求、责任的担当，赋予平常的生命非凡的意义。

在今天的这节课上，我们还将开展一些特殊的课堂活动——自主设计，自主组织的班级活动课程，在自主中展示附中人的风采。

用脚去丈量，今天的一小步，也许会影响我们未来人生的一大步。让我们走出附中人的风采来。

“关注脚下”与“仰望星空”

——在南京师大附中2008年第一次晨会上的讲话

2008.1.2

老师们、同学们：

新年好！感谢大家给予我新年第一次晨会演讲的机会。

今天是2008年1月2日，2007渐行渐远，而在那刚刚成为历史的365个日子里，我们的国家可圈可点的事件很多：嫦娥1号的成功发射，十七大的圆满召开，香港回归十周年和谐热烈的庆祝，奥运会紧锣密鼓的筹备等等。但在诸多的宏大叙事中，有两个文化现象引发我们更多的深思：一是由电视连续剧《士兵突击》而引发的“许三多精神”的讨论，二是由温家宝总理寄语学子关心世界、国家命运的赋诗而引发的“仰望星空”的思考。

许三多，一个卑微但绝不放弃自尊的普通士兵，在他从农村到部队，从孬兵到好兵，从好兵到“兵王”的历程中，人们看到了他“好好活就是有意义，做许多许多有意义的事就是好好活”这样简单主义的生活观；看到了他“不抛弃、不放弃”的信念、理想和原则；看到了他“干每件事都像抓着救命稻草”的踏实执着的生活态度。“许三多”三个字成为今天社会的一根标杆，让人们在喧嚣中静下心来思考：怎样生活才有意义、生活怎样才有意义。

如果有心，其实在2007年，在我们的身边，你会发现很多的“许三多现象”。

你是否还记得赵宇同学？他因先天性的脑瘫而四肢行动不便，但高中三年，他凭借自己的毅力全神贯注地上好每一节课，没有一次迟到，没有一次迟交作业，更没有一次不交作业。

你是否注意到31公里“步行者行动”中始终走在最后的两位同学的身

影？在漫长的跋涉中，他们一直拎着硕大的垃圾袋，一路捡拾起路上的垃圾。

你是否关注到，早晨在高中楼东楼梯，一个高一的个子不高的男生一级一级地打扫包干区的台阶，还得不时踮起脚取下楼道窗台上有人刻意放上去的易拉罐、食品包装袋。

你是否注意到，课间，有一位同学经常挂着照相机，手捧小本子，驻足在校园的植物前，记载哪天什么植物开花了，哪天什么树发芽了。

你是否注意到，学校网站上那记载着校园春夏秋冬的一组组精美的照片？拍摄学生活动只是电教组项老师的本职工作，但是他在看似简单重复的工作中用镜头捕捉生活的色彩，发现生活的意义。于是，普通的工作在他眼中成了一门艺术。

你是否注意到，2008 年 1 月 1 日新年的第一个晚自习，许多没有值班任务的老师冒着严寒来到学校看望同学。

你是否注意到，高二（16）班教室的前后门上写着这样的三句话：早读最认真的班级，午自习最安静的班级，晚自习最有效率的班级！他们从具体的细节中培养自己“做得大事”的习惯。

在高一某个班的班会课上，一位同学在介绍她学习成功的经验时，说了这样一句话：“我是怀着敬畏的心态坐进附中的课堂的，我是带着欣赏的眼光去看待每一个老师的。”

“欣赏的眼光”“敬畏的心态”，就是恭敬谨慎地对待生命里的每一天，就是以感恩的心态抓住生活给予你的每一个机会，就是像许三多一样的“干每件事都像抓着救命稻草”的踏实执着的生活态度。正如思想家史怀哲所说的：“只有我们拥有对于生命的敬畏之心，世界才会在我们面前呈现出它的无限生机。”

2007 年 12 月 6 日美国前总统吉米·卡特在中国政法大学发表演讲时说道：“像贵国曾经涌现出的杰出先辈们一样，我希望你们将来能成为富有勇气和远见的领导者，为此你们必须从现在开始发奋努力。我希望你们总问问自己‘为什么不竭尽全力？’”我认为“关注脚下”，就是“竭尽全力”。

我校的先辈们将“嚼得菜根，做得大事”作为校训，是深谙教育规律的。

如果说许三多的精神让我们学会踏实认真地对待生活，在坚实的大地上一步一步走出属于我们自己的脚印，那么温家宝总理对于青年学生“仰望星空”的寄语则给了我们前进方向的引领。2007 年 5 月，温家宝总理在同济大学参观考察时即兴演讲，借用康德的名言勉励学生：“一个民族有些关心天空的人，他们才有希望；一个民族只是关心脚下的事情，那是没有未来的。”他希望同学们经常地仰望天空，学会做人，学会思考，学会知识和技能，做一个关心世界和国家命运的人。

温总理借用的是西方哲人的名言。其实，兼济天下、关注民生，正是中国文化中绵绵不绝的传统。在 2007 年，我们欣慰地看到很多附中人在“仰望天空”，在追求做人，在追求思考。

一个班主任自豪地说：“在我们班，只要地上有一片纸屑，立即会有同学把它捡起来。”所以，无论何时走进这个班，你总是能看到干净整洁的环境。

高二（11）班学生张舞阳在学业繁重的情况下，利用大量业余时间创建了水西门社区图书馆，并为募集图书四处奔走，为该社区的基础建设工作做出了突出贡献，被评为“南京市十大杰出志愿者”。

IB 班的同学们坚持每周到红山民工子弟学校去支教，为那些家境困难的孩子们送去温暖和帮助。

一位同学在生涯规划中写到：在中国经济开始发展的年代，我选择成为一名经济学家。在对马克思《资本论》的自觉阅读中，在对校园经济状况的主动研究中，这位同学正一步一步地向自己心中的理想靠近。

2006 届的高三学生张逸倩同学、2007 届高三学生刘璐芃同学、2006 级的张泽亚同学、朱天元同学，因为他们对人生与世界的深切关注，在美国的大学和中学受到很高的评价。

但是，当你听到有同学说，我学习很忙，没有时间从楼上下来扔垃圾，所以要倒在厕所里的时候；当你听到有同学说，学校禁止在教室吃饭，我就偏把饭盒丢到窗台上的时候；当你看到图书馆电子阅览室的公共电脑被个别同学用于玩魔兽游戏的时候；当你看到有些同学没有目标、没有动力、没有自律的生存状态的时候，你是否深切感受到殷切希望背后的深层的现实忧虑？

“仰望星空”，才能明确自己的使命——做什么大事；而只有“嚼得菜根”，才能“做得大事”。有人说，真正的人才，不是能够评判是非、指出对错的人，因为几乎每一个人都能做到这一点，真正的人才是因为我的行动能够让事情变得越来越美好的人。行动，使思想走得更远；行动，使优秀者更优秀，平常者不平常。只有用功，才能成功；只有努力，才有能力；只有行动，才有感动。

一个只有“脚下”没有“天空”的人生是狭隘的，一个只有“天空”没有“脚下”的人生是虚幻的。怀着对 2007 的留恋，我们迈进 2008，我们置身在这个结束与开始交织的时候：一个学期即将结束，新的一年又刚刚开始。我们要在总结中展望，在反思中设计：应该如何做到既脚踏实地，又心怀天空。

美国诗人惠特曼在《草叶集》中写道：“我不能，别的任何人也不能代替你走过那条路：你必须自己去走。”2008，祝愿大家都能走出属于自己的精彩人生路！人的一生是漫长的一天，人的一天也是短暂的一生。每天都是小小的人生，希望附中人的每一天都能成为“做得大事”的每一步！

思维和审美：想做就可做，用心可做好

——在深圳思维研究所、深圳美育研究所成立仪式上的致词

2010.12.8

尊敬的各位专家、领导、老师们：

下午好。我非常荣幸地宣布：深圳思维研究所、深圳美育研究所于2010年12月8日在深圳中学正式成立了。

在我国基础教育阶段的学校里正式成立研究所大概还是首例。深圳中学为什么要成立研究所，而且一下子就成立两个研究所？

我们知道早在2500多年前孔子就讲过这样的话：教育要举一反三，触类旁通。那个时候的知识还是很有限的，他就感到一个人要穷尽所有的知识是不可能的。《老子》中也有一句名言：“授人以鱼，不如授之以渔，授人以鱼只救一时之急，授人以渔则可解医生之需。”现在是知识爆炸的时代，一个人即使想穷尽某一个学科的知识也是不可能的。

中国传统的教学基本上是以知识的传授为目的，这样的教学结果怎样呢？武汉大学老校长刘道玉先生在一篇文章披露，2009年，教育进展国际评估组织对全球21个国家进行的调查显示，中国孩子的计算能力排名世界第一，想象力却排名倒数第一，创造力排名倒数第五。从1840年中国被打开大门以后这170多年来，中国人追求真理，赶超西方，自强不息，可歌可泣，但是我们没有创立属于中国的或者是中国作出了主要贡献的学科，我们没有出现世界级的大思想家、大科学家、大教育家。我们先人发明了火药、指南针、造纸术、印刷术，但是，现在的科学，像量子理论、相对论、信息理论、集成电路、多媒体、电脑等等。哪个是中国人发明的呢？美国几个专业学会共同评出的影响人类20世纪生活的20项重大发明中，

没有一项是由中国人发明的。现在教育的结果是什么呢，孩子们的负担越来越重，创新能力反而越来越低，这是为什么？我们的学校和社会，物质条件有了极大的改善，但是孩子们对学习和人生反而越来越冷漠，这又是为什么呢？

原因当然是复杂而又沉重的，许多方面是教育爱莫能助的，但是从教育专业的视角考察，还是可以找到我们自身应该反思和改进的东西。

首要的一个原因是我们重视了知识的教学，但是把知识作为了教学的目的，忽视了知识背后的思维和思想。如果把某学科比作一棵树，知识是树叶，思维是树枝，思想就是树根。传统的教学给学生很多的树叶，但是不引导他探究连接树叶的枝条，支撑枝条的根系，学生离校的时候带走的是一袋袋树叶而不是一棵大树。我们的教育又好像在一桶糠里面找两粒米，非要把一桶糠翻个遍，才能找到这两粒米。我们的高中教育仍然还是带着学生在浅滩上机械地走来走去，没有进入到大海深处领略它的风采。知识的累加，并不能导致智能的提高，智能的核心是思维。

第二，是思想的缺位。思维背后的思想，是思维的前提和条件。长期以来，我们从基础教育到高等教育，思维、思想的培育是严重缺位的，许多人甚至从来没有意识到每一个学科都有自己独特的思维和思想。真正的深度学习应该是用这个学科的应有思想和思维与它对话，物理科组的“学科周”活动的主题——“像物理学家一样思考，做科学的发现者”——就是一个很好的例子。

更重要的原因是什么呢？孔子说过这样一句话：“知之者不如好之者，好之者不如乐之者。”以求知为快乐的人是高境界的，怎么样让人以求知为快乐呢，心理学研究中曾有这样经典的表述：如果你想造一艘船，先不要雇人去收集木头，也不要给他们分配任何任务，而是去激发他们对海洋的渴望。我们的教育里面，什么东西才是“对海洋的渴望”呢？那就是孩子们认为的快乐的、幸福的、美丽的东西，就是审美的东西。当一个孩子对学习、生活充满了审美的意识，具有了审美能力，他就会逐步建立起积极的价值观，形成健全的人格。

马克思曾有一个著名的论断：人是按照美的规律来建造的。教育，自然也是需要遵循“美的规律”的。教育内容美、教育手段美，教育活动美，教育产品美……教育，美不胜收，当然应该以美立教！

因此，我们是这样期待未来的“深中人”的：昂起的头颅是他的人生价值观，引领他的人生方向，审美、思维是他的支撑和特质，在价值的引领下，运用审美的意识和能力，科学地思维，这是我对未来深中学子的期待。

是否可以这样说，思维和审美是当今中学乃至大学教育最为缺乏的两个重要素质。大家都知道，钱学森之问问得全国人民都胸口发疼，总理也焦虑不已，整个国家都在呼唤创新拔尖人才的出现。但是，对于作为承担创新拔尖人才的培养重任的中小学，我们不一定需要讲教育部长的话，也不一定需要讲教育厅长、局长的话，我们要讲校长的话、讲老师的话。拔尖创新人才怎么样在一个学校落在实处呢？一架飞机光有发动机，没有双翼、没有滑轮是不能飞行的，思维、美育就是双翼，就是滑轮。

我国著名的数学教育家章建跃教授在一篇文章里说：“数学教师，一介平民，没有权力和平台去决策国家大事。但你是教学的主导，课堂的一切‘你说了算’，你的行为对学生有重大影响。因此，在基础知识教学中融入探究成分，讲逻辑推理之前先让学生进行归纳、类比、猜想等合情推理，把创新精神与实践能力的培养落实在课堂，这是想做就能做、用心可做好的。”

思维和审美，也是每一个教师“想做就能做，用心可做好”的啊。

这样两个研究所为什么要叫深圳研究所呢？我们希望深圳中学的思维研究所和美育研究所，能为整个深圳的中小学服务，而且还会联络全国，参与国际。这是一个开放的资源，是一个共享的资源。

这两个研究所怎么样来研究呢？大家听到“研究”，可能会觉得“研究”跟T台上模特的衣服一样，虽然漂亮，可是现实生活中又有多少人愿意穿它呢？现实中的“教研”确实也是这样，泡沫的教研，中看不中用的教研比比皆是。而我们的研究所，第一，应该是基于问题的中观研究，不是宏观研究，也不注重微观研究，要把问题转化成课题，把课题转化为任务。第二，不全盘西化，也不全盘土化，应该走到太平洋的中间，把东西方的精髓结合起来。美学、思维的研究，原来以西方为主，我们现在仍然要向他们学习，但必须站在中国的大地上研究这些问题，否则我们就会食洋不化。

老师们，一个新的任务就会培养一种新的能力，你要到达一个新的地方，就要离开现在脚下的土地。我们都很渴望提高教师的人生价值，渴望深圳中学担当使命超越自我，渴望中国的基础教育能沿着科学的道路向上走。如果我们认为这是有价值的、切中时弊的，那我们就应该走近它拥抱它，我们应该有所作为。

成立，不是说明成熟，而是体现成行。美国总统肯尼迪在谈到美国将实行登月计划时说："我们选择登月，并且做其他的事，不是因为它们容易，而是因为它们困难。"这两个课题在我国的研究基础非常薄弱，但是，正因为如此，才需要深中人挺身而出。非常欣慰的是我们年轻的老师表现出很高的热情，我们中老年教师甚至一些即将退休的教师也表现出令人尊重的积极参与。我们会用好这两个研究所，为深圳市的基础教育、为中国的基础教育作出应有的贡献。

追寻文学的意义

——在深圳中学翰林文学社《南溟》创刊时的讲话

2011.11.1

100多年前，法国艺术家罗丹说："我们这个时代是技师和工厂主的时代，而绝不是艺术家的时代。在现代生活中，追求的是功利。"他说："心灵、思想、美梦，再也没人提了。艺术是死了。"100年后的今天，不仅仅是"工厂主"的时代，更是金融家和资本的时代，对功用性的追求常常代替了人们对精神和情感的渴望，科学取得了重大的突破，文学却被边缘化，她从神坛上走了下来，不知该在何处落脚。

不少人以为没有文学——这个不能产生剩余价值的东西，人们也许一样可以过得不错。可是，科技的发展、物质的满足并没有给人类带来想象中的平和与从容、坚定与乐观，道德失范，灵魂迷失，苦痛与彷徨如影随形，正像印第安人的古老谚语所言："别走得太快，应该停下来等等灵魂。"精神力量的缺席必然导致人类在物质条件高速发展下的虚无感，在这个意义上，文学有着不可替代的普遍性的意义。当然，文学的意义究竟是什么，还要我们细细品味和不懈追寻。

鲁迅在接受了西方文学观念后曾经指出："由纯文学上言之，则以一切美术之本质，皆在使观听之人，为之兴感怡悦。"强调了包括文学在内的艺术形式的娱乐性。白居易曾以"小通则以诗相戒，小穷则以诗相勉，索居则以诗相慰，同处则以诗相娱"来描述自己和诗友之间的关系。文学作为一种特殊的审美活动，当然具有使人愉悦的功能，但这种愉悦不同于酒足饭饱、不同于简单的感官快乐，而是一种深沉的、通过审美得到的自由享受与情感体验。

但不得不说，"娱乐至死"的现代观念，快餐式的文化消费，眼球经济的流行，推崇表达的快感而忽视对现实真相的关注，将社会推向了浮躁、焦虑的状态之中，这不仅是文学迎来的最大挑战，也是人类对纯净灵魂的颠覆。

文学能促人内省，提供寻找灵魂方向的动力，有净化心灵的重要作用。文学是对人类生活的描写和评论，会引发对人的生存状态的关注和对人的本心的追问，这是宝贵的人类自我意识的觉醒，率直而勇敢。在意识层面之下的深层反问和探求“终极的精神存在”是文学给人带来的巨大财富。只有当有勇气有智慧去认识自己、认识世界的时候，我们才能找到自己，找到与世界的相处之道，带来内心力量的强大，获得长久而深沉的快乐。

文学还能给人以“生”的勇气，是人类智慧中最美的烛火，点亮人性的光辉。不管是苦难被描摹，还是欢乐被歌颂，透过文字，我们常常被最平凡又最伟大、最恢宏又最细腻的生命所震撼。不分种族，不分国界，文学的力量穿越时空，让我们发现人类生命的真正尊严，给人类的精神世界以持久的滋养。

2010年诺贝尔文学奖获得者马里奥·巴尔加斯·略萨认为文学对民族语言和文化的传承有特殊贡献：“在这方面，没有任何一种东西可以替代文学。通过微妙的、丰富的表现形式，文学能使语言的表现达到极致。”这种对文化的理解和认同，会比任何意义上的物质财富带来更深刻更持久的归属感和幸福感。

千百年来，多少宏伟的宫殿倒塌了，多少强大的王朝湮灭了，可中国传统文学的“微言大义”还在，“诗三百”还在，《离骚》还在，唐诗宋词的意韵还在，四大名著的形象还在。这些沉淀在国人的血脉中且成为集体无意识的符号，支撑着国人的情感和价值观念。这并不是一种偶然，而是历史的选择。

超越这一切，文学在人精神流离失所的地方，能发挥拯救人心的作用，将美好、善良、坚韧、宽容与生命的壮美和脆弱融为一体，让文字与灵魂支撑血肉之躯，让人性最为美好的特质真正熠熠生辉。所以，勇敢地去追寻文学的意义吧，在这条路上，你会结识很多美妙的形象，结识很多高贵的灵魂。当然你也会找到自己，发现自己，坚定执着，平和快乐。

一个普通老师可以走到的远方和高度

——在马小平老师追悼会上的发言

2012.1.18

2012年1月16日上午11点10分，深圳中学敬爱的马小平老师安静地、永远地离开了我们。一个无比热爱课堂的语文教师永远离开了讲台，一个奋力追求教育理想的教育者永远停下了脚步，一个执着探寻人生意义的人永远合上了双眼。

马小平老师56年的人生是追寻意义的一生，他的追寻是如此富有成效又多姿多彩。

创造是马老师追寻意义的第一种方式。

无论在湘潭、东莞，还是深圳，他都用自己的爱、激情和智慧把语文课堂创造成一个幸福的场所，让每一节语文课都成为幸福的聚会，能够成为马老师的学生进入这个幸福课堂的人是多么幸福。现在，斯人已去，课堂不再，但所有被那幸福的闪电照亮的灵魂都会将幸福与力量传递下去，并且汇聚成灿烂星河，永放光芒。

人文教育工作室和《中学生人文素养读本》是马老师的另一种创造，深莞两地成千上万名学生选修了这一课程，追寻生命意义的种子就在一堂堂的人文素养课和一篇篇的文章中缓缓地种在学生的心田。

体验是马老师追寻意义的第二种方式。

体验就在当下，就在日常的生活工作中，用审美的眼光重新审视生活、工作和人际关系，意义与价值就会浮现出来。

在马老师的课堂上，每一节课都有师生的生命在场，每一场讨论生命的意义都不会缺席，每一次的文本解读都熔铸了马老师深刻的人生体验。

他也用自己的真诚、热情体验着美好的人际关系。每一位与马老师有接触的人都会立刻感受到他的温度和影响力。

对教育和学生的爱是马老师的重要人生体验。从参加教育工作的那一天起，马老师就一直追求着教育的乌托邦，30年时间，信念和热情从未衰减。疾病不但没有消减反而让这种爱更加炽热，每当病情稍有好转，他都会对去探望的领导和同事热切地表达“我要上课”的愿望。他深深爱着他的学生，这种爱一定程度上来源于他内心深处的紧迫感。他曾经说：“要赶在灾难尚未毁灭人类之前，把能够应对这种灾难的一代新人给培养出来，这是一个很紧迫的问题。”

这所有的创造和体验合起来，已经是一个美好的世界，已经是一种诗意的生活，已经是一般人无法达到的人生高度。**然而还有更重要的，就是马老师追寻意义的第三种方式：态度。**

人生有欢愉，但更多的是痛苦甚至苦难。以一种怎样的态度面对人生，尤其是面对苦难，决定了一个人的人生境界。

马老师的高贵与谦逊、纯粹与宽容、与人为善与刚直不阿使得他有着极强的人格魅力，无论是学生、家长还是同事，都会被他强烈吸引，人们愿意围着这个双目炯炯、精力旺盛的人，听他传道、授业、解惑，与他讨论、争辩、聊天。

然而，在深圳中学的10年，命运却做了另一种安排。马老师刚刚给我们展示出他的魅力，就不得不面对一个无法改变的命运。我们是多么不愿意看到马老师以这样一种方式来完成他人生意义的追寻。然而，命运的安排就是这样。

他平静地面对苦难、承受苦难，在受苦的过程中发掘痛苦的意义。就在这个过程中，他完成了90多万字的《中学生人文素养读本》，他为成千上万学生开设人文修养选修课，他将无数好书好音乐好电影刻录成盘送给有需要的人，他整理了自己从教以来的论文、课堂实录、教育日志、教学随想等50多万字。

北大钱理群教授曾这样评价马老师：“努力地改变着自己的存在，改变着教育的存在，并在这样的改变过程中把握个人的存在意义，实现对意义的承担。这是一场静悄悄的变革，是对‘一个普通的中学教师能够走多远’永远的追问的回应。”

马老师就是这样，在独自承受命运的苦难中完成了生命意义的追寻，并用这种追寻和自己的生命告诉世界，一个普通的中学教师可以走到怎样的远方、可以达到怎样的高度。

马小平老师犹如一盏明灯，使我们对人生，对教育，对语文教学，对困难，对生死，有了更温暖也更澄明、更深刻也更直接的理解。

马小平老师虽然离开了，但他的人生境界、他的品质和精神却永存世间，但愿我们都能够接近他的人生境界，拥有他的品质与精神，这样，中国的教育和未来就非常光明了。

从这个意义上看，我们可亲可敬的马小平老师，他，没有离开；他，还在讲台；他，还在追寻……

顾君春秋旅程，湘潭东莞深圳；问汝平生功业，语文人文生活！

《诗》曰："高山仰止，景行行止。"虽不能尔，至心尚之。

呜呼哀哉！呜呼哀哉！马小平老师，永垂不朽！

往事如花怒放

——在《深中教育故事》发行仪式上的讲话

2012.6.28

我来深圳中学的时间并不长，但是深中自由、宽容、灵动的校风，给我留下了深刻的印象。如何使这所拥有60余年历史的学校老树常青，更加枝繁叶茂——这是摆在我面前的需要不断探索、研究、实践的一项工作。

记得初到深中时，从校内到校外都在追问：您将以何种方式来领导这所学校？我的回答是：继承该继承的，改变该改变的，实现该实现的。但继承什么，改变什么？实现什么？狭隘的为应试而抹杀学生个性成长的“功利的教育”，与表面热闹却内涵空泛把学校变成游乐场的“浪漫的教育”，两者皆在我反对之列。我反复强调，深中要“执两用中”，走第三条道路。

两年多来，我谨慎地在深中进行了一系列的调整与变革。客观地说，这些变动是节制的、有序的、渐进式的。对于这些变动，有赞有弹。但一个校长，尤其是深圳中学的校长，面对的不仅仅是深中5000名师生，更要对深圳这座先锋城市乃至中国的基础教育负有不可推卸的责任——所谓“天之历数在尔躬”，故不能不“战战兢兢，如履薄冰”。有人说我是“保守”的，在深中搞倒退，但依我看，我恐怕不得不“保守”。因为改革必定要付出代价，激烈的变革可能会付出巨大的代价，甚至颠覆改革本身。改革是有成本的，但把改革的成本层层转嫁给普通师生，我觉得这是对历史的不负责任，是对教育者良知的背叛。所以，步子迈得小一点，大胆假设，小心求证，我相信会让深中走得更平稳。

万物皆在变动中，唯一不变的就是永恒的变化本身。有人留恋旧，就有人向往新，而深中必须一路前行。

在思考深中如何前行的道路上，我常常回到过去，尝试着深入了解这所学校的历史。不但是近十年八年，更想上溯这所学校自创建以来走过的全部历程。正如我们不能只站在镇江、站在扬州、站在上海的崇明岛，便指着脚下的流水，说这一段是长江一样。我们要充分理解一件事物，就必须把目光放得更长远，一直返回到金沙江返回到沱沱河返回到唐古拉山。

英国大哲培根有云："读史令人明智。"面对一叠叠一堆堆的档案、资料、数据，我固然有所收获，但时时恍然若失。面对校史上的种种沧桑、种种成绩，我不禁想问一句：那些可爱可敬的前辈，你们在哪里呢？

我想象他们当年如何意气风发地开创这所学校，
如何把黄金般的青春与热血献给了学生，
如何用充满生机与魅力的课堂令学生们倾倒陶醉，
如何带领学生们辛勤劳作挥洒汗水，
如何在风雨如晦的时候黯然神伤，如何在拨云见日之际神采飞扬，
如何把微笑挂在嘴角、把泪水埋在心上，
如何从五湖四海赶赴深圳，如何从六合八荒回到家乡？
如何承受由衷的喜悦、快乐、满足、幸福，如何度过委屈、误解、不公、悲伤？
"雍睦堂"的牌匾是怎样的三个字？晒布岭的凤凰花开得怎么样？
笔架山的花生与甘蔗长势如何？横岗与龙岗的校舍是什么模样？
地理园的山川河流、天文台的日月星辰、烹调教室的锅碗瓢盆、无土栽培室的瓜果飘香、气象站的风云变幻、航模队的所向披靡、辩论队的舌战群儒、文学社的激扬文字、奥赛组的玄思冥想、合唱团的天籁之音……

这所学校一路走来，真是风景无限！晴朗时，如"日光下照集灵台，红树花迎晓露开"；阴晦时，亦如"春阴垂野草青青，时有幽花一树明"；喜悦时如"云淡风轻近午天，傍花随柳过前川"，忧伤时亦如"撩乱边愁听不尽，高高秋月照长城"。我不禁想追问：人去哪里了？

深中之为深中，非一日之功，乃是60多年来历代教师学子辛勤耕耘的结果，尤其是作为学校之根本的教师，一点一滴的努力，如珊瑚之于珊瑚礁，以生命、青春、热血凝结成深中今日之美丽。当我们看到海底世界随青碧海水摆动的红珊瑚时，请别忘了在他们之下坚如磐石的珊瑚礁。

这亦是《深中教育故事》的缘起。如果我们不知自己从哪里来，我们一路上经历了些什么，便会在去未来的道路上迷失。

中国古来编撰历史，无非两种体例：纪传体与编年体。《二十四史》皆是纪传体，强烈贯穿着中国文化的基本精神，那就是对人的尊重。创造历史的，是一个个活生生的人，不是什么抽象神秘的规律与理念；是一个个有棱有角的人，以自己的言语与行动谱写着历史。故而，一直有所谓“太上三不朽——立德、立功、立言”之说。

数十位从20后到80后的深中教师，虽只是曾在深中服务过的上千位教师的一小部分。但透过他们的经历，我们可以看到一个个有棱有角、才华横溢的深中人如何追踪“三不朽”的轨迹，亦可以依稀目睹深中的发展，感受深圳教育的变迁，甚至洞察中国教育的某种发展趋势。

《深中教育故事》的编撰，也反映了在一个日渐开放民主的时代，对普通人的尊重。

孔子削《春秋》，善善恶恶；司马迁著《史记》，通天人之际；《二十四史》《资治通鉴》之类，记的全是英雄伟人帝王将相的悲欢离合。那么，普通人是否就不值得被记在历史上了吗？我想并非如此，大人物影响的固然是中国乃至世界潮流的走向，但小人物的一举一动所作所为，未必不能关涉历史，成为历史之为历史的某一项因素。例如，不少人上班的头一件事是打开电脑，然后登陆QQ。大家都知道“QQ教父”马化腾，但可能没有注意到或者不了解的是，腾讯公司从一开始到至今的几位主要领导者都是深圳中学1989届的毕业生。为什么偏偏是他们？如果你读了《高德铨老师的故事》（高德铨是马化腾、张志东、许晨晔、陈一丹曾经的班主任、数学老师）的话，我相信你能找到一部分答案。

盛世修史。从现在国家各类大经大典，如《儒藏》《清史》等的编纂，文化界各类或公或私的回忆录、纪实文学的风行，到百姓人家重修家谱与祠堂，这背后所彰显的便是国人在努力恢复有关民族与家族的记忆，接续着千年百年的文化与血脉之传承。国家繁荣，人民衣食丰足之余，追求更高的精神生活，对自我的认知与权利亦在普遍的觉醒中。“以人为本”不光是一句政府号召的口号，更是大势所趋、民心所向。民主的时代，普通人当然有守护自己记忆与历史的权利，也应该同样受到历史的尊重。

《深中教育故事》的编撰，还体现了对深中教师工作的一种高度肯定。

许多教师，为教育事业奉献了一生，曾经在生命的盛年为一个学校留下很多辉煌的记录，培养了一批又一批优秀的人才。可是有一天，他们老了，退休了，年富力强时的飞扬传说，随着熟悉认识的人相继退休去世而杳然，许多本应传承下去的活动与事迹，许多本该被记住的光荣与美好，便在岁月的无情递嬗中渐渐湮没。

这一次《深中教育故事》的编撰，便是要来打捞与守护属于深中自己的记忆。我相信深中的师生与校友，以及社会上关心深中的人们，都将从这本书里，看到深中的“人”——那一代一代在深中劳作的人们，在他们的背后，究竟有哪些酸甜苦辣咸的过往。

《深中教育故事》想做的事，便是要告诉老师们——作为教师的一生，是有意义的。即使岁月摧残了容颜，死神收割了生命，我们在大地上所做的事情，还会在世界的某一个角落闪闪发光。

这是一曲曲有关深中人的颂歌。

这是一篇篇有关深中耕耘者的生命记录。

这是一页页具体而细微的中国人的奋斗历史。

优秀是怎样炼成的

——在 2013 届北大“中学校长实名推荐制”、清华“新百年领军计划”公开答辩会上的演讲

2012.11.15

尊敬的来宾、老师、同学们：

大家下午好！

每年的 11 月中旬，深圳中学都要向全校师生和社会开放一门“社会课程”——北大、清华中学校长实名推荐公开答辩会。2013 届的开放恰好在月中，也恰好是世界两个大国的新的领导人相继揭晓的时间，是巧合，也是寓意深刻啊。我们跟着选出我们的英雄，谁能说这个舞台上的英雄将来不会成为更大舞台上的英雄呢？

关于深圳中学推选两所大学的标准、程序、答辩的价值、具体论题等方面，我们在过去的两年已经做了详细的说明，在此不再赘述，有兴趣的可以到深中官网上查询。

我们对“优质教育”的理解是基于教育规律与国际比较中的成功实践，我们对“深中优秀学生”的理解是基于深中学生特质与学校的办学定位，这种“理解”是理念上坚定执着、结构上相对稳定、内容上不断完善的。

深圳中学 2012 届考取北大清华两所高校的人数为 41 人，其中保送北大清华的人数为 21 人，占广东全省 43%。2013 届已经获得清华、北大预录取的学生有 13 人，还有国际课程体系以及其他课程体系申请境外大学的约 140 人。今天我们要从参加北大清华中学校长实名推荐公开答辩的 12 名同学中，选出推荐北大的 4 名同学和推荐清华的 2 名同学。

那么，我们参加这样一门课程的意义何在呢？

如果只想知道结果，那么这没有悬念。

如果是想知道他们12人中的哪几位最终能获得我的推荐，那我要告诉你，这其实是个没有悬念的问题，因为如果只关注升学结果的话，这12名同学论实力，不出意外的话都可以考上清华北大。

如果认为这与多数人无关，那么我要说：这与每一个人都有关，因为每一个人都应该有自己的“北大”“清华”。

此事与多数人都无关吗？我的答案，不是，这不是少数人的游戏。去年北大清华实名推荐活动课程结束后，我和高一、高二的学生有机会聊到在活动中的感受。有同学说，很羡慕那些登台展示的同学，渴望来年自己能有这样的机会；也有同学说，活动时，心里不断涌现一个字——“悔”，悔没有平衡好学业与活动，导致学分积点离推荐标准差太远；还有同学跟我说，别人太优秀了，自己没有可能成为那样的人。

但是他们中有人，今天将会站在这个舞台上。

精英和尖子生注定是少数。但是即使你只能进入一般重点大学，或者只是普通大学，甚至你可能进入不了大学，也有你的“清华北大”——那就是你的梦想，你对现实的超越，你将生命的可能通过奋斗变成了现实，你通过对社会的贡献而享受到尊严和幸福！

优秀的评判标准不是你成就大小，而是你是否尽你所能地实现你的天赋（潜能）。每一个人，都有自己的“清华北大”！

所以我说，今天没有旁观者，更没有看客！

我们参与这门课程的主要价值体现在几个方面。

第一，观察他们成长的过程。

我想，我们关注的应该还是过程，今天站在台上的12位优秀的同学是一面镜子，让到场的各种身份的人，都从中看见自己想看见，应该看见的。

同学们，可以从他们的展示、答辩、讨论中欣赏他们的奋斗、精彩与快乐，在欣赏中探究他们的成长过程，在探究中提炼他们的深中生活智慧，在提炼中完善自己深中成长的设计。

老师们，可以在学生的展示中进一步思考怎样的教育才是“增值的教育”，怎样的教育才能使“优秀者更优秀，平常者不平常”。怎样才能将学生的可能性变为现实性，成就青春生命的丰富性。

家长们，可以通过对优秀学生的观察，反思总结自己的教育实践。伟大的人才，常常来自于伟大的家庭与伟大的教育，从蹒跚学步，到英气勃发，良好的家庭教育是怎样为优秀的孩子奠基的，家庭教育呈现一种怎样的生态，怎样形成良性循环，家庭成员又是怎样乐在其中的。

而从社会的角度看今天的课程，会让人发现，尽管优秀学生的成长有些机缘巧合，一个人成为今天的他，也许有一定的偶然性，但是从整个社会来看，一定有其必然性。社会观察的作用，就在于创造更加适合青少年充分发展的生态环境，让更多的学生和家庭受到启示、改变行为，充分发展。

第二，观察他们成长过程中"目标"的作用

我强调今天没有看客，是想借这个活动课程，还原和解读深中学生的成长过程。我要告诉大家一组数据，升学志愿调查显示，每一届接近三分之一的学生也就是 300 人左右，在踏进深中大门时，是期待并相信自己能考上北大清华的。

当然不会 300 人都考上，考上的只能是少数。我关心的不是这个数字，而是，什么样的学生能考上，为什么是他们考上了。环顾四周，常常发现那些起点不高但是学有所成、人生精彩的同伴好友。那么，优秀的人会有哪些共同的特质呢?

和往年一样，这 12 位同学的表现，肯定是精彩纷呈、绚烂耀眼的，甚至会"乱花渐欲迷人眼"。越是这样，就需要我们在座的同学认真上好今天这堂课，通过观察、比较、分析，找出他们超越常人的地方、与自己有差异的地方，甚至是可能是"最后一米"的地方。

在此，我想提出一个观察的维度，供大家参考：他们是怎样用目标领导自己的?

领导力，是世界精英普遍关注的首要才能，但它首先体现在领导自己的才能。

有人说这是一个物质主义的时代，也有人说这是一个热情燃烧的时代；有人说这是一个欲望都市，也有人说这是一个先锋城市；有人因为享乐而失去梦想，有人因为创造而将梦想照亮人生。实际上每一个人都可以也应该自己的"梦"，梦想的力量也就是理想的力量、志向的力量、抱负的力量、实现自我价值的力量，这个力量是每个人都具有又是每个人都可能会抛弃的。

现实中许多人的梦想常常只是在"梦中"。而优秀的人，一定是用梦想编织生活的艺术家：梦想—目标—任务—成就。

对老师和家长来说，教育的本质就是帮助学生发现自己的潜能、实现自己的潜能。好的老师与好的家长，就是引导孩子发现自己的可能性，并且陪伴他去创造自己的未来。

我们可以从10个方面来观察优秀的学生是怎样用目标领导自己的。

1. 将目标转化为任务。目标具体化，并且将这些目标转化为每阶段具体的任务，落实到每天的生活中。一个新的任务，培养一种新的能力。

2. 要事优先。愿意并且善于将生活中的事件分类分级，并且总是优先完成重要的事情。

3. 完成任务的习惯。每一次都把该做的事做好。

4. 关键时刻选择正确。选择了怎样的行为，也就选择了怎样的结果，关键时刻的选择往往决定人生的成败。

5. 坚守底线。用原则警醒自己，明晰底线与边界，不该做的不能做的事坚决不做。

6. 保持自我同一性。始终如一，方向一致，决不轻言放弃。

7. 深度探究。将广泛的兴趣聚焦为志趣，将好学品质贯穿终生，能表达有力的观点。

8. 面对挑战运用加式思维。"加式思维"表现为凡事都从积极、乐观、勇敢、希望的角度思考，"减式思维"则表现为凡事都从消极、悲观、恐惧、绝望的角度去思考。2013届高三的一位同学说，他在内心感到迷茫和疲倦的时候总会听一首歌，歌名是"最初的梦想"，其中有句歌词是这样的："梦想在前方，我们怎能轻言放弃，又怎能将时间浪费在抑郁、迷茫……"

9. 发展自己的优势，创造自己的巅峰体验。从为自己的目标而奋斗的历程中获取快乐与幸福，积累成功，培养自信，创造自己的幸福。

10. 审美趋向。自觉用审美的思维方式观照日常生活，具有在平淡与困厄之中发现美、感受美、鉴赏美、创造美的能力。这是幸福生活、终极关怀的核心策略。

今天我们的"观察"——我没有说是"参会"——是我们运用专业思

维与工具来客观了解与分析，这只是一个开始，因为时间有限，我们所阅读的只是一本书的内容提要，而且，在舞台上他们也许会或多或少下意识产生表演的冲动。总之，我们所能看到的只是冰山一角。但只要记住一点就可以了，就是目标对一个人很重要，不管你的人生理想是社会流行意义上的成功，还是你只是想成为你所想成为的那个人，前提都是你清醒地意识到你需要什么，而不仅仅是不需要什么。

课程结束之后，我们需要静下心来，慢慢阅读与反思，而且，不仅仅是阅读这12位同学，还可以阅读更多深中学子的成长史，更应该阅读人类历史长河中那些应该关注的人们。

所以，今天我们实际上是共同开始了一个教育课题的研究——**“怎样实现人的增值”，也就是怎样让优秀者更优秀、平常者不平常。**

让今天——2012年11月15日，成为我们所有人新的起点，燃起我们每个人自己心中的“北大清华”之火，焕发我们丰富的生命力，让我们在深中展开一段目标之旅，以梦为马，成为最好的自己吧！

附件一：

深圳中学2013届北大清华中学校长实名推荐公开答辩王占宝校长面试题

2012.11.15 星期四　深中体育馆

1. 如果20年后你将获得诺贝尔奖，你最希望自己因为什么成就、获得何种诺贝尔奖？请以诺贝尔奖颁奖机构的语气，给自己写一段颁奖词，说明你获奖的原因。

2. 今年中秋、国庆长假，交通部门为了“改善民生”，实行高速公路免费通行，一定程度上造成全国多地高速路大拥堵。清华大学经济管理学院教授李稻葵批评称，长假高速免费是“世界上最愚蠢的政策”。请从社会治理的角度谈谈你的看法。

3. 你的同学到贫困地区的一所小学支教后募捐了一笔钱，这笔钱可以给这所小学购买2件科技产品作为礼物。这所学校原先没有电脑，所以已经确定其中一件礼物是一台电脑，另一件礼物还未确定。你会选择赠送打印机、投影仪，还是再送一台电脑？为什么？

4. 如果孔子生活在我们的时代，并周游列国，请想象一下孔子在奥巴马连任后去白宫拜访他，孔子会对他说些什么？

5.《江南 Style》世界大热，全球乐此不疲，而中国内地电视综艺节目《中国好声音》《谢天谢地你来啦》《中国梦想秀》《年代秀》却等被网民认为是“疯狂拷贝”模式，甚至发出了“中国文化失去了原创力”的愤激之语。你怎样看待这个现象？

6. 山寨电子新产品受到大众消费者欢迎，你对山寨产品的看法是什么？

7. 莫言先生获得 2012 年诺贝尔文学奖，引发世界读者对中国文学的兴趣。假如你有资格向 2013 届诺贝尔文学奖评委会推荐一位中国作家，你将推荐哪位，推荐的理由是什么？

8. 再过一个多月就是人们传说的“世界末日”。假设末日真的来临，给你一个机会，到另一个星球去创建一个新的文明，但是你能从地球带走的精神财富，除了现有的记忆之外，只有三本书。你会选择哪三本书来作为一个新文明的基础？为什么？

9. 十八大新闻中心举行的第四场记者招待会上，《中国少年报》小学生记者提问教育部卫生部：怎样吃到放心零食？假如你在现场，你将会提出什么问题？为什么提这个问题？

10. 如果你有一个机会，回到中国古代的某一朝代“留学”，在那一时代学习 4 年后再回到现代。你想前往哪个朝代，向谁学习，学习些什么？

11.2012 年夏季伦敦奥运会上，中国队金牌选手不知母亲已患癌 8 年，银牌得主向国家痛哭致歉……中国奖牌榜背后的辛酸故事引发了网民对金牌意义的激辩。生活中“金牌至上”的现象也比比皆是，你怎样看待这样的现象。

12. 香港面积有 1100 平方公里，但是只开发了 24% 的土地面积；深圳全市土地总面积为 1953 平方公里，已开发 50% 左右的土地面积，开发 30 年后还方兴未艾，对此你有何评论？

附件二：

深圳中学征集北京大学、清华大学校长实名推荐面试题目的启事

深圳中学　2012.11.9

尊敬的各位同事、同学、家长、校友以及海内外关注深中的朋友们：

深圳中学是深圳市唯一一所每年都获得北京大学“中学校长实名制推荐”和清华大学“新百年领军计划”推荐资格的学校，今年更是获得了北京大学4名、清华大学2名的推荐名额。

为国举贤，首重正义。为了保证该项活动的“公开、公正、公平”，需要借助一切可资借助的教育智慧，群策群力。如此方能既选拔出符合名校需要的学子，又能不拘常格，让真正的英才脱颖而出，从而尝试突破应试教育多年沉淀的僵化规范，探索当下中国基础教育发展面临的困境与瓶颈的突破方法。这样的一项活动，意义深远，不仅仅是一场普通的选拔。

故此，深圳中学衷心期待四海之内五洲大地的一切友朋，不吝赐教——你们认为在这样的面试中，应该提出什么样的问题，才能考量出被推荐者的各项品质与素养？请将您的想法发给我们。11月15日公开答辩大会上使用的题目将从大家提供的问题中选出，并宣布问题提供者。其他优秀的而暂时未被采纳的问题，会收集到我们的题库中。

衷心期待广大师生校友朋友能热情参与，与大家一起分享您的思考与智慧！

征集时间：即日起到2012年11月13日

接收邮箱：qbtj2012@yahoo.cn（请在邮件中注明姓名、身份）

深圳中学学术委员会

2012年11月9日

附件三：

深圳中学"北京大学校长实名推荐"及"清华大学新百年领军计划"公开答辩大会面试题目

（候选人随机选号回答）

1. 如果外星人突然来到你身边，你如何与其相处？

（命题人：深圳市石岩公学吴老师）

2. 描述你所处的世界（如家庭、学校等，没有限制），谈谈这个世界对你的梦想及追求的影响。

（命题人：高三 21 班周运）

3. 有人说：有缺憾点缀的人生才最美好。你支持这个观点吗？

（命题人 : 深圳中学教师 刘艳平）

4. 作为学生，我们已接受了十几年的教育。在你看来，教育最重要的意义是什么？

（命题人：高三 12 班湛啸天）

5. 你主要根据什么来选择自己未来要学习的专业？兴趣、自身能力、发展前景、热门行业？请试说明之。

（命题人：中国科学院深圳先进技术研究院研究员黄惠）

6. 假设全世界所有国家和地区都成了美国的不同的州，世界会怎样？

（命题人：深圳中学教师周飞）

7. 阿里巴巴集团主席马云最近抛出惊人之语："假如企业家要去听经济学家的话，这些企业家一半已经死掉了。"对于这种观点，著名经济学家张维迎在访谈时回应："一个企业家如果因为听经济学家的话死掉了，那说明他还不是一个真正的企业家。"你怎样看待马云与张维迎两位先生的观点？对经济理论与经济实践，你有什么高见？

（命题人：深圳中学教师洪建明）

8. 近来，上海一家公司建立了"道德银行"，职工每做一件好事，都可以获得相应的积分，存入公司为员工所开的"道德银行"账户中，当积分累积到一定数量，还能兑换相应的奖品。据了解，已有 300 多名员工获得了"积分"。公司有关领导表示，希望以此有效激发职工的个人荣誉感，截至目前没有发现一起弄虚作假事件。你认为建立“道德银行”这种做法值得推广吗？

（命题人：深圳中学教师刘艳平）

9. 现在有的大学生工资还不如民工的高，对于这一社会现象你有何看法？

（命题人：深圳中学学生家长章琪）

10. 请问：你将如何领导团队中你不喜欢的人？

（命题人：深圳中学学生家长达岩）

11. 2010 年，第一个化学合成的人造生命诞生。人类越来越接近由自己的意志改造甚至创造生命，以及改造自身遗传信息的能力。请展望这种技术带来的机遇与风险。

（命题人：华大基因张秀清老师）

12. 日前，教育部发布《关于进一步加强学校体育工作的若干意见》，提出要积极探索在高中学业水平考试中增加体育科目的做法，并通过高考综合评价体系建设对高考产生影响。对此你是怎样理解的？

（命题人：深圳中学教师郑路平）

13. 有人认为北京大学和清华大学的校长实名推荐会加大区域和校际之间的不公平。作为一个报名参选的同学，你对此有什么看法？

（命题人：深圳中学教师郭本龙）

14. 你认为过去十年影响人类社会最大的科学发现是什么？请给出理由。

（命题人：南方科技大学唐斌副教授）

深中深中，青春最勇

——在深圳中学2013届成人仪式上的演讲

2013.3.10

亲爱的公民们，尊敬的老师、家长们：

下午好！

各位同学参加过许多集会，但今天是第一次以公民的身份参加；也参加过多次升国旗仪式，但是今天是以中华人民共和国公民身份升国旗唱国歌。人的一生以法定的成人时间划线只有两段——成人以前和成人以后，今天我们已经进入了人生的第二阶段。

学校希望在成人礼上送给你们一件珍贵的礼物，但是一直难以确定。

我今年52岁，已经过了“知天命”的年龄，我试图从自己作为一名学生、一名老师、一名校长的经历中去寻求人生珍贵的智慧。我的孩子研究生毕业已经就业了，我也试图从他的人生经历中去寻找对他影响最重要的因素。但是一直比较朦胧。

昨天，高考英语听说考试最后一场，我担心等待一天的同学们会有些疲倦，就去看看候考的同学。在走廊遇到一位同学，我对他说：“最后一场，神清气爽。”他立马一振，微笑着说：“校长好，那是必须的。”那自信、责任、幽默、大气，顿时让我感到这就是深中学子应该具备的，但是好像我的概括还没有揭示出真正的内核。

这种感觉，在今天的誓词中我又一次体验到。深中2013届的誓词，深厚而激越，甚至可以欣赏到诗意和美景。

这种感觉，我在USAYPT年度冠军深中代表队身上已经体会到。弄斧到班门，挑战自我，而又虚怀若谷，从善如流。

这种感觉，我在近些年来那些志存高远、大有作为的同学身上常常体验到；在那些自强不息、不断超越自己的同学身上有着更强烈的感受。

这种感觉，我在深中校友身上也能读到。2012 年底习近平总书记来到深圳，他视察了几个有代表性的地方。他去的渔民村，村里的老书记是深中 1965 届吴锦珠校友；他去的腾讯公司，公司的创始人是深中 1989 届的马化腾校友；他去的光启研究院，院长是深中 2002 届刘若鹏校友。代表深圳的三个地方的领导者都是深中的校友，这应该不是偶然的。

这种感觉究竟是什么呢?

今天上午我再读威尔·杜兰特的《世界上最伟大的思想》后豁然开朗了。威尔·杜兰特，美国作家、著名的历史学家，美国普利策奖 (1968) 和自由勋章 (1977) 获得者，其著作《人类文明史》是历经 50 的结晶，世界畅销书。 他在《世界上最伟大的思想》这本书中列举出了人类历史上的 12 个重要时刻:

1. 公元前 4241 年——埃及日历开始使用;
2. 公元前 543 年——释迦牟尼之死;
3. 公元前 479 年——孔子之死;
4. 公元前 399 年——苏格拉底之死;
5. 公元前 44 年——凯撒之死;
6. 公元前? 年——基督诞生;
7. 公元 632 年——穆罕默德之死;
8.1294 年——罗杰·培根之死;
9.1454 年——约翰内斯·谷登堡出版了首批刊印文件。这标志着印刷时代的到来;
10.1492 年——哥伦布发现美洲;
11.1769 年——詹姆斯·瓦特使蒸汽机应用于实践;
12.1789 年——法国大革命。

他的结论是：创造人类历史重大进步的是那些人类的英雄，创造人生精彩的首要的是勇气。因此他的哲学信条是“毫无顾忌的英雄崇拜”。

我终于找到“这种感觉”了：这些人共同的、首要的、核心的特质

是——勇气!

勇气，并非是面对外在威胁时的应激，而是将自我与可能性联系起来的方式和渠道。它是一种内在的素质，是一种难得的美德。勇气的对立面并非怯懦，而是缺乏勇气。

勇敢思考，所以能发现自己的可能性；勇敢行动，所以能实现自己的可能性；勇敢地超越，所以能不断提升自己的贡献率。

因此，塞万提斯曾说："失去财产的人损失很大，失去朋友的人损失更大，失去勇气的人则损失了一切。"

就如当下的中国，大家都知道发展到现在，不改革不行，迟改革也不行，没有真正进步价值的改革更不行，但是也知道现在改革很难。不改革就会革命，所以需要有改革的勇气和智慧，但是首先需要的是改革的道德勇气，没有这样的勇气，就产生不了智慧，产生了也发现不了，发现了也使用不了。

一个高中生，只要你愿意，只要你有勇气，你就能发现自己人生的可能性，就可以创造出你自己期待的人生。

从"勇气"——这个对人生和人类产生首要的、根本的影响的要素来看，高考前后，是专注而激烈地发现自己的可能性、无畏坚韧地奋斗而一步步实现自己的可能性、激情而又冷静地超越自己进而产生新的可能性的过程。高三，是发现勇气、检验勇气、提高勇气的一段特别的人生经历。

高三的表现，就是勇气的体现!

如果，在人生的高三阶段你都没有拿出应有的勇气，你还能做什么呢!

一把伞，只有打开了才有真正的意义。

勇气是在生活中培养起来的，体现在生活的细节中。每一次上课、作业、考试、休息、调节、锻炼都可以更勇敢一些——比以前做得更好一些，离目标更近一些。

你可以把你的目标设定更高一些——你的可能性实际上比你以前预设的要大得多。

你可以做得更到位一些——该做的就要做到最好。

你可以不再等待了——用行动和效果来证明。

踏步等于停步，你可以比以前更勇敢一些！

成人礼只不过是一个提醒，告诉你，你已经是一个成人了，你要有勇气去发现自己，实现自己，担当责任。从今天起，你可以画一条线，从2013年3月10日开始，一步一步往前走，步步都有勇气伴，果如是，人生从此不同！

但是，永远也无法叫醒一个装睡的人，除非他自己愿意醒来。叫醒你的不是闹钟，而是你的勇气和梦想。

学生是老师的一面镜子，学生在哪里，老师应该先在那里。老师首先需要有发现自己、实现自己、超越自己、创造出“我的2013”的勇气。

老师们，您站在哪儿？

学生也是家长的一面镜子，学生在哪里，家长也应该先在那里。能否勇敢地发现自己的可能性，勇敢地实现自己的可能性，比以前做得更好？能否把勇气、信任、宽容、合力、亲情传导给孩子？

家长们，您站在哪儿？

成人之礼，赠君勇气。

人生可能，因勇而成。

心中的山峰

——在深圳科学高中高一散学礼暨高二升级礼上的演讲

2013.7.11

老师们、同学们：

大家好！

作为一名创校校长，自从2012年3月1日接受任命的那天起，我就充满了敬畏与惶恐。当我们的老师和同学们满怀信任、充满希望地选择了这所当时还是一所工地的学校时，“拿什么奉献给你？”就常常叩问着我的心灵，我一直带着这个问号，在忐忑与焦虑中思考、力行、观察、欣赏……

今天是我第一次参加一所中学高中升级礼课程，欣赏到全体高一同学一年来精彩、专业、美丽的经历，我的眼泪不能自已。

你们的校园生活，我个人认为可以对如下概念重新定义：学生、高中学生、青春、学习、同学、班级、老师、学校、教育。学校将两个学期所有学生参与过的活动记录下来，装订成册。我希望让每一个家长、学生、老师打开这个画册时都能感受到教育是如此生动、如此精彩、如此美丽，让我们回忆高中生活时，能够感受到科高与其他学校不一样的地方：不一样的生活，不一样的课程，不一样的学习，不一样的同学，不一样的老师，不一样的学校……我认为真正的教育就是能帮助每一个学生发现并实现独特的精彩。这一年来我们一直在帮助学生发现、帮助同学们实现他自己的精彩，自己的可能性。所以首先我要代表所有的老师，祝贺同学们度过了一个精彩美丽的高一。

学期初我们实施了“自我领导”课程，第一课是“种下一棵理想树”，在这个课程里我们探讨了两个问题。

第一个问题是：我是谁。“我是谁？”要发现自己，对自己做一个客观评价：我是一个什么样的人，我的梦想和优势是什么？

第二个问题是：我要到哪里去。我们每一个人要在自己心中种下一棵理想树，必须知道自己要到哪里去，我的目标是什么？不知道自己的目标，任何奋斗和努力都是空洞的。

今天的升级礼也是“自我领导”课程的一部分，我们也要探讨两个问题。

第一个问题，我在哪里。你各个方面都已经达到了高一年级结业的要求了吗？你的品德、身体、心理，学科学习、人际沟通、社会适应等等达到高一结业的水平了吗？你还有哪些距离，哪些方面已经超越了高一的要求，已经达到了高二甚至更高的要求？决定一个木桶容量的不是那块最长的木板而是那块最短的木板，这就是木桶理论。同学们，你发现了那块阻碍你实现梦想的最短的木板了吗？

第二个问题是，你“现在”要做什么。面临即将到来的暑假与高二，你要做什么？做过设计和思考吗，有具体的蓝图吗，如果没有，你虽然要升入高二，却仍然相当于在高一漫无目的地徘徊徜徉。

小结一下，“种下一棵理想树”的课程里，我们讨论了两个问题，我是谁？我要到哪里去？今天在升级礼课程里，我们也要讨论两个问题，我在哪里，我现在做什么？

我想在今天的升级礼课程里表达三个观点。

第一个观点，没有正确的判断，就没有正确的行为。

正确的判断是我们行为的源头，没有正确的判断，你越是努力，却可能越偏离目标。比如说人生的意义是什么？高中的目标是什么？什么样的生活才是高中的生活，同学关系怎样相处，应该怎样对待老师？怎样对待父母？怎样对待梦想？必须给自己一个原点的正确判断，你要去广州却不知道广州的方向，你越是奔跑，就越是远离广州。

第二个观点是：没有具体的目标，就没有专注的行为。

有的同学打球，激战正酣时能很快停止，回去冲凉后立刻到教室去学习。也许你会奇怪，他是怎么做到的？原因在于他有自己具体的目标，明白自己接下来要做的事、需要的运动量。有的同学整天忙忙碌碌，却难见专业的贡献。

今天我欣赏了科高十佳歌手的精彩表演。作为一个对音乐知之甚少的人，我对他们充满了敬意。金奖得主曾阳子还没有登场时已经进入音乐的境界，他的手势眼神，表示他已经进入了专业的准备，而很多同学站在舞台上并没进入专业的舞台。曾阳子同学让人感受到了“此时无声胜有声，未成曲调先有情”的境界，他没有开口，我们却已经“看”到了神圣的音乐。这就是一种具体的目标，一个专注的人与一个浮躁的人的区别。

有的同学说我想要充实地度过一个暑假，这并不是目标和任务，而是一种感觉，感觉是很难产生专注的。假如你告诉我，这个暑假分成三段以及每段将要完成的工作，这就是任务和目标。所以，没有具体的任务就没有专注的行为。

一棵成长的大树就是专注最好的代表。阳光雨露，风霜雷电，甚至是随意倾倒的垃圾，都能被它转化成生长的材料。它只有一个目标，就是生长、亲吻蓝天。这就是树的专注，树的智慧。如果你感到飘忽茫然，就观察一棵树吧，不管是阳光，还是大雨，它唯一做的就是专注于自己的成长，专注于与天空的对话。这就是具体的任务，专注的目标。

第三个观点是：没有过程的到位，就没有结果的到位。

同学们，如果你的高一和高二没有达到预定的位置，高三就不能达到你理想的位置。高三是高中三年成果的总结，你想要超越一般人，就不能停留在高一，要有到高二甚至高三的准备。有的同学要到美国做交换生，我很感动他们离开这里时，不仅有远赴海外的欣喜还有对学校的留恋和对老师的感激，这说明我们的学校是温暖美丽、适合成长的家庭。这些同学一定有自己的梦想，有自己的过程设计。前年，北京的4个状元纷纷放弃北大清华的入学机会，选择了香港的大学，而中国距离香港最近的中学深圳中学，当年高考的广东省状元和深圳市状元，都做了与他们相反的决定，放弃了国外与香港的求学机会，选择了北京大学。很多人没有研究这个现象，只是认为北大清华的“没落”，却没有关注到深中两个优秀学生放弃了香港选择了北大。我和他们交谈时，钱鹏宇同学说：我以后要研究经济和金融，而经济和金融需要数学做基础，北大的数学特别是基础理论数学在世界是比较强的，所以我本科选择北大数学。周智清同学的本科选择了北大的心理学，她说我将来要做国际人力资源研究，而前提是了解人，了解人就要学习心理学，而北大的心理学是比较强的。考察这两个案例，可以发现我们的学生不但有长远的目标，更有每一阶段的过程目标以及对目标的清晰设计。

你们作为科高的学子，毕业的时候，希望能有一个非常好的升学前景，你确定了那个目标，就应该明确自己的高一、高二应该达到什么高度。以跑步为例，为了能跑 5 圈，我每天在小区里训练，如果你想下周跑 5 圈，这周 3 圈 4 圈都没跑到，你怎么能到达 5 圈的目标呢？因此亲爱的同学们，升级礼课程的目标——明确“我在哪里”“我现在要做什么”，就是提醒我们过程目标要具体，要到位。

学校今年已确定 2015 届由姚晓岚副校长担任第一届毕业年级负责人，2016 届负责人是教学处宋绍鹏主任，2017 届负责人是学生处范永泉主任，我们现在已经为 2015 届、2016 届、2017 届做准备了，我们有长期的目标和任务，更有过程的目标和任务。人无远虑，必有近忧。没有过程的到位，就没有结果的到位！

老师们，同学们，将要发布的中考分数线，大家都非常期待与焦急。我们为分数线梦想过，奋斗过，但在此也要提醒大家，今年的分数线很可能要比去年低一些。第一，今年的招生环境更加复杂；第二，我们扩招了 200 多名学生，生源的扩大带来分数线下行的压力；第三，社会对我们的了解还在观察当中。根据其他新学校的惯例，第一年分数线会比较高，第二年与第三年可能会下降一些，当然，也不能排除涨高的可能性。高也不狂喜，低也不深忧，这是科高人的应有的境界。在扩招 200 多人的情况下，如果高一录取分数线有所降低，说明社会还不了解我们的高度；如果分数线有所提高，那也不等于社会就完全理解了我们的高度，只有我们自己心里知道科高人要攀登的高峰。无论如何，坚持攀登不懈的人，一定会到达山顶。

成为教师，最高的奖赏

——在深圳中学庆祝教师节活动上的讲话

2014.9.10

今天是第30个教师节，我还清晰记得1985年第一个教师节的庆祝会。

刚才聆听了退休不久的李牧英老师的发言，她对纯粹、丰富而难忘的教育人生的感悟，对自己女儿的老师如数家珍般准确、流畅而真挚的感恩，让我唏嘘而又震撼。刚入职的邵卓老师对自己未来教育风格的展望，新老师的入职宣誓，让我回到了1982年9月自己初上课堂的青葱岁月，33年来陪伴过的同事与学生如潮水一般涌来，让我犹如初恋般的激动与惶恐，我真想出去走走，到海边到沙漠到深山到老林走一走……

“王老师”，33年了；教师节，30年了。

“老师”，给了我怎样的体验与回味呢？我想与诸君分享一个故事。

1963年，一位叫玛莉·班尼的女孩写信给《芝加哥论坛报》，因为她实在搞不明白，为什么她帮妈妈把烤好的甜饼送到餐桌上，得到的只是一句“好孩子”的夸奖，而那个什么都不干、只知捣蛋的戴维（她的弟弟）得到的却是一个甜饼。她想问一问无所不知的西勒·库斯特先生，上帝真的是公平的吗？为什么她在家和学校常看到一些像她这样的好孩子被上帝遗忘了。

西勒·库斯特是《芝加哥论坛报》儿童版栏目的主持人，10多年来，孩子们有关“上帝为什么不奖赏好人，为什么不惩罚坏人”之类的来信，他收到不下千封。每当拆阅这样的信件，他心情就非常沉重。正当他对玛莉小姑娘的来信不知如何回答是好时，一位朋友邀请他参加婚礼。就是在这次婚礼上，他找到了答案。

婚礼上牧师主持完仪式后，新娘和新郎互赠戒指，也许是他们正沉浸在幸福之中，也许是两人过于激动，总之，在他们互赠戒指时，两人阴差阳错地把戒指戴在了对方的右手上。牧师幽默地提醒：右手已经够完美的了，我想你们最好还是用它来装扮左手吧。

西勒·库斯特说，正是牧师的这一幽默，让他茅塞顿开。右手本身就非常完美，没有必要把饰物再戴在右手上了。那些有道德的人，之所以常常被忽略，不就是因为他们已经非常完美了吗？西勒·库斯特得出结论，上帝让右手成为右手，就是对右手最高的奖赏，同理，上帝让善人成为善人，也就是对善人的最高奖赏。

西勒·库斯特发现这一真理后，兴奋不已，他以“上帝让你成为好孩子，就是对你的最高奖赏”为题，立即给玛莉·班尼回了一封信，这封信在《芝加哥论坛报》刊登之后，在不长的时间内，被美国及欧洲1000多家报刊转载，并且每年的儿童节他们都要重新刊载一次。因为它揭示了一个朴实而又普世的道理：“让好人成为好人，是上苍对他们的最高奖赏；让恶人成为恶人，是上苍对他们的最高惩罚。”

我们成了一名老师，这意味着什么呢？

试问，世间有哪一种职业，可以成为一个永远成人之美的善人，可以成为一个渊博的学者，可以时时都能实现价值而且终身增值？——是老师！

试问，哪一学段的老师，你可以每天与春天的朝阳相伴，你可以走入那么多“我的孩子”的心灵，你可以那么清澈那么快乐那么年青那么丰富？——是中小学老师！

试问，哪一所学校的老师，你可以先锋而又博大，你可以独立而又温暖，你可以挑战自我而又享受高峰体验，你可以得天下英才育之而又“教子优方”？（“教子优方奖”是深圳中学为教师教育儿女而设立的一个奖项）你可以那么有使命那么有学术那么有活力那么有实力那么有精彩？——是深圳中学的老师！

因此，成为老师，成为中小学老师，成为深圳中学老师，是对我们最高的奖赏！

总是说“你可以”，是因为这需要你愿意，而且能够力行！

成为老师，成为深中老师，人生若此，夫复何求！

诸君，珍惜啊；诸君，努力啊；诸君，享受啊！

在深中，讲述你的故事……

——在深圳中学“生命教育周”启动仪式上的演讲

2015.11.23

昨天，在深圳中学举行了“5字届”校友返校活动，55届、65届、75届、85届、95届、05届、15届，横跨了一个甲子的校友共同回到了母校。其中，65届、75届、85届、95届、05届的五位校友代表，分别分享了他们在深中难忘的故事。

一、他们的故事

65届校友代表最难忘的，是他毕业后留校，开着拖拉机，在校园外的人民北路上“横冲直撞”的场景。他开着拖拉机把笔架山上的香樟树移到学校，然后和学校团支部的同学一起种在校园内。大家现在看到校园里高大巍峨的香樟树，就是50年前学长们在笔架山上以10元一棵的价格买来并亲手种上的。

75届的是一个女校友，我们学校老师的孩子。她最难忘的就是那时候在学校爬树，郁郁葱葱的青春时光，她和同学一起爬遍了学校里所有能爬的树。

85届校友，穿上当年的学生服，跳起了当年的流行舞“金梭和银梭”。他们对于B栋的拆除是最感伤的，因为在他们高三时这栋楼才开始起用，他们在这里度过了为高考奋斗的每一天。

95届最难忘的是，当时在深圳中学举办过的主题为“嫩肩担道义”的演讲辩论比赛，比较深圳与“亚洲四小龙”的差异和优势，他们还记得自己当年的梦想——超越“亚洲四小龙”。他们还忘不了曾经共同集资，请来了当时9个一流的医生、5个留洋博士，来帮助一个儿童福利院里素不相识的患有心脏病的孩子健康地走向社会。

05届的校友难忘的是那时候的课程改革、研究性学习，忘不了在西校区体验到的完全的、纯粹的、专注的努力。通过高考，他们走向了寥廓的人生。

中午在有品食堂，我和校友会的副会长，还有高二（14）班一个叫梅轩宇的同学一起吃饭。梅轩宇同学谈到了中广核公司在学校举行过的讲座，谈到自己对核能的认识……得知副会长创立了全国知名汽车销售品牌，梅同学满怀热情地邀请校友参加今年的游园会，并提议为校友开辟一个专门的展示模块。谈着谈着，我感到年逾五旬的副会长校友眼中溢出光彩，这种光彩是一种欣赏和认可——为梅同学的志向、对生活的热爱、对校园生活的参与。他仿佛看到了当年的自己，看到了深中的过去与未来，看到学弟学妹怎样担负使命，展开自己的生活，创造民族的未来。这时走过来另一个校友，是心血管方面的专家，号称“广东第一刀”，副会长马上把梅同学介绍给他，并且为他们合影留念，说：“这将来会是另一个让我们感到骄傲的校友。”

这时，校友看到了刚刚在中央电视台“舞蹈世界”栏目获得冠军、前天夜里一点半才回到我们城市的深圳中学舞蹈团成员。他们刚刚在舞台上表现了花木兰的奔放自由，下午还要再去参加另外一个比赛。看到他们吃过饭后整齐有序地排成两排、背着书包鱼贯而出，校友们说，这是一种比“专业”更“专业”的精神。

走出有品楼，遇到3位志愿者，我问他们：“你们看到横跨60年的校友，有什么感受？”他们说有感受，但一下子说不出来。我给了他们一个建议——经历并不等于能力，活动并不等于活力，你参加这些活动，没有思考，没有提炼，没有内化为自己的素养，那只是活动、只是经历。你把参加的活动进行思考，化成观点，提炼为思想，内化为素养，这样，今天的活动会变成活力，今天的体验会化成素养。

通过这样几个令人回味的场景，你们会发现什么呢？你们会发现，**深中人不是一个人，所有给深中人带来荣耀、记忆、精彩的东西是什么？是你和他人组成一个共同体，在共同的活动中，创造并享受到更多的快乐和精彩。**

二、怎样才能有故事

2015 年生命教育周的主题是“我不愿让你一个人”，那么，我想给大家提一个问题：你认为这句话的主体应该是“你”还是“我”呢？

我认为应该是“我”，因为只有你成为一个有实力、有魅力的人，才能真正有效地影响和帮助他人。

那么，怎样做才能成为一个有实力、有魅力的“我”，一个真正有效地影响和帮助他人的“我”呢？

第一，做一个正确的人。

如果你的“人”是正确的，那么你的“世界”就是正确的。

有这样一个故事：一位牧师在家准备他第二天的演讲稿，可儿子的吵闹声让他无法静下心来。牧师无奈，随手拿起一本杂志，看到一幅世界地图。他扯下这页地图，撕成碎片撒在地上，然后对儿子说：“如果你能把这些碎片拼成一幅世界地图，你就可以得到 2 角 5 分钱。”终于静下来了，牧师觉得拼起这些碎片怎么也得花上半天时间，没想到儿子只用了不到 10 分钟就拼好了，让他大为惊奇。儿子气定神闲地说：“这很简单，地图的背面是一个人的照片，我把这个拼好，再翻过来就行了，如果这个人是正确的，那么这幅世界地图也就是正确的。”儿子得到了 2 角 5 分钱，牧师也找到了他的最佳课题——如果一个人是正确的，那么他的世界也是正确的。

精彩的故事让人回味，启人心智。世界虽大，但容于人心，一个人就是一个浓缩的世界，一个人的精神决定着一个人的世界。社会学中有“二八率”，在一个人的身上，可能也存在这样的规律——你的 20% 的精神世界决定你的 80% 的生活和选择。如果你的精神是正确的，那么你的生活也是正确的。

第二，一定要有正确的任务。

去除杂草的最好方法是种上庄稼。

当你百无聊赖，无所事事时，你要问自己：我有任务吗？我要成为什么样的人？如果你说我要成为一个有用的人、有成就的人，那么这些空洞的任务等于没有，你要有具体的任务。你想成为怎样的人，那么与之相适应，你要有怎样的道德、思维、身体、社交能力、专业基础、运用资源的能力……有了这样的目标，然后一步一步去做，这才是“具体”的任务。

心理学上有一个“吸引力法则”，如果你的思想集中在某一领域的时候，跟这个领域相关的人、事、物自然就会被吸引而来。

第三，要寻找最优的思维方式。

在考虑问题时，你要反问自己——这个方法是最好的吗?

在面对一个说法时，不盲目和轻信，对自己的思维进行评估，培养批判性的思维方式。

我们在生活中对很多事物的看法往往是由“结果”决定的，但实际上，“结果”来源于“行为”，“行为”来源于“思维”，“思维”来源于“思想”。所以，一定要先让自己有正确的“思想”，然后产生正确的“思维”，用正确的“思维”来引导“行为”，然后产生正确的“结果”。这才是最优的思维方式。

第四，该做的，马上做，而且一定要做好。

今天的发言我本来应该在主席台上，但是看到刚才的同学在会场上讲，效果很好，我也决定马上学习过来。向最好的同学学习，而且马上学习，这就是最优的思维方式。

很多人经常会说的一句话是“如果我……就好了”，但是，只有把“如果”改成“现在”，才是我们的“力行”。

第五，洞见本质，明辨虚实。

18 世纪德国的浪漫派诗人、哲学家诺瓦利斯说过：“所谓哲学，就是怀着一种乡愁的冲动到处去寻找家园。”这个比喻太好了，因为哲学就是一种思考，一种寻根式的本质化的思考。

对于深中学子来说，要成为一个有实力、有魅力的“我”，一个真正有效地影响和帮助他人的“我”，最重要的是一种洞见本质、明辨虚实的能力。

复旦大学孙向晨教授在 2015 年本科生毕业典礼时说：“想一想你身边的事物，哪一件是自我完善的要求，哪一件只是随波逐流的模仿。很多时候，我们所追求的其实只是一种鲜亮的平庸，而无关乎卓越。”

今年的学期初，在一个因台风停课的早晨，我曾用雨伞“敲打”过那些利用讲台上的电脑玩游戏的同学。

作为校长，我为这些同学感到遗憾。我们要思考，考进深中，是否就意味着继承了深中的传统？是否就有效利用了深中的教育资源？是否就开始了自我实现的旅程？我们对分层、走班，对期中考试，对社团、活动，对民主、自由、个性，我们的理解是洞见本质、明辨虚实的吗？

“5字届”校友们的分享，马化腾、刘若鹏等校友们所展示出来的精彩而丰富的人生，以及他们对成功与幸福的专业化考察，有助于我们回到本质、回到理性上来。他们提醒我们思考，你的行为方式，你的高中生活，你的生涯规划，你的整个人生是否“正确”，你是否在做正确的人，做正确的事。

我们的同学们也需要思考，思考什么才是优秀的深中人。**希望你们不要妖魔化社会、学校和他人，来显示自己的尊严；希望你们不要放纵自己，来显示自己的自由；希望你们不要封闭自己，来显示自己的独立；希望你们不要自恋，不要通过极端化、固执来显示自己有个性；你要尊重规律、尊重常识，像我们先辈优秀的学长一样去学习，去思考。**

从早上可以看到一天，从高一可以看到高三，从高中可以看到人生……

从某种角度看，这个世界上有三种人——先知先觉、后知后觉、不知不觉。在座的诸君，你们希望自己成为哪种人呢？

三、你的故事

有一次，有一个同学问我：“如果要选择一种植物来代表你的性格，你会选择什么？”这个问题很有意思，它能将你内在的性格通过一种植物进行外化，帮助你了解自己。

我不知道大家的答案会是什么，我的答案是向日葵。

为什么呢？

向日葵适应性很强，在哪里都能生长；它永远向着太阳，向着光明；它的花色很纯正，花形呈完美的圆形并且向外飞翔；而且，更重要的是，葵花籽还有独特的价值。

对于一个人来说，追求光明、有适应性、有自己的美丽、有独特的价值，这不就是一个帮助别人、影响别人的人吗？

同学们，你们是这个城市最优秀的青年的代表，是中考成绩在百分之三到百分之五之前的学生，你们代表深中、代表深圳这个城市、代表国家、代表世界的未来，我对你们充满期待和信任。我们的老师们能与这个时代最优秀的青年相伴，是我们职业与人生的幸运和荣光，我对你们充满尊敬与自豪。

你们是时代和民族的未来，学校对你们有很高的期待。希望你们在10年、20年、30年、40年、50年、60年之后，再回到母校的时候，也能讲出自己在深中最难忘的故事，你与母校的故事。

汉开人，真英雄！

——在南京汉开书院国旗下的演讲

2018.9.10

我们走进了新的学年，迎来了新的老师与同学，汉开书院新的旅程开始啦！

我不由得想起去年开学第一天的午餐，看到初一年级一位瘦瘦的男同学，在餐厅呕吐，老师同学帮助他处理了以后，他又坐回餐桌，等其他同学用餐完毕才离开。我问他："要请家长来吗？"他摇了摇头："没事，等等再看。""要回家休息吗？""没事，待会儿我会吃点东西。"

这位同学当时给我留下了深刻的印象，我能感受到他身上有一股气。

他就是现在的初二（4）班严铭杨同学。他阳光、积极向上，是体育活动积极分子，对双节棍特别感兴趣；他参加汉开跳绳比赛；他参加澳大利亚数学竞赛获得二等奖；他积极参加书院的活动，而且都努力争取最好的表现……

我还记得去年第一次周末课程，我与同学们游览明城墙与阅江楼。在阅江楼顶层，看到一位同学紧闭双眼，双手紧拽栏杆，脸色煞白，我问原因，答曰："恐高症"。我说："我第一次登高楼的时候也以为自己是恐高症，我现在拉住你，一起走一圈怎么样？"他咬着牙点点头。我拉住他走了一圈多，让他站定，手抓住栏杆，请他睁开眼，看看远处的紫金山，这里有着跟原来站立处不一样的风景。我告诉他，刚才我拉他手的时候，感觉他的脉搏与常人一样，可能不是"恐高症"。接着我又请他睁开眼，在我与同学中间再走一圈。一圈走完，他笑了，然后又让他与同学在再走一圈，回来时，他和同学们都鼓掌欢呼起来。后来他就这样持续地突破自己，现在在高处行走已经和其他同学一样，可以享受一览众山小的乐趣了！如今，他把这种突破扩展到学习与体育锻炼中来，困难在哪里，他就向哪里走去！

他就是现在初二（5）班钟梓豪同学，是班级篮球队队长、语文课代表、校国旗队队员，在他身上我也感受到有一股气慢慢升腾起来。

即使在暑假里，仍然可以在许多汉开学子身上感受到这一股气。

五年级（1）班的曹耀天同学，在暑假中每天坚持“不睡懒觉”，晨起跑步。假期中途有一周的旅行，作息时间完全打乱，想再坚持早起跑步真的是很难。经过两天的交流和思想斗争，他决定有始有终，坚持跑到8月结束。当接到老师推迟上学的通知后，他又作出了一直跑到开学前一天的决定。

小学部六（1）班的何康宁、陈张笑等18名同学在暑期组建了一支“夏夜露天电影义映队”，在公园、广场和社区举行义映义卖活动。本次义映义卖活动共筹得1442元，金额不多，但每一块钱都凝聚着他们的思考与奋斗。

同样在暑假，初三7班章昕玥同学在今年江苏省海峡两岸青少年征文比赛中荣获二等奖。在颁奖典礼现场，海峡两岸的学子欢聚一堂，可以想象在这种氛围下，学子们的心情是雀跃的，难以平静的。而章昕玥同学习惯性地拿出《汉开书院效能手册》的纸张，认真地观察，安静地记录下当时的一些想法，比如：大陆的学生和台湾的学生表达看法的方式是否一样等等。

他们就在我们中间，他们很平常，但是又不寻常，我们能感受到，他们在做一件事的时候，都特别勇敢，特别认真，特别能坚持。我们发现，他们慢慢地形成了自己的一种思维方式、一种个人性格，一种行为习惯。

这一股气，我称其为英雄之气；这种思维方式，我称其为英雄思维；这种个人性格，我称其为英雄性格；这种行为习惯，我称其为英雄习惯。

在书院的明辨楼的墙上，高悬着一个英文单词：GRIT（坚毅），它是汉开书院师生的关键行为特征——“该做的，一定要做到最好！”为此，“虽千万人，吾往矣……”

这，说的不就是英雄吗！

这些平常又不寻常的真英雄，是什么样儿的呢？
不是说身高，而是志气高；
不是说力气大，而是力量大；
不是说特别聪明，而是特别喜欢用脑子；
不是说比赛时特别优秀，而是平时特别勤奋努力；
不是说外表时髦漂亮，而是他们的心灵让人震撼；
不是说心中只有自己，而是还有他人还有世界；
不是说某一次做到最好，而是一直坚持如此；
不是说容易时做到，而是在有困难的时候也能坚持做到；
不是说同学怎样我也这样，而是你们做不到而我要再试试！
……

这样看来，我们会发现，汉开学子里面这样的英雄还真不少。

谢孟翰同学来自云南，对剑桥英语的学习，从开始的为了考试而学习，然后到了为了不让人笑话而学习。他已经通过了 PET，但是参加了“剑桥梦”项目以后，发现了“考英语”与“用英语”的距离，他现在对剑桥英语学习的定位是为了未来信步全球，为了与世界上专业的人做深度的交流而学习。

汉开书院抖空竹（台湾叫扯铃）第一高手可能要数小学部的游政霖同学。他来自台湾，在汉开，他小小的年纪却蕴含了大大的能量。他在学业上有明显的进步，并且特别关心集体，他积极参加暑期的电影义卖活动；他对 STEAM 课程很有兴趣，参加了机器人的比赛，并取得好的成绩；他暑期在南京科举博物馆参加实习活动获得了“小小解说员”的称号。

同样来自台湾的原初二（8）班的黄羽慈同学进入书院的初期不太适应，但在上学期期末就获得了汉开“学业奋进奖”，参加了奖学游——“沁园春·长沙”项目。

原初一（9）班赖以晨和陈竑学同学也来自台湾，他们不但积极适应了汉开的校园生活，而且在本学期都跳级进入初三 IGCSE 课程体系学习——成为南京汉开书院创校以来第一批跳级的学子。

这样的真英雄的行为，在汉开目不暇接：

在香港国际武术比赛中，

在全国英文拼词比赛中，

在江苏省运动会攀岩比赛中，

在省市区的棋类比赛中，

在参加南京市八城区联考中，

在美国OM（头脑奥林匹克）比赛中，

在英国“剑桥梦”项目中，

在深圳“大海与思维”夏校中，

在壶口瀑布“黄河大合唱”中，

在汉开校庆日——“跑起来，我就是一股风”中，

在开学前七天的童子军活动，

在汉开书院今年的特别困难的开学中，

在我们向西南联大、西点军校这两所英雄辈出的学校的致敬中……

在这些同学身上，我都能欣赏到这样一股英雄之气，这股气让他们与众不同，让人眼睛一亮，让人感觉到一种可以被期待、可以被信任的希望，感觉到一种特别的魅力、一种被震撼的美丽。

把该做的事做到最好，这就是真英雄的行为；坚持这种行为，并且把它养成习惯，这就是真英雄的人，这就是汉开人！

汉开真英雄，是“看”得见的。

汉开真英雄的姿势是上坡的姿势。

汉开真英雄的形象就是：眼睛更亮，声音更响，腰杆更直，胆子更大，两臂更有力，双脚更坚定。

汉开真英雄的行为就是：我是汉开人，请看我可能；就是陶行知先生所说的“滴自己的汗，吃自己的饭，自己的事情自己干，靠人靠天靠祖上，不算是好汉！”

汉开真英雄底线有三条：不做脏人，不做懒人，不做甩人。

实际上，每个人身上都有成为英雄的小火苗，只是有人把小火苗变成了火炬，高高举起，照亮了自己和他人的路，有人让英雄小火苗，慢慢在风雨中熄灭了。

同学们，在你们这个年龄，你想成为怎样的人，你想做怎样了不起的事情，都有可能。你如果想做一个汉开真英雄——让世界因我更美好，那就不能只是“想”，而是要去做，去奋斗，并且乐在其中！

选择汉开，有何不同？

大格局，真英雄。

培养真英雄，就是培养一种思维方式，培养一种性格，培养一种习惯。

培养灵魂，受用终身，无问西东！

9月，请让我们去发现汉开新的学年第一批真英雄！

有趣的未来

——在江苏省上冈高级中学校友会南京年会上的讲话

2020.1.4

尊敬的上冈中学的老领导、老师、学长、各位校友：

大家好！

每一年的这个时候，我都感慨万分，感恩母校的哺育，感念流逝的岁月，感谢新年的馈赠。我们迎来了新的一年——2020年，新年农历是鼠年，在这里，我祝愿老师与校友们，在新的一年里面，你们都是“鼠”一“鼠”二的人；祝你们有“鼠”不尽的快乐，“鼠”不尽的收获，“鼠”不尽的机会，让健康和好运都“鼠”于你们！

谢谢你们的掌声，但是我想这只是礼貌性的，因为这些复制的祝愿话语没有让人感觉到有什么特别的启发与快乐，流行的、重复的、例行公事的表达，它会随风而去的。

这样一个聚会，一年只有一次，许多老师与校友特地从南京之外赶来。我们可以创造一些独特的有价值的体验，在这里，分享温暖，分享感悟，收获力量，形成美好的回忆，再出发，行远方……

聚餐，是我们年会的重头戏。现在一谈到聚餐，大家都知道，程序是先要掼蛋然后再吃饭，有一个说法叫作“饭前不惯蛋，等于没吃饭”。先惯蛋，然后喝酒，我们参加过许多这样的聚会，但是你现在还能记得有哪一次给你留下了特别深的印象吗？甚至对你的一生带来了启发、产生了影响吗？在这里，我想分享一下给我留下深刻印象的三次聚餐。

在担任深圳中学校长期间参加过一个聚餐，至今令我难忘。因为曾经帮过惠州的先生一个分内的小忙，之后他就一直要请我吃饭。大家都知道，吃饭是一件比较累的事情，我就一直在婉拒他。有一次他说：“你一定要给我这个机会，我和太太跟孩子一起陪你。”当他说到孩子要陪我的时候，我觉得作为一个校长，挺不好意思拒绝孩子的，所以就参加了。这个聚会很特别，喝的酒不是高档的酒，而是他太太自己酿的，叫作杨梅酒，那个地方的杨梅很多，她自己亲手酿的。吃的是什么大菜呢？是这位先生自学做的一道菜，叫东坡肉，是苏东坡发明的，苏东坡曾经被贬到惠州去，所以这位先生学了这道名叫东坡肉的菜。他的孩子正好靠着我坐着，我就问她：“苏东坡发明了这道菜，那你知道些苏东坡的什么呀？”孩子给我们背诵了一首词——苏东坡的《定风波·南海归赠王定国侍人寓娘》。说的是苏东坡的一个朋友被贬到岭南，家里的一位侍女也陪他一同去了，多少年以后平反了，朋友又回来了，他们一起餐叙，吃饭的时候苏轼看到那位侍女比离开的时候更漂亮，感觉她的心情也非常好，苏东坡就问她“你为什么到了岭南那么苦的地方还这么开心呢？”这位侍女说：“此心安处，便是吾乡。”我现在还能记得这首词的后几句：“万里归来颜愈少，微笑，笑时犹带岭南香。试问岭南应不好，却道，此心安处是吾乡。”在孩子给我介绍了这首词的创作背景之后，主人对我说：“王校长，你从江苏到了我们这里，也希望你，此心安处是吾乡，把这里当成是你的家乡，来，为老乡相聚干杯！”哎呀，那一顿饭喝的是自酿的酒，品尝的是主人亲自烧的东坡肉，孩子说的是东坡词，情感氛围又跟我相契合，所以这个聚会让我常常回味。回到南京以后，还常常收到他们寄来的时令水果，我与教职工们分享了，但是从未说出原委，所以老师们有些纳闷——水果不是每人一个，是要切下来，每人只能品尝一片……

我们一辈子要参加很多的饭局，有的饭局是有趣的，是让人留恋的。我还想分享另外一次聚餐。我是20世纪60年代初与父母一同下放的“下放儿童”，生活在一个农业生产队里。我刚参加工作的时候，有一次春节期间参加一个生日宴，席中一位老人说了一句话：“刀要在石头上荡，人要在社会上闯。”当时的我听到这句话浑身一激灵——对畏缩、迷茫的乡村青年的提醒与断喝，平凡的老农，深刻的智慧，让我肃然起敬。在他有生之年，我有幸与他吃饭抽烟喝茶，还记得一些他说过的话，比如“宁给好汉拉马，不给懒汉做爷（上冈发音 da 入声）”“挑着担子跑得快”，凡是走路一摇三摆的人是肩膀上没有担子的人，有担子的人，他慢不下来；“苗好一半谷，妻好一半福”“痒要自己抓，好要别人夸”“不懂装懂一世饭桶”……虽然老人已经仙逝了，但是这些话至今还刻在我的脑海里。这告诉我，要说有意思的话，要学会倾听有意思的话——对老人的尊重，让他（她）们感受到被需要，你也会收获人生的营养。

第三个让我印象深刻的聚餐是和我们的一位校友，他在南水北调工程方面工作。有一次我们一起吃饭，谈到家乡的现状时，另一位校友说：“哎呀，假如早一点分田到户责任承包，中国的农民早就致富了，我就不会在读书的时候那么辛苦了，太晚了！”这可能也是许多人都会发的牢骚，但这位在南水北调工程方面工作的校友用专业知识解释了这个问题：“你们知道中华人民共和国成立以后毛主席为什么要去修十三陵水库吗？为什么要治黄河治淮河吗？是因为如果中国那个时候不把几大水系治好，不把交通治好，怎么可能有农民的好收成啊？就是把田分下去了，洪水泛滥的时候，结果还是一样。”这位校友是有专业价值的人，这顿聚餐，他让我们知道拥有与分享专业知识的意义，聚餐也可以成为一次学习与分享，同时也让我明白了，如果要批判一件事情，前提是你必须要真正的了解它。

这三次聚会，让我感到有趣、有意义，让我时常回味，成为人生的故事与记忆。

今天我们还会拍许多照，这也让我想到家长给学生拍照的时候，孩子们拍照的基本动作是什么呢？食指和中指比V字——耶！走到哪里都差不多；现在我们有些领导拍照呢，也大都是一个动作，大拇指竖起来——点赞；朋友一起拍照，几个手指捏在一起——比心。所以中国式的拍照，我们的造型，都是耶、点赞、比心，感觉都是些摆拍，缺乏个性化的生动的自然的留影。但我也看到有些孩子的影集，那是家长随机拍下——许多是偷拍下来的，这样的照片生动自然，场景、事件、孩子的表现，瞬间很清晰，非常有纪念意义，每一次翻看都是生动美丽温暖的回忆，成了亲情的加温炉，成长的加油站。

我举这两类例子，是想说，**在貌似平淡重复的生活当中，也有好多事**

情是可以不一样的，可以更有趣，更有价值，更值得记忆。

冈中的校友们，很多都是农家子弟，为了改变自己与后代的命运，为了让父母能过上好日子，一直在奋斗，在拼搏。但是在奋斗与拼搏当中，我们可能放弃了很多的选择，放弃了很多观察生活、享受生活的机会——或者无从选择。我们可能会显得单调，忽视了对丰富生活的体验；我们可能会显得呆板，失去了灵动；我们可能会显得紧张、焦虑，缺乏了从容、宽容与笑容；我们可能把自己训练成了一个“猎人”，我们的人生可能就像“打猎”——只有“猎物”，没有其他；我们可能会让生活变得像压缩饼干一样，而这往往就失去了生活的乐趣，可能成为一个乏味的人。大家是否发现，我们常常以为责备就是鼓励（对你好），激动就是沟通（没恶意），任性就是个性（很坦诚），用心就是孝心（真心的），参加就是加入（我来了），完成就是忠诚（做到了）……如果用“有趣”来观察，也许会有新的发现。

所以我们可否这样想一想，很多校友，你们已经实现了财富自由，或者说你们已经有了一套两套的房子，有车，孩子也成人了，难道今天的生活还要像我们的父母辈一样，还要像我这样年龄的人当年一样，那么焦虑，那么匆忙，那么单调吗？其实，一套房子和三套房子有什么本质区别呢？为什么我们不可以让自己更加宽容、更加从容、更加具有生活的情趣呢？我们没必要把生命放在多一套房子、多一辆更高级的车上面啊——**这些物质的重复的东西已经占据了太多的生命空间，挤压了我们丰盈的灵魂，扭曲了我们跟年轻人与未来的联结。**

那么，什么是有趣？我感觉就是因为有意思而愉快，长期的愉快——幸福。

有趣是一种思维方式，有趣是一种观察方式，有趣是一种行动方式，有趣也是一种表达方式。说到底，有趣，实际上是你生命存在的一种方式。在当下，有趣，可以说是一种稀缺的特质与资源。

让自己的生命变得更加的有趣生动，是每一个人都可以做到的，只要你愿意。在禅宗史上，有这样一段记录：僧人们在讨论究竟是风在动，还是幡在动，争论不休，六祖慧能断喝，仁者心动！所以说，我们想把自己变得更加有趣，生活变得更加愉悦，是完全可以做到的。当你知行合一的时候，会发现，你与同事相处、朋友相交，与儿女晚辈生活会不太一样，重要的是你自己的人生会有些不一样，也许更可爱、更有意思了。

南京汉开书院有一位学生的母亲，也是我们上冈中学的校友。孩子来到汉开以后，她很失落，想把孩子转回去。她说："孩子到了汉开以后，没什么进步，我付出的代价很大，一是学费，二是每周都要开 4 个小时的车到南京，见了面以后，一肚子气，再开 4 小时车回家，受不了！"据了解，她关心孩子，只关心两个问题，第一个是名次有没有下降，第二个是有没有谈恋爱（可能这位校友是被谈恋爱耽误了，因此警惕性很高）。所以每次来看孩子的时候，她不开心，孩子也不开心。后来我跟这位校友讲："孩子虽然人来到了汉开，但是她还是生活在你的房子里。"我想到了泰戈尔的一首诗："鸟的翅膀上系上黄金，鸟就飞不远了。"我告诉她："鸟的翅膀上（普通话发音）绑上了砖头瘤子（上冈发音，砖块之意），鸟就飞不起来了（普通话发音）。你每次见面都是分数，都是谈恋爱，这个就是"砖头瘤子"啊（上冈发音），孩子一直感受到的就是压力、压抑和负罪，还有什么兴趣，还有什么快乐呢？"

我在上冈中学工作了比较长的时间，还在其他几所学校工作过，可谓"阅人无数""惯看秋月春风"了。现在创办汉开书院，我们的办学目标是什么呢？是办出一所"让校友们骄傲与欢笑的学校"，要让校友们离开母校以后，见过全国、世界四面八方的同龄人，有了比较之后，他们还能说"我的母校令我骄傲，想起我的母校，在那里我有许多温暖的记忆，我有生动的故事，我有有趣的体验。"汉开书院学生每逢考试与比赛会说一句话——"实力与微笑，汉开一定做到。"我非常在意的是，让孩子们在汉开喜欢学校，喜欢同学，喜欢老师，喜欢院长，当然更喜欢他自己，因为，这是他们将来热爱生活、热爱世界、热爱家庭、更重要的是热爱他自己的原点与底层逻辑。有喜欢，就可能有趣，有愉快、有魅力、有成就。

各位校友，2020，爱你爱你，那么我们首先要爱自己，爱自己最重要的标志就是把自己的生活过得热气腾腾，热气腾腾来自于有趣的人。新的一年，"鼠"来"鼠"去，都很有趣。谢谢你们！

我们可以更美好

——在南京汉开书院国旗下的演讲

2020.6.1

老师们、同学们：

上午好！

今天，我接到的口头作文题目是："我们可以更美好"。

我想问同学与老师一个问题：我们可以比昨天的自己更美、更好一些吗？如果说可以，那么，我们做到了吗？

先与大家分享书院最近的一则消息，5 月 27 日，书院 2020 届的初三同学参加了中考体育测试，南京今年体育中考满分是 26 分，我们汉开书院的校均分是 25.92 分，有 96.1% 的同学达到了满分。

这样优异成绩的取得，是非常不容易的。我看到了同学们的汗水与努力，看到了年级部、体育组、各位老师的精准滴灌。大家怀着让自己、让书院变得更美好的期待，通过一步一步的努力，以扎实有效的行动拿到了更美好的结果。我坚信，书院今年的中考，一定也会有新的进阶，因为过程决定了结果——我们追求成长，以让自己更美好为目标，努力把每一天都做成作品。

如果你仔细观察身边的同学，会发现有好多同学他们做什么事都比较讲究，他们总是希望做到最好。

比如说汉开的武术太极操，你会欣赏到他们就像一个武术家一样，身如弓弦，手如箭；蓄劲如开弓，发劲如放箭；快而不乱，慢而不散，轻而不浮，沉而不僵。看他们打武术拳真是一种享受。

那些打篮球的同学们，运球如游鱼，投球的时候，那优美的弧线让人赏心悦目。

再比如说同学们穿校服，校服不是随随便便的服装，而是一个学校的制服，就好像军人穿的军装一样。有些同学的校服穿出来，干净整齐，搭配正确，领带恰当，身姿挺拔，行走如游龙，奔跑似飞燕。给人的感觉，就是传播出了汉开少年的阳光、豪迈与精彩。让人喜欢，让人振奋——少年，就应该这样美好！

让自己更美、更好，这已经成为许多汉开学子的习惯。

而且，追求美好，是具有吸引力的，一个美好可以带来更多的美好。美好是种子，可以生长出更多美好；美好是磁铁，可以吸引更多美好。

四月，汉开老师们在校园的空地上开辟出了一个中心花园，芬芳馥郁，师生们流连忘返。现在，食堂里的工人师傅受到了感染与启发，将餐厅前的梅园建成了汉开农场，要不了多久，南瓜、黄瓜、冬瓜、香瓜、西红柿、葡萄……琳琅满目、美不胜收！

有一个班级，他们的班主任和同学们约定：我们不用橡皮擦、修正液、修正带，我们要开始就做到最好。这个习惯很重要，它让人在开始的时候，就不马虎。现在这个班级所有的同学都养成了这一习惯，不用橡皮擦、修正液、修正带，他们一次性就能够把作业做到最好。

汉开的语文老师，有培养同学们列作文提纲的习惯。每一次在写作文之前，同学们会用 5 分钟左右列一个完整的作文提纲，保证立意的正确、思路的清晰、结构的完整。

我喜欢到成美馆（图书馆）去，汉开的图书馆，不论是阅读的师生，还是书本杂志、绿化、书法、画作，都给人以整体美好的感觉，在那里我们生成了读书特有的审美体验。

你们发现了吗，爱健身的人，他的朋友圈子基本都是健身的爱好者；爱旅游的人，有旅游的圈子。相反，不良嗜好的人，往往身边的朋友也是类似的人。

在现实生活当中，由于人们的惰性，有的人选择了得过且过、马马虎虎、邋里邋遢。你会发现，马马虎虎不美不好也具有吸引力，也是可以传播的。当一个人降低对自己的要求、得过且过的时候，他就与美好渐行渐远了。

一个人的美好与不美好都是可以互相吸引、互相影响的，当你拥有一个美好的时候，你可以带来更多美好；当你产生一个不美好的时候，也可能带来更多的不美好。

同学们会问，一个人要追求美好，是不是很难呢？

实际上，并不难，每一个人都可以比昨天更美、更好。还记得我们之前说过的那句话吗？“每天进步 0.5，我的人生我做主。”

举个例子，汉开对学生的要求之一是——能长跑，每一个汉开的学生都能跑下 3000 米。很多人刚到汉开的时候，被这个数字吓蒙了。

3000 米相当于在汉开运动场的跑道上跑 7.5 圈。现在让同学们跑 3 圈肯定是可以的，但是让你们跑 7.5 圈，可能会觉得很难。

但是，只要你每天多跑 50 米，36 天以后，每个人都可以跑 3000 米；只要你愿意做，放暑假之前，我们汉开的每一个人都可以跑完 3000 米。

有人说，现在的时间很紧，没有时间读有价值的书。同学们，现在通常一本书大概 300 页左右，如果你一天坚持看 10 页，一个月就可以读一本书，一年可以读 12 本书。但是现在许多人，可能一年都读不了一本书。

追求美好并不难，只要你愿意去做，把美好的行为每天坚持提高一点点。所以说，优秀是一种习惯。

老师、同学们，你们可以试一试啊。

对于初中生来说，只要你真的愿意，绝大多数人都可以成为你理想中的人。

当你学习数学的时候，你就像数学家一样思考；当你学习物理的时候，你就像物理学家一样思考；当你学习写作的时候，你就像作家一样思考、表达……久而久之，你慢慢的就会成为像他们一样的人，一样的去思考、去表达、去生活，去成就。

因此，亲爱的同学们，给自己一个小目标，每天坚持，每天记录，每周奖励、庆祝。我们每一个人都能拥有“虽千万人吾往矣”的勇毅之气，只要相信自己是为追求美好而努力，自然就会对自己严格要求，奋力登阶，最终变得比过去更美、更好。

选择汉开的学子们，汉开送给了你们每个人一个珍贵的礼物，这礼物是什么呢？就是我们都熟悉的一句话——“我是汉开人，请看我可能！”

优秀是一种习惯。我的理解，所谓优秀，就是不断把美好的期望变成现实。别人没有想到的，我们要想到；别人想到的，我们要做到；别人做到的，我们要做到最好；别人做到最好的，我们就要去创造。这才是汉开书院，这才是汉开人。这样，我们才能走向更加美好，创造未来。

选择汉开，就是让自己变得更美、更好，就是要请看我们不断超越自己的可能。

就像高山上的瀑布，只要你的目标是大海，坚持不断，一定会奔腾到大海，化作惊天的波涛。

因此，让自己更美、更好，是汉开人的思维方式，是汉开人的关键行为，是汉开人的良习，终究会成为汉开人的风貌。

让我们从每一件事做起吧，让每一个明天都比今天好一点。不断发现自己的可能，不断实现自己新的可能！

同学们，院长今天口头作文的题目是：我们可以更美好。有四个分论点：

1. 我们可以更美、更好；

2. 追求美好，是具有吸引力的；

3. 追求美好，并不难；

4. 选择汉开，就是让自己变得更美、更好。

谢谢大家！

请好好爱护你自己

——在南京汉开书院2020届初中毕业典礼上的演讲

2020.7.18

今天我们相聚在这里，隆重举行南京汉开书院初中部2020届毕业典礼，本届学生是我校第二届初中毕业生。我谨代表书院向圆满完成学业、光荣毕业的初三同学们表示衷心的祝贺，向各位家长和老师表示诚挚的感谢，向应邀前来参加典礼的来宾们表示热烈的欢迎。

2020年这个不凡之年，新冠病毒肆虐全球，处于毕业年级的你们，网上学习，云中校园，中考延期，洪峰抵达南京时中考，老师与家长一直为你们揪心。

但是2020届学子的表现，却让我们欣赏到了实力与微笑。体育中考、英语口语与听力评估，二模考试，让社会领略到了汉开学子的“实力”。考前一天的大课间跑步，中考期间你们在汉开农场与运动场上像平常一样的享受，让老师们看到了你们的“微笑”。每临大事有静气，胸中自有百万兵，实力与微笑，汉开的风貌，你们已经做到。

过去的三年，在槐树下见证了你们的成长，你们留给母校太多的精彩。

童子军，与太阳一同升起，《致未来的自己》，汉开有大美的运动会，汉开冬节，汉开雪铁足，种下一棵理想树，汉开春语，校庆徒步，参加国内、国际学术赛事……每一次都是可能的绽放，每一次都是作品的呈现，每一次都是快乐的分享。

这是因为汉开吗？是的，汉开就是殷切的期待，就是信任与支持；汉开就是盛产可能的热土，就是欣赏的舞台，就是分享与庆祝的派对。

但是在其他学校也是可以这样，甚至可以做得更好的啊，你们知道吗，实力与微笑，这本来就应该是你自己的风貌，这最关键的因素是你自己啊。

这来源于你们对自己的爱——我可以更美好，进而让他人与世界更美好。

爱护自己，很重要。

爱自己的人，摆脱了自己不被人爱的恐惧，于是允许自己成为自己，允许自己的成功，也允许自己的失败；期待自己完美，也允许自己的不足，用包容和接纳的态度对待自己，认识到自己的生命是有独特价值的，也尊重其他人和所处的环境的优美与不足。

爱自己，才能更好地爱其他人；

做好自己，才有可能让世界因我而更美好。

在英国威斯敏斯特教堂旁边，矗立着一块墓碑，上面刻着一段非常著名的话："当我年轻的时候，我梦想改变这个世界；当我成熟以后，我发现我不能够改变这个世界，我将目光缩短了些，决定只改变我的国家；当我进入暮年以后，我发现我不能够改变我们的国家，我的最后愿望仅仅是改变一下我的家庭，但是，这也不可能。当我现在躺在床上，行将就木时，我突然意识到：如果一开始我仅仅去改变我自己，然后，我可能改变我的家庭；在家人的帮助和鼓励下，我可能为国家做一些事情；然后，谁知道呢？我甚至可能改变这个世界。"

宋代王安石曾说："爱己者，仁之端也，可推以爱人也。"

诗人王尔德说："爱自己，是终身浪漫的开始。"

常常听到要爱他人，爱国家，爱人类，很少听到要好好爱护自己，甚至有人认为提倡爱护自己就是鼓励自私。实际上，自私恰恰是不爱自己的表现，越是爱自己的人，越会尊重他人与集体——因为这是自己生存与发展的环境，吸引力法则，破窗效应都说明了这个道理。自私的人，抱住了一棵树，但是失去了一片森林。人品与格局也是一种能力，而且是比一般能力更重要的能力。

因此，爱护自己，是一个人的责任，它是一个人成熟的标志；是一个人的贡献，它是一个人的社会价值的体现。

爱护自己，挺简单。

爱护自己，就是让我们做“对得起自己、对自己负责”的决定，并落实到每一天，每一件事情上去。

好好吃饭，特别是早餐；好好走路，特别是抬头挺胸；好好穿衣，特别是要尊重自己、他人与环境；好好锻炼，特别是要做好热身、科学健身，防止运动受伤；好好学习，特别是学会理解、独立思考；好好使用时间，特别是在自己可以自由支配的时间能有计划地做好需要做的事；好好休息，特别是不要熬夜；好好使用手机，特别是不要让手机控制了你……

所以，爱自己，就是别辜负了自我：

立志的时候，不要无所事事；

长身体的时候，别选择垃圾食品；

阅读经典的时候，不要让碎片化的浏览充斥双眼；

青春朝气蓬勃的时候，不要浪费自然之美而学成人的世俗之气；

英雄豪迈的时候，不要躲在家长与成人的后边畏畏缩缩；

该担当的时候，不要偷懒不要寻找借口……

因为这些是礼物，这些是邀请；这些，让你成为自己。

爱护自己，并不容易。

杨绛先生曾说过：“人这一生，自私很容易，爱自己却很难。”

第一，认知和思维水平决定了想法与做法的层次。

许多时候，不是不愿意爱自己，而是不明白、不理解。

需要产生动机，动机产生行为，行为产生习惯。那我们就应该运用批判思维，正本清源，产生正确的“需要”，提升“需要”的水平，这需要“明辨不惑”。熟悉不同的思维方式（逻辑、定量、历史、科学、道德、美学等），提高思维的质量与水平。

第二，正确对待“标准答案”。

现在的各级标准化考试，训练了你追求标准答案、背诵标准答案的意识和行为，甚至你非常警惕自己一丁点儿不标准的地方，担心被扣掉半分一分。但是现实生活中常常没有标准答案，芸芸众生、人云亦云到处都是，而社会稀缺的是从 0 到 1 的人才、领跑的人才。你要知道，求知、追求真理的真正价值不是为了考试，你的未来不可能依靠标准答案而精彩。有错误，试错这很正常，所以你不要过于在乎他人包括好友、老师、父母的“标准答案”，因为你要努力成为贡献与幸福的前 20%。

任何灾难都会结束，任何强权都会过去，任何流行都是一阵子，任何迷信都是笑料，你要“运用脑髓，放出眼光”，自己来选，哪些是你“想要”的，哪些是你真正“需要”的。

所以明白自己真正“需要”的人，不会在某一阶段过于苛求自己，某一次的考试，中考、高考，在人生中只是某一阶段，从大格局来说，15 岁中考、18 岁高考，从 28、38、48、58……从更长的人生来看，决定你的是志向、思维方式、关键行为与良习——你是否真的爱护自己。

第三，要讲究，不要将就。

人们普遍缺乏一种意识——追求更美好的意识。“完成”并不等于“完美”，“说了”不等于“做了”，“做了”不等于“成了”，“成了”不等于“优了”。

做事要讲究，不要将就。但是“讲究”的人生，谈何容易！

要让“追求更美好”成为自己的优势，就要记得在书院的墙上汉开人的关键行为特征——GRIT（坚毅），你是“我想要”，是“我一定要”，还是“我一定要做到最好”？汉开人的选择当然是“我一定要做到最好”，为此，“虽千万人，吾往矣”。

我们提出要好好爱护自己，但是爱不仅仅是给予，是满足，更不是迁就自己，不是永远地感受到“快乐”。

人生中的生与死，相遇与离别、快乐与痛苦、顺利与挫折、成功与失败就像一块硬币的两面。就像一年有春夏秋冬四季，这是正常的，你不能只想生活在春天里；晴阴风雨雪雷电等也是天气的日常现象，你不能只希望一直生活在晴好的日子里。

烦恼、挫折、痛苦也是人生的组成部分，我们要学会与它们共舞，学会接受，学会忍耐，学会从中汲取营养助我成长。

对于一个志存高远、未来要信步全球的汉开学子来说，不应该回避必须要面对的困难与挫折，甚至在合适的时候，主动寻找困难来“练练手”。

这，就是“到中流击水，浪遏飞舟”；

这，就是美国前总统约翰肯尼迪在1962年曾经说过的：我们选择去月球和做其他事情，不是因为它们容易，而是因为它们艰难，因为实现这一目标将有助于组织和衡量我们的最佳力量和技能，这是个挑战，我们愿意接受，我们不愿推迟，我们要赢；

这，就是洛克菲勒给他孩子的信中说的，“不论是要赢得财富，还是要赢得人生，优秀的人在竞技中想的不是输了我会怎么样，而是要成为胜利者我应该做什么。”一旦避免失败变成你做事的动机，你就走上了怠惰无力的路；

这，就是网上流行的一句话，瞄准月亮，如果你失败，至少可以落到云彩上面；

这，就是汉开人的行为特征GRIT（坚毅），GRIT，是对长期目标的持续激情及持久耐力，是不忘初衷、专注投入、坚持不懈，是一种包涵了自我激励、自我约束和自我调整的性格特征。

没有奔跑，就谈不上跌倒；不是大海，就谈不上波涛。人类期待，中国期待，那些高举火把带领人们迈向更美好未来的领跑者。

第四，积累自信。

人最重要的能力、最大的潜力是什么？自信。

培养自信，不仅仅依赖于他人的肯定，对于中学生来说，培养实现自己、看见自己、听见自己、为自己喝彩的意识和习惯就是在积累自信。自信，是积累起来的。

失败是成功之母，成功更是成功之母。常常不是困难打败了我们，而是畏难让我们选择了放弃。爱自己，就应该从小事做起，把小事做好。每天0.5，我的人生我做主，要积累成功，积累快乐，积累自信。

汉开的《追光记》，一边阅读名人传记，写下营养，一边书写自己的成长传记，在记录成长的经历中，积累自信与格局。这是母校送给学子的礼物。好习惯，要坚持啊。

“我是汉开人，请看我可能”，高中是否可以升级为“我是汉开人，请看我实现可能”。实力与微笑，汉开人一定做到。

好好爱护自己，从现在做起。每个人都是他自己命运的设计者与建筑师。

荣誉来自于奋斗，特别的荣誉来自于特别的奋斗；精彩幸福的人生，来自于爱护自己，特别精彩幸福的人生，来自于好好爱护自己。贡献与幸福的前 20%，基础和动力是“好好爱护你自己”。

今天，你们将从槐树下出发，还记得你们当年种下的年级树吗？——水杉。请记住树语：秀丽挺拔，志存高远。

书院以你们的年级树谐音命名了校园西侧一条纵道——“随山路”。在道名石上镌刻着：何人不山峰，而可能的高度与实际的高度，其距离何其大也欤！

“好好爱护你自己”，也是“随山”的啊……

亲爱的 2020 届同学们，你们即将由学生成为校友，从初中升入高中。何谓高中？高级中学之简称也，你们将迎来更高层次的高中生活。

你们是汉开初中的第二届，不是长子长女，但是可以选择汉开高中第一届，成为高中的长子长女。汉开的高中部是一所以学术性、国际化、高增值为特色的精品高中，母校为你们准备了既有高度又有温度的教师团队、精彩的高中生活、可以想到的升学层次。

高中第一届，信步全世界。信步全世界，需要格局，需要实力，需要勇气，需要魅力。

2020 届的校友们，今天，你们将离别；未来，你们将信步全球。但是无论走到哪里，你们，每一个人，都是汉开的大使，你们把汉开带向世界，你们是学弟学妹的一面旗帜，你们人在哪里，哪里就有汉开的旗帜飘扬，哪里就有老师与学弟学妹的目光。

2020 届校友们，祝你们好好爱护自己，祝你们身体健康，祝你们前程似锦！

母校祝福你们，桂园，迎接你们的归来。

开始就要做到最好

——在南京汉开书院国旗下的演讲

2020.10.12

今天，我要与老师和同学们分享的主题是：开始就要做到最好。

升旗仪式上，当熟悉的旋律响起时，当唱国歌和校歌时，我总会不自觉地竖起耳朵，希望听到老师和同学们高亢洪亮、慷慨激昂的歌声。

星期一升旗仪式唱国歌和校歌的时候，我们不仅仅在表达对祖国、对母校的尊重、热爱，还有一个非常重要的功能——从周一开始，我们要做到最好。

就像军人练正步走一样。打仗的时候不需要正步走，那为什么要练正步呢？正步训练为的就是培养军人良好的精气神。这就与我们在重要的场合穿校服、穿西装、穿制服是一样的，是为了提醒我们，要尊重这个场合，拿出精气神，让自己做到最好。

实际上这已经不仅仅是唱国歌和校歌的事情了，这是一种品质的锤炼，是一种好习惯的养成。从一开始就提醒自己要做到最好，唱国歌、校歌更是要唱得铿锵有力。

在我们的生活当中，有很多事情是可以一开始就做到最好的。

比如说跑步，有的班级队列整齐、步伐有力、口号震天，宛如一列前进的火车。同学们抬头挺胸，步伐矫健，英姿勃发。

还有打篮球的同学们，运球如游鱼，投球的时候，那优美的弧线让人赏心悦目。所以他们的运动，还具有审美的价值。我们为什么爱谈 NBA，除了力量之外，他们的思维、技术、运动之美也是我们欣赏的内容。但是也有的同学打球时，不讲规则，不讲配合，不注意动作的正确与优美，自己在那里随意发挥，这就失去了运动的美感。

再比如说做操，有的同学在汉开三年下来，他的双节棍、太极拳，像一个专门练过武功的人，甚至有了武术大师的风范；而有的同学三年下来，仍然是不痛不痒、不精不专，动作、神韵做不到位，不像练习过太极拳和双节棍的样子。

穿校服也是如此。有些同学的校服穿出来，干净整齐，让人看着舒服，给人以美的享受。他不需要介绍自己，当我们看到他穿着校服的身姿时，就能知道他是不是一个讲究的人，他值不值得我们尊重，他的未来可能会是什么样子，他是不是一个给人带来美的享受的人。

初一、高一的同学们，大家来到了汉开，开始了初中和高中的生涯，我们应该从一开始就想：我怎样能够做到最好呢。初二、初三的同学们，你们升上了这个年级，当你们开始学习物理、化学的时候，这个新的学科让所有优秀的人站在同一个起跑线上，你能不能学到最好？你能不能从一开始就做到最好？

本学期，学校给同学们提出了“汉开学生学习良习清单”，共 10 条。我们要求一次就把事情想好、做好，减少使用橡皮擦等同类工具。据学习专家的统计，一个经常使用橡皮擦的人，在考试的时候，要比别人多花 20% 的时间。因为他错了，就要擦了重做，并且在考试的时候擦了重做给他带来的焦虑、恐慌、担心会影响他思维的正常运行。

所以，如果你养成了一次就把事情做好的习惯，减少使用橡皮擦等同类工具，你等于比别人多 20% 的时间，并且还有心理上的优势。

我和同学们讲过，一个人最大的能力、最强的潜力是什么呢？是自信。而自信是不断积累起来的，因此希望汉开学子们每天都能记录下自己的成长和进步，每周都回看一下自己的成长，累积自信，形成优势。

苏格拉底是古希腊大哲学家，他的弟子们都希望自己能脱颖而出，成为苏格拉底的继承者。一次苏格拉底对学生说：“今天我们只学一件最简单也是最容易的事，每个人都把胳膊尽量往前甩，然后再尽量往后甩。”苏格拉底示范了一遍，说：“从今天起，每天做 300 下，大家能做到吗？”学生们都笑了，这么简单的事有什么做不到的？

第二天，苏格拉底问学生们：“谁昨天甩胳膊三百下？做到的人请举手。”几十名学生的手举了起来，一个不落。苏格拉底点头。一周后，苏格拉底如前所问，有九成的学生举手。一个月后，苏格拉底问学生："哪些学生坚持了？"有一半的学生骄傲地举起了手。

一年后，苏格拉底再一次问大家："请告诉我，最简单的甩手动作还有哪几位同学坚持了？"这时，整个教室里，只有一个学生举起了手，这个学生就是后来成为古希腊另一位伟大哲学家的柏拉图。他继承了苏格拉底的哲学并创建了自己的哲学体系，培养出了堪称西方孔夫子的大哲学家亚里士多德。

亚里士多德是柏拉图的学生，柏拉图是苏格拉底的学生，这三位巨匠告诉我们，与"每天甩手三百下"一样，学习有时候看似简单，其实际的意义并不在于事情本身，而在于做这件事情的过程对人的意志品质的修炼，对习惯的培养。

胡适先生曾经创作过一篇传记题材寓言，叫《差不多先生传》，讽刺当时中国人的陋习：凡事差不多就可以，不讲究。

亲爱的同学们，你怎样度过一天，也就可能怎样度过一年，甚至一生；你怎样做一件事，也就可能怎样做一切事；你怎样对待国歌和校歌，很可能就意味着你怎样对待你自己、你的人生、对待他人与社会。

院长今天分享的是：在开始就把事情做到最好，并且坚持下去，养成习惯。谢谢老师和同学们！

要做一粒汉开的好种子……

——在南京汉开书院2021届初中毕业典礼上的演讲

2021.6.22

通常，学校的毕业典礼会安排一位代表做主题演讲。但是，今天南京汉开书院的毕业典礼，我们请陪伴你们三年的可爱可敬的罗慧老师分享了她眼中你们三年的成长，还欣赏了初三全体老师对同学们的临别赠言，他们表达了对你们的爱与期待。老师们的发言就像一块黑色的巧克力，朴实而浓烈，纯粹而意味深长，典型的汉开笔法、汉开表达。因此，南京汉开书院今年的毕业典礼的主题演讲是一个很汉开的联合演讲。

但是，作为院长，也有责任在你们离开母校前的最后一课，分享对学子的期待，所以我也加入“毕业典礼联合演讲”团队。

今年，我们迎来了建党100周年，中华人民共和国建国也有72周年了。但是你们知道吗，在共和国诞生之初，美国国务卿艾奇逊曾预言：“同历届中国政府一样，共产党政权也将因无力解决中国人的吃饭问题而垮台。”

现在的中国是什么样的呢？仅每年增产的粮食就可以养活8000万人。中国用不到世界9%的耕地，养活了世界近1/5的人口。这最大的贡献来自被称为“东方魔稻”的杂交水稻。

说到杂交水稻，我们会想念一个人，他就是杂交水稻之父——袁隆平先生。

杂交水稻走出国门，始于1979年。当时，农业部向美国西方石油公司赠送了1.5公斤杂交水稻种子。据袁隆平院士2019年采访中透露，美国60%以上的稻田，种植的都是中国杂交水稻。中国杂交水稻已在亚洲、非洲、美洲的数十个国家和地区推广种植。从1976年杂交水稻推广至今，中国累计种植60多亿亩，增产稻谷6亿多吨，全世界播种面积共计1.5亿公顷，每年增产的稻谷可以多供养8000万人口。

亲爱的同学们，你们没有经历过饥饿，没有经历过灾荒，不知道满地都是饿死的人是什么样的，“饿殍遍野”究竟意味着什么。但是这个惨状距离我们其实并不遥远，是袁隆平先生，这位伟大的中国水稻专家和他的团队为解决世界饥饿和贫困问题作出了巨大的贡献。那金黄沉甸甸的稻谷，让世界上许许多多的人享受到了吃饱饭的幸福。

因此，不少人认为杂交水稻是中国继四大发明之后对人类做出的第五大贡献，天上有一颗小行星被命名为“袁隆平星”。

养活了数以千万计人的杂交水稻，在世界上几十个国家种植的杂交水稻，让无数人免受饥饿的杂交水稻，它从哪里来的呀？它始于1960年7月袁隆平在农校试验田中意外发现的一株特殊性状的水稻的种子。就是这些种子，经过试验、培育，让世界上数以千万计的人免受饥饿。

袁隆平先生从杂交水稻的种子，联想到了人，人生。他说，人就像种子，要做一粒好种子。

每个人都是一粒种子，这粒种子影响着亲人，家庭，后代，朋友，班级，团队，世界……

但是，种子也有好种子、退化的种子、坏种子之别。

今天的毕业典礼上，你们在汉开的最后一课，院长对你们的期待就是这句话：要做一粒好种子，要做一粒汉开的好种子。

2021届校友们，祝贺你们，祝福你们！

成人之美——教师的独特之乐

——在深圳汉开数理高中欢庆教师节活动上的讲话

2021.9.10

今天是第37个教师节，也是深圳汉开数理高中的第一个教师节。

我是1982年开始做老师的，还记得1985年的第一个教师节，到现在已经经历了37届，对教师这个职业的理解与设立教师节的价值已经有了基本的认知。

但是开校、开学以来，特别是在今天的欢庆会上，我从学生和老师的分享中，有了新的发现。

古人说，“师者，所以传道、受业、解惑也”，而我发现老师更重要的作用还有结果导向——成人之美，让人成为美好的自己。

开校、开学才十天时间，汉开数理高中的老师们却在短短十天内帮助学生实现了许多小目标，从朗诵、写作、限时作业、独立订正、英文听写与作文到跑步、礼貌、秩序等，更重要的是老师欣赏到了学生那种渐生的认同、友好与进步。尽管这才是起步，但今天的一小步，可能会是创造未来的伟大起步，因为，汉开的老师们聚焦于同学们感受到了什么、得到了什么、解决了什么、实现了什么，并且从结构力上来构建系统且递进的教育设计，**教育要成人之美，成长要实现，成长要看得见，这是教育思维与策略的新探索，让人眼睛一亮！**

孔子说君子成人之美，但没有直接说怎样成人之美，汉开数理高中的老师是通过对学生热情、尊重、信任、引导、欣赏、帮助、合作来实现的。他们以美成美，让自己化为美好的火炬，去点燃更多的火炬……

我还发现了汉开数理高中老师独特的快乐。

孟子曰："君子有三乐，而王天下不与存焉。父母俱存，兄弟无故，一乐也；仰不愧于天，俯不怍于人，二乐也；得天下英才而教育之，三乐也。君子有三乐，而王天下不与存焉。"

"得天下英才而教育之"，其乐可以理解，名师出高徒，但高徒也出名师，这也司空见惯。

深圳汉开数理高中第一届生源基础，有目共睹，但是汉开老师——这些来自海内外的名师是怎样对待的呢？（汉开老师投递简历与录取的比例是 96.6 :1）

从他们的眼神、表情、语言、出示的学生作业与作品中可以读到，从刚才英语组分享的"学生的点滴进步，就是我们老师快乐的源泉，也是我们教师节——汉开教育的每一天成就的体现"可以听到……

因为**汉开老师把"教育成人之美"作为信仰，**好老师应该能够创造适合学生的教育——帮助学生成为最好的自己，成为自己的英雄。让优秀者更优秀，让平常者不平常，这才是真正的教育力的体现，这才是教师这个职业的价值所在，因此这成了他们的独特之乐——有教无类，因材施教，善育英才；——**"得天下之学生而教育为英才"——斯为汉开教师之乐，其乐何其盛哉！**

而且汉开老师，目中有人，有每一个人，不仅仅有分数，更有健康与人格、希望与理想、勇气与理性、个性与优势；循序渐进，帮助学生实现一个一个小目标，他们的眼睛充满期待与鼓励……

在学校里工作的成人，都是学生的老师，汉开数理高中的图书馆、餐厅、运风场等等，我们都能感受到老师们的热情与专业，感受到同学们的喜爱与期盼。成就学生，乐在其中。

汉开老师，以美成美，以成美为美，则自己更美。

汉开数理高中第一个教师节的欢庆会，有点特别：学生欣赏老师，老师欣赏学生，校长欣赏老师，真诚、真实、快乐又耐人寻味意味深长……

作为深圳汉开数理高中的第一批老师，**"传道、受业、解惑、成美"，**成人之美、成长看得见，可以成为我们的教育策略与方法；**"得天下之学生而教育为英才"，**可以成为我们的独特之乐。

这，表达出深圳市——广东省第一所以“数理优长”为办学定位的特色高中——深圳汉开数理高中第一批教职工的共同约定：**我们不是历史剧的观众，而是历史的创造者。**

重要的不是两个新的发现，而是实现——成人之美，并且乐在其中。

我是汉开人，请看我可能……

享受高三

关注精神的成长

——在南京师大附中2003届毕业典礼上的讲话

2003.5.27

有人说，青春是一本太仓促的书。是的，三年，一千多页就这样匆匆翻过，我们还没来得及将你们每个人的面容牢记，还没来得及走进你们每个人的心灵，《毕业歌》的歌声就要响起。回首间，一些生动的细节、一些精彩的片断，如此清晰地刻写在我们的记忆中。

你们是那样的富有智慧和创造力。记得首届全国青少年电脑机器人大赛上，你们登上了第一名的领奖台；记得在中央电视台《异想天开》的演播现场，你们捧回了团体第一名的锦旗。

你们是那样的自信活跃，敢于思想。一篇《论时代精神》的论文，一本《2003届学生社会科学论文专辑》，让人们感受附中学生的一种光芒，叫“思想”；一批批学生走上讲台，走上舞台，展示自己青春的活力，一名同学深情地说：院士墙，或许将来，我们的雕像也会回来与你们做伴。这里，深藏着“自信”的力量。

你们自觉地磨炼着自己坚强的意志。难以忘记在运动会的接力赛上，那个强忍着韧带撕裂的剧痛冲过终点的身影；难以忘记你们经过了51公里的长途跋涉，最后冲向校门时刚刚升起的太阳。

你们默默传递着关爱和友谊，凝聚成12个风格各异又都充满着友爱精神的班级集体。记得教室后面“我们存在着，我们奋斗着，我们互相搀扶着”的班训，记得每一次过生日时班级同学买来的蛋糕和贺卡上写满的祝福的话语。

你们在价值观的形成中努力升华着个人的价值。在徒步考察秦淮河污染现状时，你们奔走于学校和社会，发自肺腑地宣传和呼吁；在结束阜宁老区社会实践后，面对贫穷，你们心中产生了“一定要为他们做些什么”

的信念。

你们在个人的成长中不断寻找着大我的境界。当小区因发现非典疑似病人即将被隔离时，一名高三同学婉拒了亲友要其提前转移的建议，毅然服从社区的隔离决定；当母亲走向“抗非”前线时，我们读到《一位十八岁女孩写给“抗非”前线母亲的日记》。

2003届的同学们，是你们，第一次开始研究性的学习；是你们，第一次将社会实践的脚步迈向更加广阔的世界；是你们，第一次进行51公里步行者行动；是你们，第一次参加3+1+1模式的考试；是你们，让清华大学将江苏省乃至全国中学保送生名额第一的桂冠送给了附中；是你们，第一次在6月面对高考；是你们，在备战高考的关键时刻遭遇非典型肺炎的考验……作为附中新百年的第一届毕业生，你们有着出色的智慧，但你们更注重锤炼自己坚韧不拔的意志；你们渴望优异的成绩，但你们知道更重要的是培养自我成长的能力；你们有着自身优秀的个体素质，但你们追求的境界始终是互相搀扶着前进；你们追求着自己的每一点进步，你们也不断将自我与集体、国家的责任连在一起；你们踏踏实实走过生活的每一天，但你们心中都有着渴望伟大、追求超越的信念。同学们，三年中，当你们对这片校园从憧憬到走进、从陌生到熟悉的时候，你们也在建立着另一座校园，一座用百年附中丰厚的底蕴和你们青春的激情构筑的精神的校园。你们不同寻常的经历和不同寻常的精神，已成为一道独一无二的风景，定格在百年附中的第一百零一年的历史上。同学们，让我们用热烈的掌声为自己这真实的三年、这美丽的三年喝彩吧！

同学们，当现实的校园在你们眼中渐渐成为远去的风景时，我希望附中精神的校园在你们的心中永存，并伴随你们的人生旅途不断成长。

我有如下三个希望：

我希望，你们精神的校园里洒满思想的阳光。人之所以为人，是精神的成熟为他举行了成年礼。哲人说：“人只不过是一根芦苇，是自然界最脆弱的东西；但是是一根能思想的芦苇。思想成就了人的伟大。”走出中学校园的象牙塔，纷纷扰扰的世界，也许会让我们在茫茫人海中迷失自我；林林总总的人生，可能会让我们时常面对选择，甚至是心灵的抉择。世界上的问题，你要么明白了，要么就没有明白，唯有清醒的头脑、独立的思想能够指引着我们人生正确的航向。

我希望，你们精神的校园里责任的大树茁壮成长。人世间有各种各样的责任，其他的责任都是可以分担或转让的，唯有对自己的人生的责任，每个人都只能完全由自己来承担，一丝一毫依靠不了别人。一个人唯有对自己的人生负责，建立了真正属于自己的人生目标和生活信念，才可能由此出发，自觉地选择和承担起对他人和社会的责任，才可能自觉地实现人生的价值。

我希望，你们精神的校园里爱与宽容的鲜花处处开放。冰心老人说："爱在左，情在右，走在生命的两旁，随时撒种，随时开花，将人生的长途，点缀得香花弥漫，使穿枝拂叶的行人，踏着荆棘不觉得痛苦，有泪可洒，却不是悲凉。"即将在我们面前展开的漫漫人生征途，并非全程都是阳光普照的通衢大道，肯定会有荆棘和坎坷、冷雨和冰霜。对以天下为己任的附中人来说，我们可能会面临着更多的困难和苦痛。当河流接近大海时，它就变得更加宽阔了。让我们微笑吧，对自己保留一份爱与宽容，让自己的身心多一点健康明朗，让自己的生活多一点快乐从容。对他人奉献一份爱与宽容，你的胸怀因此比天空还宽阔，你的世界也会因此而更美丽。

如果我们种下了附中人的思考，就会"长"出附中人的责任，就会伸展出附中人的爱与宽容，附中精神的校园就会阳光灿烂，枝繁叶茂，姹紫嫣红。这将是一个多么美丽的校园啊！

同学们，就要告别了，我想起一名在附中生活了六年的同学留给母校的赠言，他说："在众多太出色优秀的附中人中，我是平凡的一个，但我是独一无二的那一个。总有一天，附中会以我为荣，就像这么多年来，我以附中为荣一样！"我相信，这是你们，附中新百年的第一届毕业生共同的心声。母校祝福你们，母校期待着你们！

责任和创造

——在南京师大附中2004届毕业典礼上的演讲

2004.5.27

相对于附中102年的历史，一届学生的毕业也许不算什么非常特别的事情。但是，三年来你们的身影定格在许多附中人的记忆里。

还记得，“在附中，我种下一棵理想树”的主题班会，我们共同设计着中学时代的目标，勾画着人生的蓝图；

还记得，30公里夜行军的征途，我们互相搀扶着，朝着“世界上最美丽的地方”——附中校园前进；

还记得，为治疗老师嘶哑的喉咙，利用在北京参加比赛的空隙，奔走在街头寻找良药的情形；

还记得，百年校庆的人流中，背起行动不便的老校友走向会场的身影；

还记得，在古老的神州大地上，由中华民族悠久历史而引发的深思；

还记得，在百年校庆的典礼上，那没有音乐伴奏的国歌声的雄壮……

追溯这三年一千多个日子，从你们逐渐变小的校服、音容笑貌的变化，老师和家长们感受到你们作为自然人的长大。而当你们渐渐自觉地将一份份沉甸甸的责任担负到自己肩上时，我们更欣喜地感受到你们作为社会人的成长。

三年来，我还真切地感受到你们将现在和将来的责任体现在追求超越的行动中，你们许多行为在附中校史上独树一帜。

你们，第一次完全由自己独立组织策划，以全年级的规模举行了31公里的步行者活动；

你们，第一次用成长日记记下在附中发展的每一个足迹；

你们，第一次用丰富多彩的社团活动展示附中人旺盛的创造力；

你们，作为百年校庆盛典的主力军，活动中许多独到的创意为后来人提供了学习的范例……

在你们身上，欣慰地看到了我们期待的逐步实现：成为“以天下为己任，具有创造性人格特征”的附中人。有人说，选择一种教育，选择一所学校，就是选择一种人生。选择附中，就是选择了“责任与创造”的人生。附中想为每一个学生打下精神和学业的底子。精神的底子就是“责任”，像巴金校友为母校题的词那样“掏出心来”；学业的底子就是“创造”，像袁隆平校友为母校题的词那样“科学探秘永无休”。附中人的青春为什么那样美丽？因为责任和创造；附中人的心情为什么那么快乐？因为责任和创造；附中人形象为什么那么醒目？还是因为责任和创造；附中人的精神为什么那么高贵？更是因为责任和创造！

有一则古老的希腊寓言是这样说的：狐狸知道很多小事，而刺猬知道一件大事。这并不是说刺猬头脑简单，而是说刺猬知道怎样从一些繁杂的问题中，简化出一个单一的、有条理的理念，看似简单，但却反映了对事物的深刻理解。我们所处的时代也是一个复制、克隆的时代，“易拉罐式的文化”盛行的时代，人们在呼唤“责任与创造”，世界也最需要“责任和创造”。

今天我们在这里举行十八岁成人仪式，“十八岁，我们懂得了爱与责任。”因为爱，才有了责任；因为责任，才有了创造。你选择了什么样的行为，你也就选择了什么样的结果。母校希望你们继续选择“责任和创造”。

责任，是爱的具体表现，是立身行事的基础。我们“以天下为己任”，就意味着选择了将社会本位作为自己的价值取向，我们就应该“先天下之忧而忧，后天下之乐而乐”，我们就应该“苟利国家生死以，岂因祸福避趋之。”

创造，是责任的具体表现，是人生价值的最高境界。美国的《企业家》月刊，每期都在目录页上全文登载“美国企业家宣言”。我记得开头的两句是：“我是不会选择做一个普通人的。如果我能够做到的话，我有权成为一位不寻常的人。”我想，这“不寻常的人”就是创造价值的人。我们追求创造，就选择了挑战自我，选择了超越现实，选择了正视困难和挫折。社会学家发现人生有一个“跨栏定律”，即一个人的成就大小往往取决于他所遇到的困难的程度。竖在你面前的栏越高，你跳得也越高。所以，同学们，在今后的人生道路上，你们不要奢望平坦和顺利，更不要害怕困难和挫折，要牢记母校“嚼得菜根，做得大事”的校训，像暴风雨中的海燕，“高傲地飞翔”。你既然选择了远方，便只顾风雨兼程。

我们国家在新的世纪为了实现中华民族的伟大复兴，提出要培养三个层次的人才，即“数以亿计的高素质劳动者、数以千万计的专门人才和一大批拔尖创新人才”。中国人多才少，英才更少，附中的同学应该主动、勇敢地成为“拔尖创新人才”中的一员，而且我们还应该放眼世界，为世界的文明与进步做出附中人应有的贡献。

同学们，因为“责任”，我们成为“人”；因为“创造”，我们成为“我”。我创造，故我在。“责任”引领人生，“创造”提高人生。

因为追求，所以我们享受着附中人的快乐。美国哲学家威廉·詹姆斯曾经说过：“我们可以说，此生值得活，因为这是我们创造的生活。”世界因你而精彩，因为你创造了价值。

因为领跑，所以我们分享着大家的快乐。雷锋说：“一滴水只有放进大海里才永远不会干涸。”人们因你的创造而快乐，你因人们的快乐而快乐。

因为责任和创造，所以我们的青春是美丽的。坚持下去，我们的未来会更加美丽。

同学们，三年前我与你们一起走进附中校园，现在你们将惜别母校开始人生新的征程，而我“从此以后，留在这里，日夜等待，你们的消息。”你们的所有老师和我一样，从此以后，日夜等待，你们的消息……

飞得更高

——在南京师大附中 2005 届毕业典礼上的演讲

2005.6.1

亲爱的 2005 届同学们，尊敬的家长、老师们：

下午好！

今天我们南京师范大学附属中学在这里举行 2005 届高三学生毕业典礼，我代表学校向完成高中学业的全体同学表示热烈的祝贺，向养育孩子的家长、教育学生的老师们表示衷心的感谢。

同学们将要告别母校，望着你们渐行渐远的背影，我们有点伤感。但你们的脚印清晰地印在附中校园里，它让母校感到了欣慰，更充满了希望。

还记得军训吗，还记得那位晕倒的标兵吗？那是进入附中的第一门课程，你们知道了自己将要肩负重任，要养成“阳刚之气，英雄之美”；

你们是建校一百周年进入附中的，还记得，百年校庆的典礼上，在音乐伴奏因意外故障而突然停止的情况下，你们的方阵里率先响起了高亢的国歌，你们将可能的遗憾改写成难以忘怀的感动，来宾和老校友说：“只有附中的学生能这样。”如果说，那是刹那间情感和智慧的自发，那么在以后的岁月里，你们每一个人、每一个班级、每一天都在打磨着自己；

还记得“在附中，我种下一棵理想树”的主题班会吗？老师被你们忧国忧民的情感所打动，被你们豪情壮志所感染，老师们也仿佛回到了从前；

还记得“非典”期间发生的事吗？有位同学自感身体不适，于是主动找到医务室老师，要求安排“隔离”，那该需要多大的勇气啊；

还记得那些主动要求担任劳动委员的同学吗？“请给我一个机会，让我为大家服务一下吧”，在附中这不是矫情；

还记得教学楼前草坪里种下的仙人球吗？那是提醒大家爱护草坪的告示牌，还记得讲台上那一支淡雅的小花吗？它永远开放在我们心头；

还记得你们是怎样表达对老师的爱的吗？在老师家庭最困难的时候，

全班同学用前所未有的自律和进步为老师送去欣喜；用联名举荐老师为“感动附中”的候选人的方式，为老师送去冬日的阳光；用附中人的平和与大气对待高考，给忙碌和焦虑的老师们送去安慰；

还记得在寒冷的严冬，男同学脱下外套和女同学一起跳跃取暖的场景吗？

还记得那次特别的保洁活动吗？新加坡大学在南京进行选拔考试，考试结束后考场很脏乱，附中同学主动留下来打扫清洁后才离开，让他人肃然起敬；

还记得国旗班吗？ 2005届的国旗班开始吸纳女队员，开创了国旗班新的历史，你们是学校的仪仗队，你们被公认为国旗班中非常优秀的一届；

还记得那个傍晚吗？在复习迎考最紧张的日子里，你与老师还在一起探讨人生的意义；

还记得那次班会吗？一部分同学对班级上的不良行为提出严厉的批评，违纪的同学主动向老师同学检讨了错误，那次班会所有的同学都受到了震撼，更让老师们看到了你们另外的一面，而正是这一面打消了我们原先的些许担心；

还记得班级的书橱吗？同学们捐出的自己收藏的经典著作，装满了书架，你们的双眸穿过习题集遥望着深邃的苍穹；

还记得校史馆前那晨读的身影吗？它成了附中校园里四季不变的风景；

还记得与大师们的交流吗？在附中，“追星”有了别样的解释；

还记得高三下学期丰收的喜报吗？你们参加学科竞赛成绩名列全省前茅，保送和自主招生的人数在全省遥遥领先，特别是推荐到北大参加保送考试的五名同学全部被录取，还有4位同学获得北大自主招生资格，在北大刮起了“附中旋风”，北大将在六月底派出优秀学生代表团专程到附中与同学们交流；

还记得“幸福的高三”这个作文题和主题班会吗？你们说，高三的感觉是幸福的，在于看清了生活的意义、人生的责任，感受到了前进的力量，看到了自己越来越坚强；

还记得你们的艺术活动吗？话剧表演、合唱节你们像专业演员一样投入，一曲《那些花儿》，犹如孔雀开屏，瞬间的美丽留在我们记忆深处；飞羚合唱团那天籁之音还回荡在金陵古城；

还记得篮球联赛吗，还记得环湖长跑吗，还记得运动会吗？忘不了有一个原来不具备长跑条件的同学，为了班级的荣誉，也为了超越自我，主动报名长跑项目，每天下晚自修后在居住的小区里奔跑；忘不了有一个同学，冒着参加计算机竞赛迟到的风险，拼完了 4×100 米后才匆匆赶往考场，另一个参赛的同学，为他做好了所有的后勤工作，保证他顺利地参加了竞赛；

还记得社会实践吗？一个同学勇敢地拯救了被撞伤的农民。一个班的同学，回校后始终坚持资助几名贫困儿童上学，你们的调查报告让专家和地方的领导刮目相看；

……

在附中，这样的花儿开满校园，各显风采，四季灿烂，但都散发着同样的芬芳，那就是：责任·创造。

有一个班的班级公约也许最能反映你们在附中三年的成长了。这个班的同学没有像平常那样写出应该做什么不应该做什么，而是将海子那首著名的诗改了一下。让我们再回味一下吧：

从今天起，做一个高尚的人
文明，守纪，诚实信用
从今天起，做一个博爱的人
对他人由衷地微笑
向每一个人伸出温暖的手
从今天起，做一个勤奋的人
练习，答疑，严谨认真
从今天起，做一个勤劳的人
完成自己的职责
掸尽每一粒灰尘
从今天起，做一个开朗的人
思考，交流，畅所欲言
从今天起，做一个乐观的人
忘却曾经的分数
笑对每一个黎明
愿我们相互信任，齐心协力
愿我们高抬头颅，永不言败
愿我们脚踏实地，步步提升
愿梦想插上翅膀，让遗憾不再重来

这可能是世界上最有特色的班级公约之一了。平常的生活，在你们眼中是诗意的流淌；规范和纪律，你们也把它化作追求美丽的翅膀。这就是附中的学子，这就是附中2005届同学的校园生活。每一次吟诵你们的班级公约，我都激情难抑，同学们，老师爱你们，附中以你们为自豪！高三一位老师说："作为班主任，我为每一位学生骄傲，在我看来每一个学生都有着他独特的可爱的一面。"这也表达了母校老师共同的心声。

2005届的同学们，当你迈出校门回首附中时，首先映入眼帘的是校训；回到母校，首先看到的也是校训，这是我们附中百年来一届又一届学子的座右铭。今天，我把校训作为临别赠言送给你们："嚼得菜根，做得大事"。

嚼得菜根，是一种认识，认识到自己的责任，认识到成就事业的规律；

嚼得菜根，是一种品德，也是一种习惯；

嚼得菜根，是一种能力，是比一般能力更为重要的能力。

做得大事，就是以天下为己任，勇于创造追求卓越；

做得大事，就是将小事做好，在平凡中实现自我的超越；

做得大事，就是大气地做事，体现出附中人的朴实和高贵。

历代的附中人，以"嚼菜根"的精神和"做大事"的目标，垒成了高原和高原上的高峰。2005届的附中人，你选择了怎样的行为，你也就选择了怎样的结果。希望你们将附中的校训放进行囊，迎着阳光，走向远方。

希望你们在三个时间段能集体回到母校：毕业20年时回附中，让母校欣赏你们的发展；毕业40年时回附中，让母校欣赏你们的贡献；毕业60年时回附中，让母校欣赏你们的健康。

高三开学之初，我看到一个班级第一期的板报上画的是一片向日葵和新芽，上面写着："希望是可以长出来的"；毕业典礼前夕，还是在这个班级，我看到了新出的最后一期板报，上面画满了长着大翅膀的小精灵，醒目地写着："不要忘了你身后的翅膀"。

这让我想起了一首歌：我要的一种生命更灿烂，我要的一片天空更蔚蓝，我知道我要的那种幸福，就在那片更高的天空，我要飞得更高飞得更高……

是的，"不要忘了你身后的翅膀"，你们应该飞得更高，你们要记得飞回母校。

2005届的全体同学，母校祝福你们！

“君子务本”

——在南京师大附中 2006 届毕业典礼上的演讲

2006.5.27

今天是公元 2006 年 5 月 27 日，南京师大附中在学校艺术中心隆重集会，举行学校第 104 届毕业典礼。我代表全体师生员工向圆满完成高中学业的 2006 届同学们表示衷心的祝贺，向各位家长和老师表示诚挚的感谢，向应邀前来参加典礼的各位来宾表示热烈的欢迎。

每一届毕业生都有他们独特的个性，他们都在母校留下了自己的脚印。苏格拉底曾说过：“未经审察的人生是没有价值的。”回首你们在附中的三年，我们有着太多的骄傲：

2006 届是学科竞赛成绩取得历史性突破的一届，共有 51 人次（全校 65 人次）获江苏省学科奥赛一等奖，在全省名列第一。

2006 届已有 48 位同学被国内外著名高校保送录取和提前录取，有 101 位同学获得国内外著名高校自主招生资格。这是近几年来人数最多的一届。

在清华大学 2006 年保送生暨自主招生冬令营选拔考试中，我校刘更城等 5 名同学被录取，其中，刘更城同学更是以优异的成绩名列江浙沪三省（市）340 名考生的第一名，高云腾同学进入前 10 名，我校占三省市前 10 名的五分之一。

在北京大学 2006 年保送生推荐项目中，我校陶良吉、王苏两位同学的学业水平和良好素质得到北京大学的高度评价，成为北京大学 2006 年首批而且也是仅有的 2 名免试保送学生。

2006 年我校共有 11 名学生被清华大学和北京大学保送录取，总人数占两所大学在江苏省保送录取总人数的五分之一；共有 5 名学生获得清华大学和北京大学自主招生资格，总人数占两所大学在江苏省自主招生总人数的五分之一，在全省同类学校中遥遥领先。

在南京大学2006年保送生选拔中，我校共有6名学生被南京大学保送录取，占南京大学在江苏省保送总人数的四分之一。

在南京大学2006年强化班提前招生选拔中，我校有8名学生被提前录取，占南京大学在江苏省提前录取总人数（70名）的11.4%。

在南京大学2006年自主招生选拔考试中，我校有20名学生获得南京大学自主招生资格，占南京大学在全国自主招生总人数的九分之一，在全省遥遥领先。

2006届是我校参加大学英语四级考试人数最多的一年，也是成绩最好的一年。通过率达到99.3%，优秀率达到30.41%，这样的成绩即使在大学也是不俗的。

2006届同学得到了国际名校的进一步关注，一些同学已将国际一流名校作为自己的首选。美国一所著名大学的校长对张逸倩同学的评语："你是美国及其他50多个国家推荐的候选人中表现最优秀的学生之一。"目前已经有11名学生被国外名校录取，还有多名学生正在与国际名校联系之中。

……

学生学生，以"学"为生。在遵循教育规律的前提下，优秀的学业水平是高质量地实施素质教育的体现，是学生卓越发展的主要体现。

作为老师，作为校长，我对你们优异的学业水平感到骄傲与自豪，祝贺同学们!

但是，你们表现出来的优秀绝不仅仅是学业上的，三年来，你们长袖善舞，你们精彩纷呈，你们令人炫目。

你们从考试优秀上升为学习优秀，从学习优秀上升为成长优秀，并且为未来之优秀打下了坚实的基础。

但从整体上来看，你们好像不是仅仅一般地追求优秀，也不是追求一般的优秀。我们从一些特写镜头的回忆中也许能找到答案：

2003年8月20日至8月26日，你们作为高一年级新生在民兵训练基地进行了军训，在一周时间内，完成了正规部队15天、民兵一个月的训练科目，这样的成绩曾让部队的首长难以置信。

有一个班级的《班级公约》是：君子以自强不息，让高尚灵魂相聚一堂。

有一个班级教室里醒目地写着：我拼搏，我进步，我快乐。

你们曾请来残奥会冠军作关于自强不息的演讲。

学校从你们这一届开始正式开设生涯规划课程，你们设计自己的学业、职业和事业。我清晰地记得在“种下一棵理想树”的主题班会上，你们庄重地给三年后的自己写了一封信，在理想树上挂上自己的理想；我清晰地记得“放飞理想”的演讲比赛；清晰地记得你们设计和实施的《职场调查》《模拟招聘会》《漫漫求职路》的主题活动。

你们在阳台上设立了垃圾回收站，生活委带领大家回收塑料瓶。

在社会实践期间，有一个夜晚，为了了解工人们真实的工作生活状态，你们不顾炎热疲劳，坚持跟踪拍摄到深夜。

你们组织开展了向印度洋海啸灾区捐款的活动。

有一位第一次任教高三的年轻老师，课外辅导时一位同学发现她生病了，便悄悄找来药片：“老师吃点药吧，明天我们还等你上课呢。”老师深深感动了，她在教育随笔里写道：“在这样优秀的学生面前，我不努力做一名好老师，还做什么呢？”

文化节首次进行校服设计大赛，展现了你们审美与创造的才能。

你们首次举行了高二社会实践活动成果展示活动。

在运动会上你们的入场仪式极富创意，用色彩、文字、舞蹈、音乐将青春的激情与灵动表现得淋漓尽致。

在学校的指导下，你们组织了我校第一届“1937·12·13，我们永远不能忘记”的爱国主义教育活动，你们用中英文两种形式向全市学生发出倡议书，开展了面向全体市民的调查和宣传教育活动，你们在校门外高亢悲壮的抗日救亡歌曲令行人驻足动容。

你们的代表2005年参加在上海同济大学召开的“亚太地区可持续发展”国际会议，所写的论文《以系统动力学的方法研究水华的形成与防治》收录在会议论文集中。在会议上三位同学分别对各自的研究过程及研究成果进行了展示与交流，得到了参加会议专家们的肯定。专家们提出了许多非常专业和敏感的问题，同学们分别用英文一一回答。

最后一次合唱节上，你们自己编曲、作词的《辛德勒的名单》倾倒全校师生。

你们思考生命的意义和责任，关注青少年的精神世界的成长，学校从你们这一届开始着手建设“生命教育课程”。

2004年暑假学科竞赛的同学在江宁集中训练；2004年9月，物理竞赛的部分同学在合肥的中国科技大学参加培训；2005年上半年，物理竞赛的部分同学利用周末时间到南大浦口校区参加实验培训。你们把学业与事业联系起来了，你们把今天和明天联系起来了，在你们身上感觉到了学习的真正意义。

我特别要感谢你们，还把学习的体会与全校分享。你们在老师的指导下，将2004年暑期学习的体会汇编成册，题目是《什么是真正的学习？》送交学校，我至今还记得其中的两段：“第一次认识到什么是真正的学习，什么是拼搏，什么是奋斗。我从逼着自己学变为想学，不仅仅学到的是知识，更是一种精神。”“我终于明白，时间为什么比金钱重要，我以后再也不会浪费它了。”这本小册子在全校激起了大家对中学教育的规律、什么是真正的素质教育、科学文化素质的地位和作用等教育的基本问题的讨论，进而引发了深入开展建设优良学风的活动。

学校在你们这一届第一次开设模拟联合国课程，这门课程与高考没有直接关系，但是要投入大量的时间。你们是那样的专注和精细，在中国模拟联合国比赛中不但囊括了5项大奖而且还出版了校本教材——这是中国第一本模拟联合国教材，更不用说作者主要是应届学生！

在高三下学期，你们接待了来自世界各地的国际学校联盟（ISC）的专家们，国际学校联盟（ISC）的总裁在给我的邮件中说：“与你们的学生交流是我们了解世界级的学校里师生生活的重要时刻，他们的表现让我们太惊奇了！”

即使是在高三，你们依然认认真真做操，踏踏实实做好值日工作，常常是三个年级中各项常规做得最好的，从干净的教室、整齐的广播操中感受到高三人优秀的习惯。

一个星期六的早晨，在平时早读的时间，我看到一位保送生在教室里阅读着一本哲学的书，我被深深地震动了。

……

要说的太多太多，形散神不散，在你们身上我们可以清晰地看到四个字：责任，创造。你们是在“追求卓越，做领跑的人”！

我理解了为什么青春是美丽的，为什么附中人的青春特别美！

一届学生给她的母校留下这么多的精彩，这是极其罕见的！

一位二战老兵曾说，二战时我可能算不上英雄，但至少说我是与英雄们一起战斗的。作为一个整体来说，2006届全体同学是一个从追求英雄之美到体现了英雄之美的集体。作为校长，我骄傲于你们的高远，我骄傲于你们的博大，我骄傲于你们的执着，我骄傲于你们的超越！2006届的同学们，母校因你们而自豪！

感谢你们的老师，感谢你们的家长。人才的培养是一支接力棒，我还要特别感谢你们就读的初中、小学和幼儿园的老师们。同学们，你们是我们大家的光荣！

一个人的真正的生命是他的思想，一种真正的教育意味着价值引导。

孔子曰："君子务本，本立而道生。"

"本"者，根本、基础也。

附中，她为你们的精神打底，她为你们的生命立"本"。

附中培养的是未来社会的领跑者：以天下为己任，具有创造性人格特征的人。追求卓越，做领跑的人，这应该就是你们的成长之"本"吧！

教育要"以人为本"，优质的教育应该以人的卓越发展为"本"，一所学校的教育之"本"，应该就是唤醒学生的自信，培养学生个性，发挥学生潜能，实现学生卓越。

回首附中三年，你们的思想和行动，为"追求卓越，做领跑的人"作了注脚，但是在成长中也提交了许多困惑：展望未来，在信息过剩、审美疲劳的时代里，怎样沿着科学的方向走自己的路？我们需要真正的思考，我们需要真正的行动。

你们应该真正理解追求卓越，做领跑的人的内涵。就是尊重生命，珍惜自己，发挥天赋，实现潜能，就是显示伟大的人性之美；就是心中有他人，心中有社会，我们的责任——"因为我的存在，而使世界更美好"；就是"做最好的自己"，超越今天，超越自己；就是要创造，只有创造才能真正实现领跑。

你应该知道方向比距离更重要。要认真进行生涯规划，用规划设计自己，管理自己，创造自己。一个一流的人才与一个平凡的人，在一般问题上的表现可能一样，但是在一流问题上的表现则会有天壤之别。方向问题永远都是一流问题。找到自己的“最近发展区”，将特点转化成优点，将优点转化成增长点，将平常转化成不平常，那样你会感受到生活的趣味，你会不断享受成功的快乐，你会越来越感受到“我”的意义。

你们应该勇敢。领跑者面临的困难和恐惧超乎常人。“一个人并不是生来要被打败的，你尽可以把他消灭掉，可就是打不败他。”这是《老人与海》的主人公老渔夫圣地亚哥的生活信念，也应该成为我们的信念。母校今天给你们每人印发了一份材料——高尔基的《海燕》、美国的《企业家宣言》，希望老师们的朗诵能伴随你们远行。

你们应该谦逊。有容乃大。领跑者常常会自觉和不自觉地以自我为中心。只有将原来满瓶的水倒掉一些才能装进新水，一滴水只有放到大海里才能生存并壮大。你们要尊重他人，欣赏他人的优点、包容他人的特点、宽容他人的缺点，但不要跌破自己的底线。换位思考，常常能使我们免于固执和可笑。

你们应该注意抓住机遇。人的生命是短暂的，人的发展是有最佳机遇期的，一生都重要，关键时候更重要。“时至不迎，反遭其殃。”努力不犯低级错误，敏锐抓住发展机遇，顺势而为，长风破浪。

你们应该将追求卓越、追求领跑形成一种习惯。无志之人常立志，有志之人立长志。人生的价值和意义就存在于普遍的日常生活中，而无需在日常之外另去寻觅人生的理想。这种人生观，我国哲学家冯友兰先生称之为“极高明而道中庸”。真正追求卓越的人是将其内化为一种品德，形成了一种习惯，它是溶化在生活之中的，是朴实而渐进的。

你们应该学会创造幸福、享受幸福。有人将辛苦看作幸福，有人却将辛苦转化成痛苦。如果有什么事情值得去做，就把它做好，并且好好享受它。不是为了幸福而工作，而是因为工作而幸福。孟德斯鸠在其《我的思想》中说：“如果我们仅仅希望幸福，那很容易实现；但我们若希望比别人更幸福，就几乎总会感到困难，因为我们总把别人想象得比实际情形更加幸福。”按照你自己的幸福观去体验幸福吧。

希望你们不要害怕卓越。历史上许多伟大的事都是由平凡的人有了伟大的想法以后实现的。诚如鲁迅在《拿来主义》中所言：“看见鱼翅，并不抛在路上以显其‘平民化’；只要有养料，也和朋友们像萝卜白菜一样的吃掉。”更何况，我们追求卓越更多的是超越今天，超越自己。

希望你们不要因媚俗而浪费自己。不要为了显示自己的“生活化”“平民化”“人文关怀”“非功利主义”而选择平庸，心理学家认为一个人的真正长久的快乐，是为自己的事业而奋斗。

希望你们不要以为追求领跑就是站在前头接受掌声和鲜花。不！追求领跑，意味着探索、开道、奉献乃至牺牲。过分关注“眼球效应”，其言行必定失真！

希望你们不要偏激，不走极端。对这个世界保持着平和的心态。平和意味着自信，平和意味着理性，平和意味着民主，平和意味着与人为善，平和意味着和谐。用平和的态度对待生活，用平实的语言表达深邃的思想。真正的大师总是平和而朴实、谦逊而大度的。你们应该努力站到巨人的肩上探索未知，但不应该踩在别人的身上增加自己的高度，降低别人并不能增加你的实际高度。高山的生长不是为了显示平原的低矮而是为了引领大地亲吻蓝天，大海的深处有许多高山峻岭，大海包容了而不是冲垮了它。你们要学会共赢互进，学会与别人分享，学会欣赏别人。

希望你们不要过分注重胜利。你们可能常常置身于竞争和讨论之中，但希望你们知道竞争或讨论的真正目标不应该是胜利，而应该是进步。过程比结果更重要，进步比胜利更重要。

希望你们不要误解“奋斗”。口号不一定意味着行动。杜威先生说过：“一两经验，胜于一吨理论。”用在喊口号上的时间多了，行动的时间就会少了。行动不一定就等于进步，在忙碌中我们一定要留给自己反思的时间：我是在“前进”吗？不要人为地加重自己人生的负担。不要过于注重形式，行李越少，走得越远。只有专注于卓越发展的目标，才会对目标以外的东西采取简单的态度。

日本著名作家芥川龙之介说过，伟大的人和我们相距仅仅一步。同时代的人往往不理解这一步就是千里，而后代又盲目相信这千里就是一步。

在追求卓越、做领跑的人的平凡而伟大的人生中，希望你们常常追问以下 5 个基本问题：

追求的是“理想”还是“欲望”？

进行的是“行动”还是“劳动”？

对事业是“做到”还是“知道”？

得到的是“进步”还是“胜利”？

体验的是“幸福”还是“享乐”？

“君子务本，本立而道生。”君子务本，就是回到原点，回到系统，回到规律。

同学们，走出校门你们接受的第一个检验就是高考，它既是人生的一次经历，也是一次培训，“追求卓越，做领跑的人”，这是不二选择！你们的参考，对母校来说是又一次欣赏“幸福的高三”，但更期待的是你们的未来，高考仅仅是人生的一个短暂的阶段，它不代表未来，它更不能决定未来。即使从高校毕业，也仅仅是工作，不是职业，更不是事业。我们完全有理由对 2006 届同学的高考和未来充满信心。我们在附中种下的一棵理想树，即将移植到地球村里，我们在未名湖里放养的一群鱼，即将游入大海。我们在期盼，我们在等候。

成为你自己

——在南京师大附中 2007 届毕业典礼上的演讲

2007.5.26

初夏的附中，未名湖畔的栀子花清香袭人，《栀子花开》的浅吟低唱与《南京师大附中校歌》的深沉激越交替在校园回响。校园里有一群人，他们在静静聆听，他们在慢慢观赏，他们在徐徐行走，他们在窃窃交谈，他们在细细整理——那是即将离开附中校园的 2007 届的同学们。在南京师大附中即将迎来建校 105 周年庆典之际，我们在这里隆重集会，举行 2007 届高三毕业典礼。我代表学校向所有的毕业生表示祝贺，向所有的老师和家长表示感谢！

回首附中三年，我们想给你们一个真实的世界。我们的国家在全球化时代正在实现社会转型，她充满生机，但又表现出内在紧张与深度焦虑。现实的教育较之于理想的教育，如同戴着镣铐在凳子上跳舞。但是正如萧伯纳所说："要是世界上一切都很完美，我们就没有事情可干了。"2007 届全体师生是在不完美中努力追求完美的一届，你们展现了真我的风采，演绎了附中历史上灿烂的一幕：

2007 届同学在数学、物理、化学、生物、信息学、科技创新等学科竞赛中成绩特别优异：有 92 人次获江苏省一等奖，获一等奖的总人数连续第三年位列江苏省中学第一名；有 36 人次获得清华、北大、复旦、南大等国内著名高校的保送资格，高三（2）班的黄溢辰同学更以其优异的成绩在高二时就被保送清华大学；高二时有 8 名同学挑战美国高考 SAT。目前，2007 届的同学中已有 84 名被国内外著名高校保送录取或提前录取，其中有 14 人被清华、北大录取，34 人被美国、法国、澳大利亚、加拿大、新加坡等国外大学提前录取。保送或提前录取及国外大学录取人数创造了附中历史上的新纪录。

但是，这些还远远不是2007届的全部。附中是由每一个老师、每一个班级、每一个同学组成的，三年来，2007届每一个同学都在附中留下了自己的足印……

学校新百年后的课程改革是从2007届开始全面实施的：

促进学生个体卓越发展的课程改革之一——南京师大附中“必修课免修制”是从你们开始实施的，先后4期，共有59人次获得免修资格。这是在现行的班级授课制下有效进行因材施教的积极尝试，为学校实现办学理念积累了非常可贵的经验，在中国基础教育界引起了积极的关注。

为了把世界引入附中，让附中走向世界，创设国际化的环境，学校首次将“模拟联合国”正式纳入校本课程。是你们当中的200多名同学率先选择了这一课程，并且以你们为主力参加中国模拟联合国比赛的队员还正式编写出版了中国第一本《模拟联合国》校本教材。

为迎接国家第六次课程改革，学校在语文、生物等学科率先启动新课程改革，实验新的教材，是你们——2007届的全体师生，在江苏省率先踏上中国基础教育新一轮高中课程改革的探索之路。在你们实践的基础上，龚修森老师带领语文老师团队编写出版了《中学生文化论文读本》，它被出版界誉为“中学生深度阅读”的典范。

为了感受历史，明确责任，磨炼意志，创造有意义的生活，是你们——2007届全体师生，进一步完善了学校的警示主题教育课程——“1937·12·13，我们永远不能忘记”；你们用脚步丈量“通向和平的2万步”，你们用诗歌诠释“为了明天”应承担的责任。

为了优化成长的方式，你们自觉地选择了用研究的态度对待学习。你们组织的丰富的学科活动展现了知识的魅力，更展示了附中人创造的潜力：走近世界物理年的趣味物理活动，纪念抗战胜利60周年的诗歌创作及朗诵比赛活动，研究性学习的论文答辩，大学实验室的创造体验，与大师的面对面，话剧表演，体育节，圣诞英语节目……你们对学科活动的创新发展，不仅使附中活动课程的内涵变得更加富有创造的价值，也用行动证明了自主、探究、合作成为你们在附中校园内的存在方式。

所有这些，让我们欣赏到了作为一个集体在附中舞台上倾情盛演的“你们”，然而映入我们眼帘的更多的是作为独特个体在时代的田野里成长的“你”。

三年来，我们欣赏到了“你”追求超越、追求卓越的美丽。

人生每一个阶段都有它独特的美丽。超越自我、成为最好的自己——这是青春的美丽，这也是附中人的追求。我们看到一个班级黑板报上醒目地写着：“超越，本来就是心的召唤”；我们看到了一个班级将同学们高中三年的心愿卷成纸条，存放在玻璃瓶中感召自己；我们看到了一个班级在附中三年的秋季运动会上总分的三连冠；我们看到了一个班级历次运动会入场式展示出的非凡创造力，那“火炬”还在我们眼前燃烧；我们看到了一个班级20位同学的保送和14位同学所获得的自主招生资格；我们听到了《满江红·高三感怀》的吟诵……

三年来，我们欣赏到了“你”脚踏实地、永不言弃的坚守。

为了将来“做得大事”，你们追求理想的教育；但是你们力求避免虚幻与清谈，你们明白了先贤倡导的“嚼得菜根”的朴实与可贵。“脚踩大地，触手星辰”“志存高远，脚踏实地”“天道酬勤，俯仰无愧”，这是你们对校训的理解，也是你们对卓越发展的朴实规律的理解。在这个浮躁与反叛的时代里，这，同样也是朴实与可贵的！我们看到了一个班级门口张贴着这样一段话：“靠天才能做到的事，靠勤奋也能做到；靠天才做不到的事，靠勤奋也能做到”；我们看到了2006年暑期在中国科技大学进行物理竞赛集训的同学，被专家们誉为是他们见过的最好学、最出色的学生；我们看到了有两个班级连续5次被评为校先进班集体；我们看到了有的班级坚持了达两年之久的每周六早晨的读书节；我们看到了高三新学期初，有一个班级为了体现奋起直追、顽强拼搏精神，设计了新的班旗，班旗上用所有同学的手印组合成一个“拼”字……

三年来，我们欣赏到了“你”一丝不苟、追求完美的责任。

“以天下为己任，做领跑的人。”你们把这样的目标播撒在自己生活的田野，伴随青春的成长。我们看到了大批优秀学生干部以身垂范、敢于管理、善于管理；我们看到了安全员同学三年如一日的开门、开灯、开窗，关窗、关灯、关门；我们看到了一位同学在左手手指骨折的情况下，用右手将纯净水水桶搬上了五楼，因为今天他值日；我们看到了保送生同学到民工子弟学校支教，参加高一步行者活动；我们看到了他——一位班级图书管理员，发现公用字典的使用频率很高，就认认真真地把字典包好，包书纸用破了，他再包；我们看到了她——一位班级领操员，一年如一日地向我们展现着学校中华武术操的优美；我们每天都能在课间武术操时听到一个班级震天动地的吼声，我们发现有一个班级做操时常常吸引老师和来宾前来欣赏，那整齐准确的动作、青春勃发的精神成为附中校园一道耀眼的风景；我们在班级学习园地看到了"物理角"；我们在各项大型活动中看到了忙碌的"红马夹"；我们在放学后看到了黑板报小组成员……

三年来，我们欣赏到了"你"用真挚和善良创造出的温暖和感动。

因为"热爱"，你们明确了"责任"；因为"责任"，你们追求"创造"。你们的爱流淌在生活里。"推开教室门的刹那，你是班级的主人，是我的骄傲。"这是一位班主任的深情寄语，这也是她教师职业的幸福体验。我们看到了开设在很多班级里的生日祝福专栏——"你的生日，班级的节日"；我们看到了班级相册里展示的同学们快乐的镜头；我们看到了你们用自己精心培育的花草装点教室，在教室开空调以后带来的芬芳浓郁的栀子花；我们在主题班会上听到了你们对父母、对老师、对同学、对生活感恩的话语；我们看到，在夏天到来之际，你摘下自家庭院里的枇杷，送给老师同学品尝；我们看到，在教师节老班收到的特殊礼物——自制台历，那上面留有每一位同学的签名和拇指印，它被老师视为最珍贵的礼物，悉心珍藏；我们看到了有一个班级在班主任老师生病期间的自觉和优秀，老师说看到同学们他就好多了，比吃药还灵；我们看到三模后的总结会上，同学之间以匿名的方式相互鼓励、打气，何其感人动人——你不是一个人在奋斗；我们看到了一个班级由于出国的同学较多，班长特意召开了一次提前的毕业班会；我们看到了一位已经被保送浙江大学并提前开学的同学，专程赶回母校参加毕业典礼；我们看到了被新加坡大学录取的同学在临行前为四川灾区举办的义卖；我们还看到了当一位同学遭遇不幸时，高三年级团委的同学们发出了《伸出你爱的手》的倡议，最让我们感动的是倡议书的最后几句话："对于他，我们所能做的，是陪他一起成长。请大家悄悄地、默默地支持他！"——这样的话语怎能不让人眼眶湿润？三年来，我们在"感动附中年度人物"颁奖典礼上经常看到2007届师生的身影。

三年来，我们还欣赏到了"你"在为理想而奋斗的过程中所展现出来的优雅。

“创造价值”是我们的责任，“享受创造的价值”也是我们的责任，“苦行僧”不属于附中人！三年来你们一路奋进一路歌，“每临大事有静气”，因而高中的最后一年也就成了“幸福的高三”。我们欣赏到了你们的灵动与优雅——这也许可以说是朴实与大气的更为深刻的内涵吧。我们看到了三年中你们在每一次活动课程中的挥洒与飘逸；我们听到了你们在每一次成功以后的朗声大笑，也记得一个班级在篮球比赛中与冠军失之交臂而落下的男儿泪；我们看到了同学们用自己的作品精心装点教室；我们看到了在高三阶段班级的书橱里仍然排放着鲁迅、巴金、丰子恺、李泽厚、大仲马、泰戈尔、海明威、弗洛伊德、克里希那穆提等大师的文集；我们看到几个班级在高三下半学期，每天早自习后进行的“三分钟演讲”；我们看到有的教室成了花圃，在迎考的日子里你还在气定神闲地侍弄花草……

也许，我们欣赏的这些太平凡了，但平凡的人常常带给我们更深刻的感动，它提醒我们应该关注每一位同学的平常生活，这也许才是真正的生活。

三年，附中的舞台，2007 届的每一位同学展示着自己的精彩，或者准备着未来的精彩。今天我的发言的题目之所以确定为《成为你自己》，就是希望表达学校对你们每一位同学的欣赏、感谢和期待。

你们在附中的三年，我们欣赏到的不是一两个盆景，而是一个丰富的、灵动的原生态。你们的表现让母校骄傲和自豪，你们在附中 105 年历史上留下了自己的篇章。学校当然要向所有的老师和家长表示敬意和感谢，但是作为校长我要说，学校和家庭只是创造了环境和条件，而那种热情、责任、博大、智慧、创造等优秀的特质是你们自身的天性，不过许多是潜伏着的，我们只是做了唤醒、激发、强化、升华的事。附中三年，你们或许已经姹紫嫣红，或许才含苞待放。

人的生命只有一次，它无疑是世间最宝贵的东西。当自然赋予了我们生命，同时也赋予了我们一个神圣的使命，那就是：让我们的生命有意义，有价值。

生命，是需要自己开发的。每一粒种子都有适合自己的土地，每一棵草都会开放出自己的花朵，每一个人都可能是优秀的，每一个人都有其存在的独特价值，只是大家各有所长而已。

每一个生命在宇宙间都是独一无二的，每一个人如果遵从他的天性，在合适的外界条件下，他就能实现自我，成为他自己。但是我们的现实发展水平常常与我们的潜在发展水平还有不少的距离；我们的现实发展水平常常只是部分的“我”，或者浅层的“我”；发展中常常表现出来的是“我们”而不是“我”，没有显示出“我”的个性——也就是自己的天性。

因此学校提出了“促进每一位学生卓越发展”的办学理念。人的卓越发展，就是人在其“最近发展区”的自我实现达到了最优化，以其为使命的教育就是追求“让优秀者更优秀，让平常者不平常”。

因此，学校希望每一位学生：发现自己的潜能，发展自己的潜能，发挥自己的潜能，实现自己的天赋，成为你自己。我认为这才是真正的“尊重自己”。

岁月匆匆，人生苦短。如果是 80 岁的生命，那么我们只有 29220 天。生命好似我们手里的三万支蜡烛，每天减少一支，不管你有没有点燃。你是生活了三万天，还是将一天生活了三万次？你是否每天都将一支蜡烛点亮？你点亮的是自己的蜡烛吗？它充分燃烧了吗？它在多大的范围内发光？同样是灯光，如果放在谷底，只能照亮很小的地方，但放在灯塔上，却能照亮一片海洋。

那么，怎样才能真正“成为你自己”呢？

在人生旅程中养成反思的习惯，每一阶段——特别是重要的阶段追问自己五个问题：

第一个问题是：我是谁？

第二个问题是：我最想做的事是什么？

第三个问题是：我为什么要去做呢？

第四个问题是：我现在正在做什么？

第五个问题是：我为什么这样做呢？

第一个问题“我是谁”，就是要真正“认识你自己”。你的天性、你的兴趣爱好、你的“支点”是什么？你的“最近发展区”在哪里？

爱因斯坦明确拒绝了以色列人请他回去做总统的请求，比尔·盖茨也不愿像他的朋友一样作太空之旅。他们认识自己，知道自己能干什么。刘翔尽管领奖时表情很生动，但是如果他也“触电”去搞电影，很可能只是荧屏上多了一个二流甚至不入流的演员。

第二个问题“我最想做的事是什么”，就是要选择自己的学业、职业和事业。关于“人生”，中国的解释是：人的生存以及全部的生活经历；美国的解释是：人生就是为了梦想和兴趣而展开的表演。布什先生说：“人生是要让我们生活的，不是用来浪费的，只要肯努力，人人都能当总统。”孔子登东山而小鲁，登泰山而小天下。附中人以天下为己任，当志存高远，做得大事。“给我一个支点，我能撬动地球”，但是你首先应该有一个抓手，找到自己的最佳着力点。

最合适的就是最好的。选择自己最想实现的目标时，可以参考下面四个原则：

一是兴趣原则。如果奋斗的目标是自己兴趣所在，那么行动的过程，就是体验快乐的过程。每天都在幸福中那当然是幸福的人生了。

二是优势原则。你的选择是你的优势或者是你潜在的优势吗？如果是，你能将特点转化成增长点，创造出自己的优点，进而形成自己的优势。

三是需要原则。你所选择的，是你自己和社会需要的吗？需要的对象是哪些？需要的层次怎样？你能够提升人们的需要吗？你能够创造出社会新的需要吗？

四是发展原则。未来的发展前景如何？走向是什么？

只要应该，就去努力，就争取把它做好。有难度，才有高度，才有做的价值。

第三个问题“我为什么要去做呢”，就是明白自己最想要的是什么，明白生活的目的和价值。你选择了怎样的价值观，你就选择了怎样的行为，你也就选择了怎样的结果。“我们的观念决定我们所看到的世界”，这是爱因斯坦的名言。歌德也说过：“你若要喜爱你自己的价值，你就得给世界创造价值。”

如果我们能将自己创造的价值投入到他人和社会中去，那么价值就会放大，我们就能体验到更多、更深刻的幸福，这样我们就将个人价值和社会价值统一起来了。“以天下为己任，做领跑的人”，附中人将自己创造的生命价值奉献于社会，于是创造了“大我”。

“当你感到生活中有一种力量驱使你飞翔时，你是绝不应该爬行的。”这是海伦·凯勒的生命感悟，她道出了价值的力量——我们为什么要去做的原因。

第四个问题“我现在正在做什么”，就是审视自己当下的行为。当下的行为一直指向于目标吗？是否挖了许多“浅塘”而没有挖成一口真正属于自己的“深井”？要防止没有对准目标的燃烧，也要防止低温的燃烧——那是隐性浪费，忙忙碌碌也可能变成庸庸碌碌！

第五个问题“我为什么这样做呢”，就是反思自己当下的行为，及时拉回到目标上来。当你忘记目标的时候，或者你的目标不具体的时候，诱惑就会找上门来。不要平庸，那不是你的本性；不要畏难，那会放大你的困难。

但是，你也不要过度的疲劳。要创造生命的价值，也要学会享受生命的价值。就好像肤色与文明、青春与发色没有关系一样，幸福、快乐并不与“成功”“财富”有太多的相关。

巴基斯坦有位诗人曾经说过大意如此的一段话：我的职业是个鞋商，但我的心灵是个诗人，我是一个卖鞋子的诗人。我又想起米兰·昆德拉创造的那个著名的短句：“生活在别处”。

有弹性才有灵性；我们应当把握好生活的节奏，展现出生命中的优雅，建立起自己的人生智慧——也许这样你会创造出更大的价值。

有人认为，预测未来的最好的办法，就是把它创造出来。母校希望每一个同学创造出自己的价值，创造出生活的幸福，创造出人生的优雅。请记住：“责任·创造”是你们的天性。祝愿你们在人生的旅途中认识自己，创造自己，完善自己，成为你自己！

英雄有大美

——在南京师大附中 2008 届毕业典礼上的演讲

2008.5.27

刚才我们一起观看了“2008 届三年精彩回放”的录像，确实是感慨万端。时间，只是在我们度过了以后才变得神圣起来。人们回首历史的时候，最能体会到日月不居、岁月如歌的含意了。

每一届都有精彩回放，但是 2008 届似乎更加精彩纷呈，制作片子的同学强烈要求增加 10 分钟时间，因为“即使忍痛也不知道从哪儿割爱了”。

那么，同学们，你们能告诉我，什么是“精彩”吗?

我想起三年前你们到附中的第一课——军训，还记得学校对你们提出的课程目标吗？对，初步养成“阳刚之气，英雄之美”。

军服，队列，拉歌，站岗，野营，晚会，表演；皮肤从白嫩到黝黑，声音从清脆到粗犷，目光从游离到坚定，腰板从随意到挺直。你们好像一下子长大了，开始的时候你们在寻找“阳刚之气”，后来你们慢慢体验到“英雄之美”了——你们知道自己将要做一个怎样的人，你们明白了自己要怎样的成长，你们选择了高远和博大，你们选择了坚强与执着。部队的首长也理解了一群 15 岁的“尖子生”为何能超越预备役军人和正式军人的训练成果。

既然选择了远方，便只顾风雨兼程。

你们是江苏省实施新课程、新高考的第一届，三年来你们养“气”长“美”，在附中百年舞台上尽情挥洒，创造出了你们的“精彩”：

生涯规划课程，深度学习策略，学生综合素质评价，31 公里步行者活动，“12·13，我们永远不能忘记”主题课程，学科周活动，《附中简报》，学业发展规划，学习之星评选，附中讲义实施，社会实践课程，高二体育节的创设，高三学生目标管理手册《我的附中 360 日》的编制和使用，学生学业发展的数据分析和指导体系的建构，首次独立举行“成人仪式”，首创学长制课程，首开 IGCSE 教学实验，参加法国无境数学竞赛，参加加拿大滑铁卢大学“欧几里得数学竞赛”……

研究性学习——342 个研究性学习课题。已有 2 本研究性学习成果专集汇编成册《创造的天空》，其中卢懿等同学研究的《节约型校园建设方案》、周天艺等同学研究的《南京水体污染的调查报告》获全国三等奖，陈尉轩、冯旻予等共同研究的《高速汉字输入键盘的研究》与陈莽昆等同学共同研究的《品牌连锁店合理性分布研究》获市一等奖。

学业水平考试——6 门学科中有 4 门 A 率超过 90%。历史学科 A 级通过率更是达到 97.91%，325 位辛勤的幸运者获得了 4A，名列全省前茅。这不仅仅是为了高考加 10 分，更是因为自己全面发展的责任。

学科竞赛——再次收获了江苏省第一名的桂冠。2008 届高三同学在奥赛中，有 75 人次获省级以上一等奖（全校 109 人次），其中亚洲区一等奖 1 人次，全国一等奖 1 人次，全国二等奖 2 人次，获一等奖总人数连续三年位列江苏省第一名，其中高三（2）班何骥同学在亚洲物理奥林匹克竞赛中获得总分第一名。从南京到哈尔滨，从北京到乌兰巴托，你们把附中高高举起。

保送生——再创附中历史上的新高。截至 5 月 20 日，2008 届有 89 位同学被国内外著名高校保送提前录取，有 67 位同学获得国内外著名高校自主招生资格。

说到这里，你们可能已经猜到校长认为“精彩”就是英雄，“精彩回放”就是回放英雄的故事。是的，我是在回顾你们在附中三年英雄的表现。然而回顾中短短的一句，浓缩了多少个台前英雄和幕后英雄的智慧和汗水、勇敢和坚强。在此，我建议 2008 届的同学把最热烈的掌声送给培育你们成长的家长和老师们，谢谢他们，他们是我们的世界中最可爱的人！

可是，难道“英雄”就只是宏大叙事？就只是波澜壮阔？就只是风云人物？

我们怎能忘记：校国旗护卫队，一年四季，对你们来说，只有一个季节；步行者活动中“挪”进校门时疲惫的脸上绽放的泪花；合唱节、圣诞晚会、诗歌朗诵会、武术操表演、运动会入场式、十人九足、体育节、校篮球队、校龙舟队你们群体奋斗的身影。

有的班级入学分数不高但学业考试“敢与天公试比高”；有的班级连续保持卫生第一，把常规考核看作是对自己的教养的考核；有的班级为西部捐建了一座“母亲水窖”，传递着附中人的大爱。

有的同学参加了模拟联合国活动，有的同学赴美国参加了系统动力学方面的学术交流活动，有的同学在国际学校联盟峰会上自信地主持国际学生的讨论、从容地表演附中的中华武术操，有的同学在特殊学校担任义务辅导员，有的同学到民工子弟学校任教，有的同学为地震灾区义卖；有个同学在社会实践期间，为班级出小报到深夜，回到宿舍发现大家已睡熟，为了不吵醒同学，他没有敲门，而是在门外等待，直到第二天清晨。

满目缤纷，俯拾皆是。

也许，你要说，这些是什么？这也算“英雄”？如果是，那么我也是“英雄”，或者说，我也做过“英雄”，至少说，我也有做“英雄”的可能。

天地间，何谓“英雄”？

孔子说：“智者不惑，仁者不忧，勇者不惧。”他把智、仁、勇看作人类社会的三大“至德”，并认为达此境界的途径是“好学近乎智，力行近乎仁，知耻近乎勇。”孟子曰：“富贵不能淫，贫贱不能移，威武不能屈，此之谓大丈夫。”这是儒家的英雄观。

三国时期的刘劭说过：“聪明秀出谓之英，胆力过人谓之雄。”

我个人理解，“英”者，明也；“雄”者，勇也。“英雄”的内涵就是：责任、勇敢、创造。

责任，不是你应该做的事情，而是你必须要做的事情；勇敢，就是竭尽全力，敢于牺牲，坚持不懈；创造，就是有所作为，创造价值，成为自己。

我所理解的“英雄”，不是行走江湖横刀立马石破天惊振臂一呼应者云集“高大全”神话式的英雄，而是草根英雄、平民英雄。不仅仅是通常所说的英雄人物，更要强调的是普通人的英雄情怀、英雄气质。“英雄”不是稀有元素，而是人类的基因之一，“英雄主义”集中体现出了人性的光辉。

马克思说过，自我意识具有最高的神性。神性就在自己身上，“英雄”

属于自我意识。

在萨特那里，普通的、平凡的人都有可能选择“自己成为自己的英雄”。萨特驳斥了“天生的懦夫”和“天生的英雄”的宿命论观点，指出，人并非因为长着一个懦夫的心或懦夫的肺才成为懦夫，恰恰相反，是懦夫把自己变成懦夫，英雄把自己变成英雄。萨特鼓励人们勇敢地选择自己的价值，并为他的选择承担责任，斥责逃避责任的种种借口。在他看来，由于人是自由的，所以不可能不选择，所谓听天由命也是一种选择，不过，这是一种消极的、逃避他的自由的选择，是一种自欺。

因此，英雄应该是一种品质，它与性别无关，它与身材无关，它与出身无关，它与财势无关，它与比赛无关，它与“知名”无关，它与鲁莽和冲动无关，它甚至与智商和机遇也无关。但是，英雄，它与人生意义选择有关，它与品德有关，它与勇往直前有关，它与超越自我有关，它与创造价值有关。所以，它就具备了大美！

英雄之美，体现在“三”度上：厚度——思想；力度——勇气；效度——价值。

英雄之美所彰显的崇高价值的基础在于生命人格的塑造。英雄的产生和对英雄的追慕源于人类对于高尚精神生活的要求，是人的心灵追求。古罗马文论家朗吉弩斯在其《论崇高》中曾将这种人格培育比喻为“伟大心灵的回响”，并认为，如果人一旦失去了这种对伟大心灵的感应和体悟，麻木、冷漠、委琐就会接踵而至，人生必然因此阴暗卑下，与“自由”无缘。

如果有人说“我”不能成为“英雄”，那“是不为也，非不能也”。如果我们远离“英雄”，那么，很可能会富而不贵，行而不远。

尽管“英雄”是人类的基因，但它常常处在潜藏、沉睡的状态中。

我们往往知道自己的责任，但是，只将它作为空中的气球，没有真正地把它作为引领自己前进的旗帜，因为畏难、自卑、诱惑、怯懦、绝望——缺乏英雄主义的情怀和气质，我们将身体蜷曲，我们让潜能沉睡，我们任由星火熄灭，我们最终以遗憾收场，然后再寄托于我们的下一代来实现我们的梦想。

把蕴藏在我们自身内部的所有潜在力量激发出来，需要英雄主义；让优秀者更优秀、平常者不平常，需要英雄主义；一个国家一个民族的崛起，需要英雄主义！

平凡人的深藏的财富和可能的优势是什么？英雄的本性！普通人具有了英雄的意识和精神就可以做出不平凡的贡献。

天地英雄，我们原本都是。

一个人能够为自己的时代做些什么？能为社会做些什么？一个人应该为自己的生命做些什么？这些应当在人性中的英雄主义被唤醒以后来回答。

“嚼得菜根，做得大事”，这就是英雄主义的具体体现；发扬英雄主义是将“责任”具体化为“创造”“成为你自己”的策略和行为。

南京师大附中，是一个英雄主义者荟萃的大家庭。

但是，我们社会近些年来对“英雄”有些陌生了，“英雄”成为稀缺的、回避的甚至被恶搞的对象了。

我们国家处在特殊的社会转型期，这是一个可能极度贫穷以后疯狂享受的时代，这是一个可能物质主义至上的时代，这是一个可能迷恋柔软生活的时代，这是一个可能小富即安的时代，这是一个可能在竞争中诱发人类劣性而荒芜人性光辉的时代，这又可能是一个竞争中引导人们归隐而忽略人们潜能舒展的时代，这还可能是“精英”们用平民主义的矫情麻痹普通人进而维持自身优越的时代。在当代的中国，是享乐苟且，还是奋发进取？这还真是个问题。

我们可能害怕自己的英雄本性。马斯洛曾经分析人们存在的“约拿情结”，认为人们也会有可能不敢挑战自己，不敢超越自己，不敢享受自己的高峰体验，不敢拥有自己的真正人生。

我们可能害怕困难。我们害怕原本可以克服的困难，甚至是害怕那种无名的、没有道理的、毫无根据的“困难”，自我恐吓，作茧自缚，自己戴上精神枷锁，然后挣扎匍行。

我们可能害怕自己不够完美。人类往往会对自身道德瑕疵和意志缺陷进行过度补偿。英雄没有必要也不可能是完美无缺的，我们更没有必要以神的标准来奢望他人与自己。罗曼·罗兰在《约翰·克里斯朵夫》一书开篇就写道：英雄并非没有卑劣的情操，只不过他们没有被卑劣的情操所俘虏罢了。人类道德的亘古原则，一是无需极致，二是必须践行。我们应该学会在成长中逐步完善，悦纳自我。“不是你有多少糠皮，而是你有没有麦子。”——英雄主义者肯定有他的瑕疵——谁没有呢？但是他有更多值得我们喜爱值得我们钦敬的优点。

我们可能害怕失去轻松和愉快。一段时间里“远离崇高”成为时尚，似乎人只有远离崇高，精神和心理才会获得轻松和愉快。然而，人不仅需要有物质的满足，同时更需要精神的支撑，并且物质越丰富，精神支撑越不可或缺。实践告诉我们，远离英雄，将造成精神空虚，甚至蜕变，也很难真正享受到有深度的幸福和快乐。美国总统肯尼迪在谈到美国将实行登月计划时说：我们选择登月，并且做其他的事，不是因为它们容易，而是因为它们困难。奥林匹克体育运动承载着人类社会普遍认同的价值观念，她所倡导的“更高、更快、更强”的精神，不就是人类本性中的英雄情怀吗？不就是人类的“高峰体验”吗？一味追求“轻松和愉快”，常常会造成隐性浪费，浓烟滚滚，但是不见火苗，我们要避免低温燃烧，我们要烧开自己这壶水！

事实上，这些天来，“英雄主义”一直强烈地冲击着我们：

四川汶川特大地震灾害，它使得国人的心灵秩序得以重建，它震绽出了人性的光辉——勇敢、坚强、希望——这就是英雄主义，这是开放在伤口最具生命力的一朵玫瑰。大难激大勇，沧海横流，方显英雄本色。

请看：

映秀镇渔子溪小学二年级学生林浩爬出废墟后又爬回去背出两名同学，震后徒步 7 个小时到达都江堰。

北川一中李安宁同学被砸中动弹不得，她带领活着的同学一起喊话：“我们要出去，我们要挺住”，然后同声唱歌。

15 岁少年雷楚年，灾难来临之际，他表现出非凡的冷静和勇气，短短的两分钟时间两次返回教室，救出 7 名同学。

陈建清被埋在废墟中已经 3 天，他说：“我是世界上第一个背上压着 3 块预制板的人，我要坚持下去。”

女学生邓清清在废墟里面打着手电筒看书。

被困 216 小时之久的女工崔昌会，由于没有食物和水，为了不连累两名没受伤的工友，她“逼”走了他们。此后，她靠一个梨子、蚯蚓、野草和尿液维持生存。在医院接受治疗时，还在嗫嚅着："我要活下去，一定要坚持下去。"

一个成都下岗工人在献血后说，我拿不出钱但我可以"出点血"。

一位衣衫褴褛的乞讨老人，身上全是讨来的一毛两毛还有一些硬币，特地利用中午到银行，将全身的零钱兑换出了一张一百元。老人说："灾区的人比我更困难，他们的生命都受到威胁，不容易啊！"

……

5月19日14时28分天安门广场，为大地震中罹难者默哀后，人们高喊："汶川挺住，中国加油！"

前天，高三一个身体单薄的女同学平静而又坚定地告诉我说："我要报考地质专业！我要到世界最知名的地质学院深造！"

……

平凡的人们给我们展示了英雄之美，他们的无私、无畏、悲悯、坚韧深深地震撼着我们。

灾难总要过去，我们大多数人也不可能经常在灾难中被唤醒，在强烈的刺激下成长。

蒙田这样认识自己："从我身上，可以看到所有的矛盾……羞怯，傲慢；纯洁，放纵；健谈，寡言；坚强，纤弱；聪明，愚鲁；暴戾，和蔼；虚伪，真诚；博学，无知；慷慨，吝啬又挥霍……所有这些，我都在自己的身上或多或少地看到，就看我朝哪个角度旋转。"

让我们朝"英雄"的角度旋转，让我们走进它、唤醒它、强化它、鼓励它、体验它、升华它、享受它，进而使它形成我们的习惯，让它成为我们基本的、高贵的品质——不仅仅是表现，而是品德，品质！

因为英雄有大美，所以——

对英雄的欣赏，需要有一定的距离，如同欣赏高山峻岭九天银河；

对英雄的欣赏，需要待以时日，"要知松高洁，待到雪化时"；

对英雄的欣赏，需要有"大我"的胸怀，"青山原不动，白云任去来"。

风景属于看风景的人，英雄属于选择英雄的人。

年轻时没有英雄气概，年老时就没有真正的回忆。

2008届的同学们，今天学校为你们举行毕业典礼，祝贺你们在附中完成了高中学业。明天你们就成了附中校友，12天以后你们就要走向高考考场，再走向更广阔的未来。朋友们，来吧，让我们坚定而又微笑地走向高考考场。因为我们做好了充分准备，所以我们坚定；因为我们把它作为“英雄”的体验，所以我们微笑。朋友们，展翅高飞吧，飞向未来的天空，未来不是我们要去的地方，未来是我们要创造的地方。

天地“英雄”，附中人当仁不让，因为这是我们的天性，这是我们的责任，这是我们的智慧！

英雄主义，花开不败；人生舞台，看我精彩！

道不远人

——在南京师大附中2009届毕业典礼上的演讲

2009.5.27

今年是南京师大附中建校107周年，今天我们举行2009届高中毕业典礼。我谨代表学校向参加典礼的各位领导、各位来宾表示热烈的欢迎，向圆满完成学业、光荣毕业的高三同学表示衷心的祝贺，向全体老师和家长表示诚挚的感谢。

高中三年，每一届都是一本大书。2009届这一本书的书名我的建议是——《大气》。

大气，最靠近的、最耀眼的是你们的学业成绩，那些硬朗的数据隆起了你们青春风景的高原和高原上的高峰。

高二时的“学业考试”锋芒初露。通过率为100%，其中各门学科都在B等级以上的学生人数占99.4%，全年级有452人获得4A等级，全A率占61.2%，成绩名列全省前茅。

高三时的学科竞赛蝉联全省第一。在全国数学、物理、化学、生物、信息、科技创新等学科奥林匹克竞赛中，有144人次获得江苏省一等奖，有44人次获得高校保送资格，占全省获得竞赛保送资格总人数的近四分之一。附中连续5年竞赛成绩位居全省第一，9人次在全国获奖，在刚刚结束的国际青年物理学家锦标赛中国国家代表队选拔赛中，高三（3）班朱宏宇同学入选5人组成的国家队，将参加22届国际青年物理学家锦标赛。

截至2009年5月初，2009届高三学生已经有210名同学被国内外著名高校保送提前录取，有154名同学获得国内外著名高校自主招生资格。共有364名同学被国内外著名高校保送提前录取和获得自主招生资格。

被国外高校录取的已有129名同学，其中不乏耶鲁、康奈尔、布朗、巴黎政治学院、法国大学校、意大利博科尼大学等世界名校，你们不负众望，显示了全球化时代附中人在国际舞台上的风采。

江苏省今年有近60万高考考生，730多所中学，其中四星级重点学校有150多所，名校林立。所以说2009届的同学、老师、家长，你们了不起、你们不容易！你们一起建立了附中历史上新的高度，学校为你们自豪，谢谢你们！

如果说，埃及金字塔不是奴隶而是由虔诚信仰的自由民建造的，那么2009届的成绩和贡献体现了我们的“嚼得菜根”的精神，但绝不是所谓的“死读书”，那是不客观的，也是不尊重的。在国内外名校的笔试、面试、考察面前，附中2009届学子大气而有实力的表现，即将参加高考同学的蓄势待发、举重若轻，210位保送提前录取同学的淡定和高远，岂是“死读书”所能企及的！回首三年路，我们会看到2009届的高原和高原上的高峰是怎样垒成的。

我们看到了暑期夏令营的“城市穿行”，高一“成长比成功更重要”的对话，“飞扬的青春，飞扬的梦”演讲比赛，“种下一棵理想树”的主题班会，“我的青春梦想”家长演讲，“生涯规划”课程。还记得参观校史馆院士墙时说过的“即使混不进院士墙，至少也要进校史馆”的豪言壮语吗，还记得“12.13”主题演出上催人泪下的诗朗诵吗，还记得成人仪式上的“世界因我们而不同”的铮铮誓言吗？

我们看到了三年的学习策略研究、研究性学习、社会实践，看到了“走进大师”“物理照耀世界”“化学在你身边”“头脑奥林匹克”“模拟联合国”等学科活动，你们在60多门学校选修课程、50多个学生社团中丰富个性，发展潜能，尽显风流。

我们看到了在军训、体育节、“31公里步行者活动”中你们焕发出来的“阳刚之气，英雄之美”。这种“英雄之美”已经悄然浸入了你们的生活。还记得那个报考法国英萨大学的同学的声音吗：“就算爬，也一定要到终点证明我自己。”

我们看到了在合唱节、国际科技文化节、“三年路三年情年级联欢会”“十八岁成人仪式”中你们的博大、优雅与活力，我们看到在了汶川大地震和社会救助中升腾起的悲悯意识和人文关怀……

高中三年，一千多个日子。这么多人，这么多的事，华而又实，在你们身上我们分明有一种感觉，这也许就是我们期待的一种气质，不，应该是一种品质。

王国维说过：“有境界，本也。气质、神韵，末也。有境界而二者随之矣。”

那么2009届养成的这种品质是什么呢？从刚才简要的回顾中，可以看出你们在附中培养出来的正气、志气、才气、勇气、雅气，这“五气”，我将它概括成——“大气”！

这些品质，也许不是高考试卷所能全部检测出来的，但是拥有这些宝贵的财富，无疑将会受用终生，从这个角度上来说，有比这一次高考更重要的意义和价值。

饮水思源，我要感谢2009届的“输气工”——老师和家长们，是你们用思考和行动将附中的传统演绎、传承，将2009届高高托起！再次地深深地谢谢你们！

多年以前，有一位学大提琴的年轻人去向伟大的大提琴家卡萨尔斯讨教：我怎样才能成为一名优秀的大提琴家？卡萨尔斯面对雄心勃勃的年轻人，意味深长地回答：“先成为一名优秀而大写的人，然后成为一名优秀和大写的音乐人，再然后就会成为一名优秀的大提琴家。”

“美丽”与“漂亮”，“智慧”与“聪明”，“高雅”与“高贵”，两者是有区别的，两者的区别是：前者关乎心灵与品位——“道”，而后者只关乎天赋。前者是可以被选择的，更受人尊重。

人才人才，先成“人”后成“才”，道路道路，先有“道”才有“路”

宇宙中最有力的自然法则之一是“吸引力法则”，说的就是“同类相吸”的道理，“同类”会吸引“同类”。你心中想什么，专注于什么，你就会把它们吸引过来。你生命中所发生的一切，都是你吸引来的。你是怎样的人，你就会有怎样的朋友。因此我们看到了：乐观带来了乐观，积极带来了积极，沉着带来了沉着，狭隘带来了狭隘，偏激带来了偏激，愤怒带来了愤怒。不断累积，乐观者会更加乐观，愤怒者会更加愤怒。当您微笑的时候，整个世界都在微笑。

所以，选择正确的“道”，实际上是在培养自己的优势。

有“道”的人，才会有真正的生活。

2009 届的同学们，你们毕业的这一年世界是多事之秋：金融海啸席卷全球，甲型 H1N1 流感来势汹汹。在重重危机中，中国一位民营企业家吉利集团总裁李书福令人刮目相看，一般人信奉“冬眠论”，而他提出“冬泳论”，逆势发展。今年又是“五四”运动 90 周年，附中的青年朋友们你们的未来将选择怎样的“道”呢?

学校从 2009 届开始毕业典礼时师生着毕业服和导师服。毕业服与学位服的主要区别在“垂布”上，“垂布”的不同颜色分出了不同学科。今天的附中毕业服没有“垂布”，体现出学校希望你们从附中出发，去选择自己的“道”，开创自己的路，未来佩戴你应该佩戴的“垂布”。

2006 年你们从全省各地来到附中，在“生涯规划”课程中“栽下一棵理想树”，2009 年离开附中的前夕，你们种下一棵“成人树”——树名叫金钱松。金钱松是世界 5 大庭院树木之一，是我国特产树种，也是全世界唯一的仅存于中国的单属单种特有植物，国家二级保护植物。作为校长，理解你们的心意。实际上，在母校眼里，你们每一个人都是一棵“金钱松”，都是独特的、唯一的、伟大的，像“金钱松”一样，不一定都很高大，但是一定向着阳光，有自己的风骨，有自己的品质。你们可能在天涯海角，但是共同的一棵在母校标本林里，附中永远都是你们的家!

美国诗人惠特曼在一首诗里写道：“我把自己赠给泥土，然后再从自己喜爱的草叶中生长出来。”同学们，父母与老师已经与你们的生命联系在一起，你们的进步也是父母、老师的成就，你们的每一天都是我们的牵挂。最后我把高三时学校对你们的期待赠送给你们：“天天有进步，创造新高度。”

追寻真实的生活

——在深圳中学 2010 届毕业典礼上的演讲

2010.6.11

亲爱的 2010 届同学们，从你们入校第一天到现在，一共是 1025 天。我来学校的时间不长，与你们共处的时间更少，不过我想了解你们的心情是很迫切的。当对你们有了一点了解之后，我有些激动，也有些遗憾。激动的是，发现在过去三年里，你们经历了一种很丰富、很有张力的校园生活；遗憾的是，我参与到你们的这种生活的时间太短了。

属于你们的荣耀，已经在很多地方表达过，今天就不在这里复述了。我想在这里说的是，事隔许久还能震撼我这个"后来者"的那些场景和事件。

2007 年 8 月，你们忐忑不安地走进深中大门，学长们用温暖的笑容迎接了你们，又用嘹亮的口号"非常好——YES"，送你们踏上了军训的征途；在军训结营晚会上，你们用手机的点点微光，创造了一颗晶莹的感恩之心；2007 年 9 月，在这里举行了新生入学礼，你们在《感恩的心》的音乐声中站立起来，用手语表达着感动的心情；2007 年 11 月，深中甲子庆典，作为团体演出主要成员，你们辛勤训练，把对学校的感情融入举手投足；2007 年 12 月，你们分批进行心智训练，穿透苹果的吸管，天使的祝福，死党的关怀，"信任倒"时的胆怯与勇气，听到鼓励和赞美后的泪流满面……那短短两天里发生的一切，是青春激情的最好注解；2008 年 1 月，充满热情与创意的"JUSTGO"游园会上，连演四场、场场爆满的乐队秀的主角，今天就在你们中间；原创的歌曲，悠扬的电子琴，深情的吉他，优雅的小提琴，还有随着音乐飞扬的青春舞姿，搭配得那么完美；2008 年 5 月，汶川大地震发生，你们为灾区捐款，自发在学校天井寄托哀思，朗诵哀伤的诗篇，合唱催人泪下的歌曲，你们用蜡烛摆成的“5.12”在黑夜中闪光；2009 年 5 月，化妆舞会上五单元改编自《暮光之城》的剧目动人心魄，台湾教授傅佩荣的国学讲座启发人生；2010 年 3 月，你们的成人礼在这里举行，凤凰花，年年开，十八岁，踏歌来……

我想，你们肯定和我一样，对这些珍贵的东西念念不忘。

为什么这些细节和事件在许久之后，还能给我这个“后来者”以震撼？因为它们彰显了深中的教育所具有的独特价值：这是一种基于学生的真实生活，与学生最本质的生命意义相联系的真实的教育。丰富的活动，各种各样的选择机会，都是为了帮助学生发现自我、实现自我与完善自我。

社会心理学家认为处于青春期阶段的个体要面临的一个关键问题是“我是谁”，这个时期的个体面临着同一性的危机，而无法建立稳定和统一特性的个体将会面临角色混乱。

你们即将走出中学校园，迈进更广阔的生活。在离开之前，许多人也会思考一个问题：我是谁？我能从深中带走什么？你们过去三年的生活既充满了激情、活力与想象力，同时也充满了冲突、困惑与彷徨。但是不可否认，无论是激情、活力和想象力，还是这些冲突、困惑与彷徨，都是帮助你们发现自我、实现自我、完善自我的重要力量。

在进入高三以后，你们对高一高二的生活自发产生了追问。今天，你们即将离开母校，在走向社会之前，梳理和反思一下过去，可能对发现真正的“自我”是有些帮助的。

我梳理了一下，有几个关键词，与你们在深中发现自我、实现自我与完善自我的过程有密切关系。

首先是“自由”。看百度深中吧，谈深中文化，必谈及“自由”。可是因为中国的历史与现实常常曲解源自西方文化的“自由”概念，以致我们常常不由自主地忽略了这样一个事实：西方的与民主概念相关联的自由，绝不是无条件、无约束的。卢梭在《社会契约论》中说：“真正的自由不是你想做什么就做什么，而是你不想做什么、不能做什么就坚决不做什么。”它与中国传统的“无规矩不能成方圆”的观念殊途同归，有着相同内涵。就如我们在制造一辆汽车的时候，不但要设计动力装置，还必须设计相对应的制动装置，如果只有动力而没有制动装置，那么这辆车动力越强劲，危险也就越大。所以哲学家黑格尔说："人们往往把任性也叫作自由，但是任性只是非理性的自由。"对自由的曲解，必然造成对自我最深的禁锢。

其次是"个性"。深中学生张扬的个性，是建立在深中文化的核心价值观念"民主"与"自由"的基础上的。但是客观地说，有些时候我们理解的所谓的"个性"，恰恰是建立在"非理性的自由"之上的。有些学生讲个性，凡是不合乎自己心意的，凡是有碍个人自由的，都可以打着个性的旗号消解和抵抗。但个性不仅具有自然性，还具有社会性。当为追求个性而破坏自由的边界时，个性就成为任性的代名词。所以在这个空前追逐个性、倡导个性、重视个性的时代，很多时候我们看到的又并不是个性的降临，而是个性的阙失。

再次是"自信"。深中的学生给我的感觉很自信。关于自信对一个人的重要性，经典文化和通俗文化都有论断。爱默生说："自信是成功的第一秘诀。"零点乐队则在《相信自己》中唱道："相信自己将赢得胜利，创造奇迹，相信自己将超越极限，超越自己……"自信是什么？通常的解释是自己相信自己。可是这个解释有点含糊。相信自己的什么呢？凭什么相信呢？酒后驾车的人通常都很"自信"，可是这种"自信"是很危险的，因为他们的"自信"是建立在以酒精为中介的情绪之上的，激情有余，理性不足。自信，不仅仅来自热情与勇气，更重要更持久的是来自于使命感与专业精神。真正的自信，有三重境界：第一重境界是"我能"，在使命感的导引下形成了专业能力，对自己要实现的目标充满信心，是历经挫折、屡败屡战的坚持；第二重境界是"我不能"，是建立在"我能"的信心和成功基础之上的，对"己所不能"的自觉，"知有虚心之自信，则自信而不骄盈"；第三重境界是"你比我能"，是建立在深重的使命感之上的，基于国家和社会的更大利益，能接纳与理解别人对自己的超越。如果制造一种幻象，将自己深埋其中，对外界或妖魔化或视而不见，放大自我，自娱自乐，自我欣赏，并且还君临天下，不容置喙，那实在是遗憾之至的。

还有一个就是“公民”。曾经有媒体报道深中的课改，说其实质是“3000未成年人的公民实验。”什么是公民？是有一个国家的国籍，根据该国的法律规范享有权利和承担义务的自然人。这里出现了“享有权利”，也出现了“承担义务”。什么是“承担义务”呢？就是“敢于负责”。公民概念肇始，公民权利受到更多的关注与重视，因为从其产生来看，公民作为一个法律概念，是和民主政治紧密相连的。但是随着全球化时代的来临，“权利公民”观念不断受到现实的挑战，“责任公民”日益受到重视。未来社会的基石一定是负责任的公民。事实上，由于只关注个人的权利和自由，这个社会已经在消费主义、物质主义和个人主义的道路上走得太远了。公民不应该仅仅是权利的承载者，更应该是责任的承担者，在做出满足自己需要和愿望的个人决定时，应该对自己、对他人、对社会，以至对影响人类生存的生态环境等有全盘考虑并承担起相应的责任。

不只是公民，还是“杰出公民”。这是不是意味着深中培养的是精英，深中是一所精英学校？在现实的教育中，一个不言自明的事实是，中国的基础教育是一种选择性的教育，是一种精英取向的教育。如果这个大的事实背景是无法改变的，那么，我希望深中的毕业生能主动认识到传统的精英教育的不足：它给学生灌输“高人一等”的自我意识，使学生疏远于真实社会，钳制了个人生活心智的成长；它提供“高端”和“安全”的生活方式，使学生追逐金领阶层，害怕创新，不敢冒险，不敢正视内心真实的想法；它教给学生的仅仅是现实生活成功所需要的分析能力和口才，而忽视真正的人文教育，使学生缺乏自由而独立的思考；它所指向的忙碌的社交，使学生丧失了独处的能力和孤独感，个人内省的前提不复存在等等。如果“杰出公民”就是社会精英，那么我希望你们要更深刻地认识精英对社会的价值与意义：精英不是富人，其价值绝不只在于多创造些经济价值，更不在于追求优越的生活。真正的精英，有的是“穷则独善其身，达则兼济天下”的仁者胸怀与贵族精神，有更多社会担当和更强的历史使命感，是一群在引领社会思想进步和创新世界上有所作为的人。深中的同学们应该努力做出“杰出”的贡献，但是要经常提醒自己只是一个“公民”——公民是不应该分等级的。

鲁迅先生曾说过：“我的确是时时解剖别人，然而更多的是更无情面地解剖我自己。”我们曾激扬文字，挥洒青春，离别之时，凝神静思：我们有经历，但似乎也应该有专业；我们有热闹，但似乎也应该有思考；我们重视“活力”，但似乎也应该重视学业；我们风风火火、潇潇洒洒，但似乎也应该宁静致远、上下求索；我们追求与众不同，但似乎也应该追求价值与效能。现在，回首三年路，反思曾经那么熟悉的生活，也许会对未来有一些参考，也许大学以后，你们会有更真切的认识。

有一句话这样说：距离我们最近的是信息，其次是事实，最远的是真相。英国著名诗人、剧作家、文学评论家艾略特 1934 年在合唱诗《岩石》中有一发人深省之问：“在信息中，我们的知识哪里去了？在知识中，我们的智慧哪里去了？在生活中，我们的生命哪里去了？”我们因此有必要不断问自己：我所信仰的自由，我所追求的个性，我所依靠的自信，我所理解的公民，有没有被曲解？我所发现和实现的是不是真实的自我？

那么，一个人怎样才能发现真实的自我、发展真实的自我、实现真实的自我呢？只有一个途径：植根于真实的生活，将物质的自我，精神的自我和社会的自我结合，从“小我”走向“大我”。

据我的观察，深中的学生，大致分为两类。一类在课改创建的模式中适应得很快。自主发展的模式激发了他们的潜能，使他们在各方面都获得了更充分的发展。但是还有一个更大的群体，我谓之“沉默的大多数”。这“沉默的大多数”，从学校生活中能获得什么，又真的获得了什么，是我十分关注的。我想这是一个教育者终其一生都应该思考的问题。“学生”，不是一个集合的概念，而是一个个具体的生命，来自一个个具体的家庭，都要有自己的未来。我们的教育不能仅限于盆景和大树，更应有广阔的原野。学校教育要发现他们，但是更重要的是他们要发现自己。教育家苏霍姆林斯基认为，“人的丰富的内心世界是人的全面发展的一个极其重要的标志。”如果大多数人通过深中的教育，在自由中发现了自主与自律，在个性中发现了他者与社会，在自信中发现了虚心与内省，在学习承担责任的过程中发现了真实的自我，获得了丰富的内心世界，那我就有理由相信：“沉默”只是一种表象，“沉默的大多数”其实从没有停止过成长。或者可以说，他们以自己的方式发现自我，实现自我——这似乎是我们更应该尊重的，深中的教育已经在他们的心里播下了神奇生命的种子，播下了他们追求真实生活的力量。

发现自我，实现自我，就是追寻真实的生活；追寻真实的生活，就是顺其自然，行其当然，成其必然。追寻真实的生活，那是勇敢与幸福的体现！“追寻真实的生活”——就是我今天在毕业典礼上演讲的主题。

深圳中学2010届全体同学，王蒙的《青春万岁》序诗的最后两句，“我想念你们，招呼你们/并且怀着骄傲，注视你们”，正是我此刻心情的最好写照。

亲爱的同学们，未来你们无论身在何处，母校永远都会伴随你们左右，深中永远是你们的家园。只要你们植根于真实的生活，坚持创造和奉献，母校就会永远怀着骄傲注视你们，也会永远祝福你们！

价值之旅　勇气相随

——在深圳中学2011届毕业典礼上的演讲

2011.6.11

今天我们在这里隆重举行深圳中学2011届高中毕业典礼，本届毕业生是我校第53届高中毕业生。过去的三年，我们在凤凰木下见证了你们的成长，你们留给母校太多的精彩。今天我们有太多的理由祝贺你们，不仅是要祝贺你们高中毕业，更要祝福你们从此走向社会，开始了实现自我的旅程。你们就像那些勇敢的水手，经过三年苦练，现在，随着海轮鸣笛起锚，向我们挥手告别，驶向大海深处，驶向远方的目标。

今天可能是我们2011届在深中的最后一课，也是在深中的最后一次全体聚会。我在想，假如40年后重回母校，那时你们几近退休，应该功成名就，世事沧桑，尝遍人间滋味，你们有资格盘点人生。你发现了怎样的人生意义？你为了人生有价值的事进行了怎样勇敢的奋斗？你为自己、为社会奉献了怎样的精彩？那时你可能回到原点，你会想，高中毕业时我从母校带走了什么，今天我又能让母校欣赏什么。

在2010年6月21日周一的晨会上，我做了一个题为《我们的选择》的演讲，其中一个重要的观点是：深中的教育要回到教育的原点，回到教育的规律，回到教育的系统上来。当时对“回到教育的原点”的含义，还做了一些解释，碰巧，今年广东高考作文题是《回到原点》，但对你们来说还是前卫了一点，古人说“人因垂老渐知秋”，而你们许多人还在“原点”上——甚至还没有发现自己的“原点”。

今天，作为母校的代表，在你们即将告别深中走向社会之际，我想与大家交流一下对人生原点问题的理解。

有人活着是为了吃饭，有人吃饭是为了活着。一个高贵而勇敢的人，活着是为了探寻人生的价值，实现自我的价值。人生之旅，可谓价值之旅。

“人生之问”有五个问题：我在哪儿？我要到哪儿去？我为什么要去？我何时到达？我现在正在做什么？这五问，核心问题就是两个：价值和勇气。

通俗地说，价值，就是目的性，作用，重要性。价值观是指一个人对周围的客观事物（包括人、事、物）的意义、重要性的总评价和总看法。价值观体系是对诸事物的看法和评价在心目中的主次、轻重的排列次序。价值观和价值观体系是决定人的行为的心理基础。明确价值，就是建立理性，就是做正确的事。

探寻人生价值，就是发现并确认人生的意义——你要做一个怎样的人，你要创造怎样的生活，你的真善美的标准是什么。

追求人生价值就是对自我存在的发现、证明和肯定；对自我人生价值的肯定就是对生命存在意义的确认。

什么是有价值的事情呢？生活中人们一般习惯用值多少钱来衡量一个事物，但这只是事物的价格，并不等同于价值，昂贵的东西未必是有价值的东西。生活中价格并不代表价值，甚至价值与价格严重背离的现象比比皆是——每个人都需要建立自己的价值标准。

歌德曾经说过：“你若要喜爱你自己的价值，你就得给世界创造价值。”价值不会与生俱来，需要我们苦心孤诣地去创造，去经营。一件件有价值的事情堆积起来才组成我们的价值人生。

价值的发现和实现，离不开一个重要的元素，那就是——勇气！

歌德对“勇气”曾有一个经典的表达：“你若失去了财产——你只失去了一点儿。你若失去了荣誉——你就丢掉了许多。你若失去了勇气——你就把一切都失掉了！”

勇气就是能正面自己，接受自己。勇气的标志是人们坚持自己的信念——自己认为可以确信的看法的能力；勇气是一种肯定的选择，而不是因为“我别无选择”而作出的选择。

有所敬畏，也是一种勇敢。我想起美国鲍威尔关于“勇敢”一词的解释。他说：所谓勇敢，应该包括两个含义，一是迎战不应该害怕的任何东西，二是害怕应该害怕的东西。

勇气包括坚韧。我说的是坚韧，既不是坚强，也不是坚持。坚强和坚持，都还不足以突出我想强调的能屈能伸和以柔克刚。坚韧，是比坚强和坚持更高的境界。坚韧的人，不仅仅依靠内心的意志与时间抗衡，还依靠智慧应对周围复杂多变的环境。如达尔文所言，能够生存的物种，不是那些最聪明的物种，也不是那些最强壮的物种，而是对环境能够迅速作出反应的那些物种。

勇气是所有创造性关系的基础。意味着要摆脱过去的依赖，打破旧的井然有序，离开熟悉之物与安全之物的力量

勇气不是冲动。拿破仑说过：为了显示自己的勇敢而做出的疯狂举动，不是真正的勇敢，而是一种炫耀，真正的勇者不需要炫耀，勇敢只是他们的本能行为。美国西点军校明确提出培养学员“理性的勇敢”，勇敢不是鲁莽，不是个人意气，这之间的差别，关键看有没有价值和智慧的参与。理性的勇敢，就是包含着智慧和责任的勇敢。

勇气的对立面并非怯懦，而是缺乏勇气，是自动顺从。现代社会一个严峻的问题是，不少人并非禁锢自己的潜能，而是由于害怕被孤立，从而置自己的潜能于不顾，去顺从他人。

勇气的敌人是虚荣与自恋。虚荣和自恋，这是想得到赞美与表扬的强迫性需要，体现了其心中存在的虚弱感和无价值感，导致了对个人自我的轻视，是自己对自我的背叛，实际上这是最为痛苦屈辱的。

因此，我们可以说勇敢是一种高贵的品质。

高三（9）班教室里张贴有一句话，“贵在坚持，难在坚持，成在坚持。”在这里，我看到了“坚持”背后的价值和勇气。

勇气的重要性，我认为体现在四个方面：发现自我，需要勇气；实现自我，需要勇气；超越自我，需要勇气；坚守自我，更加需要勇气！

第一，发现自我，需要勇气。

人的自我价值需要自我发现，而自我发现是需要内在勇气的。

历史学家认为，意大利文艺复兴，不仅发现了整个世界，同时也发现了人类“自己”。这是人类勇气的体现。李泽厚先生认为，第一次文艺复兴是人从神的控制下解放出来；现在人类需要第二次文艺复兴，将人从机

器的统治当中解放出来，统治现代人的机器，既包括物质机器，也包括社会机器。我认为“第二次文艺复兴”也在呼唤人类的勇气。

现代社会中的孤独、焦虑、异化和冷漠是自我丧失的体现，自我发现和自我实现是医治的根本出路，但这需要勇气。

人们带着希望而来，但大多数人带着失望而归。大多人的潜能没有被发现，更没有实现，只是成为了几分之一、几十分之一甚至更少的自己。事实上，自我潜能的发现和实现，需要勇气。勇气是将自我与可能性联系起来的方式和渠道。换句话说，勇气能够使得人面向可能的未来。在勇气面前，人生的可能性大大丰富了。

我们需要建立自我意识，建立自我价值体系，避免让“我”等于“我们”。

发现自我，需要特别注意几个方面。

一是不为物质而诱惑。

“天下熙熙，皆为利来；天下攘攘，皆为利往。”古今皆然。人们追求尊严、富足、舒适的生活无可厚非，但是过度的富裕就如同身上的赘肉，如果把追求物质财富当作最重要甚或唯一，那么就如同追求身体长赘肉了——匪夷所思。

我们从积贫积弱中走过来，近些年中国步入了一个人们所说的物质主义时代。表现出物质主义和享乐主义盛行，信奉金钱拜物教，这也许可以理解，甚至资本的原罪也可以谅解，但是如果仅仅停留于此，我们将失去未来。物质财富的主人从来都是“城头变幻大王旗”，但是百年老店常常因价值的秉持而基业长青。因此，支配我们的思考和行动的应该是“价值”，而不应该是“利益”。

二是不为流行而从众。

以色列人曾经力邀爱因斯坦回国去担任总统，但是被他谢绝了；比尔·盖茨为了寻找更适合他的学习和创业的方式，中途退学了。

亓志业伦，2007届深中毕业生，是一个在进入深中之前没有学过跳舞的男生。他在深中因舞而闻名，因高考有实力拼搏清华大学，却主动选择深圳大学而闻名。成为舞蹈团的一员，主动报考深大，这些都是需要承担压力和非议的选择，需要勇气的选择。他说，在深中，他学会了选择用最适合自己的方式实现目标。为了一个舞蹈动作，他常常请教数个舞蹈老师、跆拳道老师、瑜伽老师，钻研让动作完美的关键因素，然后上百次的重复练习。前不久，他通过英国最好的艺术学院舞蹈编导专业的考试，获得了全额奖学金，朝自己的目标迈进了一大步。

三是发现自己的优势。

在流行中坚持自我，需要勇气，勇气又来自于对自己优势的发现与享受。一个勇敢的人能够散发出自己生命的味道。

在别人喝着“高级”饮料的时候，你可以悠然地喝白开水。在别人周游世界，时刻准备征服下一个高峰的时候，你也许静坐家中阅读——如同康德没有离开过小镇。这位 18 世纪最伟大的哲学家，从 1724 年 4 月 22 日到 1804 年 2 月 12 日，他 80 年的人生几乎都在柯尼斯堡度过，康德是一位生活非常规律的人，他每天按时的散步甚至可以为柯尼斯堡人调校钟点，但是他的思考却是那么的深刻而伟大。

当下发现自己的优势颇为不易，全球化、公司化、集团化、组织化，一些人产生了无意义感和焦虑感。他们认为只要放弃了自己的意义，你就拥有了“意义”，他们害怕真正的自由，忙碌地把自己弄得很“自由”，他们害怕宁静与专注，便用琐碎的事务填满生活的空间，如同《推销员之死》中威利·洛曼所说的“他从来都不知道他自己是谁”。

四是深度地阅读经典。

尼采是这样评价叔本华的哲学对他的影响的：“你想知道叔本华对我的帮助吗？我只有这样来回答你，他使我有勇气并自由地面对人生，他使我的脚发现了结实的地盘。”

五千年人类文明史，人类遗留的文化浩如烟海，各类专业书籍也是汗牛充栋，我们在有限的人生中可以选读一些经典著作。我今天举例两本书，一本是《20 世纪思想史》，一本是《历史上最伟大的思想》。《20 世纪思想史》，以一批塑造和改变了整个 20 世纪的人和理念为线索，勾画了一部生动而清晰的 20 世纪思想史，被誉为从当代视角解读 20 世纪的最为杰出的作品。《历史上最伟大的思想》是一本博学而机智的“文化地图”，它介绍了世界上 10 位最伟大的思想家，10 位最伟大的诗人，100 本最好的教育类书籍，人类进步的十大飞跃，历史上的 12 个重要时刻。读这些书，与人类先哲对话，能够知晓并体验人类的高贵气质，明白人类是如此伟大，发现自己可以确立高贵而自我的价值，去渴望拥有更深刻的生命。

五是深度地自我观察。

“吾日三省吾身”乃先哲圣训。我们整天忙忙碌碌，但很少自觉地、定期地观察自己的心灵；很少科学地观察——从本质、系统、趋势上解剖；也很少有效地观察——如何具体地优化与改进。

发现自我，就要有接受自己的有限性的勇气。我的建议是：为了成长，要选择做对自己有中等挑战的事。做那些你已经完全能胜任的工作，从中不会得到太多的锻炼；做那些你无论如何努力也做不好的事，只会白费工夫。要做那种自己还无法独立地做好、但在同伴的协作或他人的指导帮助下能做好的事。心理学的“最近发展区”原理，是一个教学的原理，同样也可以成为一个学习的原理，每个人都可以运用这一原理主动地去增加自己获得成长的机会。

对有价值的事情的坚持，不是忘却现实，更不是对抗现实，而是要把梦想带进现实。如此一来，梦想有了坚实的土壤，就能健康生长，而现实也因梦想充满了阳光，更加色彩斑斓——基于现实的理想主义。如果放弃了对现实的执着，很可能会让我们越坚持就越苦闷，越彷徨。

六是具有清晰而长远的目标。

哈佛大学 1953 年曾经做过一个关于目标对人生结果影响的调查显示，只有 3% 的人有清晰而且长远的目标，他们一直朝着同一个方向努力，进而成为社会各界的顶尖成功人士，其中不乏白手创业者、行业领袖、社会精英，他们对社会的贡献是巨大的。

比利时的《老人》杂志曾在全国范围内，对 60 岁以上的老人开展了一次题为“你最后悔什么”的专题调查。调查结果十分有意思：72% 的老人后悔年轻时努力不够，以致事业无成；67% 的老人后悔年轻时错误选择了职业。

发现自我，不是模糊的我，而是清晰的我。我们必须知道自己要去哪里。所谓的目标，更多的时候不只是提供了方向，更主要的，它还是鼓舞我们一路前行的动力。

早上叫醒我们的不是闹钟，是梦想；需要我们作出选择的不是需要，而是价值；价值来自于自我发现，自我发现需要勇气。

第二，实现自我，需要勇气。

实现自我，需要实干和实力。勇于担当，人生才会闪光，你们应该勇敢地奋斗，创造自己人生的精彩。

爱因斯坦认为，一个人的价值，应该看他贡献什么，而不应当看他取得什么。缺乏了实力的价值是软弱的，而缺乏了价值的实力则是危险的。

要宁静和专注于自己该做的事情。这个时代，挖“浅塘”的人很多，在有水的地方挖出自己的“深井”的人不多。要有长远设计，静下心来，培养自己的学术素养与专业精神，形成自己的专业性的优势，并从中体验到审美的愉悦。

要努力在开始时就把事情做好。第一次就把事情做好的意识和习惯使人受益终身。高三，你们很努力，令人动容，因为很多人不仅在做高三的事，还在补做高二高一的事。假如高二高一把该做的事做好，不该做的事坚决不做，那么会怎样呢！

要自觉地做创造性的工作。只有通过需要勇气的创造性活动，人才能表现和确定自己的存在。每一个真正具有创造性的活动都意味着获得一种更高水平的自我意识和个人自由。人的责任感和创造性越强，对自己命运的控制能力就越强，反之，当一个人丧失了责任感与创造性，就意识不到自我存在的价值，就会听命于人，不能自由地选择和决定自己的未来。

刘若鹏，深圳中学 2002 届高中毕业，先后在浙江大学，美国杜克大学学习，2009 年在美国《科学》期刊发表有关新材料的论文，被认为使隐身衣从梦想到现实向前迈进了一大步，在国内外引起轰动。2010 年 7 月回国创办深圳光启高等物理研究院，出任院长，是中国目前最年轻的科学研究院的院长，已经申请了 300 余项技术专利。他有一个重要体会，“真正的成功来自于有效的积累——时间的累计不等于能力的积累”

中国有功夫，有熊猫，为什么没有《功夫熊猫》？好莱坞搞出了《功夫熊猫 1》《功夫熊猫 2》，说不定还有续集。岂止是电影，麦当劳、肯德基、星巴克何尝不是如此！听说中药、豆腐日本做得比我们好得多。祖宗的财富也是人类的遗产，你境界低于人，技术不如人，不要再丢人。居然有学者要观众抵制《功夫熊猫 2》，还是好好反思自己吧！

第三，超越自我，需要勇气。

心理学上有一个“约拿情结”，马斯洛对此进行了较为深入的研究，曾经在1966年11月写过一篇题为《约拿情结——理解我们对成长的恐惧》的文章，论述了人类的这种普遍心理现象：人不仅害怕失败，也害怕成功。它反映了一种“对自身伟大之处的恐惧”。

要看一个人的品德，就给他权力；要看一个人的境界，就给他成功，看他能否有超越过去的自我，实现潜能的勇气。

“温水煮青蛙”现象也提醒我们，对待平庸要有警醒意识。

优于别人，并不高贵，真正的高贵应该是优于过去的自己。如果老是回忆过去，那就意味着今天的平庸。

6月4日，李娜在2011年法国网球公开赛女单决赛中，直落两盘击败意大利选手斯齐亚沃尼，夺得冠军。这次李娜夺冠具有非凡的意义，她是从网球草根一步步坚持并坚定地走下来的，21岁选择退役，然后又复出，29岁，一个中国女运动员中很少能再出成绩的岁数，李娜却开始走向高峰，走的是一条非举国体制下的全新的职业单飞之路。她幽默而自信地与世界对话，她的自我超越，展现了人性的勇敢之美。这也是另一种征服，最伟大的征服就在于征服自己。

鲁迅先生说过一段话：“我每看运动会时，常常这样想，优胜者固然可敬，但那虽落后而仍非跑至终点不止的竞技者，和见了这样竞技者而肃然不嘲笑的看客，乃正是中国将来的脊梁。”

每一个人都应该勇敢地奔跑起来！

第四，坚守自我，需要勇气。

面对强者，你不畏惧，因为你有明确而坚定的价值观；面对弱者，你不迁就，因为弱者不一定代表正义；面对庸者，你也不多情，因为你有自己的事要做。

因为你有明确而坚定的价值观，所以，得意时，你会快乐，会庆祝，但是你不会骄傲，更不会停步；失意时，你会难过，你会孤独，但是你不会痛苦，更不会放弃；平淡时，你会轻松，你会从容，但是你不会放松，更不会平庸。

人的一生就是漫长的一天，人的一天就是短暂的一生。坚守自我，就是坚守每一天，爱生活本身甚于爱它的意义。

《朱镕基答记者问》一书的英文版5月11日在伦敦举行首发式。在首发式一开始，现场播放了一段朱镕基用英文讲述的视频。他说："我不敢说这本书立论如何正确，更不期望每个读者都会同意我的观点，我只想说，我在本书中的讲话都是真话，这是我一生坚持的原则。"

1997年爆发亚洲金融危机，朱镕基再次用强硬的手段向世界证明他的经济才能。当时东南亚国家的货币几近崩溃，朱镕基向世人承诺人民币不贬值。危机时期竞争性的贬值是各个国家的惯用伎俩——现在有些大国还在用这个伎俩，而朱镕基没有让人民币贬值，而是用人民币来稳定亚洲的经济秩序。

我还记得，1998年3月，九届全国人大一次会议选举朱镕基为中华人民共和国国务院总理后，他在新闻发布会上的掷地有声的话："不管前面是地雷阵还是万丈深渊，我都将勇往直前，义无反顾，鞠躬尽瘁，死而后已。"

有人评价说，政客往往在意自己的得失，在意别人的看法，所以他赢得了小历史，却输掉了大历史；政治家不在意自己的得失，担当身前事，不计身后评，所以他输掉了小历史，却赢得了大历史。而朱镕基，已经赢得了大历史。

这，就是一个政治家的价值，一个政治家的坚守！

对勇敢教育的忽视，与我国近几十年社会独特的发展轨迹有关。中国现在的学生基本上都是独生子女，长辈们对他们格外看得重，生怕他们受一点委屈，冒一点危险。独生子女的长辈们也大都刚从几十年前的贫穷、困厄、动荡中走出来，不愿孩子们再过和他们从前一样的生活。所以，暑假里日本学生在社会组织的帮助下到偏远的乡村接受锻炼，美国学生打起背包走进非洲，英国王子到拉丁美洲森林里锯木头，而中国的家长把学生送进中介公司举办的赴欧美发达国家的豪华夏令营。

很欣赏高三历史科组老师考前指导《最后一课》中的一句话：每天至少朝天空看一次，以领略我们周围世界的宏伟。

2010年9月，深圳中学宣布了自己的教育使命：建设学术性高中，培养创新型人才。深中要为创新拔尖人才的培养探索一条自己的道路。这是中国第一个正式发布自己教育使命的学校。你们是深中作出这一重大宣言后的第一批毕业生，你们将要把母校怎样的特质带出去呢？

去年的单元节上，我第一次听到《星光》这首歌。今天，曲作者喻一鸣同学就坐在你们中间。就让我借用《星光》的几句歌词结束今天的发言：

常在黑夜迷失方向，
有你在就能找到远方，
因为你就是星光，
乘着风已远扬，
我愿飞翔。
你散布在每一条街巷，
让我微笑的是你光芒，
因为你就是星光，
点亮一切迷惘，
万丈光芒。

在我看来，这里的“星光”如同“价值”，“飞翔”如同“勇气”。价值和勇气，可以看作人生的“原点”，它决定了人生为何不同。

愿深中与你们互为星光！愿你们互为彼此的星光！

走向天下世界

——在深圳中学 2012 届毕业典礼上的演讲

2012.6.11

两天前，高考的帷幕徐徐垂下。很高兴、很感慨，今日我们又能齐聚一堂。在漫长而短暂的人生里，这样的聚会是珍贵难得的。

记得 2009 年那个金色的 8 月，你们走进深中校园时的好奇与惊喜；记得你们军训时整齐的步伐、雄壮的口号与挥洒的汗滴；记得你们在心智训练时的可爱与调皮，记得在“赞美”那项环节时的泪如雨下、泣不成声，记得你们内心的纯真与感动被一一唤醒；

记得单元节上某位同学绘声绘色演唱杨昆《无所谓》时所激起的欢笑与掌声；记得你们 3 年来在校园十大歌手比赛上的英姿翩翩、潮流帅气；

记得游园活动中，你们的“慈善大联盟义卖”，你们的“寂寞”小吃店；

记得你们在“留宿事件”中联翩海报背后的权利觉醒；记得你们在“手机规则”发布后的激烈辩论；记得你们在课程体系与单元制改革时的书生意气；记得“校长面对面”时，你们清澈、坦荡、理性而自信的目光；

记得你们在“信息泄露”事件中的理性分析；记得你们在某位同学遭遇不幸后的悲伤与沉思；记得当媒体不负责任的报道甚嚣尘上时，你们为捍卫深中荣誉所采取的积极努力；

记得你们在北大清华实名制推荐答辩会上的天赋灵犀、才华横溢；记得你们在校长杯时的激烈拼杀、勇夺第一；记得你们在各类竞赛、论坛、活动中飞扬的身影、累累的成绩，记得你们的青春活力与无限创意……

而我想，你们也忘不了那年年夏天绽放的凤凰花，忘不了一进校园被你们称作“钥匙妹”的雕塑，忘不了你喜欢的老师那挥洒自如、天马行空、生机勃勃的课堂，忘不了你参加社团活动时的投入、执着、麻烦与欣喜；

忘不了班级与单元之间的竞争，忘不了你与同学的合作，忘不了往届学长们对你的指引与支持，还有你和几个死党之间深厚的友谊；

忘不了贴在食堂门口的“大字报”，忘不了在百度贴吧留下的痕迹；

同样的，你们也忘不了学习某门课程时的苦与乐，忘不了清晨的早读，忘不了黄昏深夜你独自在教室用功时的孤独与充实；

忘不了某位同学生动的相貌、某位同学怪异的举止、某位同学特别的言论，某位同学默默无闻却拥有着丰富的内心，某位同学对你的帮助，以及你永久的感激；

你当然还忘不了对某位同学长长的思念，忘不了暗恋时的煎熬与表白时的忐忑，忘不了就在这座校园，开始了你的初恋，忘不了恋爱中所包含的恐惧、希望、等待、悲伤与甜蜜……

三年了，三年在不知不觉中过去，我们所记得的和你们所难忘的东西，构成了我们彼此生命里共同的记忆。

今天，你们毕业了，正要从凤凰树下出发，走向天下世界。你们要去国内的大学与国外的大学，要去陌生遥远的地方，与陌生的人、陌生的文化打交道。你们曾是这个城市最优秀的群体，代表了这座城市的希望与未来——而当初创建这座城市的目的，便是要为中国寻找希望与未来。因此，你们任重道远——你们是为希望与未来而诞生的一代！你们不但是深中之子，更是深圳之子，中国之子！你们有梦想有能力，更应该有信心有责任，不但为个人之前途，更要为中国的未来发展、为中华民族的文化复兴、为世界的文明和进步，走出一条康庄大道！

今天，你们毕业了，你们要走向天下世界。须知道，这一去，并非求学生涯的终点，从此可以解脱了、放松了、太平无事了，可以躺着晒太阳休息了。如果这样想，就错了，你们真正的求学之路才刚刚开始！在中学里，由于课程的紧张与高考的压力，绝大多数人很难有充分的时间精力去发展自己的兴趣爱好，钻研自己喜欢的学科。那么上了大学，你终于有了一个长长的四年，甚至更长的时间，来深入地认识你自己、解放你自己、发展你自己。

为什么要对自己有充分的认知呢？因为面对未来、面对人生、面对社会，没有充分的自我认知，一个人就不可能真正的成熟，也不可能具备“独立之精神，自由之思想”，更不可能担当重任，有所成就与贡献。因此，自我认知是一切事业与成功的基本前提。如果我们对自己本身都了解得不够，何以去理解这个万象纷纭的世界？何以在这个广大辽远的世界上不迷失自我？我们必是要对自我有清醒客观之认识，然后才能找到自己在这个世界上的合适位置，才能从事对这个世界有意义的工作，才有可能对这个世界有所帮助，从而创造价值，实现自我。所以，对于“我是谁？”“我要到哪儿去？”“我为什么要去？”“我何时到达？”“我当下正在做什么？”这五个问题须是常常要拷问自己的。

何谓“认识你自己？”——认识就是比较与观照。比较主体与客体之关系，观照主体与客体运行之法则。就像没有黑夜，就没有白天；没有高，就没有低；没有主观，就没有客观。自我的存在，总是依赖于和外界存在发生的对比中。你要想看到自己的面孔，你需要照镜子，你要想认识自己的内心与灵魂，也需要照“镜子”。这“镜子”是什么？就是知识、学问与实践。你对这个世界了解得越深，你对自我就看得越清楚。你在了解了有关自然运转的秘密、社会运行的规律、人性变化的轨迹之后，才会看到你自己真实的模样、灵魂的表情。所以，第一步，你要好好求学问，深入地沉潜到知识的海洋中，让知识与学问变成血与肉，变成你生命的一部分，变成打开你生命潜能的镜子。这就叫作“认识你自己”。

何谓“解放你自己？”——解放就是超越。超越昨日之我，扩充思想的疆域，推开现实世界封闭的大门，把自我从画地为牢的狭隘中解放出来，如毛毛虫破茧而出，变成翩翩飞舞的蝴蝶。超越自我，让生命更新，解脱烦恼与困惑。古人对于日食月食现象很恐惧，一旦发生就要敲锣打鼓，救太阳救月亮。可等到我们认识到日食月食不过是一种正常的天文现象时，就不再担忧了——这就是解放，这就是对自我的超越，像初升的朝阳驱散了晨雾，智慧之光驱除了黑暗与恐惧。你们要走向天下世界，就要不断地超越自我，用智慧的光芒来照亮你自身的黑暗与周遭世界的黑暗。这就叫作“解放你自己”。

何谓“发展你自己？”——在对自己有了充分理解，放下了很多不必要的忌讳与心灵的包袱之后，你就会感受到，人生有限，学海无涯，在这个广大的世界上，我们能做的事情实在很少。这时候，你要从你的性格、志趣、气质、身体、现有条件出发，既看到自己的长处，又懂得善待自己的缺陷，去寻找人生的方向。一盏普通电灯，只能照耀有限的面积；一束聚集的光，比如激光，却能一路直抵月球。因此，你切不可盲目地浪掷时间与精力，而要持续地专注于你最擅长的那件事，要懂得扬长避短。将来无论是在学术上继续进修，或者出来社会工作，决定你成就的，往往是看你能把自己所擅长的事情发挥到几成。弥补你的缺陷，并尽最大可能发挥你的所长，这就叫作“发展你自己”。

“天下世界”，不仅是空间的，更是时间的；不仅是物质的，更是精神的；不仅是众生的认知与向往，更是一己的修行与贡献。“走向天下世界”，就是不断发现自我、实现自我、成为最好的自己，进而助益社群，并且乐在其中。

今天，你们毕业了，你们要走向天下世界。你们中的许多人都拥有梦想，渴望成就一番惊天动地的大事业。但你们是否知道，一个人如何才能取得伟大的成就呢？今天，我想对你们说——“计利当计天下利，求名应求万世名”，只有把你个人的命运与历史的命运相结合，去做历史潮流之上的弄潮儿，你才有可能取得非凡的成就。

孙中山先生曾讲道：“世界潮流，浩浩荡荡，顺之者昌，逆之者亡。”伟大的成就，从微观看，好像是偶然的，但偶然背后的历史命运却是必然的。历史上比如汉高祖刘邦，生长在秦末天下大乱的年代，如果他不是积极主动地投身到反抗暴政的运动中去，而只安于做一个舒舒服服的亭长，那么，就不会有后来开创汉朝400年天下名垂千古的事业。再比如鲁迅，37岁了才发表第一篇白话小说《狂人日记》，他如果不是投入到轰轰烈烈的新文化运动中去，那么，中国现代文学史上便少了一位杰出的作家。还有你们的师兄马化腾，如果他当初不参与到中国互联网的创业大潮中，没有顺应中国建设通讯系统的历史潮流，而只安于做一个平平稳稳的软件工程师，那么根本就不会有现在拥有8亿以上用户的腾讯帝国。

所以，深中的学子们，你们要勇敢地投入到时代的大潮中去，把个人的命运与历史的命运紧密结合起来，以天下为己任，自信人生二百年，会当击水三千里！你们要常常要对自己说："天下者，我们的天下；国家者，我们的国家；世界者，我们的世界；我们不说，谁说？我们不干，谁干？"深中的学子们，你们必须要有这样的抱负与志气，才有可能取得杰出的成就，为世界与人类，作出非同寻常的贡献！

有人说，什么是母校？母校就是你一天骂她8遍、却不允许别人骂她一句的地方。深中的学子们，今天，你们毕业了，你们要走向天下世界。但请记得，深圳中学，不仅仅是你们人生中途经的一座客栈，还将是守护你们青春的永远的家！无论你在此地曾经是光芒四射，抑或默默无闻，深圳中学，都将是你们永远的母校！我期待你们常回家看看，把四方八面天下世界的风光都带来凤凰树下，让你的老师和师弟师妹们，知道你们一日日成长的消息，知道你们无论身处何时何地，都将以自身的优秀照亮四周，无愧于自由、勇敢、宽容、创造未来的深中人！而我也请你们记得——无论你将来是登上万人瞩目的领奖台，还是遭遇挫折内心很受伤，在你的身后，哪怕隔着千山万水、隔着明月天涯、隔着时光荏苒岁序变迁，都将永远有一道温暖的目光，为你加油喝彩，为你祈祷祝福！

德国大哲学家叔本华，年轻时候去拜访大文豪歌德，临别时，他请歌德在他的纪念册上题词。歌德如此写到："你若爱好自己的价值，便要为世界创造价值！"今天，我同样要把这句话送给即将远行的深中学子。我还要转述歌德在他伟大作品《浮士德》中的经典诗句："要每天每日去争取生活与自由，才配有自由与生活的享受。"

深中的学子们，祝你们身体健康，祝你们前程似锦！愿你们每天每日都去创造自由与生活，在天下世界，度过美好的一生！

祝福你们！

谢谢，再见了！

每一天都是作品

——在深圳中学2013届毕业典礼上的演讲

2013.6.11

今天，2013届的学子们就要从凤凰树下出发，开始自己新的人生旅程。当你们再次徜徉于熟悉的校园，欲把母校的风景摄入心底、深情瞻望凤凰木时，可能有点诧异。往年此时，凤凰花开，汪洋恣肆，灿若云霞。今年雨水绵密，凤凰树只有零星花儿点缀；风起，不见往年的如火摇曳。仰望枝头，也许你会失望与遗憾，觉得景不如愿，情深难赋。但我想，花开的盛大与热烈是美，也许那没有全然绽放之时，又是别样的风景与诗意吧！

同样的，高考的6月7号、8号是难忘的，今天毕业典礼6月11号是难忘的，那么6月9号、10号就是可以被忘记的吗？6月12号、13号……就是无所谓的吗？它们都是你人生中唯一的、不可重复的一天啊！

今天，你们跨出深中的门槛，走向湖海山川，走向天下世界。对未来你们曾有过千万次的设想，你们踌躇满志，想要实现自己的理想，登上巅峰，渴望着再聚深中时，能够给母校带回一份傲人的人生履历，证明你的价值和意义。登上巅峰的体验固然精妙绝伦，让人心驰神往，但是相对于漫漫人生来说那还是短暂的，能在每一天都能体验到幸福与精彩才是完整的人生。

有人问法国著名艺术家杜尚，你一生中最好的作品是什么？他说，是我度过的美好时光。

是的，每一天都是独特的，重要的；

每一天都是值得欣赏和珍惜的；

每一天都应该是充实而精彩的；

所以，今天你们在深中的最后一课，我想要和大家分享的题目是**“每一天都是作品”**。

《华盛顿邮报》曾经做了一次有趣的实验，请世界上最伟大的音乐家之一，著名小提琴家约夏·贝尔在华盛顿朗方广场地铁站里，用一把制造于1713年的、价值350万美元的小提琴先后演奏了6首巴赫的作品。期间1097人经过，只有6个人停了一会儿，约20人给了钱，但多数是边走边扔给他，总共收到了32美元，待演出结束时，无人鼓掌，无人理会。可就在两天前，他在波士顿一家剧院演出，所有门票售罄，而要坐在剧院里聆听他演奏同样的那些乐曲，平均得花200美元。

最后，实验者得出的结论是：当世界上最好的音乐家，用世界上最美的乐器来演奏世上最优秀的音乐时，如果我们连停留一会儿倾听都做不到的话，那么，在匆匆而过的人生中，我们又错过了多少其他珍贵的东西呢？

四季有美，幸福就在身边，生活之中处处是作品，你欣赏到了吗？

最近有一个词在台湾十分火爆——“小确幸”。被列为十大“小确幸”的是：意外小财，享用美食，家人团聚，睡到自然醒，朋友捎来问候关心，与好友出游旅行，看好书、听好音乐、看好电影，与好久不见的朋友把酒言欢，买到物超所值的东西，泡个热水澡消除疲劳……

“小确幸”——就是微小但确切的幸福，源自日本作家村上春树在随笔集《兰格汉斯岛的午后》中提到的生活中朴实微小的幸福。他说：“如果没有这些小确幸，人生也只不过是干巴巴的沙漠而已。”

同学们，当你们总是将眼光放到十年之后、千里之外，为梦想心潮澎湃、跃跃欲试时，你们是否低下头，看到每一天生活中的这些闪烁美丽的“小确幸”呢？

每一天都不是随随便便、马马虎虎、可有可无的，而是唯一的、独特的，能够体验到确确实实的幸福的。每一天都值得珍惜，放慢你的脚步，欣赏啊！

在古希腊悲剧《俄狄浦斯王》中，斯芬克斯给出了一个“人生之谜”：什么动物早晨四条腿，中午两条腿，晚上三条腿走路，腿最多时最无能，谜底为“人”。而谜语中的一天则象征人的一生。实际上人的一生就是漫长的一天，人的一天就是短暂的一生。你怎样度过每一天，也就可能怎样度过你的一生。所以同学们，过好每一天就是过好人生，每一天都应该像欣赏作品一样去体验。

我们应该欣赏生活，但是又不能仅仅停留在自我欣赏上，更重要的使命是创作出自己的作品给世界和未来欣赏，这是对生活更高层次的“欣赏”。因此，“每一天都是作品”，它给我们更深刻的启示是：每一天我们还应该与自己的作品相联系，创造出自己的作品人生。

中国是一个农业文明发达而且历时恒远的国度，农耕思维是国人的精神基因。尽管我们身处21世纪，尽管我们许多精英生活在现代都市里，但是农耕思维随处随时可现，因此，“现代化”对我们来说任重而道远。农耕思维的一个表现是，重视作物而轻视作品。而我国的传统教育一个特点是，重视作业而轻视作品。

作业是完成预计的工作与任务，而作品是运用智慧与创意去进行艺术的创作。在我们的图书馆收藏着2011届以来部分校友当年的作业与课堂笔记，像作品一样供同学们借阅。透过那些笔迹体现出的严谨与精致、诗意与灵巧，我们仿佛又看到了那一张张昔日稚气的面容，那追求完美与卓越的近乎偏执的决心。完成作品的关键在于对所做事情的热爱。一个人的中学作业和笔记可被当做作品，那么，他的未来很可能会产生伟大的作品。

今天你们收获了高中毕业文凭，可能已经在眺望高等教育的文凭。曾有人调侃中国的文凭：“文凭不过是一张火车票，清华北大的是软卧，本科的是硬卧，专科的是硬座，民办的是站票，成教的在厕所挤着。火车到站，都下车找工作，才发现老板并不太关心你是怎么来的，只关心你会干什么，关心你有什么作品，或者你能做出什么作品。”

饮茶是我们生活中常见的事件，但热爱之人却能从中觅得旨趣，将之发展为茶道。日本茶道就是在“日常茶饭事”的基础上发展起来的，它将日常生活行为与宗教、哲学、伦理和美学融为一炉，成为一门综合性的文化艺术活动。不仅仅是物质享受，而且通过茶会，学习茶礼，陶冶性情，培养人的审美观和道德观念。这难道不是将饮茶这项普通的事件变作了一项精美绝伦的作品吗？

缺少自己的作品，这样的社群和国家将会怎样？

中国消费者购买力高居全球第一，但鲜有国人钟情于国货。上海交大一位教授说："我们为什么买苹果手机？因为它创新；为什么买德国车？因为有质量；为什么买 LV？因为有品味；为什么买外国奶粉？因为有信誉。"很多人说中国缺内需，可我们去香港买 iPad，以至香港政府都说再买 iPad 就要上税；国人还冒着入狱的危险去买奶粉……我们有全球第一的需要，但是国货满足不了，只有到全世界去寻找。

为什么一个消费大国做不出自己的作品？

更让人忧心的是，社会没有做自己作品的自觉，只是一味重复别人的故事，并且乐不可支。

由荷兰设计师伦泰因·霍夫曼设计的巨型黄色橡皮鸭，于 2013 年 5 月 1 日在香港维多利亚港展出直至 6 月 9 日，期间吸引了 800 万人次前往。随即，杭州、佛山、芜湖、无锡、重庆、天津、西安、淡水、东莞等地近日纷纷出现尺寸不同、形态各异的"山寨大黄鸭"，设计师霍夫曼对此表示了抗议，认为这种行为会毁掉社会文化。

无独有偶，在广东惠州博罗县郊外的山坡上出现了一个"山寨奥地利小镇"的房地产项目——"五矿·哈施塔特"，"按原尺寸复制"了奥地利小镇哈斯塔特。该事件引起了奥地利议员的强烈抗议，也引发了《纽约时报》《华盛顿邮报》《今日美国》、英国《卫报》等国际一流媒体的关注。"山寨"对于中国房地产这个世界上目前规模最大的房地产开发大军早已不是新鲜词汇。英国《卫报》称，中国正在复制世界各国的建筑精品，从奥地利小镇到埃菲尔铁塔，甚至整个曼哈顿。就在以创新与先锋著称的深圳，山寨楼盘也司空见惯，深圳龙华的圣莫丽斯楼盘和南山华侨城的波托菲诺楼盘，分别复制了瑞士的圣莫丽斯和意大利的波托菲诺。这种公开的、大规模的山寨建筑在国际上被认为是极其震惊与不可思议的。

王尔德曾说过：一个人要么成为一件艺术品，要么戴一件艺术品。

没有创意，一味模仿，人生只能是他人单调的重复；

没有创新，一味复制，一个国家便没有自己的作品；

那么，怎样让每一天不仅仅是作业而是作品呢？这要看你是在“做事情”还是在“做事业”。

做事情是什么？今天做了，明天还得做；
做事业是什么？今天做了，明天还想做。

做事业——做作品的关键在于专注与纯粹。专注，是简单的深刻；纯粹，是深刻的简单。因为热爱，所以专注而纯粹；因为专注与纯粹，所以作品珍贵而久远。

韩国银行发表的《日本企业长寿的秘密及启示》报告书称，日本拥有3146家超过200年的企业，为全球最多，其中7家企业历史超过1000年，年代最为久远的企业是创立于公元578年的大阪市寺庙神社建筑企业金刚组，第二是京都市经营插花的企业池坊华道会，建于公元587年，第三是山梨县的西山温泉庆云馆，创立于公元705年。

日本调查公司东京商工研究机构数据也显示，全日本超过百年历史的企业竟达21666家之多，1975年后才建立的公司，仅为620家。而超过200年的企业，德国有837家，荷兰有222家，法国有196家。重视本业，不追求眼前利益的经营理念，使日本的家族企业很少跨界经营，用百年时间专注于某个领域为企业赢得了社会的信赖。专注与纯粹，这就是日本企业长寿的秘密。

而中国的中小企业的平均寿命仅2.5年，集团企业的平均寿命仅7–8年，每年倒闭的企业约100万家，是美国的10倍。

如今我们身处的中国，在很多时候、很多地方是躁动与亢奋的。我们身边充斥着山寨与复制，每个人都想找到通往成功最近的道路。

在这样浮华的时代里，因为太容易，所以我们不珍惜；因为太繁多，所以我们记不得；因为太轻率，所以我们不尊重。但是这样的人生，真的是我们追求的吗？这样度过我们的一生，真的让人无悔吗？

因为每天都是唯一的，所以我们应该把每天都当做作品。

要做成作品，就不会把时间耗费在无聊的人和事上，必须知道“不应该做什么”，这也是专注与纯粹。

如果我们能够珍惜每一天，欣赏自然和他人的作品，而且坚持做自己的作品，那么我们就会创作出深中人的作品人生！

这样，你的人生就有了真实而清晰的记忆，2013年，2014年、2015……每一年、每一天的作品都能让你欣赏到生命的足迹。如果有着这样一个绚烂的作品人生，那么我们自己本身就成了一个珍贵的作品。

如果我们每一个人都能够有这样的作品意识，这样的作品行为，这样的作品人生，我们的国家、我们的社会、我们的生活，又将会怎样？

每个法官，匡扶正义；每个警察，维持正道；每个官员，秉公为民；每个记者，报道良心；每个医生，救死扶伤；每个教师，教书育人；每个学生，养正成才……每个人把职业提升为事业，立足岗位创造自己的作品，我们就能体验到专业贡献与人生幸福，领略到社区和谐与国家尊严。

还记得，三年前，2010年8月28日你们的入学礼上，我们一起欣赏了一位家长朗诵的台湾作家张晓风的《我交给你一个孩子》。今天，你们即将迈出校门，走向天下世界，我要说，世界，今天我们交给你一个高中毕业生，让我们期待他们的作品吧！

再见了，深中2013届的学子们；让我们彼此珍重，让我们相约他年。前路漫漫，愿大家都能拥有自己独特的作品人生！

母校祝福你们！

建好自己的阶梯

——在深圳中学2014届高三春学期开学典礼上的演讲

2014.2.7

亲爱的高三老师、同学们：

新年好！

刚才看到大屏幕上显示的“我的高三，我的梦”，不由得想起2014届高三的第一次主题班会。当时为何确定这个主题呢？因为2013年，国家提出了“中国梦”这个概念，而你们恰好在这一年的下半年升入了高三，自然地想到大家都应该有自己的高三之梦，要激发起每一个人的梦想，并且为之奋斗。

也许有一个追问会伴随着我们：在提出中国梦的年代里，在中学的最后一年，你的梦想是什么，你为自己的梦想做出过怎样的奋斗？这个问题，未来的人生中你自己会追问，你的后人可能也会追问。

高三的梦想，也可以说是高三希冀的高度。地理学科以“海拔”来表示高度，你的高三“海拔”是多少呢？如果我们把中山大学设定为“海拔”1000米，那么你的梦想的“海拔”是多少米？你现在的位置在什么高度？你还需要建好多少“阶梯”才能登临梦想之巅？

高三的老师们，以往每一届的每一个学科、每一个班级都创造了自己的高度，他们的“海拔”屹立在历史的大地上。今天，深中的历史也会刻下2014届我们的志气、我们的奋斗、我们的荣誉——我们创造的高度，2014届的“海拔”！

亲爱的2014届的老师和同学们，来吧，让我们发现自己的增长点，并且把它转化为现实的进步——发现“阶梯”，建好“阶梯”，登攀上梦想的高峰；让我们的教与学“私人定制”，精准制导，提高效能，发现优势，因地制宜，据地形而立梯；让我们把握好节律，调整好身心，顺势而动。总之，我们要有深中人的科学与智慧，把高三真正当成一种难得的历练——享受高三。高三若此，夫复何难！

许多人也许都有这样的渴望：给我一个平台，我会创造精彩；给我一个机遇，我会创造一个奇迹；给我一个伟大的任务，我会展现一场壮丽的奋斗。实际上，高三，对所有同学来说，就是一个公正的平台，就是一次难得的机遇，就是一场真实的奋斗。古诗云：“尽日寻春不见春，芒鞋踏破陇头云。归来笑拈梅花嗅，春在枝头已十分。”道不远人，道在生活中。你的奋斗，你的登攀，就在每一堂课里，每一次作业中，每一次讨论中，每一天的反思整理中，每一天的饮食中，每一天的健身中，每一天的休息里……每一天都可以成为一个新的阶梯，每一天都可以向梦想走近一步。距离高考还有121天，找到增长点，建好自己的阶梯，你就可以在梦想之巅，骏马舞东风！

天天有进步，创造新高度。每一天都是阶梯，每一天都是作品。

2014，浩然之气。祝福你们！

为了一个名字……

——在深圳中学2014届高三年级成人礼上的演讲

2014.3.15

亲爱的年轻公民们，尊敬的家长、老师们：

下午好！

刚才的成人礼，我们欣赏到了什么是志气，什么是勇气，什么是青春，什么叫“一切皆有可能”，什么叫“可以创造未来”，什么叫“我是深中人”。我由衷地感叹，成长真好，梦想真美，深中真牛。同时，我也深思，失去是多么的容易，珍惜是多么的困难，当下又是多么的重要。

今天的成人礼，也许就是为了向全世界叫响一个名字。

一个什么名字呢？

这个名字可能是你自己。比如高三（5)班邵靖哲同学，比如高三（15）班方静芸同学，以及每一个高三同学，

这个名字可能是你的家庭，

这个名字可能是你的班级，

这个名字可能是你们的2014届，

这个名字可能是深圳中学，

这个名字还可能是你的家族，你的故乡，你生活的社区、你所在的这个城市、甚至国家乃至世界……

但是，我认为最基本最重要的名字——那就是你自己的名字！

只有做好了自己，才有可能更好地服务他人与社会；对个人负责，是对他人和社会负责的基础。这不是个人主义，这是“负责主义”。

因此，你，很重要；你，独一无二。但是，只有做好自己，你对世界才有可能变得很重要。

那么，怎样才能做好自己呢？

教育家陶行知先生在上世纪初对年轻人说，“吃自己的饭，滴自己的汗，自己的事自己干，靠人，靠天，靠祖上，不算是好汉！”

成人礼后第一个“自己的事”就是高考，怎么办？“自己的事自己干”，要做就做个“好汉”！什么叫“好汉”？不只是第一，不只是名校，不只是重点，而是那些有着“我的高三，我的梦”的追梦人，那些“天天有进步，创造新高度”的把梦想化作每一天进步的人，那些“发现增长点，建好自己的阶梯”的用脑子奋斗的人。鲁迅曾把具有这样精神的人称为“中国的脊梁”，他们是真实生活中的英雄！

心理学“首因效应”告诉我们，第一次，开头，很重要。

做好自己，从做好第一件事开始吧！

如此看来，今天的成人宣誓，最响亮的声音是宣誓人的名字；今天的成人礼，最精彩的是向全世界叫响一个名字。

然而，在我看来，最震撼的是，你向自己喊出了自己的名字！

今天，请你记住，“为了一个名字”……

谢谢诸君。

你们要记得奋斗啊

——在深圳中学2014届毕业典礼上的演讲

2014.6.11

在我们祝贺与期待的掌声中，深圳中学2014届毕业生，带着凤凰花般热烈的回忆与梦想，将要走向遥远的前方。十年磨剑，亟待试锋；踌躇满志，跃跃欲试；峥嵘岁月，看我豪迈。好一个青春飞扬！

也许，你要发现自我的模样，享受实现自我的欢畅；也许，你志存高远，想干一番惊天动地的大事业，不枉人生一场；也许，你想要发现最美的人，欣赏最美的景，一生与最美伴唱；也许，你只想过一个平平淡淡的人生，享受宁静与安详；也许，你还没有一个具体的理想，期待在进入社会以后，寻找自己的方向。

这些或风起云涌，或飘逸长空的期待、梦想或者张望，怎样才能成为一个创造出来的未来，而不是流于司空见惯的空谈？

回顾高中三年的历程，哪些事让你永难相忘或者黯然神伤？

你可能忘不了自主招生，忘不了军训，忘不了学长团，忘不了社团活动，忘不了第一次考试，忘不了井冈山社会实践，忘不了心智训练，忘不了校长杯，忘不了游园会，忘不了“十大”，忘不了北大清华实名推荐公开答辩会，忘不了美国青年物理学家锦标赛，忘不了国内外的学术活动，忘不了由你主导的一次家庭聚会，忘不了手不释卷的那本书，忘不了你倾尽心血的那个作品……

这些个忘不了，构成了你高中的日记、青春的年轮、人生的记忆，也形成了“自我”。

这些之所以忘不了，是因为你期盼它，规划它，倾心它——为它而用心、揪心、开心，为它而奋斗，所以你今天忘不了，明天不会忘，后天不想忘。

古人云，一分耕耘，一分收获；种瓜得瓜，种豆得豆。这是朴实的道理，也是普世之道，因为朴实，所以普世。

2014届同学们，今天你带着向往和梦想走出校门，未来，回到凤凰树下，能否圆梦，抑或梦还只是梦，那就要看你是否真正为之而奋斗了。

因为奋斗，我们发现了真正的方向和目标

奋斗，词典上解释是——为了达到一定目的而努力干。

古人说“谋定而后动”，意思说考虑好了才行动。但是现实生活中，我们看到了太多的“老是瞄准”的人，生涯规划，一直在“规划”；人生设计，老是在“设计”。有许多人，一辈子都在“准备着”。如果诸君走出校门，一直都在梦想中，那么很可能你回母校的时候还是“梦想的你”。

在射击中瞄准，还是在瞄准后射击？杜威有句名言，一两经验，胜于一吨理论。所以我认为，有了比较成熟的想法，就立即去行动，去奋斗，在奋斗中你才能发现真正的方向和目标；在超乎寻常的奋斗中，你会发现更大的可能性。在这样的良性循环中，你就可以创造出伟大的人生。

拥有梦想只是一种智力，实现梦想才是一种能力。

美国之所以能够自1872年以来取代英国成为世界第一的经济体，是因为一代一代美国人的奋斗。

这个国家带给我们无数个奋斗的传奇：很多世界知名的大公司，最初不是降临在某间学生宿舍，就是诞生于某个普通车库，前者如戴尔、Facebook，后者如惠普、苹果、谷歌、雅虎……

这些曾蜗居于车库的创业者，在逼仄而暗淡的环境中，坚守着美好的期待，用智慧和青春打拼未来。他们不会等待万事俱备，不会等待那个“最好”的时机，因为他们知道最好的时机就是立即开始。在开始中奋斗，在奋斗中开始！

这种时不我待、赴汤蹈火、勇往直前的奋斗精神，正是创业者不可或缺的成功基因，也正是“美国梦”实现的基础。

深中2007年毕业生郭斯娜，本科和硕士分别就读于日本早稻田大学、英国牛津大学，目前在红珏高级时装工作，担任海外招聘项目经理。她回忆自己在哈佛、斯坦福做招聘的经历时，提到一个原则——成事在于实践，马上行动。

她说："我切身体会到：很多时候，我们被'好好准备'这个幌子给骗了，事情再大再难，我们要做的是立即开始。'好好准备'有时候是个借口，让自己懒惰，而我们要做的应该是立马行动。"

2012年初，深圳市政府、市教育局委托深圳中学创办深圳第六高级中学。当时我们想，一是中国高中多样化发展、特色高中建设，深中应该先行先试，二是校址位于华为公司总部附近，三是从科技教育和科技水平来说，世界发达国家在科技特色高中的办学方面已经走在前头，我国已经到了创办一批科学高中的时候了。使命在身，当仁不让。于是我们立即行动，中国第一所科学高中——深圳科学高中诞生了。两年多来，这所年轻的学校，实现了四个"全国第一"：独立研制并发布中国第一所科学高中办学理念体系，中国第一部由一所中学师生合力完成的《全球学科前沿发展报告》，中国第一个由一所中学师生家长合力完成的《公众与中学生科学素养调查报告》，中国第一个《科学高中课程标准》。两年来，师生奉献出了25项国家创新发明专利。

而这一切，都是在2012年3月1日"立即奋斗"以后渐次展开的。

因此，写文章，先下笔；练书法，用宣纸（不要用旧报纸）；学游泳，要下水；要翻过围墙，先把帽子扔过去。

让自己奋斗起来，就是走向伟大的目标，就是开始创造伟大的人生。

因为奋斗，我们发现了真正的自我

"深圳中学致力于培养具有丰富生命力的人，能自主发现和实现个人的潜能，成为最好的自己。"这句话我们耳熟能详，但是发现真正的自我并不容易，有些人甚至下意识地回避自我。芸芸众生中，"自我"往往还是"我们"的替代语。

但是，具体的行动可以让"自我"展开，"努力地干"可以让"自我"充分地展开。在奋斗中，我们会越来越清晰地发现全部的自我，真正的自我，本质的自我。我们甚至对自己眼睛一亮——原来，我可以做到这样！原来，我可以有这样的担当！而老是坐在那里“设想”，往往都是困难和惆怅！

实际上，无所事事平庸度日，是对“自我”最不可原谅的浪费，是对“自我”最无情的逃离。

就以高三这一年来说吧。在高一高二的时候，你可能还没想到，在高三，为了青春的责任，为了人生第一个真正的目标，而那么纯粹、那么坚韧地奋斗着，那么深刻、那么持久地快乐着。在这一年的奋斗中，你看到了真正的自己，提高了对自己的期待。因此，高三可谓人生的奋斗元年。

奋斗是卓越的深中人的可贵秉性与光荣传统。正是因为奋斗，今天的演讲嘉宾、腾讯的陈一丹先生，他与马化腾、张志东、许晨晔等 1989 届校友勇敢地追赶信息化时代的科技潮流，经过 15 年的努力，将一个最初只有 5 个人、50 万元人民币的小公司，壮大成为市值最高超过 1500 亿美元的庞大的企鹅帝国，不仅改变了国人的生活方式，也为国人树立起科技创新与征服市场的信心。

正像马化腾校友所说的：“巨型企业要有危机感，要鼓励自我革命。”在不断的奋斗与超越中，腾讯团队发现了更大的可能性，不断发现自我，不断超越自我。

日本著名企业家稻盛和夫曾说过：“以百米赛的速度跑马拉松，或许中途倒下，或许跑不动了落伍，但是与其参加没有胜算的比赛，不如一开始就全力以赴，即使坚持不长也要挑战。”

他有感于现在的日本社会太过安稳，希望大家能更有骨气地工作，出版了《燃烧的斗魂》。所谓“斗魂”，就是要对自己有所期待，相信自己，这样才能勇敢突破各种难关；所谓“燃烧的斗魂”，就是决不服输、不屈不挠的劲头。“好逸恶劳”是人的本性，所以要以“燃烧的斗魂”的精神战胜自己。

就这样，他成了企业管理领域的传奇，被称为“经营之圣”，27 岁时创立的京都陶瓷和 52 岁时创立的电信公司“第二电电”都已步入“世界 500 强”的行列。更让人惊叹的是，在 2009 年日本航空公司宣告破产之后，已经77岁高龄的稻盛接受首相的请求，出任日航的CEO，仅仅一年时间，日航做到了利润率、准点率、服务水平三个“世界第一”。

一个新的任务，培养一种新能力。奋斗，让我们发现了更大的可能性；奋斗，让我们发现了更大的“自我”，奋斗使我们可以担当更多，即使年迈，同样可以发现自我的潜能。

因为奋斗，我们发现了真实的意义和价值

“我要做一个怎样的人？”“我需要有怎样的生活？”“我为什么要这样做？”这些人生的千古之问，现在还时刻叩问着我们。环顾四周，“乱花渐欲迷人眼”；追问历史，“纸上得来终觉浅”。问感受，“风雨中，这点痛，算什么”，你需要到波涛汹涌的大海中去；问意志，“千磨万击还坚劲，任尔东西南北风”，你需要咬定青山，立根破岩；问豪迈，“江山如画，一时多少豪杰”，你需要雄姿英发，气干青云。

因为奋斗，因为生命燃烧的光亮，你发现了人生真实的意义和价值，真可谓“千淘万漉虽辛苦，吹尽狂沙始到金！”

深中1999届汪之涵校友，在剑桥大学博士毕业后，在深圳创立了青铜剑电力电子科技有限公司，仅在很短时期内就拥有了一系列具有自主知识产权的技术，得到业界、市政府乃至中央部委的支持。在奋斗中，他发现了自己的目标：“我梦想着公司未来能够成为国内领先、世界一流的电力电子元器件和解决方案的供应商。”

2002届刘若鹏校友，以“为人类的梦想而活着的信念”，从深中奋斗到浙大，从浙大奋斗到美国杜克大学，又从美国回到祖国，26岁创立“让创新的基因自由生长”的光启理工高等研究院，在不到4年的时间里，创造出2000多项专利，使中国超材料研究的创新成果占据全世界86%的绝对领先份额。在奋斗中，他发现自己不但可以在超材料领域实现自己的价值，更可以在科技向产业的战略转型中贡献力量，他的价值已不局限于一个城市，而辐射到整个国家乃至人类社会。

香港影视大亨邵逸夫先生，叱咤娱乐圈大半个世纪，打造了邵氏、无线两个电影、电视王国，培养了数之不尽的演艺人才。从1973年开始，66岁的邵逸夫开始了他的慈善生涯，40年来，他在慈善事业上捐款近百亿港元，仅在中国大陆，捐建项目总数就超过6000个，全国各地大中小学校共有以“逸夫”命名的楼馆近3万座。到了在多数人眼里已经开始步入高龄的年纪，邵逸夫却在奋斗中发现了自己的另一个价值，对教育、对社会、对未来的价值。

这就是奋斗！这就是奋斗的意义和价值——对“人”的发现，对人的力量的发现，对人的极限的超越，但更是对人的价值和意义的发现！

因为奋斗，我们发现了最深刻的快乐

因为奋斗，我们发现了自己真实的方向与目标，发现了真正的自我，发现了所追求的意义和价值，所以，自然就会产生深刻与恒久的幸福。也就是说，只要有梦想和奋斗，你永远都是20岁，永远拥有快乐、幸福和美丽！

“过年”曾经是我们最快乐最向往的传统节日，我们的先祖很智慧，将它设计在一年劳作的庆祝和新春祈福的阶段，如果是其他的时间，可能很难有这样的体验。漫长的假期让人不安，长期的无所事事使人更加疲劳。奋斗，给人带来深刻的快乐，有所作为，给人带来恒久的幸福。

所以，证严法师说过：“忙得快乐，累得欢喜。”

享受快乐是奋斗的动力来源。

2014年1月25日，李娜获得职业生涯首个澳网女单冠军，第二个大满贯女单冠军。一年前，在她与澳网冠军奖杯失之交臂时，她说自己“唯一无法冷静的是决心”，当时已经31岁的她，许下“明年再来”的诺言，虽然这个诺言与她16岁时的“要打到职业的前十”、和30岁时“成为世界前三或者再拿一个大满贯”的目标一样，没有几个人愿意相信，但李娜都做到了。

她是如何做到的？从小开始，李娜接受的是一种恐吓式的教育，她的努力源自对失败的恐惧，而非追逐成功路上的欣喜与满足。但她的教练卡洛斯教会了她要相信自己，要享受过程，要勇敢地说出自己下一个努力的目标。于是，我们看到，李娜慢慢改变了。

因此，体育评论家说：“我觉得她现在真的是在享受比赛，享受竞技体育的快乐，我感觉她对体育的诠释确实比传统运动员更多了一份自由和快乐。”

奋斗的过程就是幸福的一部分。

龙应台对儿子说："我要求你读书用功，不是因为我要你跟别人比成就，而是因为，我希望你将来拥有选择的权利，选择有意义、有时间的工作，而不是被迫谋生。"

我认为，奋斗的目的不仅如此，它不仅仅是为了将来能自由选择某种东西，实际上用功、努力就是它本身的意义。奋斗不光是取得幸福的手段，它本身也是一种幸福的过程。

今年年初，有这样一则新闻，题目叫作《高考理科状元毕业四年流浪街头：挣钱养家很无聊》，说的是8年前凉山某县的理科状元在中国科技大学毕业后，没有找到理想的工作，沉迷网络，并四处流浪，经常在公园和校园里的露天长椅上过夜。之所以不工作，是因为他一直在追问人生的意义，一般人的生活方式——上班、娶妻、生子，让他觉得很平庸，找不到生命的价值。

高考状元流浪街头，令人唏嘘；"英雄落难"，总是赚人眼泪。但是没有迈步，何谈跌倒；没有真正的奋斗，何谈什么失败！

只有奋斗者才能真正欣赏到奋斗的魅力与幸福。你想拥有充实的人生，你想使自己成为一个有专业价值的人，你就去奋斗；你想有伟大的成就，你想有伟大的贡献，你想有伟大的幸福，你就去进行伟大的奋斗！

如果不想奋斗，又想拥有奋斗者的体验和幸福，那只能是天方夜谭。奋斗未必成功，但是成功一定源自奋斗，奋斗就是成功的一部分，就是幸福的一部分。

那些劝你年轻时就享受的人，是为了剪掉你的羽毛，不让你飞翔，让鹰成为鸡！

我们当下也进入了"中国梦"的伟大时代。古老、伟大而又自谦的中华民族，从来没有像今天这样理直气壮当仁不让地大声地说出自己的诉求和梦想。但是筑梦容易圆梦难，圆梦就要去奋斗。

据媒体上月报道，世界银行依据货币购买力平价法进行测算的一项报告显示，中国可能今年就超越美国，成为世界最大经济体。但是根据世行的报告，假如以人均购买力计算，那么中国仅排在全球第99位。

在人均购买力的排位如此低端而"你幸福吗"又成为社会之问的情况

下，“奋斗”还真是个问题。弥漫在我们周围的，或无所事事，或小富即安，或自私只想安逸，或怯懦不敢承担，或讨巧专为投机，他们有意无意地回避了奋斗，逃离了奋斗，拒绝了奋斗，对于我们这个多灾多难刚刚爬坡的民族来说，实在是值得警觉的社会现象。

事实上，安逸的生活已经让更多的人滑向了平庸，甚至是为了平庸而“奋斗”，陷入“约拿效应”之中，害怕遇见那个更好的自己。浑浑噩噩、庸庸碌碌，这既是对生命最大的浪费，也是对自我责任的推卸！

回到我们生活的这个城市，“来了，就是深圳人”让多少人唏嘘不已，深圳，是一个奋斗者的集合体，奋斗是这个城市的特质。

一部深圳的改革开放史，是由一个又一个全国“第一”串起来的。第一个进行分配制度改革，创办第一家企业自办的股份制银行、第一家股份制保险公司、第一家股份制中外合资企业，第一个改革人事制度、实行聘用制，第一个全面推行社会医疗保险，第一个推出公共汽车无人售票，第一家私人律师事务所诞生，内地第一间麦当劳餐厅开业，全国法院第一个经济纠纷调解中心，物业服务领域的第一家物业管理公司、第一部物业管理地方法规，志愿服务领域的内地第一个义工法人组织、国内第一部义工服务条例……近千个“第一”，已经成为这个城市的骄傲，甚至是国家的骄傲，更在全国刮起了奋斗和创新的“南风”。

深圳中学，以这个城市命名的中学，从1947年建校的那一天起，奋斗、创新就是学校的基因，海内外的校友用奋斗创造出了深圳的高度，叙写了中国的故事。

送君千里，终有一别。别时赠言，惟有两字——奋斗；

因为奋斗，我们永远同在！祝福深圳中学2014届毕业生，祝福建校67年毕业的校友！

此时此见

——在深圳中学2015届高三第一阶段学情分析会上的讲话

2014.10.25

尊敬的家长、老师，亲爱的同学们：

下午好！

进入高三以后，我几次到高三专业地观察同学们的班级、课堂以及个体的神情和行为，我也与任教过前几届高三的老师交流，询问他们对2015届的感觉，今天在场的各位的神态、行为和气氛，让我颇感欣慰。古人云：“入门休问荣枯事，观看容颜便得知。”“2015，生龙活虎”，可见一斑！

这是奋斗者的姿态，这是高峰体验的状态，也是真实的梦想者的境界。

我不由得想起“占宝话树人”10月24日推送的2014届何志扬校友的文章——《从深中到斯坦福》的最后一句话：“我们为了自己的热情和梦想，在风华正茂的时节里这样地奋斗过！”

前一阵子有人说，“2015，生龙活虎”这句太低级了，不登大雅之堂。我的理解已经在2015届高三开学典礼上说过，演讲稿也放在校园网上，在此不再赘述。今天，我想就高三第二阶段的“生龙活虎”谈谈自己的看法。

我想面对三个群体说六个字三句话。

我想对所有获奖者说，你们的“生龙活虎”应该体现在“勇敢”上。

第一，你们经过两个月的奋斗，达到了一个新的高度，感受到了“高峰体验”，这说明你们有这个基础、有这个实力，要相信自己！

第二，未来，在现在的基础上，你们要一鼓作气乘势而上，提高高三成长品质；深度学习，提高自己的成绩；增强信心，体验强大的自我存在感。这，十分应该，完全可能！你不会恐惧自己的卓越，你不会庸人自扰，你不会把鲜花当做压死骆驼的稻草，踏马飞过，你甚至应该渴望更大的挑战，心中呼唤“让暴风雨来得更猛烈些吧”，你会为自己骄傲，“我能够达到那样的高度！”

第三，今后，成绩会有起伏，名次会有进退，这很正常。但不同的是，你的梦想被点燃了，你的勇气被唤醒了，你的自信树立起来了，你的新的纪录创造出来了！“曾经沧海难为水”，人生豪迈，我已开怀！勇立潮头、敢为人先才是深中学子的风范，为名次所累、患得患失，那样也未免太没出息了！

我想对没有获奖的同学说，你们的“生龙活虎”应该体现在“厚己”上。

尽管获奖的同学那么多，但是还有一部分同学与某些奖项失之交臂。我要说，你们对自己要宽厚、要仁厚。

第一，你们要给自己颁奖。这不是自娱自乐，只要你进入高三以后有进步，就可以自我评估，表扬自己、犒劳自己、祝贺自己，可以是责任奖、计划奖、健身奖、营养奖、效能奖、登攀奖、和谐奖、专注奖、自觉奖……只有发现自我的进步，才能产生更大的进步。

第二，你们要为未来获奖做好准备。这次获奖的是第一阶段先进的同学，它不可能自然延续到第二阶段、第三阶段，更无法延续到大学、研究生、就业乃至更遥远的人生阶段。有时候，飞机越大，所需要的跑道也越长。

第三，真正的“厚己”就是不忘初衷，忠实于你的内心。你是一个独特的存在，你有自己的特质和使命，要记得自己的梦想。实现自己，就是对自己的尊重与仁厚。

我想对所有的高三同学说，你们的“生龙活虎”应该体现在“思考”上。

前几天在北京参加一个中美人文交流与教育合作平台会议，哈佛中国中心的主任介绍说，尽管中国赴美留学的人数一直高速增长，但是哈佛录取中国大陆学生的人数 10 年没变，大约每年 6—10 名；美国给大陆学生毕业留美签证的人数也是 10 年没变，大约每年 9000—10000 名；未来每年大约 80%—90% 的毕业生还是要离开，那种认为赴美留学等于留美就业、生活，或者高调回国的情况已是鲜见，当然国内的进步和机会的吸引力也越发强劲。

记忆性的、简单行为的事逐步会被电脑与机器人所取代，大部分的人将会是使用工具的人，精英教育的成本越来越高，而那些积极思考者、深度思考者、创造性的思考者，未来将会脱颖而出。

思考者，是那些洞悉本质的人——世界是什么样的，是那些深度探究的人——世界为什么会是这样的，是那些积极创新的人——怎么样让世界更美好。

深中高三的优势是什么？基础？时间？题量？

如果不是这些，那么凭什么后来居上、长袖善舞？

我看，可能是“思考”，是思考的意识、思考的习惯、思考的水平。

如果你是一个思考着的高三学生，那么每一个学科在你的脑海里应该是一棵“学科树”，你会运用“学科思维”去解释和解决学科问题，根据学科思维去建立模型，去类推、去正确解决新情景中的问题。

如果你是一个思考着的高三学生，那么你会理清老师讲解的思路与变异点，把握具体知识背后的逻辑与结构，熟悉知识的边缘与交接，厘清常见的错误与习惯的误区。

如果你是一个思考着的高三学生，那么你会在上课之前先思考，在训练之前先回顾，在周末画出学习内容的思维导图，定期运用错题本进行持续有力的矫正。

如果你是一个思考着的高三学生，那么，你一定深谙“磨刀不误砍柴工”的道理，培养思考先行、把握结构、举一反三、触类旁通的习惯。

如果你是一位思考着的高三学生，那么你会对前两个月的高三生活做专业的分析，比如总分最优化的策略、各学科时间的安排、做题的顺序和节奏、应试的技巧、调节和平衡的艺术、危机处理流程、安全与营养健身等等，你会建立并不断优化自己的行为模式，并且训练成为习惯。当然，只有达到一定的训练量，才能把思考转化为问题解决的真实能力，要防止纸上谈兵。

在我看来，“思考”，是“生龙活虎”的前提和高级表现。

同学们，深圳已经迎来了一年中最舒适的半年时间，期待你们勇敢、厚己与思考，去展开自己真实的青春——青春就是勇敢地奋斗——那样的高三才会成为影响人生的加油站。享受高三吧，因为高三是燃烧的青春！

（注：哈佛中国中心主任提供的数据，作者未作调查，只是现场记录。）

附　录

王占宝校长的一天

2012.10.19

5:00 多：醒来，做一点伸展运动，喝一杯温开水，看看今天的工作安排。

感受：

又是新的一天，又是一个新的可能。

6:00 多：整理行装、车辆，向学校出发。

感受：

车少路宽，行驶从容。不觉想到先人所云：早起三光，晚起三慌！

7:00 左右：到学校，径往教师餐厅，看到许多同学已进入校园。

感受：

许多同学每天比我们起得早。

要是餐厅里说话的声音轻一点就好了，第一节没课的老师不知道他们的漫谈会不会影响有课的老师。

是不是每个同学都吃好早餐了，一日之计在于晨啊！

7:30：观察所有体系班级、同学

感受：

看到有些同学无所事事的样子，我真想再问他们："早上七点半，你在干什么？"你、家长，那么早起来，来到学校，开始新的一天，你怎么对待"开始"的？

看到有些同学杂乱的课桌、在课桌上不停翻动的手指以及迷茫的眼神，我想对他们说，课桌就是心灵的写照，就是生活的写照。

8:00 多：回到办公室，再次确定全天工作重点及先后顺序。

8:30—10:00：集中处理重要问题：

1. 修改《中学整体教育课程体系（3+2）规划报告》。

2. 就“招生总结方案”与学生事务中心主任再讨论。

3. 了解部分2011年入职老师房补至今未发的问题。

4. 与学术委员会主任讨论参加教育部的高中课程方案调研会深圳中学的意见。

5. 了解泥岗校区的预算工作沟通情况。

感受：

不够专业，不够精细，也不够系统，故只是初步的意见，还要深入地调研。

10:00—12:00：学校行政例会，讨论几个问题：

1. 成立2012年职称评定小组。

2. 完善高级教师挂岗方案。

3. 修订《考勤管理办法》。

4. “教师事务中心”专栏问题。

5. 65周年校庆具体执行方案。

6. “登攀计划”的实施。

7. 招生总结会。

8. 学生处“美丽多”方案。

9. 临聘老师反映的问题“人事组”调研。

感受：

会议提前到11：30就结束了。准备越充分，会议效率越高；责任越明确，落实越到位。

12:00—14:00：在办公室就餐，修改下午的讲稿，小憩半小时。

14:00：去深圳科学高中。

感受：直线距离，两所学校其实很近。

14:30—15:30：观察教室、办公室、校园。

感受：

新的学校，新的校园，每天都有变化，确乎感受到青春的气息。

看到不合理的设计、粗糙的施工，不禁摇头叹气——中国式的校园建设，还是粗放的、以物为主的，遗憾要等到深中的泥岗校区弥补了。希望那个校区能为中国中学校园建设带来价值的、理念的、功能的、审美的新视野——一个新的教育哲学下的不同于传统的新的学园。

观察到有的课堂学生睡觉，这是一个值得深入研究的现象。

15:30—16:30：处理学校事务，与部门负责人交流。

感受：

新的组织，开好头，起好步，非常重要，特别要重视“第一”。

制度建设是重中之重，先把关键的制度制定出来。

在制度不健全的情况下，选好人，就变得更加重要。

干部与老师，对学校的定位与办学特色还在“概念”阶段。

17:00—18:00：参加“理山”论坛，并作主题发言“国际科学高中的现状与趋势”。

感受：

确实是一个新的任务，培养一种新的能力。准备的过程，是一个学习的过程。从老师们专注的神态来看，我的准备还是充分的。

每一次开会都要有价值，有专业的分享，否则怎么好意思站在讲台上面对老师和同学们呢？

提到有些课堂学生睡觉现象，需要“科学”研究。

由于学术报告厅还未交付使用，所以会场在饭堂一隅。阵阵菜香袭来，我提醒自己：不要超时，要比菜香更有吸引力。

18:30：登上校园中的理山，欣赏初秋科高夜景。

感受：

与同行者在山顶大口呼吸空气，那种自豪感与使命感溢于言表。

遥望星空，心中默念：学会理解，创造未来。

明年的此时，校园是怎样的呢？

走到深中移植过来的几棵大树旁，它们已亭亭如盖矣。深中的精神与精华，怎样生根？

19:30：回家的路上，童安格的歌如茶漾开。

20:30：家人聚餐，江苏朋友带来阳澄湖螃蟹，好像回到了江南水乡。

感受：

家在哪里，幸福就在那里。

22:00：全家人一起散步，猜猜南京朋友此时穿什么衣服，明城墙上还能看到阅江楼吗，南师附中体育场下能停多少辆车……

感受：

小舟从此逝，江海寄余生。

23:00：看影片《战马》。

感受：

生命与美，如此让人震撼！

经典影片，让人体验到更丰富的生活。

大约1:00以后，看看周工作计划完成情况，休息。

（说明：应《涅槃周刊》记者之邀追记而成，结构按要求，时间可能是个大概。）

一个人的球场

2014.4.15

篮球是我年轻时酷爱的运动，现在还经常回想起当年与小伙伴们在雨中比赛投篮的情景。刚做老师的时候就当班主任，有三件事使我每天都兴奋而充实：早上与学生跑步，下午与同事或学生打篮球，晚上批改随笔。

年事渐长，体力不支，加之受了几次伤，运动保护意识强化了，篮球运动的乐趣趋于淡然，冗务缠身以后，不知不觉就以忙碌替代了运动。但是，每当听到球场上传来的裁判的哨声和进球以后的狂呼，每当在球场边看到学生和年轻教师带球、抢断、突破、远投，总是心痒痒的，跃跃欲试……

曾与体育科组长商量，我们一定要有男女篮球代表队，不为外出比赛，只为让那呐喊，让那力量，让那技能，让那形体，让那配合吸引更多的人来运动（我认为篮球是校园中很有集体观赏与互动价值的体育课程之一），而且我特别期待女生参加篮球运动，这对她们的体格、精神，以及合作意识都特别有帮助。

由此看来，一个教育工作者，全面发展，热爱生活，有着丰富的生命力，对教育是有特别意义的。

移情并不彻底，还是想摸摸篮球。然而，球场总是那么忙碌而难以排上、即使排上又总是要打比赛、比赛又总是吃不消而日拖后腿、老是拖后腿就难有人邀你入伙，于是打篮球渐渐成为我的奢望。

清明假期，在家静修。上午八点多，看到篮球，倏然有个想法冒了出来：这个时候球场可能有空吧？

哈，偌大的篮球场，空无一人，蓝天之下，南洋杉与榕树旁，干净宁静的球场等候我的到来。春阳下，“老夫聊发少年狂”，把球场中的水渍当作球友，带球过人，突破上篮，中距跳投，三分远投，擦板球、空心球，灌篮、反手勾球……第一组，第二组，第三组……独自潇洒着篮球舞步，沉浸在自己的狂欢之中。

真过瘾啊！

坐在球场边慢慢地享受，南国的雨后，四月巳时的阳光，静谧林中鸟儿的歌唱，那芒果、龙眼、香樟、四季桂花融合的特别而又难以表达的芳香……

不由得进人了范文正公《野色》中“谁会山公意”的只可意会不可言传的审美境界中了。

原来享受生活可以这样简单，原来奖励自己可以这样方便，原来奢望可以这样实现。

中秋，与自己团圆

2014.9.6

时近中秋，明月诱人，漫步小区，不知所以。

夜深籁寂，绿茗清远，月光洗我，仿佛赤子，任由漂渺。

中秋，何妨与自己团圆……

“自己”？本我、自我、超我？

遥想当年，青春年少，志在凌云，一展抱负，建功立业，荣己惠群，不负人生。

待及家也，美好图景常驻心间：举案齐眉，相敬如宾；黄发垂髫，怡然自乐；家和万事兴，人平一生安。

人们不愿孤独，出来混的交友是自然的选择。人海茫茫，知音难觅，但是相信一定会有志同道合的朋友、同甘共苦的挚友、肝胆相照的诤友、生死与共的战友。

人生苦短。“青春须早为，岂能长少年”，青春不该虚度；“月到中秋分外明，人到中年万事休”，中年岂能蹉跎；“人的差异在于业余时间”，自己的业余时间一定与价值追求相关联。

“不如意事常八九，可与语人无二三。”“不如意事”，会有自己的解释与直面；“可与语人”，会有自己的思考与选择。

梦想与事业，家庭与幸福，朋友与同道，人生与解释……

现在比过去更有条件去实现当年的期许了，但是为何好像离那些期许渐行渐远了呢？

“长恨此身非我有，何时忘却营营！”

“我”还是那个“我”吗？“我”，是否成了“我们”？

久违了，自己！

月下赏“我”析“我”，那样的熟悉而又陌生。

爱因斯坦说过，没有想象力的灵魂，就像没有望远镜的天文台。与自己团圆，如同拿起天文台的望远镜。

老子提出“常德不离，复归于婴儿。”孟子说：“大人者，不失其赤子之心者也。”与自己团圆，就是回到赤子，复归于朴。

苏子云“月明星稀”，举首仰望，但见玉盘皎洁，难觅星星，成了“月明星隐”了。在赏月时节，与人生何其相似乃尔！

韩愈《幽兰操》诗曰：“兰之猗猗，扬扬其香。不采而佩，于兰何伤。”好一个“于兰何伤”，我们这些平凡的星星，都有自己的芬芳，只是你要珍惜你要欣赏。

不忘初心，方得始终。

中秋，何妨与自己团圆；人生，当然要记得真我模样。

占宝麦田

2016.2.4

这是我的一封辞职信：

亲爱的各位老师、同学、校友与家长，我因个人健康的原因，已申请提前退休。深圳中学的六年带给我丰富而温暖的记忆，谢谢你们真诚的帮助与包容。

我一生只做一件事，情况许可时还会继续对教育进行研究与探索，不会养病等老，期待未来与你们交流与分享。

祝福你们新年全家吉祥如意，祝福我们的深中，我以自己是“深中人”、在深中退休而深感荣耀！

占宝因几方面的原因，已申请辞去深圳中学校长职务，提前退休。

一是自己身体已不适应正常工作。近年来已三次住院，动了一次手术，常常力不从心，需要静养，而深中的改革与发展对校长有更高的期待，作为老师不可误人子弟，作为校长更不可因恋栈而延误学校的发展。

二是我的父母、岳母均年近九十，近年来连续住院，我是来回奔波，老人凄苦连连；因为害怕“客留他乡”，所以他们也不愿来深圳。百善孝为先，孝顺孝顺，也许此时“顺”就是“孝”。我任职校长时间比较早，一直东奔西跑，现在想多陪陪他们，以慰平生之憾。“子欲养而亲不待”，每念于此，情何以堪！

2010年初，占宝负笈南下，弹指间六年矣。感谢深圳中学、深圳科学高中、万科梅沙书院的老师、同学、校友和家长，你们的包容、鼓励和支持，使我有幸参与了中国当下人才培养模式改革的真实的探索，让我收获了人生中许多难忘的记忆。

感谢深圳教育界各位同仁，感谢教育局的各位领导，感谢深圳这座先锋城市，你们“敢为人先”的使命感，你们“创造未来”的激情，你们“做领跑者”的担当能力，令我敬佩，谢谢你们。未来，我会在路边继续为你们鼓掌，为你们加油。

我一生只做一件事，今后如果情况许可，还会用合适的方式，研究探索基础教育的改进。中国已经是世界第二大经济体，而且还在不断刷新纪录，华夏有五千年连续的文明史，我们的先贤举世“高山景行”，今天的教育同道当不负历史、不负时代、不负国民、不负未来，在全球化时代创造出令人信服的、具有中国独特魅力的教育。薪火相传，未来可以有所作为——一定大有作为！

梵高说过：“你是麦子，一定要把你种到麦田里去，才能生根发芽，不要在人行道上枯死。”麦子如此，人子亦然。

请原谅我的匆忙，请理解没有与您道别，因为我不想打扰你们，更不想影响学校，学校有序、优质的发展是我们的共同心愿。

深中校长的每一次交接，都意味着一种新的可能，一个新的超越的到来，让我们等待，让我们欣赏凤凰花开更灿烂。

我想常回来看看，向你们汇报，与你们交流，欣赏你们的精彩。

祝福你们，祝福新年！

祝福深中，祝福未来

——在离任深圳中学校长会议上的书面发言

2016.2.21

尊敬的深圳市教育局领导、深圳中学各位同仁：

大家下午好！

我于2010年初负笈南下，弹指间已六年矣。六年间，感谢深中共同体的诸位同仁，你们的帮助与包容，使我的生命和事业得到了燃烧。由于我个人的原因，已经申请辞去深中校长一职，但是能在深中退休，是我无上的荣耀和自豪。

在辞别之际，我要首先诚挚地感谢深圳中学及共同体的诸位同仁，你们的使命感与专业精神，使深圳中学成为深圳教育的领跑者与贡献者。

我要感谢所有的一线教师，你们把“追求真理”的信仰传递给学生，让“深中教育故事”口耳相传；我要感谢所有的班主任（副班主任）、体系负责人、级长和负责学生工作的老师，你们让深中学子体验到了丰富的生命力，度过了经历与努力、活力与实力相统一的华而又实的中学生活——你们代表着深中的灵魂与境界！

我要感谢行政教辅团队，你们务实求高，力行有品，保障了学校的有序高效运转。你们是幕后英雄，你们常常在路边为深中英雄们喝彩鼓掌，今天我想对你们说，你们就是飞机的双翼和起落架——深中应该感谢你们，我永远以你们为骄傲！

我要感谢学校所有的项目组成员。

历年来的高三年级项目组：在你们的辛勤付出中，学校高考重点率逐年提升，从 71%（2010 届）→ 78.79%（2011 届）→ 77.85%（2012 届）→ 81.85%（2013 届）→ 87.1%（2014 届）→ 89%(2015 届)，是你们把深中的学子引向更高远的未来。2016 届项目组同仁，期待着你们，“2016，一挥而就”。

课程建设项目组：在教育国际化、全球化、移动互联化、个性化、公民化、新高考时代，你们以“学生按需选学，学校按需施教，高校按需选材”为设计理念，出台并向社会发布了《2014 级课程建设及学生综合素养评价方案》，方案围绕让深中学子“更有价值地学习、更自由地学习、更高效地学习”的学习理念而展开；提出赋予学生自主发起课程的权利；扩大了学分获得的途径，校外学习、网络学习、国际学习，经历与能力可以换算学分；实施分层教学，尝试弹性学制。这一系列的探索，标志着深圳中学的课程改革进入了一个新的阶段。

校园建设项目组：深圳中学总体改造已进入关键阶段，项目组成员肩负使命，创新工作，五大校园建设工程正在有条不紊地推进之中。这是一波高规格的、具有深中特色的校园建设，不仅要适应新时期校园建设中的大胆创新，还要深度融合深中传统文化，它必将在深中的发展历程中起着至关重要的作用。

泥岗校区的规划设计提出了五大理念：以人为本、资源充分使用、全人教育、开放、独特审美体验的未来学校。泥岗校区将建设成为深圳未来三十年校园规划与建设的窗口，引领中国中小学校园的规划与设计，与世界发达地区的教育进行交流与对话。“未来学校”已经成为校园规划与建设的一个新的概念与理念。

国际课程建设项目组：你们把国际化引入深中，把深中引向世界，在国际比较中展现了深中教育的品质：从 2011 至 2014 年，深圳中学被美国排名前 10 的大学、学院及常春藤盟校录取的有 70 人，其中被常春藤录取的有 25 人。

据可参考的数据分析：

2013 届 SAT 考试总均分 2042 分，全球 1498 分，高出 544 分；

2013 届托福总分 103 分，全球平均 78 分，高出 25 分；

2013AP 考试 3 分以上（可获得大学学分）达到 90%，全球 61%，高出 29%；

深中已经达到了美国私立寄宿高中排名前 10 的学术水平。

高端学术课程项目组：你们不断超越，创造了深中教育的新高度。深中学子两次荣获美国高中生数学建模竞赛特等奖，两次荣获美国青年物理学家锦标赛（USIYPT）全球年度总冠军！参与国际高端学术活动，近 5 年获得 9 枚国际金牌（或第一名）……

“先锋中学生国际圆桌会议”项目组：你们带领着学生探讨“先锋”的使命与担当，创造了享受勇敢攀登的高峰体验。2012 年，深圳中学在全球首创“先锋中学生国际圆桌会议”项目课程，旨在为全球先锋中学生提供开放性深度研究与讨论的平台。至 2015 年已举办 4 届，共有近 60 个国家和地区的 128 所高中的 300 多名代表参加，并向社会开放了 2000 多个观察员席位。

招生工作项目组：你们所做的不仅是招生，更是向社会传递深中的价值与温度，深中录取分数线的提高，你们居功至伟。**初中部项目组：**你们心无旁骛、不断创新，建设“卓越初中”。现在的初中部已经让人“眼睛一亮”了。**学科思维与审美课题组：**你们专注于探索学生的思维和审美能力，发出教育改革先行者的新声。你们不仅在课堂教学改革上走在前沿，更为可贵的是在学法研究与学习的审美体验方面进行了深度研究与实践。**深中教育共同体的成员：**你们把深中的优质教育引向全深圳，让教育之光薪火相传，深圳科学高中、龙岗初中、龙岗小学、一幼二幼、万科梅沙书院都成了名校、名园，你们用使命、专业、贡献赢得了社会的尊重和信任，深中的教育品质因你们而丰富。

……

谢谢诸君，在此就不一一列举。

六年来，全体“深中人”奉献了我们的思考，我们的理念，我们的机制，我们的模式，我们的流程，我们的案例，我们的“试验田”，我们的成果，我们的标准，我们的格局，我们的可能，我们的故事……谢谢你们，谢谢每一个深中人——包括每一个家长，每一个校友，是你们，创造出了深中在国际比较视野中的高度与温度。

我还要感谢深圳市委、市政府，教育工委、教育局的领导们，在你们的支持和帮助下，我们创办了深圳科学高中、龙岗初中、龙岗小学、深中一幼二幼、万科梅沙书院；你们支持泥岗校区“未来学校”的理念并已形成方案；你们对深圳中学学术性高中的育人模式、深圳科学高中的科学性高中的育人模式、万科梅沙书院的国际性高中的育人模式等方面的探索给予了有力的支持和帮助。

我尤其要感谢教育局党委选派了新任校长赵立先生，赵校长出自深中又超越深中，深孚众望，感谢局长对深中的厚爱，我向所有的领导致谢。

无数的留恋与不舍，请原谅我的匆忙，也请理解我因身体原因，没能当面与您道别。深中校长的每一次交接，都意味着一种新的可能，一个新的超越的到来，让我们期待新的精彩，让我们欣赏凤凰花开更灿烂。

就像我在《麦田》一文中所说：“我一生只做一件事，今后如果情况许可，我还会用合适的方式，研究探索基础教育的改进，不会一味养病等老。今天的教育同道当不负历史、不负时代、不负国民、不负未来，在全球化时代创造出令人信服的、具有中国独特魅力的教育。薪火相传，未来可以有所作为——一定大有作为！”

未来不是我们要去的地方，而是我们要创造的地方。
你选择了怎样的行为，也就选择了怎样的结果。
一个新的任务，培养一种新的能力，创造一段人生风景！
每一天都是作品，每个人都能创造自己的作品人生。

祝福深中，祝福未来。

（现场由邢向钊副校长代读）

艰难的决策

2018.9.17

对于一所新办学校来说，搬入新的校园，那是万众瞩目激动人心的，学生、老师与家长早就心驰神往，有的家长、老师都已经在新校区周边租房入住了，可是开学前却接到校方的通知，要推迟搬入新校区，这真是大煞风景了——期望越高，失望也就越大，学生、家长与老师心里顿时“拔凉拔凉”的。

而且那么多人，从小学一年级到初三年级，从课堂到操场到饭堂到舍堂，都在原来的老校区，你能想象吗?

对于一名老校长率领的团队新办的一所学校，真是丢人丢大发了。

但是，为了学生与老师的安全、安静与环保，我还是做出了推迟搬入新校园的决策。

你见过或听说过一位校长在开学典礼的演讲中，只说一下演讲的主题就匆匆结束的吗?如果见过，那位校长可真的出大糗了。

反正我没见过，我近 30 年校长经历中也从没发生过。

但是，公元 2018 年 9 月 5 日，“与太阳一同升起”——南京汉开书院新学年开学典礼，那天阳光灿烂红旗飘飘，中小学生站在国旗下，尽管议程简约，然而由于有些学生假期缺乏锻炼，小学一年级学生还小，有些学生已经站立不稳，见此我做出了报题目就结束的决策，到第二周集会时才简约地与师生分享，周末再把全文做成《汉开读本》，接受学生、老师与家长的批阅。

这两个有关开学的决策，当时对我而言真是有些艰难，但是现在来看，不应该“艰难”，应该毫不犹豫。

说“艰难”，是因为把“我”放到了前面，把形式放到了前面;

说“毫不犹豫”，是因为应该把学生放到前面，应该把学生的安全健康放到最前面。

引用两位家长的点评，我曾经在当周召开了一次全体教职工会议，分享我学习这两段点评的体会。

哪有那么多恰到好处，哪有那么多称心如意，让孩子知道未来的路更多的是曲折是不完美，这是历练也是成长。搬不搬新校区并不重要，重要的是汉开用心对待每一个学子、每一位家长。我相信我们都能接受汉开的不完美，共同进步共同成长成为百年老校。

融入一个学校，从了解到她的不完美开始。也愿每一位汉开师长，了解每一位少年从他的懵懂无知起步，珍惜他们的每一天，从而让每个普通、不完美的孩子变得不普通。

举头三尺有神明，在这样的学生和家长面前，如此的决策，我想，以后应该不会再“艰难”了。